KB130860

추락하는
모든 것들의 소음

이 도서의 국립중앙도서관 출판예정도서목록(CIP)은 서지정보유통지원시스템 홈페이지(http://seoji.nl.go.kr)와
국가자료공동목록시스템(http://www.nl.go.kr/kolisnet)에서 이용하실 수 있습니다.
(CIP제어번호: CIP2016004151)

추락하는 모든 것들의 소음

El ruido de las cosas al caer

후안 가브리엘 바스케스 장편소설

조구호 옮김

문학동네

시간과 공간을 만든 여자, 마리아나에게

그리고 내 꿈의 벽들이 허물어지면서 불타고 있었다,

도시 하나가 절규하며 허물어지듯이!

아우렐리오 아르투로, 『꿈의 도시』

그럼 아저씨도 하늘에서 왔군요!

어느 별에서 왔어요?

앙투안 생텍쥐페리, 『어린 왕자』

일러두기

1. 주석은 모두 옮긴이주이다.
2. 본문에 나오는 영어는 가급적 그 철자를 병기하였다.

차 례

1 / 단 하나의 긴 그림자 _011

2 / 그는 결코 내 망자들 가운데 하나가 되지 않을 것이다 _065

3 / 부재하는 자들의 시선 _119

4 / 우리는 모두 도망자다 _169

5 / 무엇을 위해 사는가? _227

6 / 위로, 위로, 위로 _287

감사의 말 _355

옮긴이의 말 _357

1

/

단 하나의 긴 그림자

하마들 가운데 첫번째 것, 그러니까 검은 진주색에 몸무게가 1톤 반이나 나가는 수컷이 2009년 중순경에 죽었다. 이 년 전에 마그달레나 분지에 있는 파블로 에스코바르의 옛 동물원에서 도망친 하마는 자유롭게 떠돌던 시기에 농작물을 훼손하고 가축이 물을 마시는 곳에 침입하고 어부들을 위협하다가 한 목장의 종자소들을 공격하기에 이르렀다. 하마를 따라잡은 포수들은 머리에 한 방, 가슴에 한 방을 쏘았고(하마의 가죽이 두꺼웠기 때문에 375구경 탄환을 사용했다), 시꺼멓고 울퉁불퉁한 덩어리, 막 떨어진 운석 같은 죽은 짐승 옆에서 포즈를 취했다. 포수들은 그곳, 작열하는 태양빛을 가려주던 케이폭나무 아래에서, 맨 처음 도착한 카메라들과 구경꾼들 앞에서 통째로 운반하기에는 하마가 너무 무겁다고 설명한 뒤 즉시 절단하기 시작했다. 당시 그곳에서 남쪽으로 250킬로미터 정도 떨어진 보고타의 내 아파트에 있었던 나는 영향력 있는 어느 잡지에서 지면의 반쪽을 차지하고 있는 그 하마 사진을 처음으로 보았다. 그래서 나는 하마의 내장은 하마가 쓰러진 바로 그 자리에 묻혔지만 머리와 발, 다리는 내가 살고 있는 도시의 생물학 실험실로 보내졌다는 사실을 알게 되었다. 하마가 혼자 도망친 것이 아니었다는 사실 또한 알게 되었다. 하마가 동물원에서 도망칠 때 짝과 새끼—또는 덜 정확한 신문들의 감상적인 기사에 따르면, 하마의 과거 짝과 새끼—가 따라나왔는데, 그들의 목적지가 어디였는지는 여전히 알려지지 않았다. 하마들을 수색하는 일은 즉시 매스컴이 만들어내는 비극, 비정한 시스템이 순진한 동물들을 추적하는 비극의 분위기를 풍겼다. 당시 며칠 동안 신문을 통해 하마 사냥을 따라가고 있던 나는, 한때 그의 수수께끼 같은 삶이 유독 내 관심을 끌었음에도 오랜 세월 내 뇌리를 떠나 있던 한 남자를 생각하고 있다는 사실을 깨달았다.

이어진 몇 주 동안 내 뇌리에 맴돈 리카르도 라베르데는 우연한 사건이 되었다. 즉 기억이 우리에게 상기시키는 나쁜 과거사들 중 하나였다가 늘 가까이 있는 충실하고 헌신적인 유령으로 변한 것인데, 그 유령은 내가 잠을 자지 않는 시간에는 멀리서 나를 바라보고, 잠을 자는 시간에는 내 침대 옆에 서 있었다. 오전 라디오 프로그램과 저녁 뉴스, 모든 사람이 읽던 시론時論, 아무도 읽지 않던 블로그 들은 길 잃은 하마들을 우리에 가두고, 마취시키고, 아프리카로 돌려보내도 되었을 텐데 구태여 죽일 필요까지 있었는지 자문했다. 아파트에서 나는 그런 논쟁에 직접적으로 개입하지는 않았지만, 재미와 혐오감을 동시에 느끼며 논쟁을 주시하면서 갈수록 더 깊이 리카르도 라베르데를 생각하고,

우리가 처음으로 만난 당시의 며칠을 생각하고, 우리의 짧은 관계와 우리의 관계로 인해 발생한 모진 결과를 생각했다. 여러 신문과 텔레비전 화면에서 당국자들은 우제류─그들은 내게 생소한 '우제류'라는 단어를 사용했다─하나가 유포시킬 수 있는 질병들을 나열했다. 보고타의 부자 동네에는 '하마를 구하라Save the hippos'라는 글귀가 쓰인 티셔츠가 등장했다. 나는 아파트에서 이슬비가 내리는 기나긴 며칠 밤을 보내는 동안, 또는 시내를 향해 걸어가면서, 리카르도 라베르데가 죽은 날을 상기하기 시작했는데, 심지어 그가 죽은 날에 일어난 세세한 사항들까지 정확하게 떠올렸다. 당시 내가 한 말, 당시 보고 들은 것, 당시에 겪었다가 이미 극복한 고통을 떠올리는 데 별 힘이 들지 않는다는 사실이 놀라웠다. 우리가 대단히 민첩하게, 대단히 헌신적으로 기억이라는 해로운 연습에 몰입한다는 사실에 놀랐고, 그것에 결국 좋은 점은 전혀 없고, 운동선수들이 신체를 단련하려고 종아리에 매다는 모래주머니처럼 우리의 정상적인 기능을 둔하게 만드는 데에만 소용될 뿐이라는 사실에도 놀랐다. 나는, 주의력 결핍 때문에 현관문을 열어놓고 집을 나섰다가 문을 닫으려고 되돌아가는 사람과 약간은 비슷하게, 하마의 죽음이 과거 내 삶에서 시작되었던 에피소드 하나를 끝내가고 있다는 사실에 적잖이 놀라면서 차츰차츰 그것을 인식해갔다.

그래서 이 이야기가 이루어지기 시작한 것이다. 기억이라는 것이 대체 우리에게 무슨 소용이 있는지, 우리에게 무슨 이익을 가져다주는지, 어떤 벌을 가져다줄 수 있는지 잘 모르겠고, 우리가 살아온 것을 기억할 때 그 기억이 그동안 살아온 것을 어떤 방식으로 바꿀 수 있는지 또

한 알 수 없음에도, 리카르도 라베르데를 제대로 기억하는 것이 내게는 긴급한 사안으로 바뀌어 있었다. 모름지기 남자 나이 사십이면 자신의 삶에 관한 이야기를 해야 한다는 것을 어디선가 읽은 적이 있는데, 그 최종 기한이 내게 다가오고 있다. 나는 그 반갑지 않은 생일을 불과 몇 주 남겨 놓은 이 순간, 이 글을 쓰고 있다. '어느 남자의 인생 이야기'. 아니, 나는 내 삶 전체를 얘기하는 것이 아니라 오래전 불과 며칠 동안에 일어난 것을 얘기할 것인데, 이 이야기가 동화에서처럼 이미 과거에 일어났지만 미래에도 일어날 수 있을 것이라는 사실을 아주 명징하게 인식하면서 얘기할 것이다.

이 이야기를 하게 된 사람이 바로 나라는 사실은 그리 중요하지 않다.

1996년 초, 리카르도 라베르데는 자신이 죽은 날 보고타 시내에 위치한 동네인 라칸델라리아의 붉은 기와집들, 아무도 관심을 갖지 않는 역사적 사건들의 개요가 적힌 대리석 명패가 걸려 있는 집들 사이로 난 비좁은 보도를 배회하며 오전 시간을 보낸 뒤, 단골손님 몇과 당구나 두어 게임 칠 심산으로 한시경에 카예* 14에 있는 당구장에 도착했다. 그가 당구를 치기 시작했을 때 불안해하거나 동요하는 기색은 없었다. 그는 늘 이용하던 당구대에서 같은 큐를 가지고 게임을 했다. 입구에서 가장 멀리 떨어진 벽 바로 옆, 켜져 있으나 소리는 나오지 않는 텔레비전 아래에 놓인 당구대였다. 그는 그날 오후에 세 게임을 했지만,

---

* 보고타는 격자형으로 구획되어 있는데, '카예'는 동서로 뻗은 길, '카레라'는 남북으로 뻗은 길을 가리킨다.

나는 그와 함께 당구를 치지 않고 옆 당구대에서 쳤기 때문에 그가 몇 게임을 이기고 몇 게임을 졌는지는 기억하지 못한다. 하지만 리카르도 라베르데가 내기 돈을 지불하고 함께 당구를 치던 사람들과 헤어져 당구장 귀퉁이에 있는 출입구 쪽으로 향하던 순간은 잘 기억하고 있다. 그는 네온사인이 당구장 안의 상아 당구공들 위에 특이한 그림자를 만들어내기 때문에 이용하는 사람이 없는 첫번째 열의 당구대들 사이로 지나가다가 뭔가에 부딪힌 것처럼 비틀거렸다. 그러고는 방향을 틀어 우리가 있는 곳으로 돌아왔다. 그때 나는 큐를 잡아 연속으로 예닐곱 점을 쳐내고 있었는데, 그는 내가 한 큐를 다 끝낼 때까지 차분하게 기다려주고, 내가 스리쿠션 하나를 쳤을 때는 짧게 박수를 치기까지 했다. 그러고는 내가 점수판에 점수 올리는 것을 지켜보면서 내게 다가오더니, 자신이 방금 전에 녹음테이프를 받았는데, 그 테이프를 들을 수 있는 장비를 빌릴 만한 곳을 아는지 물었다. 나중에 나는, 당시 리카르도 라베르데가 내가 아닌 다른 손님에게 갔더라면 어떤 일이 일어났을지 여러 차례 자문해보았다. 하지만 그런 질문은 우리가 과거에 관해 하는 수많은 질문처럼 무의미한 것이었다. 리카르도 라베르데에게는 나를 선택할 만한 충분한 이유가 있었다. 그 어떤 것도 그 사실을 바꿀 수 없고, 또한 그 어떤 것도 그후에 발생한 일을 바꿀 수 없다.

내가 그를 처음으로 만난 때는 그 전 해 말경, 그러니까 크리스마스 두어 주 전이었다. 나는 스물여섯 살 생일을 맞이하기 직전이었고, 이 년 전에 변호사 자격증을 받았으며, 실제 세계에 관해 아는 것은 아주 적었지만, 법률 공부를 통해 얻은 지식 덕분에 이론적 세계에 관해서는 속속들이 알고 있었다. 나는 대학을 수석으로 졸업한 뒤―『햄릿』에 나타난 광증의 형사상 책임 면제 사유에 관한 논문을 썼는데, 최우수 논문 선정 여부에 대해서는 말할 필요도 없고, 어떻게 통과가 되었는지 아직도 의문이다―강단 역사상 가장 젊은 전임교수가 되었다. 교수직을 제의받았을 때 선배들이 내게 그 사실을 알려주었다. 나는 법학개론을 가르치는 교수가 되는 것, 막 고등학교를 졸업한 겁먹은 어린 세대에게 전공의 기본 과목들을 가르치는 것이 내 삶에서 유일하게 가능한 지평이었다는 사실을 알고 있었다. 나는 그곳, 나무 강단 위에서, 수염도 나지 않고 방향성도 채 갖추지 못한 소년들과 늘 눈을 동그랗게 뜨고 있는 감수성 풍부한 소녀들 앞에서 권력의 본성에 관한 첫번째 깨달음을 얻었다. 신입생들과 나 사이에는 겨우 팔 년의 격차가 있을 뿐이었지만 권위와 지식의 심연은 그 두 배였다. 대학 생활을 막 시작한 그들에게는 내가 가지고 있던 권위와 지식이 전혀 없었다. 학생들은 내게 감탄했고 나를 조금 두려워했는데, 나는 누구든 그런 두려움과 감탄에 익숙해질 수 있고, 그런 두려움과 감탄이 일종의 마약 같은 것이라는 사실을 깨달았다. 나는 동굴에 갇힌 채 여러 날을 보낸 뒤 생존하려고 동료의 살을 먹었다는 동굴학자들에 관한 얘기를 학생들에게 해주었다. 법이 그들을 보호해줄까요, 보호해주지 않을까요? 나는 학생들에게 늙은 샤일록에 관해, 샤일록이 누군가로부터 떼어내려 했던 1파운드의 살에 관해, 그리고 샤일록이 그런 행위를 하지 못하도록 악덕 변호사가 사용하는 술수를 쓴 재치 있는 포셔에 관해 얘기해주었다. 학생들이 복잡하게 뒤엉킨 그 이야기에서 법과 정의에 관한 사상을 찾아내려고 손짓하고, 큰 소리를 내고, 우스꽝스러운 논거 속에서 헤매는 것을 지켜보는 게 재미있었다. 그런 학술 토론이 끝나면 카예 14에 있는 당구장으로 갔는데, 천장이 낮고 담배 연기가 가득찬 그곳에는 다른 삶이, 교리도 법학도 없는 삶이 펼쳐져 있었다. 그곳에서 푼돈을 걸어놓고 브랜디 섞은 커피를 마시며 하루를 마감했는데, 가끔은 동료 교수 한두 명과 함께했고, 가끔은 술 몇 잔을 마신 뒤 결국 내 침대까지 따라오는 여학생들과 함께했다. 내가 살던, 당구장 근처 건물 십층의 집안 공기는 늘 찼고, 벽돌과 시멘트로 세워진 도시 쪽 전망은 늘 좋았으며, 체사레 베카리아의 형벌에 관한 생각, 보덴하이머의 저서에서 가장 어려운 한 장$_{章}$, 또는 심지어 가장 빠른 경로로 간단하게 학점을 올리는 문제를 토론하는 데 내 침대는 항상 열려 있었다. 이제는 다른 사람에게 속해 있다는 것을 알 수 있는 그 당시의 내 삶은 다양한 가능성으로 가득차 있었다. 나는 그 가능성 또한 내 것이 아니었다는 사실을 나중에야 깨달았다. 그 가능성이, 썰물처럼, 감지하지 못하는 사이에 사라져버림으로써 결국에는 현재의 내 상태가 되어버린 것이다.

그 당시 내가 살던 도시는 최근 역사에서 가장 폭력적인 몇 년으로부터 벗어나기 시작하고 있었다. 지금 내가 말하고 있는 것은 시시한 칼부림과 아무데나 마구잡이로 쏴대는 총질로 인한 폭력, 계산 문제로 싸구려 장사치들 사이에서 벌어지는 폭력이 아니라 소인배들의 작은 원한과 작은 복수를 유발하는 폭력, 대문자로 표기되는* 정부, 카르텔,

---

* 스페인어에서는 특정 정부, 카르텔, 군부, 정당을 언급할 때 첫 글자를 대문자로 표기한다.

군부, 정당에 속한 사람들이 집단적으로 저지르는 폭력이다. 우리 보고 타 사람들은 폭력에 익숙해져 있었는데, 각종 뉴스 채널과 신문이 폭력적인 이미지들을 놀라울 정도로 규칙적으로 우리에게 전달했기 때문일 것이다. 그날, 가장 최근에 일어난 폭력에 대한 각종 이미지가 이미 텔레비전 화면을 통해 최종 속보 형태로 들어오기 시작했다. 맨 처음 우리는 컨트리 병원 문 앞에서 뉴스를 전하는 기자를 보았고, 그러고는 총알 세례를 받은 메르세데스 벤츠의 모습—깨진 차창을 통해 보이는 뒷좌석, 깨진 유리 조각, 붓으로 칠해놓은 것 같은 마른 핏자국—을 보았고, 마지막으로 이미 모든 당구대에서 게임이 끝나 정적이 흐르는 가운데 누군가가 텔레비전 소리 좀 크게 하라고 소리를 질렀을 때, 희생자의 탄생 연월일과 여전히 신선한 사망 연월일 위에 놓인 희생자의 흑백 얼굴을 보았다. 그는 바로 보수파 정치인 알바로 고메스로, 그 세기 사람들의 입에 아주 많이 오르내린 대통령의 아들이었고, 한 번 이상 대통령 후보로 나온 인물이었다. 누가, 무슨 이유로 그를 죽였을지는 아무도 묻지 못했는데, 왜냐하면 그런 질문은 내가 살던 도시에서는 더이상 의미를 갖지 못했고, 또는 갑작스러운 충격에 대한 유일한 대응 방식으로 딱히 대답을 기대하지 않는 수사학적 질문이 되어버렸기 때문이다. 그 순간에는 그렇게 생각하지 않았으나, 범죄들은(언론은 그 범죄들을 요인 암살이라 불렀고, 나는 그 짧은 말의 의미를 어렸을 때 배웠다) 내 삶의 골격을 형성했거나 아니면 먼 친척이 예기치 않게 찾아온 것처럼 내 삶에 영향을 미쳤다. 파블로 에스코바르가 자신의 추적자로 명성이 자자한 법무부 장관 로드리고 라라 보니야를 죽이거나 죽이도록 사주한(그는 카예 127의 커브길에서 오토바이에 탄 자객 두 명에게 살해당했다) 1984년 그날 오후 내 나이는 열네 살이었다. 에스코바르가 〈엘 에스펙타도르〉의 발행인 기예르모 카노를 죽이거나 죽이도록 사주했을 때(암살범은 신문사 건물로부터 불과 몇 미터 떨어진 곳에서 기예르모 카노의 가슴에 총알 여덟 발을 박았다) 내 나이는 열여섯 살이었다. 대통령 후보였던 루이스 카를로스 갈란이 죽었을 때 내 나이는 열아홉 살이었는데, 아직 투표를 한 적은 없었으나 이미 성인이었다. 그의 암살 사건은 우리가 기억하는 기존의 이미지들과 달랐거나 다른데, 그 이유는 갈란이 암살되는 모습이 텔레비전으로 방영되었기 때문이다. 갈란을 환호하는 군중의 모습이 비춰지다가 기관총 섬광이 보이고, 나무로 만든 연단 위로 무너져내리는 그의 몸이 보였는데, 몸은 소리도 없이, 또는 소리가 혼란스러운 군중의 소란과 그들의 첫 비명에 묻힌 상태로 쓰러졌다. 그리고 조금 뒤에 아비앙카 보잉 727-21기가 공중에서 폭발하는 사고가 발생했는데, 에스코바르가 그 비행기에 타지도 않은 어떤 정치인을 죽이려고 보고타와 칼리 사이의 공중에 있는 비행기를 폭파하도록 지시한 것이었다.

당시 당구를 치던 우리 모두는 그 범죄를 이 나라가 지닌 일종의 특이성, 우리 시대가 우리에게 남겨준 유산이라고 체념하면서 애석해하고 나서 각자 다시 게임을 시작했다. 정확히 말하자면 모두는 아니고, 한 사람은 텔레비전 화면에 관심을 집중시켰는데, 이제 화면은 다음 뉴스로 넘어가서 당시에 방치되어 있던 어떤 현장을 보여주고 있었다. 깃발 높이까지 잡초가 침범한 투우장(또는 깃발들이 서 있었을 법한 장소), 골동품 자동차 몇 대가 녹슬어가고 있는 창고, 몸이 조각조각 부서지고 외피가 벗겨져나간 바람에 복잡한 철제 구조가 드러나 낡은 여자 마네킹처럼 쓸쓸해 보이는 거대한 티라노사우루스. 나폴레스 아시엔다였다. 파블로 에스코바르의 신화적인 영토로, 과거 몇 년 동안 그의 제국 총사령부였다가 1993년 두목이 죽은 뒤로 방치되어 있는 곳이었다. 뉴스는 그곳의 방치 상태에 관해 언급하고 있었다. 즉, 마약업자들에게 압수한 재산, 그 재산을 어떻게 사용할지 몰랐던 당국에 의해 낭비된 수백만 달러, 그 우화寓話의 유산을 이용해 할 수 있었지만 하지 못한 모든 것에 관한 것이었다. 바로 그때, 텔레비전에서 가장 가까운 당구대에서 당구를 치던 사람들 가운데 한 명이, 그 순간까지 눈에 띄는 행동을 전혀 하지 않다가 혼잣말을 했다. 고독 속에서 살아와 자신이 하는 말을 다른 사람이 들을 수도 있다는 사실을 잊어버린 사람이 말하듯 큰 목소리였다.

"동물들은 어떻게 처리하려나. 그 불쌍한 것들이 굶어 죽어도 아무도 신경쓰지 않을 텐데."

누군가가 그에게 어떤 동물 얘기를 하는 것인지 물었다. 그는 이렇게 대답할 뿐이었다. "그것들은 아무 잘못이 없어요."

이 말은 내가 리카르도 라베르데에게서 처음으로 들은 것이다. 그는 더이상 말이 없었다. 그러니까, 어떤 동물인지도 말하지 않았고, 동물들이 굶어 죽어간다는 사실을 어떻게 알았는지도 말하지 않았다. 하지만 그곳에 있던 우리 모두는 나폴레스 아시엔다가 융성하던 수년의 시간에 관해 잘 알 만큼 나이를 먹은 사람들이었기 때문에 그에게 그런 것을 묻는 사람은 아무도 없었다. 어느 백만장자 마약업자의 단순한 기벽이 반영된 동물원은 방문자들에게 이 위도상에서는 볼 수 없는 구경거리를 제공해주던 전설적인 장소였다. 나는 열두 살 12월 방학 때 그 동물원에 갔다. 물론 부모 몰래 갔다. 내 부모가 자신들의 아들이 그 동물원에 가서 즐거운 시간을 보낸다는 사실은 말할 것도 없고, 유명한 마피아의 동물원에 발을 디딘다는 사실 자체가 비난받을 짓이라고 생각했을 것이기 때문이다. 하지만 나는 당시 모든 사람의 입에 오르내리는 그곳을 구경하지 않고는 배길 수가 없었다. 그래서 함께 가자는 친구 부모의 초대를 받아들였다. 어느 주말 우리는 보고타에서 자동차로 여섯 시간이나 걸리는 푸에르토트리운포에 가려고 아침 일찍 일어났다. 아시엔다에 도착해 석조 대문(아시엔다의 이름이 두꺼운 파란색 글씨로 쓰여 있었다)을 통과한 뒤 벵골호랑이, 아마존의 과카마야 앵무새, 조랑말, 손바닥만한 나비, 심지어 인디언 코뿔소 한 쌍 사이에서 해가 저물 때까지 머물렀는데, 알록달록한 위장 조끼를 입은 소년이 파이사 지방 억양으로 설명해준 바에 따르면, 코뿔소는 불과 며칠 전에 그곳에 온 것이었다. 물론 하마도 있었는데, 아직은 단 한 마리도 과거의 영광스러운 시절로 돌아가지 않은 상태였다. 그래서 나는 당구장에서 그 남자가 언급한 동물이 무엇인지 잘 알고 있었다. 하지만 그의 말 몇 마디가 거의 십사 년이 지난 뒤 내 뇌리에 그 동물을 다시 떠오르게 했다는 사실은 제대로 인식하지 못했다. 나는 나중에야 그 모든 것을 확실히 이해했다. 그날 당구장에서 리카르도 라베르데는 유사 이래 가장 악명 높은 콜롬비아인 가운데 하나인 그 인물의 번영과 몰락을 놀라워하며 지켜보던 이 나라의 수많은 사람들 중 하나였을 뿐이고, 나는 리카르도 라베르데의 말에 그다지 신경을 쓰지 않았다.

그날 일어난 일에 관해 현재 내가 기억하고 있는 점은 바로, 리카르도 라베르데가 위압적으로 보이지 않았다는 것이다. 몸이 너무 마른 탓에 실제보다 키가 더 커 보였는데, 당구 큐 옆에 서 있던 모습을 통해 추정해보았을 때 사실 그의 키는 겨우 1미터 70센티미터 정도 되었을 뿐이었다. 숱 적은 쥐색 머리카락, 메마른 피부, 늘 지저분한 긴 손톱 때문에 병자 혹은 나태한 사람, 불모지 같은 이미지를 풍겼다. 막 마흔여덟이 되었으나 훨씬 더 늙어 보였다. 그는 호흡이 편치 않은지 말하는 데 힘을 들였다. 맥박은 약했고, 큐의 파란색 끝부분은 늘 공 앞에서 떨렸는데 몸이 더 심하게 망가지지 않은 것은 기적이나 다름없었다. 몸의 모든 부위가 피로해 보였다. 어느 날 오후, 라베르데가 당구장을 떠난 뒤 그와 게임을 하던 친구 하나가(나이는 라베르데와 같았으나 몸의 움직임은 라베르데보다 더 낫고 숨도 더 잘 쉬었는데, 그는 아마도 여전히 살아 있을 것이고 심지어 이 회고담을 읽고 있을지도 모른다) 내가 뭐라 묻지도 않았는데 그 이유를 말해주었다. "교도소 때문이죠." 그가 말을 할 때 금니에서 반짝거리는 빛이 살짝 내비쳤다. "교도소가 사람을 지치게 만들잖아요."

"교도소에 있었대요?"

"나온 지 얼마 안 됐답니다. 사람들 말에 따르면 한 이십 년은 있었다고 해요."

"사유가 뭔데요?"

"아, 그래, 그건 잘 몰라요." 그 남자가 말했다. "뭔가는 했겠죠, 안 그래요? 아무 잘못도 하지 않았는데 그토록 오랫동안 교도소에 있는 사람은 없으니까요."

물론 나는 그의 말을 믿었는데, 내가 달리 선택할 진실이 있다고 생각할 수 있도록 해주는 것이 전혀 없었기 때문이고, 또 당시에 리카르도 라베르데의 삶에 관해 누군가가 처음 내게 들려준 순진하고 꾸밈없는 이야기를 문제삼을 이유가 전혀 없었기 때문이다. 나는 전과자를 개인적으로 만난 적이 단 한 번도 없었고—'전과자'라는 표현 자체가 그에 대한 가장 좋은 증거라는 사실을 누구든 알 수 있을 것이다—, 그래서 라베르데에 대한 내 관심과 호기심은 더 커졌다. 장기형은 당시의 나 같은 청년에게는 늘 강한 인상을 주는 법이다. 계산을 해보니 라베르데가 교도소에 들어갔을 때 나는 막 걸음마를 뗐을 나이였는데, 한 남자가 장기형을 선고받아 세상이 어떻게 돌아가는지도 모르고, 새로운 것을 배우지도 못한 채 교도소에서 살아가는 동안, 다른 사람은 교도소 밖에서 성장하고 교육받고 성性이 무엇인지, 아마도 죽음이 무엇인지도(예를 들자면 애완동물의 죽음, 그리고 그 이후 할아버지의 죽음) 알게 되고, 애인을 사귀었다가 고통스러운 불화를 겪고, 결단을 할 수 있는 힘과 결단을 함으로써 얻게 되는 만족감이나 후회가 무엇인지 알고, 누군가에게 해를 끼치는 힘과 해를 끼침으로써 얻게 되는 만족감이나 죄책감이 무엇인지 알게 되었다는 생각을 반박할 사람은 아무도 없다. 교도소에서 사는 것은, 살았지만 살았다고 할 수 없는 삶이고, 아무리 움켜잡으려 해도 손가락 사이로 빠져나가버리는 삶이고, 한 사람이 고통스럽게 살아온 삶이기도 하지만 동시에 타인의 소유가 되어버린 삶, 그 삶 때문에 고통받지 않은 사람들의 소유가 되어버린 삶이기도 하다.

내가 거의 알아차리지 못하는 사이에 리카르도 라베르데와 나는 서로 가까워지고 있었다. 우리가 가까워지게 된 첫번째 계기는 우연이었다. 예를 들자면, 리카르도 라베르데가 언젠가 캐넌*을 했을 때 내가 박수를 쳤고—그는 쿠션을 이용해 캐넌을 하는 솜씨가 뛰어났다—, 그에게 내 당구대에서 함께 치자고 했거나 내가 그의 당구대에서 함께 쳐도 되겠느냐고 물었다. 내가 상수였고, 그가 나와 한편이 되면 마침내 더이상 지지 않을 수 있음에도 불구하고, 그는 비법의 전수자가 초보자를 받아들이듯 마지못해 내 제안을 받아들였다. 그때 나는 라베르데가 게임에 지는 것을 썩 중요하게 여기지 않는다는 사실을 알아차렸다. 게임 막바지에 그가 에메랄드색 천 위에 놓던 돈, 거무튀튀하고 쪼글쪼글한 지폐 두세 장은 그가 매일 쓰는 경비의 일부, 즉 자신의 예산에서 이미 허용되어 있는 차변借邊이었던 것이다. 라베르데에게 당구는 소일거리도 경쟁심의 발로도 아니었고, 자신이 그 순간 사회에 존재하는 유일한 방식이었다. 당구공이 서로 부딪칠 때 나는 소리, 점수판의 나무 주판알 부딪치는 소리, 오래된 당구 큐 끝에 파란색 초크를 문지를 때 나는 소리 등 그 모든 것이 그의 공적 삶을 이루고 있었다. 당구장 밖에서, 당구 큐를 손에 들지 않은 상태에서 라베르데는 누군가와

---

* 당구에서 친 공을 두 개의 목표 공에 연달아 맞히는 기술.

어떤 관계를 유지하는 것은 차치하고라도, 일상적인 대화도 제대로 나눌 수 없는 상태였다. "내가 다른 사람의 눈을 똑바로 쳐다본 적이 단 한 번도 없었다는 생각을 가끔 해요." 딱 한 번 우리가 다소 진지하게 대화를 나누었을 때 그가 내게 말했다. 물론 과장된 말이었으나 그가 일부러 과장을 했는지는 잘 모르겠다. 어쨌든 그는 그 말을 할 때도 내 눈을 쳐다보지 않았다.

많은 세월이 흐른 현재, 당시에는 없었던 이해력에 기반해 기억을 떠올리고 있는 현재, 그 대화를 되새기고 있는 나는 당시 내가 그 대화를 중요하게 여기지 않았다는 사실을 믿을 수가 없다. (그리고 동시에 나는, 우리가 현재 순간에 대한 최악의 심판관이라는 말을 스스로에게 하고 있는데, 아마도 그 이유는 사실 현재는 존재하지 않기 때문일 것이다. 모든 것은 기억인데, 내가 방금 전에 쓴 이 문장도 이제는 기억이 되고, 독자 여러분이 방금 전에 읽은 이 단어도 기억이 되기 때문이다.) 한 해가 끝나가고 있었다. 종강을 하고 시험을 치르는 기간이었다. 당구를 치는 것이 내 나날을 차지했고, 어떤 점에서는 나날의 삶에 형식과 목적을 부여했다. "아하," 리카르도 라베르데는 내가 당구장에 들어서는 것을 볼 때마다 이렇게 말했다. "기적처럼 나를 만났군요, 얌마라, 이제 나가려던 참이에요." 우리의 만남에서 뭔가가 바뀌고 있었다. 라베르데가 평소와 달리 내게 작별 인사를 하지 않은 그날 오후에 나는 그 사실을 알았다. 평소에 라베르데는 당구대 반대편에서 군인이 거수경례를 하듯 손을 이마에 갖다대면서 내게 작별 인사를 한 뒤 손에 큐를 들고 있는 나를 남겨두고 떠났는데, 그날 오후에는 나를 기다렸고,

내가 두 사람의 음료—브랜디 섞은 커피 네 잔과 마지막에 시킨 코카
콜라 한 병—값을 치르는 것을 지켜보고 나서 나와 함께 당구장을 나
섰다. 그는 나와 함께 자동차 배기가스 냄새와 튀긴 아레파* 냄새와 벌
어진 하수구에서 나오는 냄새 사이를 걸어 로사리오 광장 구석까지 갔
다. 그러고 나서 그는 지하 주차장의 어두컴컴한 입구까지 내려가는 경
사로가 시작되는 곳에서 내 어깨를 한 번 툭 쳤는데, 힘없는 손으로 힘
없이 친 걸로 봐서 작별의 표시라기보다는 애정 표현처럼 보였다. 그가
말했다.

"좋아요, 내일 봅시다. 처리할 일이 하나 있어서요."

나는 그가 에메랄드 상인들이 모여 있는 곳을 피해 카레라 셉티마로
이어지는 골목길 모퉁이를 돌아가는 모습을 본 뒤로 더이상 그를 보지
못했다. 거리는 크리스마스 조명, 즉 크리스마스 화관 모양 조명, 지팡
이사탕 모양 조명, 영어 단어 모양 조명, 그리고 (결코 눈이 온 적이 없
고 특히 12월에는 해가 가장 쨍쨍한 이 도시에서) 눈송이 모양의 조명
으로 장식되어가고 있었다. 하지만 낮에는 조명이 꺼지기 때문에 장식
효과가 없었다. 조명이 시선을 막고 풍경을 훼손하고 오염시켰다. 도로
이쪽에서 저쪽을 가로지르며 우리 머리 위에 늘어져 있는 전선들은 마
치 현수교 같았는데, 볼리바르 광장에서는 담쟁이덩굴처럼 국회의사
당의 이오니아식 기둥들과 대성당의 벽을 올라타고 있었다. 그래서 비
둘기들에게는 쉴 수 있는 전선이 더 많아진 셈이 되었고, 옥수수 노점

---

* 간 옥수수로 만든 빵으로 콜롬비아와 베네수엘라 등지에서 즐겨 먹는다.

상인들은 물건이 달려서 관광객의 수요를 충족시키지 못했고, 길거리 사진사들도 일손이 부족해 손님을 다 받을 수 없었다. 판초를 걸치고 펠트 모자를 쓴 사진사 노인들은 마치 암소를 몰아가듯 손님들을 낚아 채서는 사진을 찍기 직전에 검은색 모포를 뒤집어썼다. 그렇게 해야만 사진을 찍을 수 있었기 때문이 아니라 그들이 그렇게 해주기를 손님들 이 기대했기 때문이다. 그 사진사들 역시 과거에서 살아남은 사람들이 었는데, 과거에는 모든 사람이 자기 자신의 초상화를 만들지는 못했기 때문에 길거리에서 찍힌(많은 경우 당사자도 모르게) 자신의 사진을 산다는 생각이 완전히 터무니없는 것만은 아니었다. 나이가 좀 든 보고 타 사람은 모두 길거리에서 찍힌 사진 한 장 정도는 갖고 있었는데, 대 부분은 옛 상업 중심가이자 보고타 거리의 여왕인 카레라 셉티마에서 찍힌 것이었다. 우리 세대는 가족 앨범에서 그 사진들, 그러니까 조끼 까지 갖춰입은 양복 차림의 남자들과 장갑을 끼고 양산을 받쳐든 여자 들의 모습을 보면서 성장했다. 그들은 보고타가 더 춥고 비가 더 많이 오고, 더 단란했지만 덜 힘들지는 않았던 시절의 사람들이었다. 할아버 지가 오십년대에 산 사진과 그로부터 약 십오 년 후에 아버지가 산 사 진은 현재 내 서류들 사이에 있다. 하지만 리카르도 라베르데가 그날 오후에 산 사진은 없는데, 그 사진은 어찌나 선명하던지 내게 그림 그 리는 재주가 조금이라도 있었더라면 사진의 모든 선을 그려낼 수 있을 정도였다. 하지만 나에게는 그런 재주가 없었다. 그건 내가 갖지 못한 재주 가운데 하나다.

그것이 바로 라베르데가 해야 했던 용무였다. 그는 내 곁을 떠나 볼리바르 광장까지 걸으면서 일부러 그런 시대착오적인 사진을 한 장 찍었고, 다음날 사진을 들고 당구장에 왔다. 사진사의 사인이 들어 있는 세피아 톤 사진 속에는 평소보다 덜 서글프고 말수가 덜 적어 보이는 사내, 아니 만족감을 느끼고 있다고까지 말할 수 있을 사내가 있었는데, 만족감을 느끼고 있다는 평가는 최근 몇 개월 사이 발견된 여러 가지 증거를 통해 경솔하고 무분별한 것으로 판명되었다. 당구대에는 아직 검은 비닐 커버가 씌워져 있었는데, 라베르데는 비닐 커버 위에 그 사진, 자기 사진을 놓고 매료된 채 바라보았다. 사진 속 그의 머리는 단정하게 빗겨져 있고, 옷에는 주름 한 줄 없었으며, 비둘기 두 마리가 쫙 핀 오른손 손바닥에서 모이를 쪼아먹고 있었다. 그 뒤에서 배낭을 메고 샌들을 신은 구경꾼 남녀 한 쌍이 그를 쳐다보고 있었다. 뒷배경, 먼 뒷배경에 원근법 때문에 실물보다 조금 더 크게 보이는 작은 옥수수 수레 옆으로 대법원 건물이 보였다.

"아주 좋군요." 내가 말했다. "어제 찍었나요?"

"그래요, 바로 어제지요." 그는 이렇게 말하고 나서 묻지도 않았는데 다음과 같이 설명했다. "아내가 오거든요."

라베르데는 '그 사진이 선물이라고' 말하지 않았다. 왜 그토록 특이한 선물에 아내가 흥미를 보일지 설명하지 않았다. 자신이 교도소에서 오랜 시간을 보냈다는 사실도 언급하지 않았다. 비록 내게는 그런 상황이, 죽어가는 개를 깔고 앉아 있는 콘도르처럼, 드러나 있는 모든 상황이 명백해 보였다 할지라도 말이다. 어찌되었든, 리카르도 라베르데는 당구장에 있는 그 누구도 자신의 과거를 알지 못한다는 듯이 행동했다.

나는 그 순간 그 허구가 우리 사이에 미묘한 균형을 유지시켜주고 있다고 느꼈고, 그래서 그 허구를 이어가고 싶었다.

"오다니요, 그게 무슨 말인가요?" 내가 물었다. "대체 어디서 온다는 거예요?"

"아내는 미국인인데, 가족이 거기서 살아요. 아내는 지금, 웅, 그러니까 가족을 만나러 거기 가 있어요." 그러고는 말했다. "사진 잘 나왔어요? 좋아 보여요?"

"아주 잘 나온 것 같네요." 나는 본의 아니게 동조하는 태도로 말했다. "아주 근사하게 나왔어요, 리카르도."

"아주 근사하다." 그가 말했다.

"그러니까 그링가*하고 결혼했군요." 내가 말했다.

"그렇게 됐어요."

"크리스마스를 보내러 오나요?"

"그러기를 바라죠." 라베르데가 말했다. "꼭 그럴 수 있기를."

"왜 그러기를 바란다고 하는 거죠, 확실하지 않나요?"

"그래요. 먼저 아내를 설득해야 해요. 사연이 긴데 얘기해달라고 하진 말아요."

라베르데가 당구대에 씌워져 있던 검은 비닐 커버를 벗겼다. 그는 당구를 치는 다른 사람들처럼 그것을 한번에 잡아당기는 게 아니라 조심스럽게, 거의 애정 어린 태도로, 국장일에 국기를 접듯이 차곡차곡

_____

* 중남미에서 '그링고'는 미국 사람을 가리키는데 남자는 '그링고', 여자는 '그링가'라고 구분해서 부른다.

접었다. 당구를 치기 시작한 그는 당구대 위로 상체를 굽혔다가 일으켜 세운 뒤 가장 좋은 각도를 모색했으나, 결국 그 의식은 다른 당구공을 맞히는 것으로 끝나버렸다. "빌어먹을." 그가 말했다. "미안해요." 그는 점수판으로 다가가더니 자신이 몇 점을 쳤는지 묻고는 큐 끝을 이용해 점수를 올렸다(그는 본의 아니게 큐로 하얀 벽을 긁어버림으로써, 세월과 더불어 쌓여 있던 다른 파란색 점들 옆에 파란색 타원형 점 하나를 남겼다). "미안해요." 그가 다시 말했다. 그의 머리는 순식간에 다른 곳을 향해 있었다. 그의 동작, 융단 위에서 천천히 새로운 위치를 잡아가던 상아 공에 고정된 그의 시선은 떠나버린 사람의 것, 즉 일종의 귀신의 것이었다. 나는 라베르데와 그의 부인이 이혼했을 가능성에 대해 생각하기 시작했다. 그때 더 가혹하기 때문에 더 흥미로운 다른 가능성이 계시처럼 내게 다가왔는데, 바로 라베르데가 출감했다는 사실을 그의 아내가 모를 수도 있다는 것이었다. 당구공을 맞히고 잠시 뜸을 들이는 그 짧은 순간에 나는 보고타의 교도소에서 나오는 한 사내―내상상 속에 들어 있는 장면은 대학생 때 범죄학 과목의 수강생으로서 마지막으로 가본 시립 교도소에서 일어난 것이었다―, 우리 모두가 평생 한 번쯤은 보고자 원하는, 심지어 우리가 정교한 책략을 동원해 유도한 적이 있는 갑작스러운 사랑의 표현을 유일한 가족의 얼굴에서 보고 싶기 때문에, 너새니얼 호손의 웨이크필드와는 반대로 사무치게 그리워하던 그 누군가를 놀래주려고 자신의 출감 사실을 비밀로 하는 어느 사내를 상상했다.

"근데 부인 이름이 뭐예요?" 내가 물었다.

"엘레나." 그가 말했다.

"엘레나 데 라베르데." 나는 그 이름을 되새겨보듯이, 당시 콜롬비아에서 그 세대의 거의 모든 사람이 사용하던 소유격 전치사를 그의 성에 붙여서* 말했다.

"아뇨." 리카르도 라베르데가 내 말을 정정했다. "엘레나 프리츠예요. 우린 그녀의 이름에 내 성을 붙이는 걸 결코 원하지 않았어요. 나중에 알게 되겠지만 엘레나는 현대적인 여자거든요."

"그게 현대적인 건가요?"

"그래요, 당시에는 현대적이었어요. 자기 성을 바꾸지 않는 거 말이에요. 그렁가였기 때문에 사람들은 엘레나가 그렇게 하는 걸 눈감아주었죠." 그러고는 갑자기 쾌활하게 말했다. "어때요, 우리 가볍게 한잔할까요?"

우리가 목구멍에 의료용 알코올 맛을 남기는 화이트 럼주 한 병을 홀짝홀짝 마시는 사이에 오후가 지나갔다. 다섯시쯤 되었을 때 당구는 이제 우리에게 더이상 중요하지 않았고, 그래서 우리는 큐를 당구대 위에 방치해둔 채 당구공 세 개를 작은 직사각형 마분지 상자에 집어넣고는 피곤한 구경꾼들 혹은 동료들 혹은 게이머들처럼 나무의자에 앉았다. 각자 기다란 럼주 잔을 손에 든 채, 새로 넣은 얼음이 술과 잘 섞이도록 가끔 잔을 흔들어댔고, 땀과 초크 가루로 더러워진 손가락 때문에 갈수록 잔이 흐릿해졌다. 그곳에서 우리는 스탠드, 화장실 입구, 벽

---

* '데'는 스페인어에서 소유 관계를 나타내는 전치사로, '데 라베르데'는 '라베르데의'라는 뜻이다. 따라서 '엘레나 데 라베르데'는 '라베르데의 부인 엘레나'를 의미한다.

에 매달린 텔레비전이 있는 구석 자리를 바라보았다. 몇몇 당구대에서 벌어지던 게임에 관해 코멘트할 수도 있었다. 어느 게임에서는 우리가 전혀 본 적이 없는 네 사람이 비단 장갑을 끼고 분리 가능한 큐를 들고 있었는데, 그들은 우리 두 사람이 한 달에 쓰는 것보다 더 많은 돈을 한 게임에 걸었다. 우리는 나란히 앉아 있었고, 바로 그곳에서 리카르도 라베르데가 자신은 다른 사람의 눈을 똑바로 쳐다본 적이 결코 없다고 내게 말했다. 바로 그곳에서 리카르도 라베르데와 관련된 뭔가가 나를 불편하게 만들기 시작했다. 그러니까, 그의 말과 태도 사이에는 깊은 불일치가 있었다. 그의 태도에는 늘 품위가 있었지만 외모는 촌스러웠으며 경제 형편은 불안정했는데, 그는 이런저런 이유로 삶이 불안정한 사람들이 안정감을 얻기 위해 찾는 장소에 모습을 드러내곤 했다.

"참 이상한 일이에요, 리카르도." 내가 말했다. "당신이 무슨 일을 하는지 내가 단 한 번도 물어본 적이 없다는 게 말이에요."

"그렇군요, 단 한 번도 묻지 않았죠." 라베르데가 말했다. "나도 당신이 무슨 일을 하는지 물어본 적이 한 번도 없어요. 하지만 난 당신이 교수일 거라고 생각했어요. 시내에 대학이 너무 많아서 여기서는 다들 교수잖아요. 당신 교수죠, 얌마라?"

"그래요." 내가 말했다. "법학 교수예요."

"아하, 아주 근사하군요." 라베르데가 살포시 미소를 머금은 채 말했다. "이 나라에는 변호사가 충분하지 않아요."

그는 뭔가를 더 얘기하려는 것 같았다. 하지만 더이상 아무 말도 하지 않았다.

"아직 내 말에 대답하지 않았잖아요." 그때 내가 따졌다. "무슨 일을 하세요, 직업이 뭐냐니까요?"

잠시 침묵이 흘렀다. 그 이 초 동안 그의 머릿속에 대체 무슨 생각이 떠올랐을까? 세월이 흐른 지금 나는 그를 이해할 수 있다. 그는 참 신중하고, 부인을 참 잘하고, 참 과묵했다.

"조종사예요." 라베르데는 내가 그때까지 한 번도 들어본 적이 없는 목소리로 말했다. "더 정확하게 말하면 조종사였지요. 현재는 은퇴한 조종사고요."

"뭘 조종했나요?"

"조종이 필요한 것들을 조종했어요."

"좋지요, 근데 어떤 것 말이에요? 여객용 비행기? 경비용 헬리콥터? 그런 것에 관해서 나는……"

"이봐요, 암마라." 그가 느릿하지만 단호한 목소리로 내 말을 잘랐다. "나는 내 삶에 관해서는 아무에게나 얘기하지 않아요. 당구와 우정을 혼동하지 말아요, 부탁이에요."

그는 내게 무안을 줄 수도 있었을 것이나 그렇게 하지 않았다. 갑작스럽고, 더욱이 이유 없는 공격성이 드러나 있는 그의 말투는 은연중 부탁조였다. 그의 거친 대답 뒤로 후회 또는 화해를 의미하는 제스처가 뒤따랐는데, 이는 필사적으로 관심을 끌고자 하는 어린애 같은 태도였기 때문에 나는 어린애의 태도를 용서하듯 그의 거친 반응을 용서했다. 당구장 지배인 돈 호세가 이따금 우리에게 다가왔다. 뚱뚱한데다 대머리에 푸주한처럼 앞치마를 두른 그는 우리에게 얼음 섞은 럼주 잔을 가져다주고는 이내 스탠드 옆에 있는 알루미늄 벤치로 돌아가서 〈엘 에스파시오〉에 나오는 십자말풀이에 돌입했다. 나는 리카르도 라베르데의 아내 엘레나 데 라베르데를 생각했다. 어느 해 어느 날, 리카르도는 그녀의 삶을 떠나 교도소에 들어갔다. 하지만 그가 교도소에 갈 만한 짓을 했을까? 여러 해 동안 그의 아내가 그를 찾아간 적이 단 한 번도 없었을까? 어떤 연유로 조종사가 보고타 시내의 당구장에서 내기 당구에 돈을 허비하고 허송세월하면서 인생을 종치고 있었을까? 나중에 각기 다른 말로 표현되거나 가끔 말이 필요 없는 상태에서 반복되었을 이 생각이 직관적이고 엉성하게나마 내 머리에 떠오른 것은 아마 그때가 처음이었을 것이다. '이 남자가 늘 이런 남자였던 건 아니야. 전에는 다른 남자였어.'

우리가 당구장을 나왔을 때는 이미 날이 어두워져 있었다. 우리가 당구장에서 술을 얼마나 마셨는지 지금은 헤아릴 수 없지만, 럼주가 머리끝까지 올라오고 라칸델라리아의 보도들이 한층 좁게 보였다는 사실은 기억하고 있다. 우리는 겨우 길을 따라 걸을 수 있었다. 사람들은 집으로 돌아가려고 시내의 수많은 사무실에서 나오거나, 크리스마스 선물을 사려고 가게로 들어가거나, 길모퉁이에 모여 버스를 기다리고 있었다. 당구장에서 나온 리카르도 라베르데가 처음으로 한 일은 오렌지색(또는 그곳의 노란 불빛 아래서 오렌지색으로 보인 색) 옷을 입은 여자와 부딪칠 뻔한 것이었다. "똑바로 보고 걸어, 이 멍청아." 여자가 리카르도 라베르데에게 말했는데, 그때 나는 그를 그런 상태로 집에 보내는 것은 무책임할뿐더러 위험하기까지 한 일임이 분명하다고 생각했다. 나는 그에게 데려다주겠다고 제의했고, 그는 내 제의를 받아들였거나 적어도 인지할 수 있는 방식으로는 거부하지 않았다. 우리는 몇 분 만에 라보르다디타 성당의 닫혀 있는 문 앞을 지나갔고, 어느 순간부터는 군중이 우리 뒤에 남게 되었는데, 마치 우리가 다른 도시, 통행금지 상태에 있는 어느 도시로 들어간 것 같았다. 깊디깊은 라칸델라리아는 시간 너머에 있는 곳이었다. 보고타 전체를 통틀어 이 지역의 몇몇 길에서만 한 세기 전의 삶이 어떠했을지 상상할 수 있다. 라베르데가 처음으로 친구에게 하듯 내게 말을 한 것은 우리가 그렇게 걸어가고 있을 때였다. 처음에 나는 그가 아까 괜히 무례하게 굴어놓고는(알코올은 늘 이런 후회, 이런 내밀한 죄책감을 야기한다) 내 환심을 사려 애쓴다고 생각했다. 그러고 나서 나는 그가 그렇게 한 데는 무언가가, 내가 이해하지 못하는 동기를 지닌 어떤 시급한 용무가, 미룰 수 없는 어떤 의무가 있었을 것이라 생각했다. 세상의 모든 주정꾼이 자기 이야기를 늘어놓기 시작할 때 다들 그렇게 대해주듯이, 나 또한 그의 비위를 맞춰주었다. "그녀는 내가 가진 모든 것이에요." 그가 말했다.

"엘레나요?" 내가 물었다. "부인 말인가요?"

"모든 것, 내가 가진 모든 것이에요. 나더러 자세히 얘기해달라고는 하지 말아요, 얌마라, 자신의 과오를 얘기하는 것은 그 누구에게도 쉬운 일이 아니죠. 모든 사람이 그렇듯 나도 과오를 저질렀어요. 아내에게 실수를 해버렸어요. 아주 못할 짓을 해버렸단 말입니다. 당신은 아주 젊어요, 얌마라, 당신은 너무 젊기 때문에 아마도 이런 과오를 저지른 적이 없는 순수한 상태일 거요. 내가 말하는 실수라는 건 누가 자기 애인을 속였다느니, 가장 친한 친구의 애인을 범했다느니, 하는 그런 게 아니란 말입니다. 그런 건 애들이나 하는 짓이잖아요. 진짜 실수를 말하고 있는 거요, 얌마라. 그건 당신이 아직 잘 알지 못하는 거요. 그래요, 얌마라. 즐길 수 있을 때 즐기는 게 좋아요. 남자는 여자에게 어떤 식으로든 못할 짓을 할 때까지는 행복하지요. 일단 잘못을 저질러버리면 나중에 회복할 방법이 없어요. 좋아요, 그게 바로 내가 앞으로 며칠 동안 확인하고자 하는 거예요. 엘레나가 올 것이고 나는 과거를 회복하려고 애쓸 거예요. 엘레나는 내가 목숨처럼 사랑하는 여자요. 그런데 우리는 헤어졌어요. 헤어지기를 원하지 않았으나 헤어지고 말았어요. 삶이 우리를 헤어지게 했는데, 삶은 그런 짓들을 하곤 하지요. 내가 엘레나에게 못된 짓을 해버린 거요. 내가 못된 짓을 해서 우리가 헤어져버린 거라고요. 중요한 것은 그녀에게 못된 짓을 했다는 게 아니에요, 얌마라, 내 말 잘 들어요. 중요한 것은 내가 엘레나에게 한 실수 자체가 아니라 그 실수를 보상할 줄 알아야 한다는 것이오. 비록 세월이 흘렀다 해도, 수많은 해가 흘렀다 해도 자신이 깨뜨려버린 것을 고치기에는 결코 늦지 않은 법이오. 그게 바로 내가 하려는 것이에요. 이제 엘레나가 올 테고, 그것이 바로 내가 하려는 것이죠. 그 어떤 실수도 영원히 지속될 수는 없는 법이에요. 그 모든 것은 오래전, 아주 오래전 일어난 일이지요. 내 생각에 당신이 아직 태어나지도 않았을 때일 거요. 1970년쯤이었어요. 몇 년생이죠?"

"1970년생이에요." 내가 말했다. "정확히."

"확실해요?"

"확실해요."

"71년에 태어난 거 아닌가요?"

"아니에요." 내가 말했다. "70년에 태어났어요."

"아무튼, 좋아요. 그해에 많은 일이 있었어요. 그뒤 몇 년 동안에도 물론 많은 일이 있었지만, 특히 그해가 그랬죠. 그해가 우리의 삶을 바꾸어버린 거요. 나는 우리가 헤어지도록 방치해버렸어요. 근데 중요한 건 그게 아니에요, 얌마라, 내 말 잘 들어요. 중요한 건 그게 아니라 앞으로 일어나게 될 일이에요. 이제 엘레나가 올 거고, 문제를 정리하는 것, 그게 바로 내가 하려는 일이에요. 썩 어렵지는 않을 거요, 그렇지 않나요? 잘못 접어든 길을 한참 따라가다가 나중에 바른 길로 되돌아가는 사람이 몇이나 될까요? 많을까요, 그렇지 않을까요? 내가 하려는 게 바로 그겁니다. 썩 어렵지는 않을 거예요."

리카르도 라베르데는 내게 그 모든 말을 했다. 그가 사는 동네로 접어들었을 때는 주변에 우리 두 사람밖에 없었는데, 정말 우리 두 사람뿐이었기 때문에 우리는 의식하지 못한 사이에 길 한가운데로 걷고 있었다. 낡은 신문이 잔뜩 실리고, 삐쩍 마른 노새 한 마리가 끄는 짐수레가 길을 따라 내려오고 있었는데, 노새의 고삐(매듭이 지어진 용설란 밧줄이 고삐 역할을 하고 있었다)를 잡고 있던 사내가 우리더러 비켜달라며 휘파람을 불었다. 노새가 그 순간에 똥을 쌌는지는 모르겠지만, 노새의 똥 냄새가 떠오르고, 짐수레 뒤 나무판자에 앉아 발을 아래로 늘어뜨린 채 가고 있던 소년의 눈빛 역시 떠오른다. 내가 라베르데와 작별 인사를 하려고 한 손을 뻗는 순간 라베르데가 내게 등을 돌리고 구식 열쇠로 집 현관문을 열었기 때문에 내 손이 볼리바르 광장에서 찍은 사진 속의 손처럼, 비둘기들에 뒤덮인 그 손처럼 공중에 머물렀던 것이 기억난다. 그때 라베르데가 내게 말했다.

"지금 돌아갈 거라고 말하지 말아요. 재미있게 얘기하는 중이니 들어와서 밤술이나 해요, 젊은 친구."

"가야 된단 말이에요, 리카르도."

"사람은 언젠가 다 죽기 마련이에요." 그는 혀가 약간 꼬인 상태로 말했다. "딱 한 잔만 하겠다고 맹세할게요. 하느님에게 버림받은 이곳까지 이미 와버렸잖아요."

우리는 식민지풍의 낡은 단층집 앞에 있었다. 어느 역사, 문화적인 현장처럼 돌보지 않은 상태로 쇠락해 을씨년스러운 그 집은, 대대손손 대물림되다가 가족들이 가난해지는 바람에 결국 가문의 마지막 후손이 빚에서 벗어나려고 팔거나 하숙집 또는 유곽으로 사용하게 되는 그런 집처럼 보였다. 라베르데는 현관 문지방에 서더니 노련한 술꾼만이 지닌 불안정한 균형을 유지한 채 한 발로 현관문을 열어 고정시켰다. 안을 들여다보니 먼저 바닥에 벽돌이 깔린 복도가, 그리고 내가 본 정원들 가운데 가장 작은 식민지풍 정원이 눈에 들어왔다. 정원 중앙에는 전통적인 분수 대신에 빨랫줄이 있었고, 복도의 석회 벽은 벌거벗은 여자들 사진이 실린 달력으로 장식되어 있었다. 나는 그와 유사한 몇몇 집에 가본 적이 있었기 때문에 어둑한 복도 너머에는 무엇이 있을지 상상할 수 있었다. 헛간처럼 맹꽁이자물쇠로 잠그게 되어 있는 초록색 나무문이 달린 방들을 상상하면서 라베르데가 가로 3미터 세로 2미터짜리 헛간들 가운데 하나를 주 단위로 세내어 살고 있을 거라고 생각했다. 하지만 늦은 시각이었고, 나는 다음날 학생들의 성적을 학교에 넘겨야 했고(이는 대학의 참을 수 없는 부르주아적 요구에 의한 것이었는데, 학교는 도무지 기한을 늦춰주지 않는다), 게다가 해가 떨어진 지 몇 시간이 지난 이슥한 밤에 그 동네를 걷는 것은 운을 과도하게 시험해보는 무모한 행위였다. 술에 취한 라베르데는 그토록 빨리 밝히리라고는 차마 예상하지 못했던 내밀한 얘기를 막 들려주려 했고, 그 순간 나는 다음과 같은 사실을 깨달았다. 하나는 그가 어떤 종류의 비행기를 조종했는지 물어봐야 한다는 것이고, 다른 하나는 그와는 별개로 그가 잃어버린 사랑 때문에 우는 것을 보기 위해 그의 작고 누추한 방으로 함께 들어가야 한다는 것이었다. 누군가와 친해진다는 것이 나에게는 결코 쉽지 않은 일이었는데, 특히 남자들과 친해지는 것은 훨씬 더 쉽지 않았다. 나는 라베르데가 내게 말해주게 될 모든 것을 그가 다음날 집밖 혹은 공공장소에서, 공허한 동지애도 없이, 내 어깨에 눈물을 떨어뜨리지도 않은 채, 남자들 사이에 흔히 있기 마련인 피상적인 결속력도 없이 말할 수도 있다고 생각했다. 세상이 내일 끝나버리지는 않을 거라고 생각했다. 라베르데도 자신이 살아온 세월을 잊지 않을 것이다. 그래서 나는 내가 이렇게 내뱉은 말을 들었을 때도 그리 놀라지 않았다.

"정말 안 돼요, 리카르도. 다음번에 해요."

그는 잠시 가만히 서 있었다.

"그럼, 그럽시다." 그가 말했다. 설사 실망이 컸다 할지라도 실망감을 내비치지는 않았다. 그는 이미 몸을 돌린 채 현관문을 닫고 있었다. 그러고는 중얼거렸다. "다음번에 하죠."

물론 내가 지금 알고 있는 사실을 당시에 알았더라면, 리카르도가 내 삶에 어떤 식으로든 영향을 미치리라는 사실을 내가 예견할 수 있었더라면, 그 초대에 관해 두 번 다시 생각하지 않았을 것이다. 그후 나는, 그때 내가 라베르데의 초대를 받아들였더라면 어떻게 되었을까, 결코 마지막 잔이 될 수 없는 마지막 한 잔을 마시려고 내가 그 방으로 들어갔더라면 그가 내게 무슨 얘기를 했을까, 그런 것이 나중에 일어난 일을 어떻게 바꾸었을까 종종 자문한 적이 있다.

하지만 그 모든 질문은 아무 소용이 없다. 걷지 않은 길들에 관해 숙고하거나 추정하는 것보다 더 불행한 광증은 없고, 더 위험한 변덕은 없는 법이니까.

그를 다시 보기까지는 많은 시간이 흘렀다. 그날 이후 며칠 동안 두어 번 당구장에 들렀지만 내 일상은 그의 일상과 일치하지 않았다. 내가 그의 집으로 찾아갈 수도 있다는 생각이 퍼뜩 들었을 때, 나는 그가 여행을 떠나버렸다는 사실을 알았다. 하지만 누구와 함께 어디로 떠났는지는 알 수 없었다. 어느 날 오후 라베르데가 자신의 당구 게임비와 당구장에서 마신 음료값을 지불한 뒤 며칠 휴가를 떠나겠다고 말하고는, 그다음날 강박관념에 사로잡힌 도박꾼의 일시적인 행운처럼 사라져버렸던 것이다. 나 역시 당구장에 발을 끊었는데, 라베르데가 사라지자 갑자기 당구에 대한 관심을 잃어버린 탓이었다. 대학은 방학이라 문을 닫았고, 강의실과 시험을 둘러싸고 돌아가던 모든 일상은 멈췄고, 대학의 공간들은 텅 비어버렸다(말소리가 들리지 않는 강의실들, 분주함이 사라진 사무실들). 벌써 몇 개월 동안 어느 정도는 비밀스러운 방식으로, 적어도 용의주도하게 사귀던 옛 제자 아우라 로드리게스가 임신을 했다고 내게 말한 때는 바로 그 휴지기였다.

아우라 로드리게스. 그녀의 혼란스러운 성姓들에는 알주레라는 성과 하다드라는 성이 들어 있고, 레바논계의 피가 그녀의 깊은 눈에, 짙은 눈썹 사이에, 좁은 이마에 드러나 있었는데, 이런 생김새는 진지하다는 인상을 풍기거나 심지어 외향성이나 상냥함과는 거리가 먼 사람의 화난 듯한 인상을 풍길 수도 있었다. 짧은 미소, 무례할 정도로 진지하게 보이는 눈은, 그녀의 얼굴이 아무리 예쁘다 할지라도(그래, 예뻤다, 아주 예뻤다) 긴장하거나 화를 내는 순간 입으로 숨을 쉬려고 입술을 반쯤 벌리면서 눈썹을 살짝 찡그리는 바람에 표정이 굳어지고 심지어 적대적으로 변할 수도 있는 그녀의 얼굴을 부드럽게 만들거나 적대감을 상쇄시켰다. 나는 일부분일망정 아우라가 마음에 들었는데 그녀의 삶과 내 삶에 공통점이 적었기 때문이다. 그녀의 삶은 유년 시절에 집을 떠나는 것으로 시작되었다. 카리브에서 태어난 아우라의 부모는 어린 딸을 안고 보고타에 왔으나 의뭉스럽고 영악한 사람들이 사는 이 도시에 결코 정을 붙일 수 없었고, 몇 년이 흐른 뒤 결국 산토도밍고에서, 그리고 멕시코시티에서, 나중에는 아주 잠깐 칠레의 산티아고에서 일할 기회를 잡았다. 따라서 아주 어렸을 때 보고타를 떠난 아우라의 사춘기는 일종의 순회 서커스단이었고, 동시에 영원히 끝나지 않을 심포

니였다. 아우라의 가족은 1994년 초, 파블로 에스코바르가 살해당하고 몇 주가 지난 뒤에 보고타로 돌아왔다. 고난의 십 년은 이미 끝나 있었고, 아우라는 여기서 살던 우리가 보고 들은 것을 영원히 모른 채 살게 될 터였다. 어린 시절 이곳을 떠난 아가씨가 나중에 대학 입시 면접을 보러 학교에 갔을 때 단과대 학장은 모든 지원자에게 한 질문을 그녀에게 했다. 왜 법학인가요? 아우라는 횡설수설 대답했으나 결국은 미래와 관련된 이유보다는 가까운 과거와 관련된 이유를 대면서 말을 마쳤다. "한곳에서 조용하게 살기 위해서입니다." 그녀는, 변호사들은 자신들이 공부했던 곳에서만 일을 할 수 있다고 말했는데, 안정을 찾는 일은 그녀에게 급선무처럼 보였다. 아우라가 그 순간에 얘기하지는 않았으나 그녀의 부모는 이미 다음 여행을 계획하고 있었고, 그녀는 그 여행에 동참하지 않기로 마음먹은 상태였다.

그래서 아우라는 싸구려 가구 몇 개가 놓인 아파트에서 바랑키야 출신 여자 둘과 살면서 보고타에 머물렀는데, 그 아파트에서는 세입자들을 포함해 모든 것이 일시적이었다. 그녀는 법학 공부를 시작했다. 그녀는 내가 초임 교수로서 첫해를 보내는 동안 내 제자였다. 그리고 우리가 같은 복도를 함께 사용했다 할지라도, 우리가 학생들이 자주 가는 몇몇 시내 카페에 자주 들락거렸다 할지라도, 공공 사무실 같은 분위기에 세제 냄새가 나고 관료적인 하얀 판석이 깔린, 변호사들이 이용하는 서점 레히스나 테미스에서 가끔 서로 인사를 했다고 할지라도, 우리는 그해 마지막 학기가 끝난 뒤로 다시는 보지 못했다. 그러다 어느 3월 오후, 우리는 카예 24에 있는 극장에서 불현듯 다시 만났다. 우리

둘이 각자 혼자서 흑백영화를 보고 있었다는 사실이(당시 부뉴엘 감독의 특별전이 열렸고, 그날 오후에는 〈사막의 시몬〉을 상영하고 있었는데, 나는 영화가 시작된 지 십오 분 만에 잠들어버렸다) 우스웠다. 우리는 다음날 커피나 한잔 하자며 전화번호를 교환했다. 약속한 날에 커피를 마시면서 쓸데없는 얘기를 나누다가 우리는 서로의 삶에 대해 얘기하는 데는 관심이 없다는 사실을, 썰렁한 강의실에서 처음 마주친 뒤부터 그동안 각자 나름대로 상상하던 서로의 육체를 침대에 누워 바라보면서 나머지 오후 시간을 보낼 수 있는 곳으로 가고 싶어한다는 사실을 인식했을 때 마시던 커피를 반쯤 남겨둔 채 카페를 나왔다. 나는 그녀의 허스키한 목소리와 도드라진 쇄골을 기억하고 있었다. 젖가슴 사이에 있는 주근깨가 나를 놀라게 했고(나는 그녀의 얼굴처럼 투명하고 반들반들한 피부를 상상했다), 과학적으로는 설명할 수 없지만 늘 차가운 그녀의 입술 또한 나를 놀라게 했다.

하지만 나중에는 놀랄 만한 일, 탐구해서 새롭게 알아낸 사실들, 우연히 발견한 사실들, 그리고 각종 실수들이, 예측할 수 없기 때문에 더욱 놀라울 수 있는 다른 상황을 유발했다. 이어지는 며칠 동안 우리는 쉼 없이 만났고, 그런 비밀스러운 만남 뒤에도 각자의 세계가 그리 많이 바뀌지 않았다는 사실을 계속해서 확인했다. 우리의 관계는 우리 삶의 실제적인 측면에 좋은 영향도 나쁜 영향도 미치지 않았고, 텔레비전 연속극의 에피소드들처럼 우리와 함께 공존했다. 우리는, 적어도 나는 서로를 그리 많이 알지 못한다는 사실을 깨달았다. 나는, 밤에 나와 함께 잠을 자고, 자신의 또는 타자의 일화를 내뱉기 시작함으로써 내게 완전히 새로운 세계를 만들어주는 여자를 발견하면서 많은 시간을 보냈다. 예를 들어 아우라는 친구의 집에서 두통을 유발하는 냄새가 난다거나 두통이 완전히 과나바나 아이스크림 맛이라는 얘기를 했다. "내 곁에 있는 여자가 공감각共感覺에 이상이 있다니." 내가 그녀에게 말했다. 나는 구두 한 켤레 혹은 별 의미 없는 작은 반지라 할지라도 선물을 열어보기도 전에 코를 갖다대는 사람을 결코 본 적이 없다. "반지에서는 어떤 냄새가 나지?" 내가 아우라에게 물었다. "아무 냄새도 나지 않아요, 사실이에요. 근데 그걸 설명할 방법이 없네요."

우리가 평생을 그런 식으로 지낼 수 있으리라고는 생각하지 않았다. 크리스마스가 되기 오 일 전에 아우라는 바퀴가 작고, 사방에 주머니가 잔뜩 달린 빨간색 여행 가방을 끌고 내 앞에 나타났다. "나 육 주 됐어요. 우선 휴가를 함께 보내고 어떻게 할지는 나중에 생각해보죠." 그녀가 말했다. 여행 가방에 달린 한 주머니에는 디지털 알람시계와 연필이 들어 있을 거라는 내 예상과 달리 화장품 파우치가 있었고, 다른 주머니에는 그 당시 부에노스아이레스에 잘 정착해 있던 아우라의 부모님 사진이 있었다. 아우라가 사진을 꺼내더니 침대 사이드 테이블 둘 가운데 하나에 뒤집어놓았는데, 그녀는 내가 그렇게 하자고, 휴가를 함께 보내자고, 그건 좋은 생각이라고 말할 때만 사진을 다시 뒤집었다. 그러고는—그 사진의 이미지는 내 기억에 아주 생생하게 남아 있다—그녀는 침대, 말끔하게 정리되어 있는 내 침대에 벌렁 드러눕더니 눈을 감고 말을 하기 시작했다. "사람들이 날 믿지 않아요." 그녀가 말했다. 나는 그녀가 임신에 관해 말하는 줄 알고 이렇게 말했다. "누구? 누군가에게 그걸 말했어?" "내 부모에 관해 말할 때면 사람들이 날 믿지 않는다니까요." 아우라가 말했다. "날 믿지 않아요." 나는 아우라 옆에 드러누워 깍지 긴 두 손으로 머리를 괸 채 그녀의 말을 들었다. "예를 들어, 내 부모가 당신들만으로도 충분했을 텐데 나를 왜 낳았는지 이해하지 못하겠다고 하면 사람들이 내 말을 믿지 않는다니까요. 내 부모는 지금도 부족한 게 없어요. 자신들만으로도 충분하단 말이에요. 당신 그런 거 느낀 적 있어요? 부모와 함께 있는데, 갑자기 자신이 잉여물이 되었다고, 갑자기 남아서 겉도는 존재가 되었다고 느낀 적이 있냐고요? 나는 그런 느낌을 많이 받아요. 아주 많이 받아서 결국 혼자 살게 되었죠. 이상한 일이에요. 부모와 함께 있을 때 부모가 무언가 이미 알고 있다는 눈빛을 서로 교환하고서 우스워죽으려 하는데도, 정작 당신은 두 사람이 웃는 이유를 모른다는 것 말이에요. 더 이상한 것은, 당신이 부모에게 왜 웃는지 물으려고 하지 않는다는 거죠. 그런 눈빛은 내게 오래전에 각인된 것인데요, 그건 단순한 공모의 눈빛이 아니라 공모보다 훨씬 더한 무엇이에요, 안토니오. 어렸을 때 멕시코와 칠레에서 그런 눈빛을 본 게 한두 번이 아니에요, 한두 번이 아니라고요. 내 부모가 자신들의 마음에는 들지 않지만 어찌되었든 초대한 사람들과 함께 식사를 할 때, 거리에서 얼토당토않은 말을 하는 누군가를 만났을 때, 순간적으로 오 초 먼저 '엄마 아빠가 이제 그런 눈빛을 하겠군' 하고 생각하면, 실제로 오 초 후에 내 부모는 눈썹을 움직이면서 서로의 눈을 쳐다보았고, 나는 부모의 얼굴에서 나 말고 그 누구도 보지 못한 미소, 그들이 사람들을 조롱할 때 짓는 미소, 아무도 무언가를 그런 식으로 조롱하는 것을 결코 본 적이 없는 그 미소를 보았어요. 사람이 진짜 미소를 드러내지 않고 미소를 짓는 게 과연 가능할까요? 그런데 안토니오, 내 부모는 그게 가능했어요. 거짓말이 아니라 맹세코 나는 그런 미소와 함께 자랐어요. 그게 왜 나를 그토록 괴롭혔을까요? 그게 아직도 나를 괴롭히고 있는데, 왜 그것이 그토록 나를 괴롭히는 걸까요?"

아우라의 말에는 슬픔이 아니라 짜증, 아니 분노가 들어 있었는데, 그 분노는 무관심이나 무시에 의해 기만당한 자의 것, 그래, 그랬다, 속임을 당한 자의 분노였다. "방금 뭔가가 떠올랐어요." 그때 그녀가 말했다. "내가 열네댓 살쯤 되었을 때, 우리 가족은 멕시코로 떠나기 직전이었어요. 수업이 있는 금요일이었는데, 나는 지리나 수학에 썩 흥미가 없던 친구 몇과 수업을 빼먹고 놀기로 작정했지요. 우리는 어느 공원을 가로질러갔어요. 산로렌소 공원이었는데 이름은 그리 중요하지 않아요. 그때 나는 아빠를 아주 많이 닮았지만 아빠 것이 아닌 차를 타고 있던 한 아저씨를 보았어요. 아저씨는 길모퉁이에 차를 세워놓고 대로 쪽을 보고 있었는데, 엄마와 아주 많이 닮았지만 엄마 것이 아닌 옷을 입고, 엄마와 달리 머리가 빨간 아주머니가 그 차에 탔어요. 공원 건너편에서 일어난 일이었는데, 두 사람은 공원 둘레길을 아주 천천히 돌아 친구들과 내가 있는 곳 앞으로 지나가는 수밖에 없었어요. 지금 돌이켜보면 도대체 무슨 생각으로 그들에게 멈추라는 신호를 했는지 모르겠지만, 그들이 내 부모를 닮았다는 느낌이 너무 강했어요. 그래서 그들은 멈추었고, 나는 보도에 있고 차는 차도에 있게 되었는데, 아주 가까이 있었기 때문에 두 사람이 정말 아빠와 엄마라는 사실을 금방 알아보았죠. 그래서 나는 그들에게 미소를 지으며 뭘 하고 계신지 물었는데 갑자기 무서워지기 시작했어요. 그들이 나를 쳐다보더니 나를 모른다는 듯이, 나를 결코 본 적이 없다는 듯이 말했거든요. 마치 내가 함께 있던 친구들 가운데 하나라도 된다는 듯이. 나중에야 나는 그들이 게임을 하고 있었다는 사실을 알았어요. 남편이 길거리에서 값비싼 창녀를 만나는 게임이었죠. 그들은 게임을 하고 있었고, 내가 자신들의 게임을 방해하도록 내버려둘 수 없었던 거예요. 그날 밤은 모든 것이 정상이었어요. 우리 가족은 집에서 식사를 하고 텔레비전을 보았는데 모든 게 평소와 똑같았어요. 아빠와 엄마는 아무 말도 하지 않았어요. 나는 며칠 동안 그 일을 떠올렸어요. 이해하지 못한 채. 단 한 번도 느껴본 적이 없는 어떤 것을 느꼈어요. 두려움을 느꼈지만 이유가 없는 두려움이었는데 정말 터무니없지 않아요?" 아우라가 (입술을 이에 바짝 붙인 채) 공기를 한 모금 들이마시고는 소곤거렸다. "이제 내가 아이를 갖게 되었어요. 근데 준비가 되어 있는지 모르겠어요, 안토니오. 준비가 되어 있는지 모르겠다고요."

"준비가 되어 있는 것 같은데." 내가 그녀에게 말했다.

나 역시 소곤거리듯 말했던 걸로 기억한다. 그러고 나서 내가 또 소곤거리듯 아우라에게 말했다. "뭐든 좋아. 우린 준비가 되어 있으니까." 아우라는 대답 대신 울기 시작했는데, 소리는 내지 않았으나 계속해서 울다가 잠이 들어서야 그쳤다.

1995년 말의 기후는 사바나 특유의 특성을 드러냈다. 사바나 기후일 때 하늘이 새파란 안데스 고지는 새벽녘에 기온이 영하로 떨어지며 건

조한 바람 때문에 감자 재배지나 콜리플라워 재배지가 바싹 말라버린다. 반면에 낮에는 해가 쨍쨍하고 날씨가 더우며, 햇빛이 너무 강해 목덜미와 광대뼈가 빨갛게 변해버린다. 그 기간에 나는 사춘기 소년처럼 끈기 있게—아니, 강박적으로—아우라에게 헌신했다. 우리는 의사의 권유에 따라 산책을 하고, (그녀는) 오랜 시간 낮잠을 자고, (나는) 가당치도 않은 연구 논문을 읽고, (우리 두 사람은) 영화들이 정식으로 보고타의 빈약한 영화 게시판에 올라오기 며칠 전에 그 해적판을 보면서 나날을 보냈다. 밤이면 아우라는 나와 함께 내 가족이나 친구들 집에서 열리는 구일기도에 참석했다. 우리는 춤을 추고 무알코올 맥주를 마시고 회전발사폭죽과 화산폭죽에 불을 붙여, 그 도시의 누르스름한 밤하늘에서, 결코 완벽하지 않은 어둠 속에서 요란한 소리를 내며 다양한 색깔로 터지는 폭죽을 쏘았다. 그리고 나는 리카르도 라베르데가 그 순간에 무엇을 하고 있을지 결코 자문해보지 않았다. 그 역시 구일기도를 하고 있을지, 구일기도를 하는 곳에 폭죽이 있을지, 그가 폭죽을 쏘아올릴지, 회전발사폭죽에 불을 붙일지, 그것을 혼자서 할지, 아니면 동료들과 함께 할지 말이다.

구일기도를 마친 다음날 아침, 구름이 끼고 어두침침한 아침에 아우라와 나는 처음으로 초음파검사를 하러 갔다. 아우라는 태아의 상태를 알아보는 초음파검사를 하마터면 취소할 뻔했다. 다시 검사를 하려면 이십 일을 더 기다려야 하고, 그러면 여러 가지 심각한 문제가 발생할 수 있다는 사실을 인지하고 있지 않았더라면 검사를 취소해버렸을 것이다. 검사를 취소하려고 한 이유는 그날 아침이 평상시의 아침과 달랐고, 여느 해의 여느 12월 21일 같은 12월 21일이 아니었기 때문이다. 방송국과 신문사는 마이애미를 출발해 칼리의 알폰소 보니야 아라곤 국제공항에 도착하기로 되어 있던 아메리칸 항공 965편이 전날 밤 엘 딜루비오 산 서쪽 허리에 충돌해 폭발했다는 뉴스를 꼭두새벽부터 보도하고 있었다. 비행기에는 백오십오 명의 승객이 탑승해 있었는데, 대다수는 칼리가 아니라 마지막 밤 비행기를 타고 보고타로 가려던 사람들이었다. 처음 보도되었을 당시 생존자는 네 명뿐이었는데, 모두 중상이었고 생존자 수는 더이상 늘지 않을 것이라고 추정되었다. 나는 방송국들이 일제히 내보내는 뉴스를 통해 필수적인 세부 사항—그 비행기는 757기였는데, 별이 총총하고 청명한 밤이었기 때문에 사고가 인재였다는 소문이 나돌기 시작했다—을 알게 되었다. 참으로 안타까운 사건이라 생각했고, 가족과 함께 명절을 보내려고 기다리고 있던 사람들, 비행기에 앉아 목적지에 도달하지 못할 거라는 사실과 자신들이 삶의 마지막 몇 초를 살고 있다는 사실을 순간순간 인지했을 사람들에게 한량없는 연민을 느꼈다. 하지만 그것은 잠깐 사이에 겉으로만 느낀 연민이었는데, 비좁은 검사실에 들어가서 아우라가 셔츠를 입지 않은 상태로 누워 있고, 나는 모니터 옆에 선 채로 7밀리미터 크기의 우리 딸이 (아우라는 신기하게도 태아가 딸이라고 확신하고 있었다) 완벽하게 건강하다는 소식을 접했을 때, 그 연민은 완전히 사그라져버렸기 때문이다. 흑백 모니터에는 별자리들이 혼란스럽게 움직이는 일종의 발광 우주가 있었는데, 하얀 가운을 걸친 여자가 그 속에 우리 딸이 있다고 말했다. 바다에 있는 섬 같은 것—7밀리미터짜리—이 바로 우리 딸이었다. 나는 모니터에서 나오는 빛을 통해 미소를 짓는 아우라를 보았는데, 내가 살아 있는 동안 그 미소가 잊히지 않을까봐 겁이 난다. 그리고 나는, 아우라가 손가락 하나를 자기 배에 갖다대더니 간호사가 배에 발라놓은 파란 젤을 손가락에 묻히는 것을 보았다. 그리고 나는, 아우라가 손가락을 코에 갖다대고 냄새를 맡아보면서 자기 세계의 규칙에 따라 냄새를 분류하고는 마치 길거리에서 동전을 주웠을 때처럼 터무니없게도 만족스러워하는 것을 보았다.

초음파검사가 진행되는 동안 아우라와 내가 아주 빨리 뛰는 태아의 심장 소리를 어리벙벙한 상태로 듣고 있을 때, 내가 리카르도 라베르데를 생각했는지는 기억나지 않는다. 그후 아우라와 내가 병원에서 건네준 초음파검사 결과가 들어 있는 봉투에 여자 이름들을 쓰고 있는 동안 내가 리카르도 라베르데를 생각했는지는 기억나지 않는다. 내가 검사 결과를 큰 소리로 읽었을 때, 우리 아기는 자궁 저부 태반에 있고 아기집의 형태는 정상적인 타원형—식당 한가운데서 아우라로 하여금 갑자기 너털웃음을 터뜨리게 만든 말이다—이라는 사실을 알았을 때 내가 리카르도 라베르데를 생각했는지는 기억나지 않는다. 딸이 태어난다는 사실이 사람들에게 예상 가능한 어떤 영향을 끼치는지 알아보기 위해, 또는 내게 밀어닥친 일이 내가 살아오면서 겪은 가장 강렬하고 가장 신비롭고 가장 예기치 않은 경험이라는 사실을 이전부터 직관했다는 듯이 조언자나 원조를 해줄 만한 사람을 찾기 위해, 내가 알고 있던 딸을 둔 모든 아빠들을 머릿속으로 헤아려보고 있을 때 내가 리카르도 라베르데를 생각했는지는 기억나지 않는다. 실제로 그날 또는 그날 이후 이어진 며칠 동안—세상이 한 해와 그다음해 사이를 천천히, 게으르게 통과하고 있는 사이—내 머리에 내가 곧 아빠가 될 것이라는 생각 말고 다른 생각이 떠올랐는지는 확실히 기억나지 않는다. 나는 딸을 기다리고 있었다. 스물여섯의 나이에 딸을 기다리고 있었다. 젊음의 정점 앞에서 내 뇌리에 떠오른 것은 아버지뿐이었다. 아버지는 내 나이에 나와 내 여동생을 두었는데, 더욱이 어머니와 아버지는 첫번째 아이를 유산한 뒤 자식을 낳기 시작한 것이었다. 나는 폴란드 출신의 나이든 소설가*가 오래전에 '그림자 선', 즉 젊은 남자가 자기 삶의 주인이 되는 순간에 관해 말한 적이 있었다는 사실은 모르고 있었지만, 아우라의 뱃속에서 내 딸이 자라고 있는 사이에 나는 그 그림자 선을 느꼈다. 나는 내가 얼굴을 볼 수도 없고 힘을 측정할 수도 없는 새롭고 낯선 존재로 태어나려 한다고 느꼈고, 한번 변신한 후에는 되돌아갈 수 없을 것이라는 사실 역시 느꼈다. 구태여 많은 신화를 언급할 필요도 없이 이를 다른 방식으로 말하자면, 나는 아주 중요하지만 아주 허약한 무언가를 내가 책임져야 한다고 느꼈고, 터무니없게도 어떤 난제도 이겨낼 수 있을 것 같다고 느꼈다. 그 며칠 동안 내가 현실 속에 있다는 것을 희미하게 겨우 인지했을 뿐이라는 사실을 상기해보면 놀랍지도 않은데, 변덕스러운 기억력 때문에 나는 아우라의 임신과 관계없는 것들의 의미나 중요성은 도외시한 채로 며칠을 보냈다.

12월 31일, 새해맞이 이브닝 파티에 가는 도중에 아우라는 명단, 즉

---

* 폴란드 출신의 영국 소설가 조지프 콘래드를 가리킨다.

빨간색 가로선들이 있고, 좌우 가장자리 여백은 초록색이며, 지운 흔적, 밑줄 친 것, 여백에 필기를 해놓은 것이 가득한 노란 종이를 살펴보고 있었다. 우리는 늘 그 종이를 가지고 다니면서 다른 사람들이 잡지를 읽거나 타인의 삶을 상상하거나 자기 삶에서 가장 좋았던 부분을 상상하는 죽은 시간에—은행에서 줄을 서 있을 때, 대기실에서 기다릴 때, 보고타의 악명 높은 교통 체증에 시달릴 때—꺼내 보았다. 이름 후보가 적힌 긴 명단에서 몇 개만 살아남았는데, 모든 이름 옆에는 예비 엄마의 주석이나 편견이 적혀 있었다.

마르티나 (하지만 테니스 선수의 이름임)
카를로타 (하지만 황비의 이름임)

우리는 고속도로를 따라 카예 100의 다리 밑을 지나 북쪽으로 가고 있었다. 앞쪽에서 교통사고가 발생해 길이 거의 꽉 막혀 있었다. 아우라는 딸의 이름을 무엇으로 하면 좋을지 골똘히 생각하느라 그런 상황에 전혀 개의치 않았다. 어느 곳에선가 구급차 사이렌 소리가 들려왔다. 나는 지나가게 해달라고, 길을 비켜달라고 요구하는 경광등의 소용돌이가 보이는지 살펴보려고 사이드미러 쪽으로 시선을 보냈으나 전혀 보이지 않았다. 그때 아우라가 내게 말했다.

"레티시아 어때요? 증조할머니인가 누군가의 이름이었던 것 같은데."

나는 그 이름, 취약성과 견고성이 뒤섞여 있는 자음들과 길게 발음해야 하는 모음들을 한두 번 되뇌어보았다.

"레티시아." 내가 말했다. "그래, 괜찮아 보이는군."

그래서 그해의 실질적인 첫날에 카예 14에 있는 당구장에 들어가 리카르도 라베르데를 만났을 때 나는 다른 사람이 되어 있었다. 당시 나는 가슴속에 하나의 감정만을 지니고 있었다는 사실을 잘 기억하고 있는데, 그 감정은 리카르도 라베르데와 그의 아내 엘레나 프리츠에 대한 연민, 그리고 강력한 소망, 내가 결코 상상해본 적이 없을 정도로 강력한 소망, 연말연시 휴가 기간에 두 사람이 만나서 더 좋은 결과를 맺었기를 바라는 강력한 소망이었다. 리카르도 라베르데가 이미 당구를 치고 있었기 때문에 나는 다른 당구대에서 다른 사람들과 따로 게임을 시작했다. 라베르데는 내게 눈길을 주지 않았다. 우리가 마치 바로 전날 밤에도 만났다는 듯 나를 대했다. 그날 오후 어느 순간에 나는, 다른 손님들은 당구장을 나가 뿔뿔이 흩어질 것이고, 늘 그렇듯 의자 차지하기 게임에서 끝까지 의자를 차지하지 못한 사람들처럼 우리 두 사람만 남을 것이라고 생각했다. 리카르도 라베르데와 내가 만나서 잠시 당구를 치고, 그러고 나서 운이 좀 좋으면 크리스마스가 되기 전에 우리가 나눈 대화를 재개할 수 있었을 것이다. 하지만 그렇게 되지 않았다. 그가 게임을 끝냈을 때 나는 그가 큐대에 큐를 거는 것을 보았고, 그가 출구 쪽으로 걸어가는 것을 보았고, 그가 마음을 바꾸는 것을 보았고, 내가 막 당구공을 쳤을 때 그가 내 당구대로 다가오는 것을 보았다. 그의 이마에 땀이 흥건하긴 했지만, 얼굴에 피로가 짙게 번져 있긴 했지만,

건강이 안 좋아 보이지는 않았다. "새해 복 많이 받아요." 그가 내게서 약간 떨어진 곳에서 말했다. "새해맞이 파티는 어땠어요?" 하지만 그는 내가 대답할 여지를 남기지 않았다. 혹은 어떤 식으로는 내 대답을 방해했다. 아니면 그의 목소리나 표정에 뭔가가 있었기 때문에 그의 질문이 수사적인 것이라고, 보고타 사람들이 겉치레로 늘 하는 의례적인 질문일 뿐이라고 생각할 수밖에 없었다. 라베르데는 오래돼 보이는 검은색 카세트테이프를 주머니에서 꺼냈다. 그것이 무엇인지 알 수 있는 힌트는 오렌지색 라벨뿐이었는데, 라벨에는 'BASF'*라는 단어가 쓰여 있었다. 그는 불법 제품을, 광장에서 에메랄드 몇 개를, 형사 재판소 옆에서 종이에 싼 마약을 내미는 사람처럼 팔을 그리 많이 뻗지 않은 채 내게 카세트테이프를 보여주었다.

"이봐요, 얌마라, 이걸 들어봐야 해요." 그가 말했다. "혹시 기계 좀 빌려줄 만한 사람 아니요?"

"돈 호세에게 녹음기가 있지 않을까요?"

"없더라고요." 그가 말했다. "빨리 들어봐야 해요." 그가 카세트테이프의 플라스틱 케이스를 가볍게 두 번 두드렸다. "게다가 이건 나와 관련된 일이에요."

"좋아요." 내가 말했다. "두 블록만 가면 빌릴 만한 곳이 있는데 분명 빌려줄 거예요."

나는 시인 호세 아순시온 실바의 옛집이었다가 현재는 시 낭송회와

---

* 글로벌 화학 기업의 이름.

문학 토론회가 열리는 문화센터로 변모한 '카사데포에시아'를 생각하고 있었다. 나는 그곳에 자주 들렀다. 대학 때 줄곧 다니던 곳이었다. 그 문화센터에 있는 한 방은 보고타에서 둘도 없는 장소였다. 그곳에서는 온갖 문학 애호가들이 제법 현대적인 느낌이 나는 전축 옆의 부드러운 가죽소파에 앉아 이미 전설이 되어버린 녹음테이프들을 지칠 때까지 들었다. 보르헤스가 직접 낭송하는 보르헤스, 마르케스가 직접 낭송하는 마르케스, 레온 데 그레이프가 직접 낭송하는 레온 데 그레이프 같은 것들. 실바와 그의 작품은 그 당시 모든 작가의 입에 오르내렸는데, 그 이유는 당시 시작된 지 얼마 되지 않은 그해, 1996년에 실바의 자살 백 주년 기념행사가 거행될 예정이었기 때문이다. 나는 한 저명 기자가 쓴 칼럼에서 다음과 같은 글을 읽은 적이 있다. "올해 도시 전역에 그의 동상이 세워질 것이고, 모든 정치가가 그의 이름을 입에 올릴 것이고, 모든 사람「야상곡」을 암송하며 돌아다닐 것이고, 모든 사람이 카사데포에시아에 꽃을 가져갈 것이다. 그런데, 실바가 어디에 있든, 그를 그토록 모욕하고 매번 그에게 모질게 손가락질을 하던 이 위선적인 도시가 이제는 국가의 수장이나 된다는 듯이 그를 기리는 것이 그에게는 이상하게 보일 것이다. 허위에 가득차 거짓말을 일삼는 우리나라의 지도층은 늘 문화를 독차지해왔다. 실바의 경우도 그런 식으로 될 것이다. 그들이 그의 유산을 독차지할 것이다. 그리고 실바의 진정한 독자들은 젠장 왜들 실바를 가만 놔두지 않는지 자문하면서 한 해를 보낼 것이다." 내가 라베르데를 다른 장소가 아니라 하필이면 바로 그 장소로 데려가기로 결심한 순간, 그 칼럼이 내 머리에(마음의 어두운 어느 구석에, 깊은 곳에, 아주 깊은 곳에, 쓸데없는 것들이 저장된 곳에) 떠오르지 않는다는 것은 불가능한 일이었다.

우리는 파손된 보도블록을 내려다보면서, 또는 독도마뱀의 비늘 같은 유칼립투스나무들과 전신주들이 뻣뻣한 털처럼 박힌 상태로 저멀리 불끈 솟아 있는 진초록 언덕들을 바라보면서 아무 말 없이 두 블록을 걸었다. 카사데포에시아의 정문에 도착해 돌계단을 올라갔을 때 라베르데가 나더러 먼저 들어가라고 했다. 사실 그는 그런 곳에는 전혀 가본 적이 없었기 때문에 위험한 상황에 처한 동물처럼 불안해하며 의심을 품고 있었다. 소파들이 놓여 있는 방에는 고등학생 두 명, 즉 같은 녹음테이프를 함께 들으며 간혹 서로를 마주보고 외설스러운 미소를 머금는 사춘기 소년과 소녀가 있었고, 양복과 넥타이 차림에 무릎에는 빛바랜 가죽 손가방을 올려놓은 채 주위에 아랑곳하지 않고 코를 고는 남자가 있었다. 내가 이국 취향에 빠져 있는 게 틀림없는 담당 여직원에게 상황을 설명하자 그녀가 중국 여자처럼 쫙 찢어진 눈으로 나를 훑어보더니, 나를 알아보았는지 아니면 여러 번 그곳을 방문한 다른 사람과 나를 헷갈렸는지 한 손을 내밀었다.

"그럼 보여주세요." 그녀가 건성으로 말했다. "틀고 싶은 게 뭐죠?"

라베르데는 무기를 바치는 사람처럼 그녀에게 카세트테이프를 건넸는데, 그때 파란색 당구 초크 가루가 묻은 손가락이 눈에 띄었다. 그는 내가 한 번도 본 적 없는 다소곳한 태도로 여자가 가리키는 안락의자로 가서 앉았다. 그러고는 헤드폰을 끼고 의자에 등을 기댄 뒤 눈을 감았다. 그사이 나는 몇 분 기다리는 동안 무엇을 할지 찾아보려고 주위를 두리번거렸고, 어떤 녹음테이프든 고를 수 있었던 내 손은 실바의 시들을 골랐다(나는 기념일의 미신적인 매력에 빠져 있었을 것이다). 나는 안락의자에 앉아 거기 놓인 헤드폰을 집어들고는, 내가 실제 삶보다 더 멀리 있거나 더 가까이 있다고 느끼면서, 다른 차원에서 살기 시작했다고 느끼면서 헤드폰을 썼다. 그리고 「야상곡」이 들리기 시작했을 때, 누구인지 알 수 없는 사람의 목소리—멜로드라마에 어울릴 듯한 바리톤의 목소리—가 콜롬비아 사람이라면 누구나 한 번쯤 큰 소리로 읊어보았을 그 시의 첫 소절을 읽었을 때, 나는 리카르도 라베르데가 울고 있다는 사실을 알아차렸다. '온갖 향기가 가득한 어느 밤', 바리톤의 목소리가 피아노 반주에 맞춰 시를 읊어대고 있었고, 내게서 몇 걸음 떨어져 있던 리카르도 라베르데는 내가 듣고 있던 시구들을 듣고 있지 않았음에도 손등으로, 그리고 소맷부리로 눈물을 훔치고 있었다. '날개들의 속삭임과 음악이', 리카르도 라베르데의 어깨가 흐느낌으로 떨리기 시작했다. 그는 고개를 떨어뜨리고 기도하는 사람처럼 양손을 맞잡았다. '그리고 희미하고 활기 없는 그대의 그림자, 그리고 투사된 달빛에 드러난 내 그림자'. 실바가 멜로드라마풍의 바리톤으로 말하고 있었다. 나는 라베르데를 쳐다볼 것인지 쳐다보지 않을 것인지, 그가 계속해서 고통스러워하도록 놔두어야 하는지, 아니면 그에게 가서 무슨 일인가 물어봐야 하는지 감을 못 잡고 있었다. 지금 떠올려보니, 그때 나는 적어도 헤드폰을 벗을 수는 있을 것이고, 그것이 라베르데와 나 사이에 어떤 공간을 열어 그가 내게 말을 하도록 할 수 있는 방법이라고 생각했던 것 같다. 그런데 당시 나는 그 반대를 선택했던 것 같다. 녹음된 시가 주는 안정감과 고요를 음미하기로 했던 것 같은데, 실바의 시에 함축된 우수는 나를 위태롭게 만들지 않으면서도 슬프게 했다. 나는 라베르데의 슬픔이 위험으로 가득차 있다고 생각했고, 그 슬픔이 내포하고 있는 것에 대해 두려움을 느꼈으나, 당시 라베르데의 행동을 이해할 만큼 내 직관이 따라주지 않았다. 나는 리카르도 라베르데가 기다리고 있던 여자를 생각해내지 못했고, 그녀의 이름을 생각해내지 못했고, 라베르데를 엘딜루비오에서 일어난 사건과 연계시키지 않았고, 그의 슬픔에 개입하지 않으려고 애쓰면서 헤드폰을 쓴 채 앉아 있던 안락의자에 그대로 머물렀다. 심지어 경솔한 시선으로 그를 귀찮게 하지 않으려고, 공공장소 한가운데이긴 했지만 그의 사생활을 어느 정도는 보호해주려고 일부러 눈을 감기까지 했다. '그리고 그것들은 단 하나의 긴 그림자였다'. 실바는 내 머리에서, 내 머리에서만 읊조리고 있었다. 바리톤 목소리와 실바의 시어들과 시어들을 휘감는 퇴폐적인 피아노 소리로 가득차 있지만 소리가 없는 내 세계에 시간 하나가 흘렀는데, 현재 내 기억 속에는 그 시간이 길게 늘어져 있다. 실바의 시를 듣는 사람들은 그런 일이, 시간이 박절기에 따라 보조를 맞추듯 시구에 따라 보조를 맞추면서 늘어나거나 흩어지고, 꿈속의 시간처럼 우리를 혼동시키는 일이 일어날 수 있다는 사실을 안다.

내가 눈을 떴을 때 라베르데는 이미 그 자리에 없었다.

"어디 갔나요?" 나는 여전히 헤드폰을 쓴 채 말했다. 내 목소리가 멀리서 들려오는 것처럼 아련했기 때문에 나는 헤드폰을 벗고서, 마치 여직원이 내 질문을 한 번에 못 알아들었다는 듯이 그녀에게 그 질문을 되풀이하는 터무니없는 짓을 했다.

"누구 말인가요?" 그녀가 물었다.

"내 친구요." 내가 대답했다. 내가 그를 그런 단어로 얘기한 것은 처음이었기 때문에 갑자기 우습다는 생각이 들었다. 아니, 라베르데는 내 친구가 아니었다. "저기 앉아 있던 사람 말이에요."

"아하, 잘 모르겠어요, 아무 말도 남기지 않았는데요." 그녀가 대꾸했다. 그러고는 몸을 돌려 전축을 점검했다. 그녀는 내가 자신에게 뭔가를 요구하고 있기라도 하듯 불신감을 드러내며 덧붙였다. "그 사람에게 카세트테이프를 되돌려주었는데, 문제가 있나요? 있으면 그 사람에게 물어봐요."

나는 방을 나와 재빠르게 그곳을 한번 둘러보았다. 호세 아순시온 실바가 만년을 보낸 그 집에는 가운데에 햇빛이 잘 드는 마당이 있고, 마당은 얇은 유리창들을 사이에 두고 복도들과 분리되어 있었는데, 시인이 살아 있을 때는 없던 그 유리창들은 방문객들이 비를 피할 수 있도록 해주었다. 조용한 복도를 걷는 내 발걸음 소리가 메아리 없이 울려퍼졌다. 라베르데는 도서관에도 없었고 나무 벤치에 앉아 있지도 않았고 회의실에도 없었다. 집밖으로 나간 게 틀림없었다. 나는 그 집의 비좁은 앞문 쪽으로 나아가, 갈색 제복 차림의(영화에 나오는 자객처럼 모자를 삐딱하게 쓰고 있는) 경비원 옆을 지나치고, 시인이 백 년 전에 자기 가슴에 총알을 박아넣은 방 옆을 지나 카예 14 쪽으로 나왔다. 나는 이미 태양이 카레라 셉티마의 건물들 뒤로 몸을 숨겨버렸다는 사실을 깨달았고, 노란 가로등들이 소심하게 불을 밝히는 것을 보았고,

긴 외투를 입은 리카르도 라베르데가 고개를 숙인 채 내가 있던 곳에서 두 블록 떨어진 곳에서 걸어가고 있는 것을 보았다. 그는 이미 당구장에 거의 다다라 있었다. 터무니없게도 '그리고 그것들은 단 하나의 긴 그림자였다'라는 시구가 떠올랐다. 바로 그 순간 나는 그때까지 보도에 소리 없이 서 있던 오토바이 한 대를 보았다. 아마도 오토바이를 타고 있던 두 남자가 겨우 감지할 수 있을 정도로 느리게 움직이고 있었기 때문에, 뒷좌석에 앉은 남자가 발걸이에 발을 올려놓고 한 손을 재킷 주머니에 집어넣었기 때문에 그쪽으로 시선이 갔을 것이다. 물론 두 사람은 헬멧을 쓰고 있었다. 물론 두 사람이 쓴 고글은, 커다란 머리 한가운데에 있는 커다란 사각형 눈은 검은색이었다.

나는 큰 소리로 라베르데를 불렀는데, 그에게 무슨 일이 생겼다는 사실을 알아챘기 때문도 아니고, 그에게 뭔가를 알리고자 했기 때문도 아니었다. 그 순간까지도 그를 따라잡아서 그가 괜찮은지 물어보고, 그에게 도움을 줘야겠다는 마음밖에 없었을 것이다. 하지만 라베르데는 내 목소리를 듣지 못했다. 나는 보폭을 넓히고, 두 뼘 높이의 비좁은 보도로 걸어가던 행인들을 피하고, 더 빨리 가기 위해 필요할 때마다 보도에서 내려와 찻길을 걷고, '그리고 그것들은 단 하나의 긴 그림자였다'라는 시구를 무심코 떠올리고, 아니 그 시구를 우리가 쉽사리 떨쳐버릴 수 없는 딸랑거리는 소리라고 인내하며 걸었다. 초저녁이었기 때문에 카레라 콰르타 모퉁이에서는 히메네스 대로로 나가려는, 종대로 빽빽이 늘어선 차들이 점점 늘어나고 있었다. 나는 전조등을 켠 초록색 소형 버스 앞에서 길을 건널 만한 곳을 발견했는데, 버스의 전조등 불빛에 거리의 먼지, 자동차 배기관에서 나온 연기, 막 내리기 시작한 보슬비가 생생하게 드러났다. 내가 그런 생각을 했을 때에는 잠시 몸을 피해야 할 정도로 비가 내리고 있었는데, 나는 그 빗속에서 라베르데를 따라잡을 수 있었다. 아니 그 비 때문에 어슴푸레하게 보이던, 외투를 걸친 어깨를 알아볼 수 있을 정도로 그에게 아주 가까이 다가가 있었다. "전부 다 잘될 거야." 나는 혼잣말을 했다. 하지만 내가 그 '전부'가 무엇인지를 모르고 있었기 때문에, 그리고 그것이 잘될지 잘 안 될지는 더 모르고 있었기 때문에, 그 말은 바보 같은 것이었다. 리카르도가 고통스러운 얼굴로 나를 바라보았다. "엘레나가 거기 있었어요." 그가 말했다. "어디 말인가요?" 내가 물었다. "비행기에." 그가 대꾸했다. 지금 생각해보니, 당시 그 짧고 혼란스러운 순간에 나는 아우라가 엘레나라는 이름을 가졌다고 상상했거나 아우라의 얼굴과 임신한 몸의 엘레나를 상상했고, 그때까지는 두려움이 아니었으나 두려움과 충분히 유사한 어떤 새로운 느낌을 경험했던 것 같다. 그때 나는 오토바이가 말이 뛰어내리듯 차도로 내려서는 것을 보았고, 주소를 들고 목적지를 찾는 관광객처럼 속도를 높여 우리에게 접근하는 것을 보았고, 바로 그 순간 나는 라베르데의 팔을 잡았고, 내 손이 그의 외투 소매를 움켜쥐었고, 우리를 쳐다보는 얼굴 없는 머리들과 금속 의수義手처럼 자연스럽게 우리를 향해 뻗쳐오는 권총을 보았고, 섬광 두 개를 보았고, 폭발음을 들었고, 공기가 갑작스럽게 움직이는 것을 감지했다. 내 몸이 갑작스럽게 무거워지기 직전에 내가 스스로를 보호하려고 한 팔을 쳐들었다는 사실이 기억난다. 그때 내 다리는 더이상 나를 지탱하지 못했다. 라베르데가 바닥으로 쓰러지고, 나도 그와 함께 쓰러지고, 두 개의 몸뚱이가 소리 없이 쓰러지고, 사람들이 비명을 지르기 시작하고, 내 귀에는 윙윙거리는 소리가 계속해서 들려왔다. 한 남자가 라베르데에게 다가가 그를 일으켜 세우려 했다. 나는 다른 사람이 나를 도와주려고 내게 다가온다는 사실이 유발한 놀라움을 지금도 기억하고 있다. 내가, '나는 괜찮아요' 혹은 '나는 아무 이상 없어요'라고 말했다는 사실이 기억난다. 땅바닥에 쓰러져 있던 나는 또 한 사람이 조난자처럼 손을 흔들어 대면서 차도로 뛰어들더니 길모퉁이를 돌아가고 있던 하얀 픽업트럭 앞에 멈추는 것을 보았다. 나는 리카르도의 이름을 한 번, 두 번 불러보았다. 나는 내 배가 따뜻해졌다는 사실을 감지했고, 오줌을 쌌을 수도 있다는 생각이 얼핏 뇌리를 스치는 순간 내 회색 셔츠를 적시고 있던 것은 오줌이 아니라는 사실을 알아차렸다. 잠시 후 나는 의식을 잃었으나 지금도 간직하고 있는 마지막 이미지는 내 기억에 여전히 선명하다. 그것은 바로 공중으로 들어올려진 내 몸에 대한 이미지, 자동차 짐칸으로 나를 들어올려, 그림자 하나를 다른 그림자 옆에 붙이듯 나를 라베르데 옆에 놓으려고 애쓰던 사람들의 이미지였는데, 내 몸은 햇빛이 아주 조금 남아 있던 그 시각에 밤하늘처럼 검은 핏자국 하나를 차에 남겼다.

2

/

그는 결코 내 망자들 가운데
하나가 되지 않을 것이다

나는 당시 상황을 제대로 기억하지 못하는데, 내 배를 꿰뚫은 총알은 장기는 건드리지 않았으나 신경과 힘줄을 태우고 결국 척추에서 한 뼘 떨어진 골반에 박혔다. 나는 내가 피를 많이 흘렸고, 내 혈액형이 상당히 일반적인 것이었음에도 불구하고 산호세 병원에 있는 혈액이 귀했거나, 혹은 슬프게도 보고타 사회의 혈액 수요가 너무 많았기 때문에 내 목숨을 구하려고 아버지와 여동생이 헌혈을 해야 했다는 사실을 안다. 내가 운이 좋았다는 사실을 나는 안다. 나를 보는 사람마다 다들 가장 먼저 내게 그렇게 말했는데, 나는 그것을 살 알고 있고, 본능적으로 알고 있다. 내가 기억하는 바에 따르면 운이 좋았다는 점은 의식을 회복한 후 처음으로 인식한 것들 가운데 하나였다. 반면에 수술을 받은 사흘 동안 일어난 일은 기억하지 못한다. 그 사흘은 온전히 사라져버리고 간헐적인 마취에 의해 지워져버렸다. 잘 기억나지는 않으나 내가 환각 속에 있었던 것은 확실하다. 환각 속에서 돌발적으로 경련을 일으키는 동안 침대에서 떨어졌다는 사실과, 환각으로 인한 경련이 일어나지 않도록 하려고 의료진이 나를 침대에 묶었던 일은 기억나지 않지만, 격정적인 폐소공포증, 내 몸이 약해졌다는 것을 알았을 때의 무시무시한 공포는 제대로 기억난다. 고열, 밤이면 온몸을 흥건히 적시는 바람에 간호사들이 침대 시트를 갈게 만들었던 땀, 언젠가 내 손으로 호흡관을 뽑아버리려 했다가 목과 바싹 마른 입가에 생긴 상처를 기억한다. 비명을 지르던 내 목소리를, 내 비명이 같은 층에 있던 환자들을 괴롭혔다는 사실을, 비록 기억하지는 못한다 할지라도 알고는 있다. 다른 환자들 혹은 그들의 가족이 불평을 했고, 간호사들이 결국 내 병실을 바꿨고, 나는 새로 옮긴 병실에서 의식이 돌아온 짧은 순간에 리카르도 라베르데가 어떻게 되었는지 물었고, 그가 죽었다는 사실을 알았다(누가 말해주었는지는 기억나지 않는다). 그 소식을 듣고 슬픔을 느꼈던 것 같지는 않다. 아니, 슬픔을 느꼈을 수도 있는데, 나는 그 소식으로 인한 슬픔과 통증으로 인한 울부짖음을 늘 혼동했다. 어찌되었든 나를 둘러싸고 있던 사람들의 동정 어린 표현들에서 내가 처한 상황의 심각성을 느끼면서 살아남아야 한다는 과제에 열중해 있었기 때문에 죽은 사람에 관해 아주 많은 생각을 할 수는 없었을 것이다. 어쨌든 내게 일어난 일 때문에 그때 내가 리카르도 라베르데를 저주했는지는 기억나지 않는다.

리카르도 라베르데에 대한 저주는 나중에 했다. 나는 라베르데를 저주하고 우리가 만난 순간을 저주했는데, 내 불행에 직접적인 책임이 있는 사람이 라베르데가 아니라는 생각은 한순간도 해본 적이 없다. 그가 죽었다는 사실이 반가웠다. 나는 내 고통에 대한 보상 심리로 그가 고통스럽게 죽었기를 바랐다. 깜박거리는 의식의 안개 속에서 나는 아버지의 질문에 단음절 또는 단답형으로 대답했다. 그 사람을 당구장에서 만났니? 예. 그 사람이 무엇을 하고 있었는지, 이상한 일에 얽혀 있었는지 전혀 몰랐니? 예. 왜 그가 살해당한 거니? 몰라요. 왜 그가 살해당한 거니, 안토니오? 몰라요, 몰라요. 안토니오, 왜 그가 살해당한 거냐고? 몰라요, 몰라요, 몰라요. 질문은 집요하게 반복되었고 내 대답은 항상 똑같았는데, 답을 기대하지 않는 질문이었다는 것이 이내 명백해졌다. 일종의 한탄이었던 것이다. 리카르도 라베르데가 총에 맞은 그날 밤 보고타 곳곳에서 열여섯 건의 살인 사건이 각기 다른 방식으로 발생했는데, 휠 렌치로 맞아 죽은 택시 기사 네프탈리 구티에레스의 사건과 도시 동쪽의 어느 빈터에서 마체테 칼을 아홉 번 맞고 죽은 자동차 기술자 하이로 알레한드로 니뇨의 사건이 내 기억에 남아 있다. 라베르데가 당한 범죄는 많은 사건 가운데 하나였는데, 그의 죽음에 대한 질문에 우리가 대답할 수 있는 호사를 누리리라 생각하는 것은 오만이나 허세와 다름없는 것이었다. "그런데 대체 무슨 짓을 했기에 죽임을 당했느냐니까?" 아버지가 물었다.

"몰라요." 내가 말했다. "아무 짓도 하지 않았어요."

"뭔가를 했을 거다." 아버지가 말했다.

"이제 와서 그게 뭐 그리 중요하겠어요." 어머니가 말했다.

"하긴 그래." 아버지가 말했다. "이제 와서 그게 뭐 그리 중요하겠소."

부상에서 회복되어가고 있는 동안 라베르데를 향한 증오심은 내 몸에 대한 증오심에, 내 몸이 느낀 고통에 자리를 내주었다. 또 내가 품고 있던 증오를 위한 증오심은 다른 사람들을 향한 증오심으로 바뀌었다. 어느 날 나는 아무도 보지 않기로 작정했고, 가족을 병원에서 내쫓아버리고는 내 상태가 나아질 때까지 나를 보러 오지 못하도록 했다. "걱정이 돼서 그런다. 널 보살펴주고 싶어." 어머니가 말했다. "전 싫어요. 어머니가 절 보살피는 게 싫다고요. 그 누구도 날 보살피는 게 싫어요. 다들 가세요." "만약 네가 필요한 게 있으면? 만약 우리가 널 도울 수 있는데도 우리가 없다면?" "아무것도 필요 없어요. 난 혼자 있을 필요가 있어요. 난 혼자 있고 싶다고요." 나는 당시 '고요를 맛보고 싶다'고 생각했다. 이는 내가 실바의 집에서 자주 듣던 시인들 가운데 하나인 레온 데 그레이프의 시구였는데, 시는 가장 예기치 않은 순간에 우리에게 말을 걸곤 한다. 고요를 맛보고 싶다, 동반자가 있으면 치료가 되지 않는다 Quiero catar silencio, non curo de compaña. 나를 혼자 놔두라. 그랬다, 그것은 내가 부모에게 한 말이다. 나를 혼자 놔두시라.

의사가 와서 내 손에 들려 있는 장치를 어떻게 사용하는지 설명했다. 고통이 너무 심할 때 버튼을 누르면 모르핀 한 방울이 정맥으로 주사되어 즉시 고통이 완화될 것이라고 했다. 하지만 한계가 있었다. 첫째 날 나는 하루의 삼분의 일이 채 지나기도 전에 모르핀 일일 허용량을 다 써버렸고(나는 비디오게임을 하는 아이처럼 버튼을 눌러댔다), 그 이후 남은 시간은 지옥 같았다고 기억한다. 이렇게 통증으로 인한 환각과 모르핀으로 인한 환각 사이에서 회복의 나날이 흘러갔다. 나는 동화에 나오는 죄수들처럼 뚜렷한 일정 없이 아무때나 잤다. 잠에서 깨어나 눈을 뜨면 늘 이상한 광경이 보였는데, 이상한 점은 결코 그것에 익숙해지지 않고 매번 처음 보는 것 같다는 것이었다. 지금 정확히 기억할 수는 없는 어느 순간에 아우라가 그 광경 속에 나타났는데, 내가 눈을 떴을 때 그녀는 갈색 소파에 앉아 진심 어린 동정심을 드러내며 나를 쳐다보고 있었다. 새로운 느낌이었다(새롭다는 것은 내 딸의 출산을 기다리고 있는 한 여자가 나를 바라보고 나를 보살피고 있다는 자각일 수도 있다). 하지만 그 순간 내가 그런 생각을 한 것 같지는 않다.

밤들. 그 밤들이 기억난다. 병원 생활이 끝나갈 무렵 어둠에 대한 두려움이 생겨났는데, 그 두려움은 일 년은 지나야 사라질 것이었다. 오후 여섯시 반, 보고타에 갑작스러운 밤이 도래하는 시각이면 내 심장이 격렬하게 뛰기 시작했는데, 처음에는 심근경색으로 죽지 않을 거라는 사실을 내게 이해시키기 위해 여러 의사가 변증법적인 노력을 해야 했다. 병원에서 보고타의 긴긴 밤을—밤은 절기에 상관없이, 그리고 그 밤을 견디는 사람들의 정신 상태와는 더더욱 상관없이 늘 열한 시간 이상 지속된다—견디는 것은 쉽지 않았는데, 병원의 밤 생활은 늘 불이 밝혀져 있는 하얀 복도들, 하얀 방들의 네온빛 어스름으로 특징지어졌다. 하지만 내 방은, 거리의 불빛이 십층에 있는 아파트까지 도달하지 않았기 때문에 완전히 어두웠고, 캄캄한 어둠 속에서 잠을 깬다는 생각만으로 느끼게 되는 공포 때문에 나는 어렸을 때처럼 불을 켜놓은 채 잘 수밖에 없었다. 아우라는 내가 생각했던 것보다 불이 켜진 밤들을 더 잘 견뎌냈다. 가끔은 비행기에서 실내가 어두웠으면 하는 승객에게 지급하는 안대에 의존하기도 하고, 가끔은 포기한 채 광고 방송을 보기 위해, 무슨 과일이든 깎을 수 있다는 기계와 몸의 모든 지방질을 감소시켜준다는 크림을 보기 위해 텔레비전을 켰다. 그녀의 몸은 물론 변해가고 있었다. 레티시아라는 이름을 지닌 여자아이가 그녀의 몸안에서 자라고 있었으나 나는 당연히 가졌어야 할 관심을 그녀에게 기울일 수 있는 상태가 아니었다. 터무니없는 악몽 때문에 잠에서 깰 때가 한두 번이 아니었다. 꿈속에서 나는 다시 부모님 집에서 살았는데 이번에는 아우라도 함께였다. 갑자기 가스레인지가 폭발해 온 식구가 죽었고, 나는 그렇게 될 거라는 사실을 알고 있었으나 아무런 조치도 취할수 없었다. 꿈에서 깨어난 나는 실제로는 아무 일도 일어나지 않았고, 꿈은 꿈일 뿐이라는 사실을 확인하려고 시간에 상관없이 부모님 집으로 전화를 걸었다. 아우라는 나를 안심시키려 애썼다. 그녀가 나를 지켜보고 있었고, 나는 그녀가 나를 지켜보고 있다는 것을 느꼈다. "아무 일도 아냐." 내가 그녀에게 말했다. 그리고 밤이 끝나갈 무렵에 나는 불꽃놀이에 놀란 개처럼 몸을 둥글게 오므린 채 몇 시간 정도 잠을 잘 수 있었다. 왜 꿈에는 레티시아가 없는지, 도대체 무슨 일이 있었기에 레티시아가 꿈에 나타나지 않는지 자문하면서.

내가 기억하기에 그후 몇 개월은 큰 두려움과 작은 불편함으로 이루어진 시기였다. 거리에서는 사람들이 나를 주시한다는 명백한 확신이 나를 고통스럽게 했고, 총알 때문에 생긴 내상 때문에 몇 개월 동안 목발에 의지해야 할 것 같았다. 내가 결코 느껴본 적이 없던 통증 하나가 왼다리에 나타났는데, 그 통증은 충수염을 앓는 사람이 느끼는 것과 유사했다. 의사들은 신경이 자라나는 주기와 몸이 어느 정도 자율적으로 활동하기까지 걸리는 시간에 대해 설명해주었고, 나는 그 말을 이해하지 못한 채, 그들이 나에 대해 말하고 있다는 사실을 이해하지 못한 채 그들의 말을 들었다. 한편 아내는 내가 있는 곳에서 멀리 떨어져 전혀 다른 주제에 관해 다른 의사들의 설명을 들었다. 그녀는 아기의 폐를 성장시키는 데 필요한 폴산을 복용하고 코르티손 주사를 맞았다(아우라의 가계에는 조산 이력이 있었다). 그녀의 배가 변해 있었으나 나는 알아차리지 못했다. 아우라가 불룩 튀어나온 자기 배꼽 옆에 내 손을 갖다댔다. "거기, 거기 있어요. 느껴져요?" "근데, 뭐가 느껴지는데?" 내가 물었다. "잘 몰라요, 나비 같은 거, 피부를 스치는 날개 같은 거 말이에요. 당신이 내 말을 이해했는지 모르겠어요." 비록 거짓말이었다 해도 나는 그녀에게 그렇다고, 그녀의 말을 완벽하게 이해했다고 말했다.

나는 아무것도 느끼지 못했다. 산만한 상태였기 때문이다. 두려움이 나를 산만하게 만들고 있었기 때문이다. 나는 고글 뒤에 숨겨진 살인범들의 얼굴을 상상하고 있었다. 원한 맺힌 내 고막에서는 엄청난 총성과 휘파람 소리가 들렸다. 그리고 갑작스럽게 피가 보였다. 이 글을 쓰고 있는 지금도, 차가운 두려움이 나를 엄습하지 않는 상태임에도 불구하고, 나는 그때의 상황을 기억할 수 있다. 처음의 고비가 지난 후 나를 치료해준 임상의사는 내가 느낀 공포를 '외상 후 스트레스'라는 특이한 이름으로 불렀는데, 그의 말에 따르면 그 공포는 몇 년 전에 우리를 황폐화시킨 '폭탄의 시기'*와 깊은 관계가 있었다. "그러니까 내적인 삶에 문제가 있어도 걱정하지 마세요." 그 남자가 말했다(그는 '내적인 삶'이라는 표현을 사용했다). 이에 관해 나는 아무 말도 하지 않았다. "몸이 뭔가 심각한 것과 싸우고 있는 겁니다." 의사가 말을 이었다. "그 문제에 집중하고 필요 없는 문제는 배제해야 합니다. 제일 먼저 활동하는 건 리비도인데, 내 말 이해하셨어요? 그러니 걱정하지 마세요. 기능장애는 전부 정상으로 돌아왔습니다." 이번에도 나는 대답하지 않았다. '기능장애'라는 단어에 반감이 들었는데, 단어의 음들이 서로 충돌하며 분위기를 망치는 듯해서 그 말은 아우라에게 하지 말아야겠다고 생각했다. 의사는 계속해서 말을 이어갔는데 멈추게 할 방도가 없었다. 그는 공포가 내 세대 보고타 사람들의 주요 질병이라고 말했다. 내 상황은 전혀 특별하지 않다고, 자신의 진료실을 방문한 모든 사람이 그러했던 것처럼 결국에는 지나갈 것이라고 말했다. 그는 미주알고주알 말했다. 내가 그런 이성적인 설명에는 관심이 없다는 사실을, 가슴이 격렬하게 두근거리는 증세에 대한 통계학적 측면이나 어떤 맥락에서는 우스꽝스럽게 받아들여졌을 순간적인 발한증에 관한 통계학적 측면에는 더욱더 관심이 없고, 발한증과 가슴 두근거림 증상을 사라지게 할 마술적인 단어들, 즉 밤에 제대로 잘 수 있도록 해주는 주문에만 관심이 있다는 사실을 그는 결코 이해하지 못했다.

나는 밤에 자지 않는 생활에 익숙해져 있었다. 소음 또는 어떤 소음에 대한 환청 때문에 잠을 이루지 못하면(그리고 다리 통증이 잠을 방해하면), 나는 목발을 짚고 휴게실로 가서 등받이를 뒤로 젖힐 수 있는

---

* 마약업자들이 공공장소, 버스 등에 폭탄을 터뜨려 수많은 사람을 죽임으로써 공포와 불안을 조성하던 시기.

안락의자에 앉아 보고타 주변 언덕들을 수놓는 밤의 움직임을, 하늘이 맑을 때 보이는 비행기의 초록색과 빨간색 불빛을 보고, 새벽녘에 기온이 내려가면 하얀색 그림자처럼 창문에 맺히던 이슬을 바라보았다. 밤만 혼란스러워 보인 것이 아니라 나의 불면 역시 혼란스러워 보였다. 라베르데 살해 사건이 일어난 지 몇 개월이 지난 다음에도 나는 배기관의 폭발음이나 문을 쾅 하고 닫는 소리, 심지어 두꺼운 책이 특정한 표면에 특정한 방식으로 떨어지는 소리에도 불안감과 과도한 공포에 사로잡혔다. 아무때나 명확한 이유도 없이 구슬프게 울기 시작했다. 식탁에서건 부모님이나 아우라 앞에서건 친구들과의 모임에서건 예고도 없이 울음이 터졌고, 병들어 있다는 느낌에 수치심까지 합쳐졌다. 초기에는 내가 순간적으로 울음을 터뜨리면 늘 누군가가 달려들어 껴안아주곤 했다. 아이를 달래듯 달래주었다. "이제 다 지나갔어, 안토니오. 이제 다 지나갔다니까." 시간이 흐르면서 주위 사람들은 나의 순간적인 울음에 익숙해졌다. 위로의 말이 그치고 나를 껴안던 팔들이 사라지자 수치심이 더 커졌는데, 내가 그들에게 연민을 느끼게 하기보다는 우스꽝스럽게 보인다는 사실이 명백했기 때문이다. 낯선 사람들과 함께 있을 때는 상황이 더 나빴는데, 그들은 내게 그 어떤 정성이나 연민도 보이지 않았다. 내가 학교로 복귀하고 얼마 지나지 않았을 때 강의를 진행하던 중 남학생 하나가 루돌프 폰 예링의 이론에 대해 질문했다. 나는 말하기 시작했다. "정의가 진화하는 데는 이중적인 원리가 작용하는데, 하나의 원리는 자신의 권리를 존중받기 위한 개인의 투쟁이고, 또하나의 원리는 자신의 협력자들에게 필요한 질서를 부과하기 위한 국가의 투쟁입니다." 그러자 한 남학생이 물었다. "그렇다면, 자신이 위협받고 있거나 폭력을 당하고 있다고 느낄 때 반항하는 인간은 '권리'의 진정한 창조자라고 말할 수 있습니까?" 나는 모든 권리가 종교에 포함되어 있던 시기, 도덕, 위생, 공적인 것과 사적인 것 사이의 구분이 아직은 존재하지 않던 먼 옛날에 대해 말하려고 했지만 그렇게 하지 못했다. 나는 넥타이로 눈을 가린 채 울음을 터뜨렸다. 강의가 중단되었다. 내가 강의실에서 나가고 있을 때 그 학생이 말했다. "불쌍한 인간. 이 강의실에서 제대로 나가지도 못할 거야."

내가 그런 소리를 들은 게 그게 마지막은 아니었다. 내가 사는 도시에서는 친구들이 예비 엄마에게 선물 세례를 하는 모임을 미국식으로 '샤워'라 부르는데, 어느 날 밤 아우라가 샤워 모임에 참석하고 늦게 돌아왔다. 아우라는 내 잠을 방해하지 않으려고 틀림없이 조심스럽게 들어왔지만 내가 멀쩡하게 깨어 있는 상태로, 나를 위기에 빠뜨렸던 예링에 관해 무언가를 적고 있는 모습을 보게 되었다. "잠을 이루도록 애써 보지그래요." 그녀는 그렇게 말했는데 그것은 질문이 아니었다. "지금 작업중이야. 끝나면 잘게." 내가 아우라에게 말했다. 그러자 그녀는 얇은 외투를(아니, 외투가 아니라 비옷 같은 것이었다) 벗어 고리버들 의자 등받이에 걸어놓고, 문틀에 몸을 기댄 채 한 손으로는 거대한 배를 받쳐들고 다른 손은 머리카락 속으로 집어넣었는데, 이는 사람들이 해야 할 말을 하고 싶어하지 않을 때, 자신들이 말을 해야 하는 의무에서 기적적으로 벗어날 수 있기를 기대하면서 자아내는, 아주 정교하게 다듬어진 준비 행위였다. "사람들이 우리 얘기를 하고 있어요." 아우라가 말했다.

"누가?"

"대학에서요. 사람들, 학생들, 잘 모르겠어요."

"교수들?"

"잘 모르겠어요. 적어도 학생들은 맞아요. 침대로 와봐요, 말해줄게요."

"지금은 말고." 내가 그녀에게 말했다. "내일 해. 지금은 할 일이 있어."

"열두시가 넘었어요." 아우라가 말했다. "우리 둘 다 피곤해요. 당신은 피곤하다고요."

"할 일이 있어. 강의 준비를 해야 돼."

"당신은 피곤해요. 그런데 잠도 자지 않잖아요. 잠을 자지 않는 것도 강의하는 데는 좋지 않다고요." 아우라가 잠시 말을 멈추고 주방의 노란 불빛 아래서 나를 쳐다보더니 말했다. "당신 오늘 외출하지 않았죠, 그렇죠?"

나는 대답하지 않았다.

"샤워도 하지 않았죠." 그녀가 계속했다. "당신은 옷도 제대로 입지 않고, 하루종일 여기에 처박혀 보냈어요. 사람들은 사고 때문에 당신이 달라졌다고들 말해요, 안토니오. 그럼 나는 그들에게 물론 당신은 달라졌는데 바보처럼 굴지 말라고, 어떻게 달라지지 않겠느냐고 말해요. 당신이 원한다면 진실을 말하겠는데요, 난 내가 지금 보고 있는 이런 모습이 마음에 들지 않아요."

"그럼 진실 같은 건 말하지 마." 내가 거칠게 쏘아붙였다. "당신에게 그걸 말하라고 부탁한 사람은 아무도 없으니까."

대화가 그쯤에서 끝날 수도 있었지만 아우라는 뭔가를 알아차렸고, 나는 그녀의 얼굴에서 막 뭔가를 알아차린 사람의 미세한 표정을 놓치지 않고 발견했다. 그녀는 내게 단 한 가지만 물었다. "나를 기다리고 있었나요?"

나는 이번에도 대답하지 않았다. "내가 도착하기를 기다리고 있었느냐고요?" 그녀가 고집스레 물었다. "걱정하고 있었어요?"

"강의 준비를 하고 있었어." 나는 그녀의 눈을 쳐다보면서 말했다. "지금은 강의 준비마저도 제대로 할 수 없을 것 같군."

"걱정하고 있었군요." 그녀가 말했다. "그래서 깨어 있었군요." 그러고는 말을 이었다. "안토니오, 보고타는 전쟁 상황에 있는 도시가 아니에요. 총알이 날아다니는 곳도 아니고요. 우리 모두에게 똑같은 일이 일어나는 곳이 아니라니까요."

나는 아우라에게 당신은 아무것도 모른다고, 당신은 다른 곳에서 자라서 그런다고 말하고 싶었다. 우리 둘 사이에는 공통의 영역이 없고, 어떤 방법으로도 당신은 문제를 제대로 이해할 수 없고, 아무도 당신에게 그것을 설명할 수 없고, 나 또한 당신에게 그것을 설명할 수 없다는 말도 하고 싶었다. 하지만 내 입에서는 그런 말이 나오지 않았다.

"우리 모두에게 무슨 일이 일어날 거라고 생각하는 사람은 아무도 없어." 반대로 나는 그녀에게 이렇게 말했다. 목소리를 높일 의도는 없었는데 아주 크게 나와버리는 바람에 스스로도 당황하고 말았다. "왜 당신이 집에 오지 않는지 걱정하는 사람은 아무도 없었어. 트레스엘레 판테스에서 터진 폭탄이나, 당신이 행정보안국에서 근무하지 않으니 행정보안국에서 터진 폭탄이나, 당신이 '센트로 93'으로 쇼핑하러 간 적이 결코 없으니까 '센트로 93'에서 터진 폭탄 같은 것이 당신을 덮칠 수 있다고 생각하는 사람은 아무도 없어. 게다가 그런 시대는 지나갔 지, 안 그래? 그게 당신을 덮칠 거라고 생각하는 사람은 아무도 없다니 까, 아우라, 우리가 앞으로 아주 불행해질까, 그렇게 될까? 우리는 지금 불행한 걸까, 그런가?"

"당신 그렇게 살지 말아요." 아우라가 말했다. "나는……"

"나는 강의 준비를 하고 있었어." 내가 그녀의 말을 잘랐다. "내가 당 신더러 나를 존중해달라고 부탁하는 게 지나친 일인가? 새벽 두시에 당신이 내게 그런 실없는 말을 하고 있는데, 내가 이 지긋지긋한 걸 끝 내야 하니까 이제 가서 좀 자달라고, 이제 나 좀 귀찮게 하지 말아달라 고 부탁하는 게 지나친 일이냐니까?"

내가 기억하는 바로는, 그 순간 그녀는 내 방 쪽으로 가지 않고 먼저 주방으로 갔다. 나는 냉장고 문이 열렸다 닫히는 소리를 들었고, 그러 고 나서는 어떤 문, 살짝 밀기만 하면 거의 저절로 닫히는 찬장 문이 열 리고 닫히는 소리를 들었다. 그리고 그런 일련의 생활 소음 속에는(그 소음 속에서 나는 아우라의 움직임을 따라가고, 그 움직임을 하나하나 상상할 수 있었다) 마치 아우라가 몇 주 동안 나를 보살펴주고 내 몸이 회복되는 것을 살펴봐주었기 때문에 그 어떤 허락도 받지 않고 내 공 간에 침입해도 괜찮다고 여기는 듯한 성가신 친숙성, 짜증을 유발하는 친밀성이 있었다. 나는 아우라가 한 손에 컵을 든 채 주방에서 나가는 것을 보았다. 컵에는 진한 색깔의 액체, 그녀는 좋아하지만 나는 좋아하지 않는 청량음료가 들어 있었다. "체중이 얼마나 나가는지 알아요?" 그녀가 물었다.

"누가?"

"레티시아요." 그녀가 말했다. "검사 결과가 나왔는데, 애가 아주 커요. 일주일 안에 태어나지 않으면 제왕절개를 해야 할 거예요."

"일주일 안이라." 내가 말했다.

"검사 결과는 좋아요." 아우라가 말했다.

"잘됐군." 내가 말했다.

"체중이 얼마나 나가는지 알고 싶지 않아요?" 그녀가 물었다.

"누구?" 내가 물었다.

나는 아우라가 거실 한가운데, 주방 문과 복도 입구에서 동일한 거리에 있는 지점, 즉 일종의 중립지대에 말없이 서 있었다는 것을 기억한다. "안토니오, 걱정해야 할 만큼 나쁜 건 전혀 없어요. 그런데 당신이 약해지고 있어요. 당신은 걱정 때문에 병이 들었다고요. 그래서 내가 걱정이 된다니까요." 아우라는 막 따라 온 청량음료 잔을 식탁에 놓고 화장실로 들어가버렸다. 나는 그녀가 수도꼭지를 틀어 욕조에 물을 받는 소리를 들었다. 나는 욕조에 물이 채워지는 동안 그녀가 물 쏟아지는 소리로 울음소리를 덮으며 울고 있다고 상상했다. 잠시 후 내가 잠을 자러 침실에 들어갔을 때에도 아우라는 여전히 욕조에, 그녀의 배가 짐이 되지 않는 그곳에, 무중력의 행복한 세계에 머물고 있었다. 나는 그녀를 기다리지 않고 잠들었고, 다음날 그녀가 자는 사이에 집을 나왔다. 지금 고백하건대, 당시 나는 아우라가 실제로 자고 있었던 것이 아니라 내게 잘 가라는 인사를 하지 않으려고 일부러 자는 척하는 거라고 생각했다. 그 순간 나는 내 여자가 나를 미워한다고 생각했다. 그녀가 나를 미워하는 것이 정당하다고도 생각했는데, 그런 느낌은 두려움과 아주 유사한 것이었다.

일곱시가 되기 몇 분 전에 학교에 도착했다. 밤이, 충분히 자지 못한 지난밤이 내 눈과 어깨를 짓눌렀다. 나에게는 옛 회랑의 석재 난간에 몸을 기댄 채 강의실 밖에서 수강생들이 도착하기를 기다리다가 수강생 대부분이 출석했다는 것이 확실해지면 강의실로 들어가는 습관이 있었다. 그런데 그날 아침은 허리의 피로감 때문인지, 내가 강의실에 앉아 있어야만 목발이 다른 사람 눈에 덜 띌 것이라고 생각했기 때문인지, 미리 강의실로 들어가 앉아서 기다리기로 했다. 하지만 나는 의자에 다가갈 수조차 없었다. 칠판에 그려져 있는 그림 하나가 내 시선을 끌었기 때문인데, 고개를 돌려 칠판을 보니 음탕한 자세를 취하고 있는 한 쌍의 남녀가 그려져 있었다. 사내의 음경은 그의 팔만큼 길었다. 여자의 얼굴은 형태를 알아볼 수 없이 그저 분필로 그려놓은 하나의 원일 뿐이었고, 머리카락은 길었다. 그림 밑에는 인쇄체로 다음과 같은 글이 쓰여 있었다.

얌마라 교수가 여자에게 법을 가르치고 있다.

나는 현기증을 느꼈는데, 내가 현기증을 느꼈다는 사실을 아무도 알아차리지 못했을 거라고는 생각하지 않는다. "누구죠?" 나는 큰 소리로 말했지만 목소리가 내가 원하는 것만큼 크게 나왔는지는 잘 모르겠다. 학생들의 얼굴은 공백 상태였다. 얼굴들은 내용이 전혀 없이 텅 비어 있었다. 칠판에 그려진 여자의 얼굴처럼 분필로 그린 원들이었다. 나는 절룩거리는 발걸음이 허용하는 한 최대한 빠르게 계단을 향해 걷기 시작했고, 내가 계단을 내려가기 시작했을 때는, 현자 칼다스의 그림 옆을 지나갔을 때는 이미 스스로에 대한 통제력을 잃은 뒤였다. 전설에 따르면, 우리 나라 독립의 선구자들 중 한 사람인 칼다스는 교수대를 향해 계단을 내려가다가 몸을 숙여 목탄을 집어들어 사형집행인들이 지켜보는 가운데 회벽에 직선 하나가 가운데를 꿰뚫는 타원, 즉 '둘로 분할된 길고 검은 0'를 그렸다고 한다. 나는 황당무계하고 터무니없으며 출처가 정말 의심스러운 그 상형문자 옆을 가슴이 두근거리는 상태로, 땀이 밴 창백한 손으로 목발 손잡이를 꽉 움켜쥔 채 지나갔다. 넥타이가 내 목을 괴롭혔다. 학교를 나온 나는 내가 건넌 길들도, 내 옷에 스친 사람들도 거의 의식하지 않은 채 팔이 아파올 때까지 계속해서 걸었다. 산탄데르 공원 북쪽 모퉁이에서는 항상 그곳에 있던 팬터마임 배우가 나를 뒤따라오더니 내 서툰 걸음걸이와 굼뜬 동작을, 심지어 숨이 차 헐떡거리는 행동까지 따라하기 시작했다. 배우는 단추로 뒤덮인 점프수트 차림에, 얼굴을 온통 하얗게 칠해놓았을 뿐 색조 화장은 전혀 하지 않은 상태였는데, 허공에서 팔을 움직이는 재주가 어찌나 뛰어난지 갑자기 그의 가상 목발이 눈에 보이는 듯한 기분이 들었다. 직업적으로는 실패했지만 실력은 훌륭한 그 배우가 그곳에서 나를 조롱하고 행인들의 웃음을 자아내는 사이에 나는 내 삶이 조각조각 흩어져 추락하고 있다는 생각을, 아무것도 모르는 아기 레티시아가 최악의 순간 세상에 태어나는 걸 선택했다는 생각을 처음으로 했다.

레티시아는 8월 어느 날 아침에 태어났다. 우리는 수술 준비를 하며 병원에서 밤을 보냈는데, 입원실의 분위기에는—아우라는 침대에, 나는 보호자용 소파에 있었다—과거의 다른 방이, 과거의 시간이 소름 끼치도록 전이되어 있었다. 간호사들이 아우라를 데려가려고 왔을 때 이미 약에 취해 있던 아우라가 내게 마지막으로 한 말은 다음과 같다. "나는 그 장갑이 O.J. 심슨 것이라고 생각해요." 나는 아우라의 손을 잡고 싶었다. 목발을 버리고 그녀의 손을 잡고 싶었다. 그래서 그녀에게 그렇게 말했으나 그녀는 이미 의식이 없는 상태였다. 나는 복도와 엘리베이터를 이용해 그녀를 따라갔고, 그사이 간호사들이 나더러 걱정 마세요, 아버님, 모든 게 잘될 거예요 하고 말했는데, 나는 이 여자들이 대체 무슨 권리로 나를 '아버님'이라고 부르는지 자문하면서, 이 여자들에게는 내 미래에 대한 자신들의 견해를 내게 밝힐 권리는 더더욱 없다고 생각했다. 수술실의 커다란 스윙도어 앞에 다다르자 간호사들이 나에게 대기실에서 기다리라고 했는데, 대기실은 의자 세 개와 잡지들이 놓인 탁자 하나가 있는 일종의 중간 기착지 같은 곳이었다. 나는 사진, 아니 이가 없고 피부가 분홍색인 갓난아이가 파란 하늘을 배경으로 커다란 해바라기를 껴안은 채 방긋 웃고 있는 포스터 옆 구석자리에 목발을 비스듬히 세워놓았다. 나는 철 지난 잡지를 펼쳐 십자말풀이를 즐겨보려고 애썼다. '탈곡을 하는 곳. 오난의 형. 고의로 느리게 행동하는 사람들.' 하지만 저 안에서 메스가 자기 피부와 살을 여는 동안 잠을 자는 그녀, 그녀의 몸에서 내 딸을 꺼내려고 그녀의 몸속으로 들어가는 장갑 낀 손들만 생각났다. 그 손들이 주의를 기울였으면, 능수능란하게 움직였으면, 만지지 말아야 할 것은 만지지 않았으면 좋겠다고 생각했다. 그 손들이 레티시아 너를 다치게 하지 않으면, 네가 두려워할 것이 전혀 없기 때문에 네가 놀라지 않으면 좋겠다. 젊은 남자가 수술실에서 나왔을 때 나는 서 있는 상태였는데, 그는 마스크를 벗지도 않은 채 내게 말했다. "선생님의 두 공주님은 아주 건강합니다." 나는 내가 어느 순간 의자에서 일어났는지 몰랐는데, 다리가 아파오기 시작했기 때문에 다시 자리에 앉았다. 나는 부끄러움을 감추려고 두 손으로 얼굴로 가렸다. 자신의 눈물을 보여주고 싶어하는 사람은 아무도 없으니까. 나는 '고의로 느리게 행동하는 사람들'을 생각해보았다. 잠시 후, 파란빛을 띤 반투명 욕조에 든 레티시아를, 멀리서 보아도 따뜻할 것 같은 하얀색 천에 잘 감싸인 채 잠들어 있는 레티시아를 보았을 때, 그 우스운 말을 다시 생각했다. 나는 레티시아에게 집중했다. 아주 먼 거리에서 레티시아의 속눈썹 없는 눈을 보고, 내가 평생 본 것 가운데 가장 작은 입을 보았는데, 그 순간에 내 딸의 손을 보는 것보다 더 시급한 일은 전혀 없다고 생각했기 때문에 아기의 손을 감춰둔 채 눕혀놓은 것이 애석했다. 그 순간 나는 내가 레티시아를 사랑하는 것만큼 다른 사람을 사랑하는 일은 결코 없으리라는 사실을, 방금 전에 태어난 여자아이, 온전히 낯선 그 여자아이보다 더 소중한 사람은 아무도 없을 것이라는 사실을 깨달았다.

나는 카예 14에 다시는 발을 들여놓지 않았다. 당구장 출입은 말할 필요도 없었다(나는 당구를 완전히 끊어버렸는데, 무리하게 오랫동안 서 있으면 참을 수 없을 정도로 다리 통증이 심해졌다). 그래서 나는 도시의 한 부분을 잃어버렸다. 아니, 더 정확히 말하면, 나는 내 도시의 한 부분을 도난당했다. 나는 도로와 보도가 훌리오 코르타사르*의 단편소설에 나오는 집의 방들처럼 차츰차츰 닫혀버려서 결국에는 우리를 추방하게 되는 어떤 도시를 상상했다. "우리는 그런 식으로 잘 지내고 있었고, 차츰 생각을 하지 않고 살게 되었다." 신비로운 존재가 그 집의 한 부분을 차지해버리자 그 단편소설에 등장하는 오빠가 말한다. 그러고는 덧붙인다. "생각을 하지 않고도 살아갈 수 있는 법이니까." 그건 맞는 말이다. 그럴 수 있다. 카예 14를 도둑맞은 뒤 ─ 긴 치료를 받은 뒤, 약 때문에 현기증을 느끼고 위가 상한 뒤 ─ 나는 이 도시를 싫어하고, 도시에 두려움을 갖고, 도시에게서 위협을 느끼기 시작했다. 세상이 닫힌 곳처럼 보이거나 내 삶이 벽으로 둘러싸인 것처럼 보였다. 의사는 내가 겪고 있던 외출에 대한 공포에 관해 말하던 중, '광장공포증'이라는 단어를 떨어뜨리지 말아야 할 연약한 물건이라도 되는 듯 내게 툭 내던졌는데, 나로서는 광장공포증과 정반대인 극단적인 폐소공포증이 나를 괴롭히고 있다는 사실을 의사에게 설명하는 것이 어려운 일이었다. 어느 날, 내용이 거의 기억나지 않는 어느 상담에서 의사

---

* 아르헨티나 소설가. 여기에서 언급된 단편소설은 「점거당한 집 *Casa tomada*」이다.

는, 그의 말에 따르면 자신이 맡고 있던 여러 환자에게 탁월한 효과를
보인 일종의 개인 치료법 한 가지를 권장했다.

"일기장 가지고 있나요, 안토니오?"

나는 없다고 말했는데, 내게 일기는 항상 우스꽝스러운 것, 허영기
있는 것 또는 시대착오적인 것으로 보였고, 우리의 삶에 관한 픽션처럼
보였다. 그가 말했다.

"지금부터 일기를 써보세요. 내가 말하는 일기란 일과를 쓰는 단순
한 일기가 아니라 스스로에게 질문을 해보는 작은 노트 같은 거예요."

"질문이라." 나는 그의 말을 따라했다. "어떤 질문 말인가요?"

"보고타에 실제로 존재하는 위험이 무엇일까 하는 거죠. 당신에게
일어난 일이 다시 일어날 확률이 어느 정도일까 하는 것인데, 원한다면
몇 가지 통계를 보여줄게요. 이런저런 질문이요, 안토니오. 질문 말이
에요. 당신에게 일어난 일이 왜 일어났는지, 누구 때문인지, 당신 잘못
인지 아닌지, 혹 이런 일이 다른 나라에서도 당신에게 일어날 수 있었
는지, 이런 일이 다른 순간에도 일어날 수 있었는지, 이런 질문들이 어
느 정도 타당한지. 안토니오, 타당성 있는 질문을 그렇지 않은 질문과
구분하는 것이 중요한데, 그걸 구분하는 방법은 질문을 글로 써보는 거
예요. 설명이 되지 않는 무언가에 대한 설명을 찾기 위해 어떤 질문이
타당한지, 어떤 질문이 어리석은 것인지 판단했을 때 이런 질문을 해보
세요. 어떻게 해야 당신이 회복되느냐, 당신 스스로를 속이지 않은 상
태로 어떻게 해야 과거를 잊느냐, 어떻게 다시 삶을 영위하느냐, 어떻
게 다시 당신을 사랑하는 사람들과 잘 지내느냐, 두려움을 갖지 않으려

면, 또는 적당량의 두려움, 즉 모든 사람이 갖고 있는 정도만 가지려면 어떻게 해야 하느냐, 앞으로 나아가려면 무엇을 해야 하느냐. 이런 질문들이요, 안토니오. 확신컨대 질문들 대부분이 당신에게 이미 일어난 적이 있는 일들에 관한 것일 테지만, 종이에 쓰인 것들을 직접 보는 건 완전히 다르지요. 오늘부터 보름 동안 일기를 써보세요. 그러고 나서 같이 얘기합시다."

이 권고는 상단에 병원 이름이 인쇄된 종이가 책상에 놓여 있고, 여러 언어로 쓰인 학위증들이 벽에 걸린 진료실에 있는 귀밑머리 하얀 전문가가 한 것이라기보다는 자기계발서에 나옴직한 어리석은 권고처럼 보였다. 물론 나는 이런 생각을 의사에게 말하지 않았고, 그럴 필요도 없었는데, 그가 즉시 자리에서 일어나 책꽂이(똑같이 생긴 하드커버 책들, 가족사진들, 알아볼 수 없는 형태의 서명이 있는 어린아이가 그린 그림 액자가 있는)로 향하는 것이 보였기 때문이다. "당신은 절대 그렇게 하지 않을 것 같아요. 안 봐도 알아요." 그는 책상 서랍을 열면서 말했다. "내가 당신에게 말하고 있는 것이 죄다 하찮게 들릴 겁니다. 좋아요, 그럴 수도 있겠죠. 하지만 한 가지만 부탁하겠는데요, 이걸 가져가세요." 그는 내가 학교에서 사용하던 것과 같은 스프링 노트, 우습게도 데님을 모방해 표지를 만든 노트 한 권을 꺼냈다. 그는 노트 앞쪽의 네 장, 다섯 장, 여섯 장을 찢더니 마지막 장에 아무것도 쓰여 있지 않다는 것을 확인하려는 듯 마지막 장을 살펴보았다. 그가 내게 노트를 건넸다. 아니, 탁자 위 내 앞에 놓았다. 나는 노트를 집어들었고, 뭐든지 해볼 셈으로 노트를 펼쳐 그것이 소설책이나 되는 것처럼 쓱 훑어보았다. 네모 칸이 있는 노트였다. 나는 네모 칸이 있는 노트를 늘 증오했다. 첫 쪽에는 찢겨나간 종이에 글씨를 눌러쓴 흔적, 즉 환영 같은 단어들이 남아 있었다. 날짜, 밑줄이 쳐진 단어 하나, 그리고 Y자. "감사합니다." 나는 이렇게 말하고 밖으로 나왔다. 바로 그날 밤, 처음 그 방법이 불러일으켰던 의혹에도 불구하고, 나는 방문을 확실하게 닫고 노트를 펼쳐 다음과 같이 썼다. '사랑하는 일기'. 허공으로 나의 냉소가 떨어졌다. 나는 종이를 넘겨 글쓰기를 시작해보려고 애썼다.

¿*

하지만 그게 전부였다. 나는 볼펜을 허공에 든 채, 시선을 그 외로운 부호에 박은 채 기나긴 몇 초 동안 가만히 있었다. 그 주 내내 심하진 않지만 성가신 감기로 고생하던 아우라는 입을 벌린 상태로 자고 있었다. 나는 그녀를 바라보고, 그녀의 모습을 스케치하려고 괜히 애써보았다. 나는 다음날 우리가 해야 할 일들을 속으로 헤아려보았는데, 그중에는 레티시아의 예방접종도 있었다. 그러고 나서 나는 노트를 덮어 침대 사이드 테이블 서랍에 넣은 뒤 불을 껐다.

밖에서, 깊은 밤 속에서 개 한 마리가 짖고 있었다.

1998년 어느 날, 프랑스 월드컵이 끝난 지 얼마 되지 않아, 그리고

---

* 스페인어에서는 의문문 앞에 거꾸로 된 물음표를 넣는다.

레티시아가 두 돌이 되기 조금 전에 나는 국립공원 부근에서 택시를 기다리고 있었다. 당시 내가 어디서 오는 길이었는지는 기억나지 않지만, 의사들에게 받은 수많은 검진 가운데 하나를 받으려고 북쪽으로 가고 있었다는 사실은 알고 있다. 의사들은 검진들을 통해 나를 진정시키려고 했다. 회복은 정상적인 속도로 진행되고 있다고, 내 다리는 곧 예전 상태로 돌아갈 것이라고 말했다. 북쪽으로 가는 택시는 보이지 않고, 반면에 시내 쪽으로 가는 버스만 자주 지나갔다. 나는 어처구니없게도 시내에 볼일이 전혀 없다고, 그곳에서 내가 잃어버린 것은 전혀 없다고 생각했다. 그리고 잠시 후 다시 생각했다. 거기서 모든 것을 잃어버렸다고. 그래서 나는 나 같은 상황에 처하지 않은 사람은 이해하지 못하는 개인적인 가치가 있는 어떤 행위를 하듯이, 깊이 생각하지도 않고 길을 건너서 가장 먼저 보인 택시에 올랐다. 몇 분 후 그 사건이 일어난 지 이 년이 넘게 흐른 뒤에야, 나는 로사리오 광장으로 걸어가서는 파사헤 카페로 들어가고, 빈자리를 찾고, 그곳에서 밤에 황소 한 마리가 풀을 뜯는 초원에 매혹되어 조심스럽게 그것을 엿보는 아이처럼 폭력 행위가 일어났던 길모퉁이 쪽을 바라보았다.

내 테이블, 즉 쇠다리 하나가 지탱하는 갈색 원반은 첫번째 줄에 있었다. 창문에서 겨우 한 뼘 정도 떨어신 곳이었다. 그곳에서 당구장 문을 볼 수는 없었지만 오토바이를 탄 살인범들이 택한 길은 볼 수 있었다. 커피를 내리는 알루미늄 기계 소리가 인근 대로의 차 소리, 행인들이 내는 구두 소리와 뒤섞이고 있었다. 빻은 커피 향이 누군가가 스윙 도어를 여닫을 때마다 공중화장실에서 새나오는 냄새와 뒤엉켰다. 쓸쓸한 사각형 광장에 모여 있는 사람들, 광장과 경계를 이루면서 이 도시를 창건한 사람의 동상(창건자의 새까만 흉갑에는 늘 비둘기의 하얀 똥이 흩뿌려져 있었다)을 둘러싼 대로를 건너는 사람들이 보였다. 나무상자를 옆에 놓고 대학 앞에 자리잡은 구두닦이들, 에메랄드 상인들의 웅성거림도 들려왔다. 나는 그들을 쳐다보았는데, 그들이 현재 자신들의 발소리가 울려퍼지고 있는 보도와 그토록 가까운 곳에서 일어난 사건을 모른다는 사실이 놀라웠다. 아마도 나는 그들을 바라보면서 라베르데를 생각했고, 또 내가 조바심이나 두려움을 느끼지 않은 채 그를 생각하고 있다는 사실을 깨달았을 것이다.

나는 커피 한 잔을 시키고 나서 또 한 잔을 시켰다. 두번째 커피를 가져온 여자가 역겨운 냄새를 풍기는 꾀죄죄한 행주로 테이블을 닦더니 곧 새 접시 위에 새 커피잔을 내려놓았다. "더 필요하신 게 있나요, 손님?" 그녀가 물었다. 나는 비포장도로를 연상케 하는 그녀의 빼빼 마른 손가락 마디를 보았다. 검은 액체에서 수증기가 유령처럼 피어올랐다. "없습니다." 나는 그렇게 말하고서 이름 하나를 떠올려보려 애썼으나, 소용이 없었다. 대학 생활 내내 이 카페에 들락거렸건만, 평생 동안 이 카페에서 교대로 손님 시중을 들어온 여자의 이름이 기억나지 않았다. "질문 하나 해도 될까요?"

"해보세요."

"리카르도 라베르데가 누구인지 아세요?"

"글쎄요." 그녀가 앞치마에 손을 닦으며, 조바심과 지루함이 뒤섞인 태도로 말했다. "손님이었나요?"

"아뇨." 내가 말했다. "혹시 그럴 수도 있지만 아닐 것 같아요. 저기 저 광장 건너편에서 살해당했어요."

"아하." 그녀가 말했다. "얼마 정도 됐죠?"

"이 년 전이요." 내가 말했다. "이 년 반 전이에요."

"이 년 반 전이라." 그녀가 내 말을 되풀이했다. "글쎄 잘 모르겠어요. 이 년 반 전에 누가 죽었는지는 기억나지 않네요. 정말 미안해요."

나는 그녀가 내게 거짓말을 하고 있다고 생각했다. 물론 그녀가 거짓말을 하고 있다는 증거는 전혀 없었고, 나의 빈약한 상상력으로는 그녀가 거짓말을 하고 있는 이유도 찾아낼 수 없었으나, 그렇게 최근에 일어난 범죄를 잊어버린다는 것은 있을 수 없는 일이었다. 아니면 라베르데는 이미 죽었을 것이고, 그런 사건들이 세상에, 과거에, 또는 내 도시의 기억에 남아 있지 않은 상태에서 나는 죽음의 고통과 열병과 환각을 겪었을 것이다. 이런 점이, 어떤 이유로, 나를 혼란스럽게 만들었다. 내가 뭔가를 결심했거나 뭔가를 할 수 있다고 느꼈던 것 같은데, 그 순간 내가 그 결심을 명확하게 표현하려고 사용한 말이 무엇이었는지는 기억나지 않는다. 나는 카페 오른쪽으로 나와 그 길모퉁이를 피해 한 바퀴를 에돌고, 라칸델라리아를 가로질러 라베르데가 총을 맞고 죽은 날까지 살았던 곳 쪽으로 갔다.

보고타는 라틴아메리카에 있는 모든 국가의 수도와 마찬가지로 끊임없이 움직이고 변화하는 도시, 주민 수가 칠팔백만 명에 달하는 불안정한 도시다. 여기서는 아주 오랫동안 눈을 감고 있다가 뜨면 다른 세계에 둘러싸여 있을 가능성이 농후한데(어제는 펠트 모자를 팔던 철물

점, 구두수선공이 복권을 파는 복권방), 도시 전체가 코미디 프로그램, 즉 속임을 당하는 역을 맡은 배우가 식당 화장실에 갔는데 나와보니 식당이 아니라 호텔방에 있는, 그런 프로그램의 세트가 된 것 같다. 하지만 라틴아메리카의 모든 도시에는 사람들이 시간 밖에서 살아가는 장소가 적어도 한 군데는 있는데, 그런 곳은 다른 곳이 변하는 동안에도 변치 않고 그대로 남아 있다. 라칸델라리아가 바로 그런 곳이다. 리카르도 라베르데가 살던 거리의 길모퉁이에는 옛 인쇄소가 그대로 있었는데, 인쇄소 문틀 옆에 부착된 명패도 똑같고, 심지어 청첩장들도 똑같고, 1995년 12월에 광고처럼 쓰이던 명함들도 똑같았다. 1995년에 싸구려 종이로 만든 포스터로 뒤덮였던 벽들은 이 년 반이 지난 뒤에도, 여전히 똑같은 종이에 똑같은 판형으로 만든 포스터들, 이를테면 바뀌는 것이라고는 이름뿐인 장례식, 투우, 또는 시의원 후보자를 알리는 노란색 사각형들로 뒤덮여 있었다. 여기서는 모든 것이 그대로 지속되고 있었다. 여기서 현실은 우리가 그 현실에 대해 지니고 있는 기억에 따라 바뀌었는데, 그마저도 자주 일어나는 일은 아니었다.

라베르데의 집 또한 내가 상상하던 집과 똑같았다. 기와의 선은 노인의 빠져버린 치아처럼 두 군데가 깨져 있었다. 대문의 칠은 발 높이 부분이 벗겨져 있었고, 목재는 부서져 있었다. 칠이 벗겨지고 부서진 부분은 짐을 너무 많이 들고 온 사람이 문이 닫히지 않도록 한 발로 밀어붙이는 부분이다. 하지만 나머지 부분은 모두 똑같았는데, 내 노크 소리가 집안에 울려퍼지는 것을 들었을 때 그렇다는 생각이 들었다. 문이 열리지 않자 나는 두 걸음 뒤로 물러나서 시선을 들어올린 채 그 집 지붕 밑에 사람이 살고 있다는 징후가 포착되기를 기다렸다. 인기척이 들리지 않았다. 텔레비전 안테나, 안테나 밑동 옆에서 자라는 한 무더기의 이끼 옆에서 놀고 있는 고양이가 보였지만 그게 전부였다. 막 포기하려 했을 때, 문 안쪽에서 뭔가 움직이고 있다는 느낌이 들었다. 여자가 문을 열었다. "무슨 일이죠?" 그녀가 물었다. 할말을 생각하던 나는 참으로 우둔한 대답을 내놓고 말았다. "그러니까, 저는 리카르도 라베르데의 친구였는데요."

나는 반신반의와 의구심이 뒤섞인 표정을 보았다. 그 여자는 마치 나를 기다리고 있었다는 듯이 적대적으로, 하지만 덤덤하게 말했다.

"난 이제 할말이 전혀 없어요. 모든 건 오래전 일이고 그에 관해서는 이미 기자들에게 다 말했거든요."

"어떤 기자들 말인가요?"

"꽤 오래전에 이미 그 사람들에게 전부 얘기했다니까요."

"하지만 저는 기자가 아닌데요." 내가 말했다. "저는 라베르데의 친구……"

"이미 다 얘기했다고요." 여자가 말했다. "당신들이 내게 그런 지저분한 짓을 해놓고, 내가 잊었을 거라고는 생각하지 말아요."

그 순간에 그녀 뒤로 사내아이가 나타났는데 나이에 걸맞지 않게 입 주변이 지저분했다. "무슨 일이에요, 콘수? 이 아저씨가 귀찮게 하는 거예요?" 아이가 문 쪽으로 조금 더 다가오자 그의 얼굴에 햇빛이 비쳤다. 입 주위가 지저분했던 게 아니었다. 막 나기 시작한 솜털의 그림자가 어려 있었던 것이다. "이 사람이 리카르도의 친구였다고 하는구나."

콘수가 낮은 목소리로 말했다. 그녀는 나를 위아래로 훑어보았고, 나도 그녀와 똑같이 했다. 키가 작고 뚱뚱한 그녀는 머리를 한데 모아 리본으로 묶어놓았는데, 머리카락이 회색으로 보이는 것이 아니라 보드게 임판처럼 흰 부분과 검은 부분이 분리되어 있었다. 몸의 형태가 드러나는 신축성 있는 재질로 만든 검은 옷이 그녀의 몸을 감싸고 있었기 때문에 양털로 짠 허리띠가 불거져나온 뱃살에 뒤덮여 있었는데, 그 모습이 흡사 배꼽에서 삐져나온 통통한 지렁이 같았다. 뭔가를 생각했거나 뭔가를 생각하고 있는 것처럼 보이는 그녀의 얼굴은—막 육체노동을 끝낸 것처럼 불그스레하고 땀에 젖은 얼굴의 주름살—우거지상이었다. 그때에는 육십대의 그녀가 누군가로부터 사탕을 받지 못한 덩치 큰 소녀로 변한 듯 보였다. "실례하겠습니다." 콘수는 그렇게 말하고 문을 닫으려 했다.

"닫지 마세요." 내가 부탁했다. "제가 아주머니께 설명을 할 수 있게 해주세요."

"어서 돌아가요, 형씨." 소년이 말했다. "여기 볼일 없잖아요."

"그를 압니다." 내가 말했다.

"그럴 리가 없어요." 콘수가 말했다.

"그가 살해당했을 때 제가 함께 있었다고요." 내가 말했다. 나는 셔츠 밑단을 들어올려 배에 있는 흉터를 그녀에게 보여주었다. "총알 한 방을 맞았어요."

흉터는 설득력이 있다.

그후 몇 시간에 걸쳐 나는 그날에 대해, 내가 당구장에서 라베르데를 만난 것에 대해, 카사데포에시아에 대해, 그리고 그후에 일어난 일에 대해 콘수에게 말해주었다. 라베르데가 내게 들려준 얘기를 그녀에게 전했고, 왜 그가 내게 그런 얘기를 했는지 여전히 이해하지 못하겠다는 말도 했다. 그 녹음에 대해서도, 라베르데가 녹음된 내용을 듣는 동안 그의 고개를 떨어뜨리게 만든 비애에 대해서도 말해주었다. 녹음 테이프에 들어 있을 거라 생각되는 내용에 대해, 그리고 세상사에 제법 단련된 성인 남자를 그렇게 만들 수 있는 말에 대해 그 순간 추측해보았다는 얘기도 했다. "그런데 그 내용이 뭐였는지는 도무지 모르겠어요." 내가 그녀에게 말했다. "애를 써보았는데, 맹세컨대, 모르겠어요. 도무지 모르겠다고요." "모르겠다고요?" 그녀가 내게 물었다. "예." 내가 그녀에게 말했다. 그 순간에 우리는 이미 주방에 들어가 있었다. 콘수는 하얀 플라스틱 의자에 앉고 나는 가로대가 파손된 나무의자에 앉았는데, 우리는 팔을 뻗으면 닿을 정도로 가스통과 가까이 있었다. 집 내부는 내가 상상했던 것과 유사했다. 마당, 천장에 드러나 있는 나무 들보들, 셋방들의 초록색 문. 콘수는 내 말을 듣고 내 말에 긍정하고, 무릎 사이에 두 손을 집어넣고는 손이 빠지는 것을 원치 않는다는 듯 양다리를 붙였다. 잠시 후 그녀는 간 커피콩을 스타킹 조각에 채워넣더니 회색 홈으로 뒤덮인 작은 놋쇠 주전자에 스타킹 조각을 집어넣어 만든 블랙커피를 대접했고, 내가 커피를 다 마시면 또 한 잔을 대접하는 과정을 반복했는데, 그럴 때마다 공기에 가스 냄새와 불탄 성냥 냄새가 가득찼다. 나는 라베르데의 방이 어딘지 물었고, 그녀는 입술을 삐죽거리며 불편한 망아지처럼 고갯짓을 해서 방을 가리켰다. "저기 저 방이에요." 그녀가 말했다. "지금은 어느 음악가가 쓰는데, 당신이 그를 만나게 될지는 모르겠지만 아주 좋은 사람이에요. 카마린델카르멘*에서 기타를 치죠." 그녀가 말없이 자기 손을 바라보고 있다가 말했다. "리카르도는 열쇠를 가지고 다니는 걸 좋아하지 않았기 때문에 번호 자물쇠가 달려 있었죠. 그 사람이 살해당했을 때 내가 그걸 부숴야 했어요."

경찰들이 우연히 리카르도 라베르데가 늘 돌아오던 시각에 찾아왔는데, 콘수는 리카르도 라베르데가 온 거라고 생각하고서 경찰관들이 문을 두드리기 전에 문을 열어주었다. 경찰관 두 명이 있었는데, 머리가 희끗희끗한 경찰관은 말을 할 때 S를 C나 Z 비슷하게 발음했고, 그 경찰관으로부터 두어 걸음 뒤에 서 있던 다른 경찰관은 단 한마디도 하지 않았다. "이른 나이에 흰머리가 생긴 것 같았는데, 그 남자가 뭘 보았는지 누가 알겠어요?" 콘수가 말했다. "경찰관이 주민등록증 하나를 내게 보여주더니 나더러 그 개체를 알아볼 수 있겠는지 물었는데, 꼭 그렇게 말했어요, 개체라고. 개체라는 말은 죽은 사람을 지칭하는 아주 특이한 단어죠. 그런데, 나는 진짜로 그 사람을 알아보지 못했어요." 콘수가 성호를 그으며 말했다. "예전과 많이 달라져 있었거든요. 나는 주민등록증에 쓰인 내용을 읽고 나서야 그렇다고, 그 남자의 이름이 리카르도 라베르데라고, 그가 몇 개월 전부터 여기서 살았노라고 말했어요. 처음에는 리카르도가 여러 문제에 개입되어 있는 것으로 생각

---

* 라칸델라리아에 있는 식민지 시대의 건물로 극장으로 이용되는 곳이다.

했어요. 그들이 그를 다시 교도소에 집어넣을 거라고 생각했죠. 리카르도가 출감 후 해야 할 일을 모조리 완수했기 때문에 안타까웠어요."

"어떤 일 말인가요?"

"죄수들이 하는 일이죠. 교도소에서 나온 사람들이 하는 일."

"그러니까, 아주머니는 알고 계셨군요." 내가 말했다.

"물론이죠, 젊은 양반. 모든 사람이 알고 있었어요."

"그가 무엇을 했는지도 알려져 있었나요?"

"아뇨, 그건 몰라요." 콘수가 말했다. "그래요, 나는 결코 알고 싶지 않았어요. 내가 알았더라면 나와 그의 관계가 훼손되었을 거예요, 그랬겠어요, 안 그랬겠어요? 눈으로 보지 않으면 가슴도 느끼지 않는 법이잖아요."

경찰관들은 그녀를 따라 라베르데의 방까지 갔다. 콘수가 망치를 지렛대 삼아 반달 모양의 알루미늄 자물쇠를 부수자 자물쇠가 안마당의 도랑으로 떨어졌다. 그녀가 방문을 열자 수도사의 방 같은 광경이 펼쳐졌다. 완벽한 직사각형 매트리스가 놓여 있고, 침대 시트에는 티끌 한 점 없었으며, 베개는 구김 하나 없이, 머리가 여러 날 밤을 보내면서 만들어낼 수 있는 만곡과 넓은 홈도 없이 베갯잇 속에 고이 들어 있었다. 매트리스 옆에는 제대로 다듬어지지 않은 나무판자 하나가 두 개의 벽돌 위에 놓여 있었다. 나무판자 위에는 컵이 하나 있었는데, 컵에 든 물은 탁해 보였다. 다음날 그 사진, 즉 매트리스 사진과 임시로 만들어놓은 침대 사이드 테이블 사진이 카예 14 보도에 있는 핏자국 사진과 더불어 황색 신문에 실렸다. "그날부터 그 어떤 신문기자도 이 집에 발을 들여놓지 않아요." 콘수가 말했다. "그런 사람들은 아무것도 존중해주지 않지요."

"누가 그를 죽였나요?"

"참, 내가 그걸 어찌 알겠어요. 난 몰라요. 그렇게 사람 좋은 그를 누가 죽였는지는 모른다고요. 맹세컨대 그는 내가 알고 있는 좋은 사람들 중에서도 가장 좋은 사람이었어요. 비록 나쁜 짓을 좀 했다 할지라도 말이에요."

"어떤 짓 말인가요?"

"그게 뭔지는 잘 모르겠어요." 콘수가 말했다. "뭔가는 했을 거예요."

"뭔가는 했겠죠." 내가 그녀의 말을 따라했다.

"어찌되었든, 지금 그게 뭐 그리 중요하겠어요." 콘수가 말했다. "혹시 우리가 조사를 해보면 그의 행적을 되살릴 수 있을지 모르겠네요."

"글쎄, 안 될 겁니다." 내가 말했다. "그런데 그는 어디에 묻혔나요?"

"뭐하러 그걸 알려고 해요?"

"글쎄요. 한번 찾아가보려고요. 꽃을 갖다주려고요. 장례식은 어땠나요?"

"간소하게 치렀어요. 물론 내가 준비했지요. 난 리카르도와 가장 가까운 사람이었으니까요."

"물론이죠." 내가 말했다. "그의 부인이 얼마 전에 사망했으니까요."

"아." 콘수가 말했다. "당신이 리카르도에 관해 알고 있다는 걸 누가 알았겠어요."

"리카르도의 부인이 그와 함께 크리스마스를 보내려고 오고 있었죠.

그는 그녀에게 선물하려고 우스꽝스러운 사진 한 장을 찍어놓았어요."

"우스꽝스럽다고요? 뭐가 우스꽝스럽다는 거죠? 나는 멋져 보이던데요."

"우스꽝스러운 사진이었어요."

"비둘기들이 나온 사진이죠." 콘수가 말했다.

"그래요." 내가 말했다. "비둘기들이 나온 사진이죠." 그러고는 덧붙였다. "그것과 관계가 있는 게 확실해요."

"그게 뭔데요?"

"그가 듣고 있던 녹음 말이에요. 그가 듣고 있던 녹음이 그녀와, 부인과 관련되어 있다고 늘 생각해왔어요. 잘은 모르지만 녹음 편지나 그녀가 좋아하던 녹음 시가 아니었을까 생각해요."

처음으로 콘수가 미소를 지었다. "그렇게 생각하나요?"

"잘은 모르지만, 그럴 거 같아요." 나는 그때 왜 그랬는지는 잘 모르겠지만 거짓말을 했거나 과장을 했다. "이 년 반 동안 생각해왔는데, 죽은 남자 하나가 우리가 잘 모르는 넓은 공간을 차지하고 있다는 것은 특이한 일이죠. 이 년 반 동안 엘레나 데 라베르데를 생각했다니까요. 또는 엘레나 프리츠를. 이름이 어떻든 간에 말입니다. 이 년 반 동안." 내가 말했다. 그렇게 말하자 기분이 좋아졌다.

콘수가 내 얼굴에서 무엇을 보았는지는 잘 모르겠지만 그녀의 표정이 바뀌었고 심지어 앉는 자세까지 바뀌었다.

"한 가지만 말해줘요." 그녀가 말했다. "그런데 진실을 말해줘요. 당신은 그를 좋아했나요?"

"뭐라고요?"

"그를 좋아했나요, 좋아하지 않았나요?"

"좋아했어요. 아주 좋아했지요." 내가 말했다.

물론 이것 역시 확실하지 않았다. 왜냐하면 삶은 우리에게 정을 쌓을 시간을 준 적이 없고, 나를 움직였던 것은 감정이나 감동이 아니라 우리가 가끔 가지게 되는 어떤 직관, 즉 일부 사건들이 우리의 삶의 형태를 수용하기 어려운 것으로, 겉으로 드러난 것과 다르게 만들 수 있다는 직관이었다. 하지만 나는 그런 명민함이 실제 세계에서는 아무 소용이 없다는 사실을 아주 잘 배웠다. 많은 경우에는 그런 명민함을 저버려야 하며, 누군가가 듣고 싶어하는 것을 그에게 말해주어야 하며, 지나치게 정직하지 않아야 한다(정직은 비능률적이고, 아무 쓸모가 없다). 나는 콘수를 쳐다보았는데, 내가 본 것은 한 명의 여자, 내가 혼자이듯이 혼자인 여자였다. "많이," 내가 반복했다. "그를 많이 좋아했습니다."

"좋아요." 그녀가 자리에서 일어나면서 말했다. "여기서 기다려요, 뭔가 보여줄게요."

그녀는 잠시 사라졌다. 나는 그녀의 움직임을, 그녀가 신은 슬리퍼 소리를, 세입자와 간단하게 나누는 대화를—"삼촌, 늦었군요." "참, 도냐 콘수, 상관없는 일에는 간섭 좀 하지 마세요"—귀로 좇을 수 있었다. 그녀와 나 사이의 대화는 이미 다 끝났다고, 살짝 콧수염이 난 소년이 내게 짐짓 점잖고 세련된 어투로 잘 가라고, '문까지 배웅해드릴게요' 또는 '찾아와주셔서 고맙습니다, 아저씨'라고 말할 거라고 잠깐 동안 생각했다. 하지만 그때 그녀가 왼손의 손톱을 바라보면서 산만한 태도로 돌아왔다. 다시금 그녀는 내가 그 집 현관문에서 보았던 소녀가 되어 있었다. 그녀의 다른 손에는 아주 작은 축구공이 들려 있었는데 (그녀의 손가락은 공을 지탱하고 있기에는 너무 가냘파 보였는데, 마치 병든 작은 동물을 들고 있는 것 같았다), 그 공은 곧 축구공 모양의 낡은 라디오로 변했다. 검은색 육각형들 가운데 두 개는 스피커였다. 윗부분에는 작은 창이 있었는데, 그 속에 테이프데크가 보였다. 테이프데크에는 검은색 카세트테이프가 들어 있었다. 오렌지색 라벨이 붙은 카세트테이프였다. 라벨에는 한 단어만 쓰여 있었다. BASF.

"A면만 있어요." 콘수가 내게 말했다. "그 테이프를 다 들으면 난로 옆에 놔둬요. 성냥이 있는 곳 말이에요. 그리고 나갈 때는 문 좀 잘 닫아줘요."

"잠깐만요, 잠깐만." 내가 말했다. 질문들이 한꺼번에 입으로 몰려들었다. "아주머니가 이걸 갖고 계셨던 거예요?"

"갖고 있었죠."

"어떻게 구하셨나요? 저와 함께 듣지 않으실래요?"

"그게 바로 개인 물품이라 부르는 거예요." 그녀가 말했다. "경찰이 리카르도의 주머니에 들어 있던 것들과 함께 내게 가져왔어요. 근데, 그거 안 들을래요, 안 듣겠다고요. 내용도 다 외우고 있고, 더이상 듣고 싶지도 않아요. 이 카세트테이프는 리카르도와 전혀 상관 없는 거예요. 실제로 나와도 전혀 상관 없어요. 아주 이상하죠, 그렇죠? 그게 내 물건들 중 가장 값나가는 축에 드는 건데요, 내 삶과는 전혀 상관 없으니까요."

"아주머니의 물건들 중 가장 값나가는 축에 든다." 내가 그녀의 말을 따라했다.

"당신은 사람들이 누군가에게 만약 집에 불이 난다면 뭘 들고 나오 겠느냐고 물어보는 것을 본 적이 있나요? 좋아요, 글쎄, 나 같으면 이 카세트테이프를 꺼내오겠어요. 내겐 데리고 나올 자식도 없고, 또 이 집에는 사진 앨범 같은 것도 없으니까요."

"그럼 제가 문에서 만난 그 소년은?"

"그 아이요?"

"가족이 아닌가요?"

"세입자예요." 콘수가 말했다. "다른 세입자와 똑같은 세입자예요." 그녀가 잠시 생각에 잠겼다가 덧붙였다. "세입자들은 내 가족이나 마찬 가지죠."

그녀가 그렇게 말하고 나서 (완벽하게 멜로드라마의 분위기를 풍기 면서) 대문 밖으로 나가버림으로써 나는 홀로 남게 되었다.

녹음 내용은 남자 둘이 영어로 나누는 대화였다. 그들은 날씨가 좋 다며 기후 조건에 관해 얘기한 후 자신들의 업무에 관해 대화를 나눴 다. 한 남자가 의무 휴식과 비행 시수에 관한 규정을 다른 남자에게 설 명하고 있었다. 마이크가(그것이 마이크였다면) 지속적으로 윙윙거리 는 소음을 담아냈고, 그 소음을 배경으로 종이 뒤적거리는 소리가 들려 왔다.

"내가 이 도표를 구했어요." 첫번째 남자가 말했다.

"그래, 뭐라고 되어 있는지 한번 찾아봐요." 두번째 남자가 말했다.

"내가 비행기와 라디오 수신기를 담당할게요."

"예. 그런데 이 도표에는 근무시간만 언급되어 있고, 휴식시간에 관해서는 언급되어 있지 않네요."

"그것도 아주 헷갈리는 문제로군요."

나는 몇 분 동안 그 대화를 듣고 나서—나는 리카르도 라베르데에 관해 뭔가 언급되는지 들으려고 주의를 기울였다—대화의 주인공들이 리카르도 라베르데의 죽음과는 아무 상관이 없고, 더욱이 리카르도 라베르데가 그 대화에서 단 한 순간도 언급되지 않았다는 사실을 당황하고 혼란스러워하면서 확인했다는 사실을 아주 잘 기억한다. 한 남자가 VOR*까지 남아 있는 거리는 136마일이고 자신들이 하강해야 할 높이가 3만 2천 피트라고, 그리고 무엇보다 속도를 줄여가야 한다고 말하고, 그래 좋아요, 이제 작업을 개시할 시간이라고 말했다. 그 순간 다른 남자가 모든 것을 바꾸어놓은 그 말을 했다. "보고타, 아메리칸 965편, 착륙 허가를 요청합니다." 그리고 몇 분 이내에 그 비행기가 엘딜루비오에서 폭발할 것이라는 사실을, 그리고 사망자들 가운데는 리카르도 라베르데와 함께 크리스마스를 보내기 위해 오고 있던 그 여자가

---

* 주요 항공 관제 시스템으로 초단파 전방향 무선표지(VHF Omnidirectional Range)의 약자. VOR 기지국에서 각 방위마다 다른 전파 신호를 보내 항공기에 방위 정보 신호를 제공한다. VOR 기지국에는 거리 측정 장치(Distance Measuring Equipment, DME)가 함께 설치되어 항공기에 거리 정보 신호를 제공함으로써 기지국과 항공기 사이의 거리를 측정할 수 있다.

있을 것이라는 사실을 이해하는 데 많은 시간이 걸렸다는 게 거짓말같이 생각되었다.

"칼리의 아메리칸 에어라인 오퍼레이션스. 여기는 아메리칸 965편. 잘 들려요?"

"계속하세요, 아메리칸 965편, 여기는 칼리."

"좋아요, 칼리. 우리는 이십오 분 내로 그곳에 착륙할 겁니다."

이것이 바로 리카르도 라베르데가 살해당하기 조금 전에 듣고 있던 녹음이었다. 아내를 죽게 한 비행기의 블랙박스에서 나온 것이었다. 나는 그 계시를 받고 몸이 휘청거렸고, 내가 몸담고 있는 세계가 혼란스러워졌으며, 주먹으로 한 방 맞은 듯한 충격을 받았다. 하지만 그가 어떻게 그 계시를 받을 수 있었을까? 그때 나는 자문했다. 그가 사고 비행기의 블랙박스 기록을 달라고 요구하고, 그걸 토지대장 발급받듯 입수한다는 게 가능했을까? 라베르데가 영어를 할 줄 알았을까? 혹은 적어도 그 대화를 듣고, 이해하고, 슬퍼할 정도의—그래, 무엇보다도 슬퍼할—실력이 되었을까? 아마도 라베르데가 슬퍼하기 위해 그 대화를 이해할 필요는 전혀 없었을 텐데, 왜냐하면 대화에서 라베르데의 아내가 전혀 언급되지 않았기 때문이다. 대화를 나누던 조종사들과 어느 여자 승객이 서로 가까운 곳에 있었다는 사실을 그가 아는 것만으로도 충분히 슬픈 일이 아닐까? 이 년 반이나 지났지만 대답 없는 이런 질문들이 계속되었다. 이제 기장이 착륙 게이트(2번이었다)를 요청하고 있었고, 이제 활주로(01번이었다)를 요청하고 있었고, 그 지역 하늘에 비행기의 교통량이 많았기 때문에 이제 비행기의 라이트를 켜고 있었고,

이제 조종사들은 리오네그로 북쪽에서 47마일 떨어진 어느 지점에 관해 말하고 있었고, 비행 계획에 따라 그 지점을 찾고 있었고…… 그리고 이제, 마침내, 스피커를 통해 안내 방송이 나오고 있었다. "신사 숙녀 여러분, 기장이 여러분에게 알려드립니다. 우리는 하강을 시작했습니다."

그들은 하강을 시작했다. 탑승한 숙녀들 가운데 엘레나 프리츠가 있는데, 그녀는 마이애미에서 병든 어머니를 만나고 돌아오고 있거나 할머니의 장례식을 치르고 돌아오고 있거나 단순히 친구들을 만나고(친구들과 함께 추수감사절을 보내고) 돌아오고 있다. 아니, 그녀의 어머니, 병든 어머니를 만나고 돌아오고 있다. 엘레나 프리츠는 아마도 어머니를 생각하고, 어머니를 놔두고 떠나온 것을 걱정하고, 어머니를 놔두고 떠난 것이 잘한 일인지 자문하고 있을 것이다. 그녀는 남편 리카르도 라베르데 또한 생각하고 있다. 자기 남편을 생각한다고? 출감한 자기 남편을 생각하고 있다. "여러분 모두 즐거운 휴가 보내시고, 1996년은 건강과 행복이 충만하기를 바랍니다." 기장이 말한다. "저희 항공편을 이용해주셔서 감사합니다." 엘레나 프리츠는 리카르도 라베르데를 생각한다. 자신들이 과거에 버려두었던 삶을 이제 다시 시작할 수 있을 거라고 생각한다. 그사이 조종실에서는 기장이 부기장에게 땅콩을 건넨다. "감사합니다만 사양하겠습니다." 부기장이 말한다. 기장이 말한다. "참 아름다운 밤이군요, 안 그래요?" 그러자 부기장이 말한다. "그렇습니다. 이쪽은 아주 쾌청합니다." 그러고는 그들은 관제탑을 바라보고, 저고도 하강 허가를 요청한다. 관제탑은 200 수준으로 하강하라고 조종사들에게 얘기하고, 그러자 기장이 스페인어로, 묵직한 톤으로 얘기한다. "펠리스 나비다드, 세뇨리타."[*]

엘레나 프리츠는 자리에 앉아 무슨 생각을 하고 있었을까? 왜 그렇게 상상했는지는 잘 모르겠지만, 나는 그녀가 창가 자리에 앉아 있었다고 상상해본다. 나는 그 순간을 수없이 생각했고, 무대미술가가 무대를 만들듯 수없이 그 장면을 재구성해보았으며, 모든 것에 관한 생각으로 그 순간을 채워보았다. 엘레나가 입고 있던 옷부터―열은 파란색의 가벼운 블라우스와 스타킹을 신지 않은 구둣발―그녀의 견해와 그녀의 편견까지. 내가 생각해내고 떠올린 이미지에서는 창이 그녀의 왼쪽에 있다. 그녀의 오른쪽에는 남자 승객이 잠들어 있다(팔에 털이 무성한 그는 간헐적으로 코를 곤다). 트레이 테이블은 펼쳐져 있다. 엘레나 프리츠는 기장이 하강을 알렸을 때 트레이 테이블을 접으려고 했으나 아직 승무원들이 플라스틱 컵을 치우러 오지 않았다. 엘레나 프리츠는 창밖에 펼쳐진 깨끗한 하늘을 바라본다. 그녀는 자신이 탄 비행기가 고도 2만 피트까지 하강하고 있다는 사실을 모른다. 그 사실을 모른다는 것이 그녀에게는 중요하지 않다. 그녀에게 졸음이 몰려온다. 친정집이 마이애미 시내가 아니라 근교에 있기 때문에 그녀는 아주 이른 시각에 나왔는데 이제 밤 아홉시가 넘었다. 친정집은 심지어 완전히 다른 곳, 말하자면 포트로더데일이나 코럴스프링스 같은, 거대한 노인 가정이라고 할 수 있는 플로리다의 어느 작은 도시에 있을 수도 있는데, 그런

---

[*] "메리 크리스마스, 아가씨."

도시는 전국의 노인들이 추위와 스트레스, 자식들의 싸늘한 시선으로부터 멀리 떨어져 만년을 보내려고 가는 곳이다. 그래서 엘레나 프리츠는 이날 아침 일찍 일어나야 했다. 반드시 마이애미로 가야 했던 이웃 남자가 엘레나 프리츠를 공항까지 데려다주었고, 엘레나 프리츠는 너무 곧아서 사람을 무감각하게 만들어버리는 것으로 전 세계에 알려진 고속도로를 한 시간 또는 두 시간 또는 세 시간 동안 그와 함께 주파해야 했다. 이제 그녀는 칼리에 도착해 제 시각에 연결편을 타야 하고, 연결편을 타기 위해 그 비행기를 타는 승객들이 늘 그렇듯 아주 피곤한 상태로 보고타에 도착하겠다는 생각만 한다. 하지만 그녀는 자기를 사랑하는 남자가 기다리고 있기 때문에 다른 승객들보다는 만족스러운 상태다. 그녀는 그런 생각을 하고, 그러고는 상쾌하게 샤워를 하고 잠을 자려고 눕는 생각을 한다. 저 아래 칼리에서 어떤 목소리가 말한다.

"아메리칸 965편, 현재 거리는?"

"필요한 게 뭡니까?"

"DME 거리*입니다."

"오케이." 기장이 말한다. "칼리까지의 거리는, 에, 38."

"우리 지금 어디 있는 거죠?" 부기장이 묻는다. "지금 우리가 가는 방향은……"

"먼저, 툴루아로 갑시다. 오케이?"

"예. 그런데 우리 지금 어느 방향으로 가고 있는 거죠?"

---

* 항공기와 기지국 사이의 거리.

"잘 모르겠소. 근데 이거 뭐지? 이 계기판 대체 어찌된 거야?"

보잉 757기는 처음에는 기수를 오른쪽으로 나중에는 왼쪽으로 돌려 1만 3천 피트 상공까지 내려왔으나 엘레나 프리츠는 그 사실을 알지 못한다. 밤이다. 하늘이 맑지만 어두운 밤이다. 밑으로는 이제 산의 윤곽이 보인다. 엘레나는 플라스틱 창에 반사된 자기 얼굴을 보고, 자신이 여기서 무엇을 하고 있는지, 콜롬비아로 온 것이 실수였는지, 자신의 결혼이 실제로 복구되었는지, 혹은 친정어머니가 묵시록의 예언자 같은 목소리로 그녀에게 했던 말, "그 사람에게 돌아가는 것은 네 이상주의의 마지막이 될 것이다"가 옳은지 자문해본다. 엘레나 프리츠는 자신의 이상주의적 성격을 수용할 준비가 되어 있고, 이상주의가 그릇된 결정을 내려 삶 전체를 망가뜨릴 이유는 없다고 생각한다. 이상주의자들 역시 때때로 사안을 제대로 파악하기 때문이다. 라이트가 꺼지고, 창에 비친 그녀의 얼굴이 사라지고, 그녀는 어머니가 한 말이 자신에게 중요하지 않다고 생각한다. 리카르도가 자유를 되찾은 뒤 맞이한 첫번째 크리스마스이브를 홀로 보내야만 할 이유가 세상에 있을 리 없다.

"내 계기판에는 잘 나타나지 않아요." 기장이 말한다. "무슨 일인지 모르겠어요."

"그럼 기수를 왼쪽으로 돌릴까요? 왼쪽으로 돌려요?"

"아니…… 아니, 그건 아니오. 계속 앞으로 가요……"

"어느 방향으로요?"

"툴루아 쪽으로."

"거긴 오른쪽인데요."

"지금 어디로 가고 있는 거죠? 기수를 오른쪽으로 돌려요. 칼리로 갑시다. 우리 여기서 실수한 거 아니오?"

"예."

"어쩌다가 이렇게 지랄같이 되어버린 거요? 당장 오른쪽으로, 당장 오른쪽으로."

이코노미 클래스 좌석에 앉아 있는 엘레나 프리츠는 뭔가 잘못되어가고 있다는 사실을 모른다. 항공술에 관한 지식이 조금이라도 있었더라면 항로 변경에 의구심을 품었을 것이고, 조종사들이 설정된 항로를 이탈했다는 사실을 인지할 수 있었을 것이다. 하지만 그렇지 않다. 엘레나 프리츠는 항공술에 관해서는 모르고, 산악 지형에서 1만 피트 이하로 하강하는 일은 그 지역 지형을 잘 모른다면 위험을 초래할 수 있는 행위라는 사실을 생각조차 못한다. 그럼 그녀는 무슨 생각을 하고 있는가?

엘레나 프리츠는 죽기 일 분 전에 무슨 생각을 하고 있는가?

조종실에서 경보가 울린다. "장애물, 장애물." 기계 음성이 들린다. 하지만 엘레나 프리츠는 그 음성을 듣지 못한다. 그녀가 앉아 있는 곳에서는 경보가 들리지 않고, 비행기가 산 가까이 접근했다는 위험도 감지되지 않는다. 승무원들은 동력을 증강시키거나 제동장치를 해제하지 않는다. 비행기가 순식간에 코를 들어올린다. 하지만 그 어떤 것도 충분하지 않다.

"빌어먹을." 기장이 말한다. "위로, 이봐, 위로."

엘레나 프리츠는 무슨 생각을 하고 있을까? 리카르도 라베르데를 생각하고 있을까? 곧 다가오는 크리스마스를 생각하고 있을까? 자식들을 생각하고 있을까? "빌어먹을." 기장이 조종실에서 말하지만 엘레나 프리츠는 그 소리를 들을 수 없다. 엘레나 프리츠와 리카르도 라베르데에게 자식이 있을까? 만약 자식이 있다면 그 자식들은 어디에 있으며, 자기 아버지가 부재한 뒤에 그들의 삶은 어떻게 바뀌었을까? 그들은 자기 아버지가 부재한 이유를 알고 있고, 가족들 사이에 오간 온갖 거짓말들, 미묘한 신화들, 혼란스러운 연보들에 둘러싸여 성장했을까?

"위로." 기장이 말한다.

"모든 게 잘되고 있습니다." 부기장이 말한다.

"위로." 기장이 말한다. "부드럽게, 부드럽게." 자동 조종 장치가 분리되어 있다. 조종간이 기장의 손 사이에서 흔들리기 시작하는데, 이는 비행기의 속도가 비행기를 공중에 떠 있게 하기에는 충분하지 않다는 신호다. "더 위로, 더 위로." 기장이 말한다.

"오케이." 부기장이 말한다.

그리고 기장이 말한다. "위로, 위로, 위로."

다시 사이렌이 울린다.

"당기시오Pull up." 기계 음성이다.

간헐적인 비명소리 또는 비명소리와 유사한 소리가 들린다. 내가 포착할 수 없는 소음도 들리는데, 그게 무슨 소음인지는 전혀 알 수 없다. 사람 소리가 아닌 소음 또는 바로 그 사람이 내는 소음, 소멸되는 생명들의 소음이지만 깨지는 물질의 소음이기도 하다. 높은 곳에서 물건들이 떨어질 때 나는 소음, 중단되었기 때문에 영원한 소음, 결코 끝나지 않을 소음, 그날 오후부터 내 머리에 계속해서 울리고 있으며 사라지려는 기미를 보이지 않는 소음, 내 기억에 항상 남아 있는 소음, 횃대에 걸린 수건처럼 내 기억에 걸려 있는 소음이다.

그 소음은 965편의 조종실에서 들리는 마지막 소음이다.

소음이 들리고, 그러고는 녹음이 중단된다.

마음을 추스르는 데는 상당한 시간이 걸렸다. 한 사람의 마지막 몇 초를 염탐하는 것만큼 음탕한 짓은 없다. 그 몇 초는 비밀스럽고, 침범할 수 없고, 죽는 사람과 함께 죽어야 할 것이다. 그럼에도 불구하고, 그곳 라칸델라리아의 낡은 집 주방에서는 죽은 조종사들의 마지막 말이—비록 그 불행한 남자들이 누구였으며, 이름이 무엇이었으며, 그들이 거울을 보았을 때 무엇을 보았는지 몰랐고 여전히 모른다고 할지라도—내 경험의 일부로 형성되었다. 물론 그 남자들은 나에 대해 결코 알지 못했지만 그들의 마지막 순간은 이제 내게 속해 있었고, 계속해서 속해 있을 것이다. 무슨 권리로? 그들의 아내도, 어머니나 아버지나 자식도 내가 들었던 그 말을 듣지 못했을 것이다. 그들은 아마도 이 년 반 동안 자기 남편이, 자기 아버지가, 자기 아들이 엘딜루비오에 부딪혀 폭파되기 전에 무슨 말을 했을지 자문하면서 살았을 것이다. 나는 그것을 알 권리가 없었지만 지금 그것을 알고 있다. 그 목소리들의 주인공이었던 그들은 정작 이 사실을 모르고 있다. 그리고 나는 이렇게 생각했다. 비행기에서 죽은 남자들은 나와 상관없는 사람들이고, 또 그들의 뒤에 앉아 여행하던 그 여자는 '내 망자들 가운데 하나가 아니고, 결코 아닐 것'이기 때문에 '본질적으로 나에게는 그 죽음에 관해 들을 권리가 없었다'고.

그럼에도 불구하고, 그 소음들은 이제 내 청각 기억의 일부가 되었다. 테이프 속에 침묵이 흐른 뒤, 비극이 내는 소리들이 정적에게 자리를 양보한 뒤, 나는 그것을 듣지 않는 편이 좋았을 거라는 사실을 알았고, 동시에 내 기억이 그것을 영원히 계속해서 재생하게 될 거라는 사실을 알았다. 아니, 그것들은 나와 관련된 죽음이 아니었고, 나에게는 그 말을 들을 권리가 없었지만(이 이야기에서 그 말을 재생할 권리가 나에게 없는 이유가 아마 그것일 텐데, 틀림없이 일부는 부정확할 것이다), 죽은 사람들의 말과 목소리는 지친 동물을 집어삼키는 소용돌이처럼 나를 집어삼키고 있었다. 게다가 그 녹음은 과거를 수정하는 힘을 지니고 있었는데, 라베르데의 울음은 이제 내가 카사데포에시아에서 목격했던 것과 똑같은 것이 아니고, 똑같은 것일 수도 없었기 때문이다. 이제 그 녹음은 라베르데가 그날 오후 부드러운 가죽소파에 앉아서 들은 것을 내가 들었다는 단순한 사실로 인해 예전에는 결여되어 있던 밀도를 지니게 되었다. 그 경험은―우리는 그것을 경험이라 부른다―우리의 고통에 대한 재고 정리가 아니라 타자의 고통에 대해 우리가 배운 연민일 것이다.

나는 시간을 두고 블랙박스에 관해 더 많은 것을 조사했다. 예를 들어 블랙박스의 색깔이 검은색이 아니라 오렌지색이라는 사실을 알게 되었다. 비행기의 블랙박스는 사고 후에도 남아 있을 가능성이 큰 미익尾翼―

비행기에 문외한인 우리 같은 사람들이 꼬리라고 부르는 부분―에 장착된다는 사실을 알게 되었다. 그리고 블랙박스는 2250킬로그램의 압력과 섭씨 1100도의 온도에도 견딜 수 있기 때문에 파손되지 않는다는 사실을 잘 알게 되었다. 비행기가 바다에 빠지면 발신기가 작동하고, 블랙박스는 삼십 일 동안 맥동한다. 삼십 일은 당국이 블랙박스를 발견하고, 사고의 원인을 파악하고, 새로운 증거는 더이상 나오지 않는다는 것을 확신하는 데 필요한 시간이다. 나는 어떤 블랙박스의 운명은 달라질 수 있다고, 자신들의 삶의 계획에 블랙박스를 포함시키지 않았던 누군가의 손에 그것이 들어갈 수 있다고 생각하는 사람이 있을 것이라고는 믿지 않았다. 하지만 965편의 블랙박스의 경우는 내 생각을 빗나갔다. 그 블랙박스는 사고 이후 살아남아 신비로운 기술을 통해 오렌지색 라벨이 붙은 검은색 카세트테이프로 변했고, 내 기억의 일부가 되기 전에 두 명의 주인을 거쳤다. 결국 비행기의 전자 기억장치로 발명된 그 기구는 내 기억의 결정적인 부분이 되었다. 그래서 내가 할 수 있는 것은 전혀 없다. 내가 그 기억을 잊는다는 것은 불가능하다.

나는 라칸델라리아의 그 집에 꽤 오랫동안 더 머물렀는데, 녹음을 한 번 더 듣기 위해서이기도 했지만(녹음은 한 번이 아니라 두 번 더 들었다) 콘수를 다시 보는 것이 내게 갑자기 시급한 일이 되어버렸기 때문이다. 콘수가 리카르도 라베르데에 관해 뭘 더 알고 있을까? 그녀는 사실을 밝힐 의무를 느끼지 않을 수도 있고, 갑자기 태도를 바꾸어 내 질문에 대답하지 않을 수도 있었다. 그녀는 나를 자기 집에, 자신의 가장 비싼 물건들 사이에 혼자 있게 했다. 해가 지기 시작했다. 나는 집 밖을 내다보았다. 이제 노란색 가로등이 불을 밝히고, 건물들의 하얀 벽은 색을 바꾸고 있었다. 날씨가 쌀쌀했다. 나는 어느 길모퉁이 쪽을 살펴보다가 다른 길모퉁이 쪽을 살펴보았다. 그곳에 콘수가 없었고, 그 어느 곳에서도 콘수를 볼 수 없었기 때문에 나는 다시 주방으로 돌아갔는데, 가장 큰 봉지 속에서 작은 아과르디엔테 술병 크기의 종이 봉지를 찾아냈다.

봉지 표면에 볼펜으로 글씨를 쓰는 것이 여간 어렵지 않았지만 어떻게든 다음과 같이 쓸 수 있었다.

친애하는 콘수,
거의 한 시간 동안이나 아주머니를 기다렸습니다. 제가 녹음을 들을 수 있도록 해주셔서 감사합니다. 아주머니와 개인적으로 얘기를 나누고 싶었으나 방법이 없었습니다.

나는 갈겨쓴 이 글 밑에 내 온전한 이름을, 콜롬비아에서는 아주 희귀한 그 성, 누군가에게 써줄 때 상대에 따라서 많은 경우 나를 소심하게 만들어버리는 그 성을 썼다. 우리 나라에는 희귀성을 가진 탓에 자기 성의 철자를 하나씩 불러주어야 하는 사람을 불신하는 사람들이 많다. 나는 봉지를 잘 펴서 녹음기 위, 즉 녹음기의 카세트 도어가 달린 모서리 쪽에 놓았다. 그러고는 여러 가지 감정을 뒤섞어 가슴에 품은 채, 그리고 집에 가기 싫다는 어떤 확신, 방금 전에 내게 일어난 것, 즉 내가 알게 된 비밀을 고이 간직하고 싶다는 어떤 확신을 간직한 채 도시로 나왔다. 나는, 블랙박스의 녹음이 지속되었던 몇 분 동안 그곳 리카르도 라베르데의 집에서 머물렀던 때만큼 내가 그의 삶에 그토록 가까이 갔던 적이 결코 없었을 거라고 생각했다. 그런 기이한 흥분이 흩어져 사라지는 것을 원치 않았기 때문에 카레라 셉티마로 내려가 보고 타 시내를 향해 걷기 시작했고, 볼리바르 광장을 지나 북쪽을 향해 계속 걸어가 늘 붐비는 보도에서 사람들 틈에 끼여 나보다 더 바쁘게 지나가는 사람들에게 밀쳐지고 앞에서 오는 사람들과 부딪쳤다. 오가는 사람이 많지 않은 골목길을 찾으면서 심지어 카예 10—지금 생각해보니 카예 10이다—의 공예품 가게에 들어가기도 했고, 내내 집에 들어가고 싶지 않다고 생각했고, 아우라와 레티시아는 리카르도 라베르데에 대한 기억이 살고 있는 세계와 다른, 물론 965편이 폭발했던 세계와 다른 세계를 이루고 있다고 생각했다. 아니, 아직은 집에 갈 수 없었다. 카예 22에 도착했을 때는 블랙박스 속에서, 블랙박스와 더불어 계속해서 살아가기 위해 집에 가는 시간을 어떻게 하면 늦출 수 있을까 생각하고 있었는데, 그때 내 몸이 나를 대신해 결정을 내렸고, 결국 나는 어느 연속 상영 포르노 극장으로 들어가버렸다. 극장의 화면에서는 윤기가 자르르 흐르는 긴 머리를 지닌 여자가 주방기기가 제대로 갖추어진 주방 한가운데서 실오라기 하나 걸치지 않은 몸으로 한쪽 다리를 들어올려 힐을 난로의 철망에 끼운 상태로 서 있었다. 그녀는 옷을 갖춰입은 남자가 그녀의 몸속으로 파고들면서 그의 입 모양이 입이 내뱉는 단어들과 전혀 일치하지 않기 때문에 이해할 수 없는 명령을 그녀에게 내리는 동안 아슬아슬하게 몸의 균형을 유지하고 있었다.

내가 리카르도 라베르데가 살던 집 여주인과 만난 지 구 개월이 지난 뒤 새로운 밀레니엄이 시작되기 팔 개월 전인 1999년의 성목요일에 아파트에 도착해 전화기의 자동 응답기를 틀어보니 어떤 여자의 목소리와 전화번호가 남겨져 있었다. "안토니오 얌마라 씨에게 보내는 메시지입니다." 그 목소리, 젊지만 구슬픈 목소리, 피로에 젖어 있지만 동시에 관능적인 목소리, 조숙한 여자의 목소리였다. "콘수엘로* 산도발 부인이 당신 이름을 가르쳐주었고 전화번호는 제가 알아냈어요. 혹 제가 당신을 귀찮게 했는지 모르겠지만, 당신 이름이 전화번호부에 실려 있었어요. 연락 부탁드려요. 당신과 얘기하고 싶어요." 나는 즉시 그 번호로 전화를 걸었다. "전화 기다리고 있었어요." 그 여자가 내게 말했다.

"누구시죠?" 내가 물었다.

"귀찮게 했다면 미안해요." 그녀가 말했다. "제 이름은 마야 프리츠예요. 제 성을 듣고 무슨 생각을 하실지는 잘 모르겠네요. 좋아요, 이건 원래 제 성이 아니라 어머니의 성이고, 진짜 성은 라베르데예요." 내가 입을 다물고 있자, 그녀는 그 순간 이미 불필요해진 말을 덧붙였다. "전 리카르도 라베르데의 딸이에요. 몇 가지 여쭤보려고요." 아마 그때 내가 뭔가를 말했던 것 같다는 생각이 들지만, 내가 그 이름, 두 이름, 그녀의 이름과 그녀 아버지의 이름을 한 번 따라해보기만 했을 가능성이

---

* 콘수의 본명.

116

농후하다. 리카르도 라베르데의 딸 마야 프리츠가 계속해서 말했다.

"그런데요. 제가 먼 곳에 살고 있어서 보고타로 갈 수가 없는데, 그 이유를 설명하자면 길어요. 그래서 두 가지를 부탁하고 싶어요. 당신이 이곳, 제 집으로 와서 저와 함께 하루를 보내주면 좋겠어요. 여기로 와서 아빠에 대해 말해주고, 알고 있는 것을 모두 얘기해주면 좋겠어요. 그건 크나큰 호의지요, 그래요. 여기는 날씨가 덥고 음식이 맛있어요. 약속하건대, 오시면 후회하지는 않을 거예요. 그럼, 알아서 하세요, 얌마라 씨. 종이와 연필을 갖고 있다면, 이곳으로 오는 방법을 지금 당장 설명해드릴게요."

3

/

부재하는 자들의 시선

나는 아침식사로 블랙커피 한 잔을 마신 뒤 아침 일곱시에 카예 80을 따라 도시의 서쪽 출구를 향해 내려갔다. 우중충하고 추운 아침이었는데, 그 시간에도 이미 도로는 많은 교통량 때문에 위압적이기까지 했다. 하지만 얼마 지나지 않아 도시의 경계에 도달했는데, 그곳에서는 도시의 풍경이 바뀌고, 문득 공기가 오염되지 않았다는 사실을 폐를 통해 체감하게 된다. 세월이 흐르면서 도시 밖으로 나가는 길목은 바뀌어 있었다. 포장한 지 얼마 되지 않은 넓은 도로들은 횡단보도 표시, 도로 위 점선 등 온갖 교통표지의 번쩍거리는 하얀색을 자랑하고 있었다. 내가 어렸을 때 그 길을 몇 번이나 지났는지도 모르겠다. 도시를 둘러싸고 있는 산들을 올라갔다가 가파른 경사면을 내려오는 식으로, 그렇게 세 시간 동안 차갑고 비가 많이 내리는 해발 2600미터의 도시를 떠나 일부 불행한 지역에서는 기온이 40도에 육박하기도 하는 마그달레나 강 분지로 내려온 것이 몇 번이나 되는지도 모르겠다. 라도라다 같은 경우 기온이 40도에 육박하는데, 그 도시는 보고타와 메데인 사이에 위치해, 보고타와 메데인을 오가는 사람들에게는 중간 기착지나 만남의 장소 또는 가끔 수영장 역할을 하는 곳이다. 라도라다 교외, 마야 프리츠의 설명에 따르면 시내에서 멀리 떨어져 있고, 시내의 복잡한 포장도로나 교통 체증과는 관계가 없는 것처럼 보이는 곳에 그녀가 살고 있었다. 하지만 나는 그녀를 생각하고 우리를 만나게 한 우연에 대해 생각하는 대신에 아우라를, 아니 전날 밤 아우라에게 있었던 일을 생각하면서 네 시간을 보냈다.

나는 마야 프리츠의 주소를 받아 적고, 어느 페이지의 뒷면에 지도 하나를 대충 그리고 난 뒤(앞면에는 다음에 할 강의에 쓸 메모가 적혀 있었다. 강의에서는 안티고네가 오빠를 매장하기 위해 법률을 위반할 수 있는 권리에 관해 토론할 예정이었다), 레티시아가 영화를 한 편 보는 사이에 아우라와 함께 음식을 만들고, 각자의 나날에 관해 서로 이야기하고, 웃고, 비좁은 주방에서 서로 몸을 부대끼면서, 최대한 평화롭게 그날 밤을 보냈다. 레티시아는 〈피터 팬〉을 아주 좋아했고 〈정글북〉도 좋아했다. 아우라는 레티시아를 즐겁게 해주기 위해서라기보다는 자신의 사적인 향수를 만족시키기 위해 〈머핏 쇼〉에 나오는 인형 두세 개를 레티시아에게 사주었는데, 아우라는 카운트 백작은 좋아했지만 미스 피기는 멸시했다. 그날 밤 우리 방의 텔레비전에서 나온 소리는 〈머핏 쇼〉가 아니라 그런 영화들 가운데 하나였다. 〈피터 팬〉, 그래, 텔레비전에서 나오고 있던 것은 바로 〈피터 팬〉이었는데—"이 이야기는 예전에 있었던 일인데 앞으로 다시 일어날 것이다." 영화를 소개하는 익명의 내레이터가 말하고 있었다—계절에 어울리지 않게 산타클로스의 얼굴이 그려진 빨간색 앞치마를 걸친 아우라가 내 눈을 쳐다보지 않은 채 말했다.

"뭘 하나 샀어요. 나중에 보여달라고 얘기해줘요."

"뭔데?"

"그런 게 있어요." 아우라가 말했다.

아우라는 스토브에 있는 무언가를 휘젓고 있었는데, 환기팬이 최고 속도로 돌아가고 있었기 때문에 우리는 목소리를 높여야 했다. 갓등에서 비치는 불빛이 그녀의 얼굴을 구릿빛으로 물들이고 있었다. "당신 정말 예쁘다." 내가 아우라에게 말했다. "언제 봐도 예쁘다니까." 그녀는 씩 웃으며 내게 뭔가를 말하려고 했으나 그 순간 레티시아가 조용히, 신중하게, 방금 전 목욕을 해서 촉촉한 갈색머리를 말총처럼 빗은 상태로 문 앞에 나타났다. 내가 레티시아를 안아올려 배가 고픈지 물었을 때 똑같은 구릿빛이 레티시아의 얼굴에 비쳤다. 레티시아의 얼굴은 아우라가 아니라 나를 닮았는데, 그 점이 늘 나를 감동시키면서 동시에 실망시켰다. 식사를 할 때 이상하게 그 생각이 내 뇌리를 떠나지 않았다. 레티시아는 아우라를 닮을 수도 있었을 텐데, 아우라의 아름다움을 물려받을 수도 있었을 텐데, 하필이면 나의 우락부락한 생김새에 너무 굵은 골격, 너무 눈에 띄는 귀를 물려받은 것이다. 아마도 그래서 나는 레티시아를 침대로 데려가 재우는 동안 그 아이를 뚫어지게 쳐다보았을 것이다. 나는 레티시아의 방을 메운 어스름 속에서 잠시 레티시아와 함께 있었는데, 그 어스름은 파스텔 톤의 희미한 빛을 내뿜는 구형 전구 불빛이 비칠 때만 깨진다. 밤이 지나는 동안에 불빛의 톤이 바뀌는데, 그래서 레티시아의 방은 레티시아가 악몽을 꾸고 깨어나 나를 부를 때는 파란색이고, 작은 물병의 물이 떨어졌다는 이유로 나를 부를 때는 분홍색이거나 연한 초록색일 가능성이 농후하다. 결국, 나는 거기서, 여러 가지 어스름한 색깔 속에서 레티시아가 잠들고 숨결 소리가 변하는 동안 레티시아의 얼굴과 레티시아의 얼굴에 드러난 유전학의 장난들, 내 아래턱을 레티시아의 아래턱에, 내 머리 색깔을 내 딸의 머리칼에 각인하기 위해 신비롭게 움직이고 있는 모든 단백질을 염탐하고 있었다. 그러고 있을 때, 문이 살짝 열리더니 한줄기 빛이, 아우라의 실루엣이 나타났다. 그녀가 손짓으로 나를 불렀다.

"잠들었어요?"

"응."

"확실해요?"

"응."

아우라가 내 손을 잡아끌어 나를 거실로 데려갔고, 우리는 소파에 앉았다. 주방의 식탁은 이미 말끔하게 치워져 있었고, 식기세척기는 다 죽어가는 늙은 비둘기가 구구대는 듯한 소리를 내고 있었다. (우리는 식사가 끝난 뒤 거실에서 시간을 보내는 경우가 많지 않았다. 우리는 침대에 누워 약간은 가볍고, 유쾌하고, 상큼한 미국 시트콤을 즐겨 보았다. 아우라는 텔레비전 저녁 뉴스를 보지 않는 데 이미 익숙해져 있었고, 그녀는 가끔 내가 뉴스를 보지 않는다고 놀리기도 했지만 내가 얼마나 진지하게 밤 뉴스를 거부하는지는 잘 이해했다. 나는 단순한 이유 때문에 뉴스를 보지 않았다. 내가 뉴스를 다시 견뎌내고, 내 나라의 뉴스들이 내 삶을 침범하는 것을 다시 수용하는 데는 오랜 시간이 걸릴 것이다.) "자, 봐요." 아우라가 말했다. 그녀의 두 손이 소파의 다른 쪽으로 사라지더니 신문지에 싸인 작은 꾸러미를 들고 나타났다. "나 주려고?" 내가 물었다. "아뇨, 이건 선물이 아니에요." 그녀가 말했다. "아니, 맞아요. 근데 이건 우리 두 사람 거예요. 제기랄, 어떻게 해서 이런 일이 생기는지 잘 모르겠어요, 잘 모르겠다고요." 수치심은 아우라를 자주 괴롭히는 감정이 아니었지만, 그녀의 표정에 가득차 있던 것은 바로 그것, 수치심이었다. 이어서 그녀의 목소리(신경질적인 목소리)는 그녀가 그 바이브레이터를 어디서 샀는지, 얼마에 샀는지, 그것을 샀다는 증거를 그 어디에도 남기지 않으려고 돈을 어떤 방식으로 지불했는지, 아베니다* 19에 있는 가게에 들어간 순간 그녀에게 수치심을 느끼게 한 수년에 걸친 종교적인 교육이 얼마나 혐오스러웠는지 내게 설명했다. 그러면서 벌이 내리듯 아주 나쁜 일이 일어날 것이고, 그 물건을 산 행위는 자신이 지옥 어딘가에 떨어지는 형벌을 받을 만한 짓이라고 말했다. 그것은 보라색에 표면이 울퉁불퉁한 도구로, 내가 평소에 상상했던 것보다 더 많은 버튼이 달리고 더 많은 기능을 지닌 것이었다. 지나치게 융통성 없는 내 상상력이 그려낼 수 있을 법한 형태는 아니었다. 나는 그것을(거기, 내 손에서 잠들어 있는 것) 바라보고 있었

---

* '대로'를 의미한다.

고, 아우라는 그것을 바라보는 나를 바라보고 있었다. 이 물건을 지칭하는 데 가끔 사용되기도 하는 '자위 기구'라는 용어가 내 머릿속에 떠오를 수밖에 없었다. 아우라는 여자로서, 또는 위로받을 길 없는 여자로서 위안이 필요했다. "이게 뭐지?" 내가 아우라에게 물었다. 정말 어리석은 질문이었다.

"그래, 생긴 그대로예요." 아우라가 말했다. "우리를 위한 거예요."

"아냐." 내가 말했다. "이건 우리를 위한 게 아냐."

내가 자리에서 일어나면서 기구를 유리 테이블에 떨어뜨리자 그것은 살짝 튀어올랐다(그 기구가 탄성이 뛰어난 재질로 만든 것임은 틀림없었다). 다른 때였으면 그 소리가 우습게 들렸을 테지만 거기서는, 그때는 그렇지 않았다. 아우라가 내 팔을 붙잡았다.

"나쁠 게 전혀 없어요, 안토니오. 이건 우리를 위한 거라고요."

"우리를 위한 게 아냐."

"당신은 사고를 당했지만 이제 아무 일도 일어나지 않아요, 난 당신을 사랑해요." 아우라가 말했다. "아무 일도 일어나지 않아요, 우리는 함께 살고 있잖아요."

바이브레이터 또는 자위 기구는 재떨이, 컵받침, 아우라가 골라서 식탁에 놓아둔 책들 사이에 반쯤 가려져 있었다. 호세 셀레스티노 무티스* 에 관한 두꺼운 책, 『하늘에서 바라본 콜롬비아』, 그리고 파리를 찍은 아르헨티나의 사진작가가 최근에 펴낸 책이었다(이 책은 아우라가 산

---

* 콜롬비아의 사제, 식물학자, 지리학자, 수학자, 의사, 대학교수.

것이 아니라 선물받은 것이었다). 나는 수치심을, 유치하고 터무니없는 수치심을 느꼈다. "자위가 필요했던 거야?" 내가 아우라에게 말했다. 심지어 나조차 내 목소리 톤에 놀랐다.

"뭐라고요?"

"이건 자위 기구야. 자위가 필요했던 거냐고?"

"그러지 말아요, 안토니오. 우린 함께 살고 있어요. 당신은 사고를 당했고, 우리는 함께 살고 있다고요."

"사고를 당한 건 나니까 바보처럼 굴지 마." 내가 말했다. "나는 총을 맞았어." 나는 흥분을 조금 가라앉혔다. "미안해." 나는 계속해서 말했다. "의사가 말했어."

"하지만 그건 삼 년 전 일이잖아요."

"나더러 걱정하지 말라고, 몸이 스스로 알아서 한다고."

"삼 년 전 일이라고요, 안토니오. 이건 다른 문제예요. 나는 당신을 사랑하고, 우리는 함께 살고 있어요."

나는 아무 말도 하지 않았다.

"우리는 방법을 찾을 수 있을 거예요." 아우라가 말했다.

나는 아무 말도 하지 않았다.

"수많은 부부가 있어요." 아우라가 말했다. "부부가 우리밖에 없는 건 아니에요."

하지만 나는 아무 말도 하지 않았다. 그 순간 어딘가의 전구 퓨즈가 나갔는지 거실이 갑자기 살짝 어두워졌고, 소파와 의자 두 개, 그리고 유일하게 걸려 있는 그림—이유는 전혀 알 수 없지만 검은 안경을 쓴 채 당구를 치는 선수들을 그린 사투르니노 라미레스의 그림―의 윤곽이 사라져버렸다. 나는 피로를 느꼈고, 진통제가 필요했다. 아우라가 다시 소파에 앉았는데, 이제는 두 손으로 얼굴을 감싸고 있었으나 울고 있는 것 같지는 않았다. "난 당신이 좋아할 거라 생각했어요." 아우라가 말했다. "내가 뭔가 좋은 일을 하고 있다고 생각했다고요." 나는 등을 돌렸고, 심지어 아우라가 여전히 말을 하고 있었음에도 아우라를 홀로 남겨둔 채 부부용 화장실에 틀어박혔다. 나는 비좁은 파란색 옷장에서 알약과 하얀 플라스틱병과 언젠가 레티시아가 망가질 정도로 이로 물어뜯어 우리를 대경실색하게 한 빨간색 병뚜껑을 찾았다(레티시아가 결국 솜 밑에 숨어 있는 알약을 찾아내지는 못했으나, 두세 살 먹은 여자아이는 늘 위험에 처해 있을뿐더러 아이에게는 세상 전체가 위험투성이다). 나는 수도꼭지에서 물을 받아 알약 세 개를 삼켰는데, 의사가 처방한 복용량 또는 권장 복용량을 초과하는 양이었으나 내 체구와 체중을 고려하면 통증이 심할 경우 그 정도의 과다 복용은 허용할 수 있었다. 그러고는 오랫동안 샤워를 했는데, 그렇게 하면 늘 통증이 가라앉는다. 내가 침실로 돌아갔을 때 아우라는 잠들어 있거나 잠든 척했고, 나는 아우라를 깨우지 않으려고 애를 쓰거나 그 편리한 거짓을 유지하려 애썼다. 옷을 벗고 아우라 곁에 누웠으나 그녀와 등을 맞댄 채였다. 그러고 나서 무슨 일이 있었는지는 더이상 모르겠다. 나는 곧바로 잠에 빠져들었던 것이다.

다음날 아침 집을 나섰을 때는 아주 이른 시각이었는데, 특히 그날이 성금요일이었다는 사실을 고려하면 더욱 그랬다. 햇빛이 아직 아파트의 공기를 채우지 않고 있었다. 나는, 그렇기 때문에, 세상이 총체적인 반수 상태에 있다고 믿고 싶었기 때문에 작별 인사를 한다는 명목으로 누군가를 깨우는 행위는 하지 않았다. 자주색 플라스틱 바이브레이터는 레티시아가 거실에서 잃어버린 장난감처럼 여전히 거실 탁자 위에 놓여 있었다.

알토델트리고를 지날 무렵에는 짙은 연무가 길 잃은 구름처럼 갑작스레 여행객들 머리 위로 내려앉았고, 시야가 거의 확보되지 않아 차의 속도를 많이 줄일 수밖에 없었기 때문에 자전거를 탄 시골 아낙들이 나보다 더 빨리 가고 있었다. 비는 오지 않았지만 연무가 차창에 이슬처럼 쌓여서 와이퍼를 작동시켜야 했고, 형체들—앞서가는 자동차, 기관단총을 비스듬히 맨 채 도로 옆에서 감시하는 군인 둘, 짐을 실은 당나귀 한 마리—이 빛을 통과시키지 않는 우윳빛 수프 같은 연무 사이로 차츰차츰 드러나고 있었다. 나는 낮게 나는 비행기들을 생각했다. "위로, 위로, 위로." 나는 연무를 생각하고, 오래전 사십년대에 엘타블라소에서 일어난 유명한 비행기 사고*를 떠올렸지만, 방심해서는 안 되는 높이에서의 시야 문제 때문이었는지는 기억해내지 못했다. "위로, 위로, 위로." 나는 혼잣말을 했다. 그러고 나서 과두아스 쪽으로 내려가자 연무가 땅으로 가라앉을 때와 동일한 방식으로 공중으로 올라가 문득

---

* 1947년 2월 15일, 보고타로 들어오는 길목에 위치한 구릉 엘타블라소에 승객 48명, 승무원 4명을 태운 비행기가 충돌하는 대참사가 일어났는데, 사고의 원인은 항로와 그곳 지형을 잘 모르는 젊은 외국인 조종사들의 과실로 판명되었다.

하늘이 열리면서 날씨가 후끈하게 더워졌다. 갑자기 푸른 식물이 나타나고, 온갖 냄새가 진동하고, 길가에 과일 상점들이 나타났다. 나는 땀을 흘리기 시작했다. 행상에게 얼음이 가득찬 상자 안에서 차츰차츰 덥혀지고 있던 병맥주를 사려고 차창을 열자 후끈한 열기로 선글라스가 흐릿해졌다. 나를 가장 괴롭게 한 것은 바로 땀이었다. 내 몸의 땀구멍들이 갑자기 의식의 중심을 차지한 것이다.

막 정오가 지났을 무렵 나는 그곳에 도착했다. 과리노시토 부근에서 거의 한 시간 동안 지체한 뒤(갓길이 없는 2차선 도로에서 어느 트럭의 차축 하나가 부서진 것이 치명적이었던 것 같다) 저멀리 깎아지른 듯 솟아 있는 바위 언덕을 뒤로하고 목장 지역으로 들어갔을 때 나는 그런 곳에 있을 법한 작은 초등학교를 보았고, 도로변을 따라 놓인 거대한 하얀 파이프 옆으로 뻗어 있는 거리를 계속 달린 뒤 마그달레나 강 쪽으로 우회전했다. 과거에 광고판이 걸려 있었지만 지금은 멀리서 보면 방치된 코르셋처럼 되어 있는(수많은 대머리독수리들이 철 구조물의 가로대에 앉아 땅뙈기를 감시하고 있었다) 철 구조물 옆을 지나갔다. 햇빛을 피하려고 앙상한 알루미늄 지붕 아래로 머리를 들이민 소들이 서로 몸을 밀착시킨 채 방해하고 밀치면서 물을 마시는 물통 곁을 지나갔다. 비포장도로를 300미터 정도 달린 끝에 웃통을 벗어젖힌 채 소리를 지르고, 떠들썩하게 웃고, 앞으로 나아가면서 먼지구름을 일으키는 여러 무리의 아이들 곁을 지나갔다. 한 아이가 작은 갈색 손을 뻗쳐 엄지손가락을 치켜세웠다. 갓길에 차를 세웠다. 정오의 폭염이 얼굴과 몸에 다시금 다가왔다. 다시 습기를 느꼈고, 다시 냄새들을 맡았다. 그 아이가 먼저 말을 걸었다.

"아저씨, 저는 아저씨가 가는 곳으로 가고 있어요."

"나는 라스아카시아스로 가고 있는데." 내가 말했다. "네가 그곳이 어딘지 알면 거기까지 데려다줄게."

"그렇다면 소용없어요, 아저씨." 아이가 단 한순간도 미소를 지우지 않으면서 말했다. "이미 거기 접어들고 있잖아요, 보세요. 저 개가 거기 개예요. 물지는 않으니 걱정 마세요."

개는 꼬리에 하얀 얼룩이 있는 검은색 독일산 셰퍼드였는데 지쳐 보였다. 나의 출현을 감지한 개는 귀를 쫑긋 세우더니 무심히 나를 쳐다보았다. 그러고 나서는 코를 땅에 박고 깃털 빗자루 같은 꼬리를 갈비뼈 부분에 붙인 채 망고나무 아래서 두어 바퀴 돌더니 이윽고 나무 밑동 옆에 누워 다리 하나를 핥기 시작했다. 안쓰러웠다. 이런 기후에 살기에 적합한 털은 아니었다. 나는 짙은 녹음이 햇빛을 막아주는 나무 밑으로 계속해서 차를 몰아 마침내 단단해 보이는 기둥들과 최근에 목재용 기름을 바른 것처럼 보이는 간판이 걸린 나무 가로대로 이루어진 문 앞에 이르렀다. 간판에는 인두로 촌스럽고 투박하게 지져 쓴 주인의 이름이 있었다. 문을 열기 위해 차에서 내려야 했는데, 문고리는 애초부터 그 자리에 억지로 쑤셔박혀진 것처럼 보였다. 차가 다님으로써 풀밭에 자연스럽게 생긴 길을 따라 상당한 거리를 갔는데, 바퀴가 지나가는 두 흙길 사이에는 억센 잡초 무더기가 자라고 있었다. 차는 마침내 작은 대머리독수리 한 마리가 쉬고 있는 기둥 너머의 하얀 단층집 앞에 이르렀다.

사람을 불렀으나 아무도 나타나지 않았다. 현관문은 열려 있었다. 유리 식탁과 거실의 하얀색 소파들이 보였고, 선풍기 한 대가 이 모든 것을 지배하고 있었다. 선풍기 날개들은 일종의 내재된 생명력에 의해, 높은 기온에 대항하는 개인적인 임무에 의해 움직이는 것처럼 보였다. 테라스에는 화려한 색깔의 해먹 세 개가 걸려 있고, 한 해먹 밑에서는 개미들이 누군가가 반쯤 먹다가 놓아둔 과야바를 갉아먹고 있었다. 내가 막 집에 아무도 없는지 소리쳐 물으려고 했을 때 휘파람 소리가 들리더니, 그 소리가 또 한번 들려왔다. 휘파람 소리의 주인공이 누구인지 알아내려고 몇 초 동안 애를 썼는데, 집 옆에 심긴 부겐빌레아 너머, 부겐빌레아 뒤에서 자라고 있는 과나바나나무들 너머로 도움을 요청하듯이 팔을 움직이는 실루엣이 보였다. 머리가 지나치게 크고 다리가 지나치게 굵고, 지나치게 하얀 그 형상에는 어딘지 기괴한 면이 있었다. 하지만 형상을 향해 걸어가는 동안에는 돌부리나 울퉁불퉁한 땅바닥 때문에 발목을 삐지 않으려고, 나직한 나뭇가지에 얼굴을 긁히지 않으려고 온 신경을 집중하고 있었기 때문에 형상을 주의깊게 살펴볼 수 없었다. 집 뒤로는 잘 관리되는 것처럼 보이지 않는 사각형 수영장이 반짝거렸다. 햇빛에 페인트가 바랜 파란색 미끄럼틀, 파라솔이 접혀 있는 둥그런 탁자, 단 한 번도 사용되지 않은 것처럼 나무에 기대어 있는 수영장 청소용 그물망이 있었다. 나는 그것들을 보고 이런저런 생각을 하면서 그 하얀 괴물체에게 다가갔는데, 가까이서 보니 베일 달린 안면 보호망을 머리에 쓰고, 손에 두툼한 장갑을 낀 여자였다. 여자는 안면 보호망을 벗더니 손으로 잽싸게 머리(일부러 서투르게 자르고, 특이해

보일 정도로 마구 빗은 밝은 갈색 머리)를 매만지고 미소를 머금지 않은 채 내게 인사를 하더니 나를 맞이하느라 벌통 살피는 걸 중단했노라고 얘기했다. 지금 그녀는 다시 작업을 하러 가야 하는 상황이었다. "집에서 지루하게 나를 기다리는 건 바보 같은 짓이죠." 그녀는 모든 철자를 한 자 한 자 또박또박 발음해가며 말했는데, 마치 자기 삶이 그렇게 하는 데 달려 있다고 생각하는 것 같았다. "벌집을 가까이서 본 적이 있나요?"

나는, 그런 게 정말로 있는지는 확실히 모르겠지만, 우리 세대만의 비밀스러운 소통 방식을 통해 그녀가 내 또래라는 사실을 즉시 알아차렸다. 그 소통 방식이란 표정이나 말의 총체 또는 어떤 결정적인 음색, 인사를 하거나 몸을 움직이거나 감사를 표하거나 앉을 때 다리를 꼬는 방식으로, 이런 것은 우리가 한배에서 태어난 같은 세대 사람들끼리 공유하는 것이다. 그녀의 눈은 내가 지금까지 본 것 중에서 가장 투명한 초록색이었고, 소녀 같은 얼굴에는 고생을 많이 한 여인의 표정이 드러나 있었다. 사람들이 다 떠나버리고 난 후의 파티장 같은 얼굴이었다. 작은 귓불에 보일락 말락 박혀 있는 두 개의 다이아몬드(내게는 다이아몬드처럼 보였다) 외에는 장신구를 착용하고 있지 않았다. 신체 윤곽을 감추는 헐렁한 양봉용 작업복을 입은 마야 프리츠는 한때 마구간으로 사용되었을 법한 헛간으로 나를 데려갔다. 두엄 냄새가 나는 곳이었는데, 벽에는 안면 보호망 두 개와 하얀 작업복 하나가 걸려 있었다.

"입어요." 그녀가 내게 명령했다. "내 벌들은 센 색깔을 좋아하지 않거든요."

나는 내 셔츠의 파란색이 그리 세지 않다고 말하고 싶었지만 군말하지 않았다. "벌들이 색깔을 구별하는 줄은 몰랐어요." 내가 그녀에게 말했으나 그녀는 이미 내 머리에 하얀 모자를 씌워주면서 안면 보호망의 나일론 망사 묶는 법을 설명해주고 있었다. 그녀가 내 등뒤로 끈을 묶기 위해 팔을 내 겨드랑이 밑으로 통과시켜 오토바이 뒤에 탄 사람처럼 나를 껴안았다. 그녀의 몸이 가까이 있어 좋았고(나는 등에서 그녀의 젖가슴이 가하는 환상적인 압력이 느껴진다고 생각했다), 그녀의 손놀림이 주는 안정감과, 내 몸을 만지는 확고한 태도 혹은 철면피한 태도 또한 느꼈다. 그녀는 어디선가 또다른 하얀 끈 두 개를 꺼내더니 바닥에 한쪽 무릎을 꿇고서 내 바짓가랑이를 묶었고, 수줍음을 전혀 드러내지 않은 채 내 눈을 쳐다보면서 말했다. "민감한 부분이 벌에 쏘이지 않도록 하는 거예요." 그러고 나서는 노란 풀무에 붙어 있던 금속 병 같은 걸 집더니 나더러 가져가라고 했고, 자기 주머니에 빨간 솔과 쇠지렛대를 집어넣었다.

나는 그녀에게 언제부터 그런 취미를 갖게 되었는지 물었다.

"절대 취미가 아니에요." 그녀가 말했다. "이걸로 먹고산다고요, 아저씨. 이렇게 말해도 되는지 모르겠지만 이 지역에서 최고로 좋은 꿀이에요."

"그렇군요, 축하해줄 만한 일이네요. 언제부터 이 지역에서 가장 좋은 꿀을 생산했나요?"

그녀는 벌통이 있는 곳으로 가면서 내게 얘기를 들려주었다. 그리고 다른 얘기들도 했다. 그래서 나는 그녀가 어떻게 해서 유일한 유산인 이 소유지에 정착하게 되었는지 알게 되었다. "내가 태어났을 때쯤 엄마 아빠가 이 땅을 샀어요." 그녀가 말했다. 그러니까 이것이 부모에게서 물려받은 유일한 것이군요, 하고 내가 맞장구쳤다. "돈도 있었죠." 마야가 말했다. "하지만 변호사 비용으로 다 써버렸어요." "변호사 비용이 좀 비싸죠." 내가 말했다. "아뇨." 그녀가 말했다. "변호사들은 개 같아요. 그 사람들은 타인의 두려움을 냄새 맡고 공격해오죠. 그리고 내가 그 모든 것을 시작했을 때는 아주 미숙한 상태였어요. 정직하지 못한 사람이 내게서 모든 것을 훔쳐갔을 수도 있었다고 말해야겠죠." 그녀는 성인이 되어 자기 삶을 꾸릴 수 있게 되자 보고타를 벗어날 방법을 모색하기 시작했다. 스무 살이 되기 전에 학교 공부를 포기하고, 그때문에 어머니와 다툰 끝에 최종적으로 계획을 실행했다. 그 무렵 마침내 상속이 이루어졌고, 이곳에 정착한 지는 이제 십 년 정도 되었던 것이다. "보고타를 떠난 걸 결코 후회하지 않을 거예요." 그녀가 말했다. "그 도시가 싫었기 때문에 떠나야 했어요. 두 번 다시 가지 않았죠. 지금 그곳에서 무슨 일이 일어나고 있는지도 모를 정도인데, 아마 당신은 그걸 내게 얘기해줄 수 있겠지요. 보고타에 살고 있는 거죠?"

"예."

"보고타를 떠나서 산 적이 단 한 번도 없나요?"

"결코." 내가 말했다. "가장 열악했던 몇 년 동안에도."

"나도 마찬가지예요. 나도 그 시기에는 쭉 그곳에 살았어요."

"누구랑 살았나요?"

"물론 엄마랑 살았죠." 마야가 말했다. "지금 생각해보면 별난 삶이었어요. 여자 둘이서만 살았죠. 그러고는 엄마와 각자의 길을 선택했는데, 당신은 그런 일이 어떤 식으로 일어나는지 알 거예요."

1992년에 마야는 라스아카시아스에 조잡한 벌통 몇 개를 처음으로 들여놓았는데, 그녀 스스로 실토한 바에 따르면 양봉에 대해서는 지금 이 순간의 나보다 더 몰랐으니 확실히 특이한 결정이었다. 하지만 벌통들은 채 몇 개월을 견뎌내지 못했다. 마야는 꿀과 밀랍을 채취할 때마다 벌집을 부수고 벌을 죽여야 하는 것을 견딜 수가 없었다. 또 살아남은 벌들이 그 지역 사방으로 도망쳐 그 소식을 전함으로써 어느 날 그녀가 수영장 옆 해먹에서 낮잠을 잘 때 벌들이 그녀에게 복수를 하려고 구름처럼 몰려와 마구 침을 쏘아댈 것이라는 상상도 했다. 그래서 조잡한 벌통 네 개를 버리고 벌집을 탈부착할 수 있는 벌통 세 개를 마련한 다음부터는 더이상 벌을 죽이지 않아도 되었다.

"하지만 그게 벌써 칠 년 전 일이잖아요." 내가 그녀에게 말했다. "그동안 보고타에는 다시 간 적이 없나요?"

"그래, 있어요. 변호사 일로요. 콘수엘로 산도발이라는 부인을 찾으려고요. 하지만 보고타에서 밤을 보낸 적도 없고, 심지어 보고타에서 밤이 될 때까지 있어본 적도 없어요. 참을 수가 없어요. 보고타에서는 몇 시간 이상을 견딜 수가 없다고요."

"그래서 다른 사람들이 당신을 만나러 이곳으로 왔으면 하는군요."

"아무도 나를 만나러 오지 않아요. 네, 그래요, 그런 거죠. 나는 당신이 이곳으로 왔으면 했어요."

"이해해요." 내가 말했다.

마야가 얼굴을 들었다.

"그래요, 나는 당신이 나를 이해한다고 믿어요." 그녀가 말했다. "우리 세대 사람들은 그걸 이해한다고 생각해요. 팔십년대에 성장한 우리 말이에요, 그렇죠? 우리와 보고타의 관계는 특별한데, 그게 정상이라고 생각하지는 않아요."

그녀가 말하는 문장의 마지막 몇 음절은 예리하게 윙윙거리는 소리에 파묻혀버렸다. 우리는 양봉장에서 불과 몇 걸음 떨어진 곳에 있었던 것이다. 땅은 약간 경사져 있었고, 망사를 통해서는 내 발이 어디에 있는지 보는 것도 쉽지 않았으나 그럼에도 세상에서 가장 보기 좋은 광경을 볼 수 있었다. 한 사람이 자기 일을 잘해내는 모습이었다. 마야 프리츠가 내 팔을 붙잡아 끌었기 때문에 우리는 앞에 있는 벌통이 아니라 옆에 있는 벌통으로 함께 다가갔고, 마야는 내가 계속 차고 있던 병을 달라고 손짓했다. 그녀가 병을 얼굴 높이로 쳐들어 잘 작동되는지 살펴보려고 풀무질을 한 번 하자 병 꼭지에서 환영 같은 하얀 연기가 나와 공기 중으로 퍼져나갔다. 마야는 병 꼭지를 첫번째 벌통 입구에 집어넣고 노란 풀무를 한 번, 두 번, 세 번 눌러 벌통에 연기를 채우고 나서 벌통 내부를 단번에 훈증하기 위해 벌통 뚜껑을 벗겼다. 나는 순전히 본능적으로 한 걸음 물러나 한 팔로 얼굴을 가렸다. 벌통에서 성난 벌들이 몰려나와 자신들이 맞닥뜨리는 것은 모조리 쏘아대는 긴급한 광경을 보게 될 거라고 생각했으나 내가 본 것은 정반대였다. 벌들은 평온하고 차분하게, 서로 몸을 포개며 운집했다. 윙윙거리는 소리가 멎었다. 날개가 움직임을 멈추고, 검고 노란 절지동물들이 건전지가 소진된 것처럼 진동을 멈추는 것을 볼 수 있었다.

"벌들에게 뭘 친 거죠?" 내가 물었다. "그 병 속에 뭐가 들었나요?"

"마른나무하고 쇠똥이에요." 마야가 말했다.

"그럼 그 연기가 벌들을 잠재운 건가요? 연기가 어떤 작용을 한 거죠?"

그녀는 대답하지 않았다. 그녀가 두 손으로 첫번째 벌집을 들어 사납게 흔들어대자 약에 취하거나 잠이 들거나 바보가 되어버린 벌들이 벌통 속으로 떨어졌다. "그 솔 좀 줘요." 마야 프리츠가 내게 말했고, 그녀는 꿀에 고집스럽게 붙어 있던 벌 몇 마리를 솔로 섬세하게 쓸어내렸다. 벌 몇 마리가 그녀의 손가락으로 올라와 솔의 부드러운 털 사이에서, 약간의 호기심 때문인지 취해서인지 헤매었고, 마야는 섬세한 동작으로, 붓으로 선을 긋듯 벌을 떼어냈다. "안 돼, 이 예쁜 것아." 그녀가 한 벌에게 말했다. "너는 네 집에 가." 또는 "너 거기서 내려와, 우리 오늘은 장난치지 말자." 동일한 과정—벌집을 꺼내고, 벌을 쓸어내고, 벌과 다정하게 대화하는 것—이 다른 벌집에서도 반복되었다. 마야 프리츠가 눈을 똑바로 뜨고 모든 것을 지켜보고, 자신이 보고 있는 것들을 머릿속에 확실하게 기록하고 있는 사이에도 나는 그 분야에 문외한이었기 때문에 그것들을 제대로 볼 수 없었다. 마야는 나무틀들이 있는 쪽으로 몸을 돌려 정면에서 그리고 반대쪽에서 살펴보더니, 규정을 지키지 않은 벌이 예정된 시간보다 일찍 깨어날까 두렵다는 듯이 병에 든 연기를 두어 번 다시 뿌렸다. 나는 차갑고 냄새나는 그 연기에 대해 좀더 알고 싶어 장갑 한 짝을 벗은 뒤 뿜어져 나오는 연기에 손을 대보았다. 쇠똥 냄새보다는 나무향이 더 강하게 배어 있는 연기 냄새는 밤이 이슥할 때까지 내 살갗에 머물렀다. 그뿐만 아니라 내가 마야 프리츠와 나눈 긴 대화에도 계속해서 관여했다.

마야 프리츠는 벌집들을 주의깊게 살핀 뒤 훈증기, 솔, 지렛대를 헛간의 제자리에 갖다놓고 나서 나를 집으로 데려갔고, 일꾼들이 우리를 위해 오전 내내 조리한 레초나*로 나를 놀라게 했다. 나는 집안으로 들어가자마자 몸이 바로 편안해지는 걸 느꼈다. 내 몸은 정오의 더위에 찍소리 없이 적응해 있었으나 확 밀려오는 그늘과 상큼한 공기를 맞이하자 작업복, 장갑, 안면 보호망 속에서 얼마나 고생을 했는지 비로소 느끼게 되었다. 등은 땀으로 흥건히 젖고, 셔츠는 가슴에 찰싹 붙었으며, 몸은 절규하듯 어떤 식으로든 위안을 달라고 요구했다. 선풍기 두 대가, 한 대는 거실 위에서, 한 대는 식당 위에서 격렬하게 돌아가고 있었다. 점심식사를 하기 전에 마야 프리츠가 어디선가 상자 하나를 꺼내 식당으로 가져왔다. 고리버들로 만든, 뚜껑이 딱딱하고 바닥에 단단한 보강재가 덧대어 있는 작은 가방 크기의 수공예품이었는데, 각 모서리에는 그것을 편하게 들어올리거나 들고 다닐 수 있도록 고리 또는 직물로 짠 손잡이가 하나씩 달려 있었다. 마야는 그 수공예품이 초대 손님이라도 된다는 듯 식탁 머리에 놔두고 자신은 반대편 식탁 머리에 앉았다. 그러고는 나무 사발에 샐러드가 놓이는 동안 리카르도 라베르

---

* 어린 통돼지 속을 양념한 콩, 쌀, 양파 등으로 채워 열 시간 정도 구운 콜롬비아의 전통 요리.

데에 대해 내가 뭘 알아냈는지, 그와 깊이 알고 지냈는지 물었다.

"그리 많이 알지는 못해요." 내가 말했다. "몇 개월 동안만 알고 지냈는데요."

"그런 일을 떠올리는 게 괴롭나요? 그러니까, 그 사고 때문에."

"이제는 괜찮아요." 내가 말했다. "하지만 방금 전에 말했다시피, 중요한 것에 관해서는 잘 몰라요. 리카르도 라베르데가 당신 어머니를 많이 사랑했다는 것은 알지요. 마이애미에서 출발한 비행기에 대해서도 알고요. 반면에 당신에 대해서는 잘 몰라요."

"전혀요? 나에 대해서는 아무 말도 하지 않던가요?"

"전혀. 당신 어머니 얘기만 했어요. 엘레나죠, 그렇죠?"

"일레인이에요. 일레인인데, 콜롬비아 사람들이 이름을 엘레나라고 바꾸어버렸고, 엄마도 그대로 두었죠. 아니면 엄마가 그 이름에 익숙해졌든지."

"근데 엘레나는 일레인과 다른데요."

"엄마도 그걸 나한테 얼마나 여러 차례 얘기했는지 몰라요."

"일레인 프리츠." 내가 말했다. "당신 어머니가 내게는 낯설어야 하지만 그렇지 않아요. 이상한 일이죠. 그래요, 당신은 그 블랙박스를 알고 있을 것 같군요."

"카세트테이프 말인가요?"

"그래요. 오늘 내가 여기에 있게 될지는 정말 몰랐어요, 마야. 난 그 테이프를 어떻게든 찾아내려고 했던 것 같아요. 그걸 찾는 일이 그렇게 어려울 거라고는 생각지도 못했죠."

"아하, 그건 걱정 말아요." 마야가 말했다. "내가 그걸 가지고 있으니까요."

"뭐라고요?"

"정말 가지고 있다니까요. 예상 밖인가요? 엄마가 돌아가신 곳은 비행기예요, 안토니오. 나는 당신보다 좀더 오래 걸렸어요. 그 테이프, 리카르도의 집과 그 테이프를 찾는 거 말이에요. 당신은 마지막에 리카르도와 함께 있었으니까 나보다 더 유리했어요. 하지만 어찌되었든 나는 그걸 찾았고 결국 얻어냈는데, 그것 역시 내 잘못이 아니에요."

"그러니까, 콘수가 당신에게 테이프를 췄군요."

"그래요, 콘수가 췄어요. 그래서 내가 그걸 갖고 있는 거죠. 처음 테이프를 들었을 땐 힘이 쭉 빠지더군요. 테이프를 다시 듣기까지는 며칠을 고스란히 더 보내야 했어요. 그래도 나는 아주 용감했던 것 같아요, 다른 사람 같았으면 다시는 듣지 않겠다면서 깊이 처박아버렸을 거예요. 하지만 나는 들었어요. 그래요, 다시 들었다니까요. 그리고 또 들었어요. 몇 번이나 들었는지 몰라요. 스무 번 혹은 서른 번. 처음에는 테이프에서 뭔가를 발견하고 싶어 다시 들으려고 했죠. 그다음에는 내가 테이프에서 아무것도 발견할 수 없을 거라는 바로 그 이유 때문에 계속해서 듣고 있다는 사실을 깨달았어요. 아빠는 한 번밖에 듣지 않았어요, 그렇죠?"

"내가 아는 한 그랬을 거예요."

"아빠가 어떤 느낌을 받았는지는 상상도 못하겠어요." 마야가 잠시 뜸을 들였다. "아빠는 엄마를 깊이 사랑했어요. 물론, 사이좋은 부부들이 다 그렇지만 아빠에게는 엄마가 특별했지요. 그래서 엄마 곁을 떠난 거예요."

"이해할 수가 없는 일이군요."

"아빠는 떠났고 엄마는 예전 모습 그대로였어요. 그러니까 엄마는 아빠의 기억 속에 정지된 사람처럼 머물러 있었던 거죠."

마야는 안경을 벗더니 손가락 두 개(엄지와 검지)로 눈물길을 눌렀다. 울지 않으려는 사람들이 보편적으로 하는 행위다. 나는 세상 모든 곳에서, 모든 인종에게서, 모든 문화에서, 또는 그것들의 거의 대부분에서 반복되는 그런 몸짓들이 우리의 유전암호 한 부분에 들어 있는것인지 자문해보았다. 어쩌면 그런 몸짓들이 우리의 유전암호에 들어 있지 않을 수도 있으나 수많은 영화가 우리들이 그렇게 믿도록 만들었다. 그래, 그 역시 가능했다. "미안해요." 마야 프리츠가 말했다. "여전히 눈물이 나요." 마야의 새하얀 코에 홍조 하나가, 갑작스러운 냉기가 나타났다.

"마야." 내가 말했다. "질문 하나 해도 돼요?"

"해봐요."

"거기에 뭐가 들었나요?"

내가 무엇을 언급하고 있는지는 정확히 얘기할 필요가 없었다. 나는 말을 하면서도 고리버들 상자를 쳐다보지 않았고, 그 상자를 가리키는 어떤 제스처도 취하지 않았다(사람들은 흔히 입을 삐쭉거리고, 말처럼 고개를 움직이는 제스처를 쓰는데, 나는 입조차 움직이지 않았다). 반면에 마야 프리츠는 식탁 반대 쪽을 바라보고, 비어 있는 자리에 시선을 고정시킨 채 내게 말했다.

"좋아요, 바로 그것 때문에 당신한테 와달라고 부탁한 거예요." 그녀가 말했다. "내가 설명을 잘할 수 있을지는 모르겠어요." 그녀는 잠시 뜸을 들였고, 손가락으로 맥주컵을 돌렸으나 입에 대지는 않았다. "아빠에 관해 말해주면 좋겠어요." 그녀가 또다시 뜸을 들였다. "미안해요, 이건 이미 말했죠." 그녀가 또다시 뜸을 들였다. "이봐요, 나는 아직…… 내가 아주 어렸을 때 아빠…… 그러니까, 나는 당신이 아빠의 마지막 며칠에 대해 이야기해주면 좋겠어요. 당신은 아빠와 함께 며칠을 보냈으니까 가능하면 모든 걸 자세히 말해주었으면 해요."

그러고 나서 그녀는 자리에서 일어나 고리버들 상자를 가져왔는데, 과거에 세탁부가 빨랫감을 담은 광주리를 들듯 양손으로 상자의 각 손잡이를 잡고 배로 지탱한 채 가져온 것으로 보아 제법 무거운 상자임이 분명했다. "이봐요, 안토니오, 일이 그렇게 된 거예요." 그녀가 말했다. "이 상자에 아빠에 관한 물건이 가득 들어 있어요. 사진들, 아빠가 받은 편지들, 아빠가 쓰고 내가 복구해낸 편지들. 이것들은 다 내가 구했어요. 길거리에서 거저 주운 게 아니라 애써 모은 거죠. 예를 들면, 산도발 부인이 많은 것을 갖고 있었어요. 이 사진도요, 봐요." 물론 나는 그 사진을 즉각 알아보았는데, 누가 리카르도 라베르데의 모습을 오려냈거나 지워버렸다고 해도 알아보았을 것이다. 사진에는 볼리바르 광장의 비둘기들이 있고, 옥수수 손수레도 있고, 국회의사당도 있고, 잿빛 하늘을 배경으로 한 잿빛 도시가 있었다. "당신 어머니에게 주려고 찍은 거예요." 내가 말했다. "일레인 프리츠에게 줄 거였다고요."

"알아요." 마야가 말했다. "당신은 이미 이 사진을 보았죠?"

"리카르도가 사진을 찍자마자 내게 보여주었어요."

"다른 것도 보여주었나요? 편지나 서류 같은 뭔가를 당신에게 주던 가요?"

나는, 내가 리카르도 라베르데의 하숙집에 들어가기를 거부했던 그 날 밤을 생각했다. "전혀." 내가 말했다. "또 어떤 것이 있나요?"

"여러 가지가 있죠." 마야가 말했다. "썩 중요하지 않은 것들, 아무것 도 말해주지 않는 것들이죠. 하지만 이런 것을 갖고 있으면 마음이 편 해져요. 증거잖아요. 봐요." 그녀는 그렇게 말하고 나서 인지가 붙어 있 는 종이 한 장을 보여주었다. 계산서였다. 상단 좌측에 호텔 로고가 찍 혀 있었는데, 로고는 선명하지 않거나 선명할 수 없는 어떤 색깔이(세 월이 흐르면서 종이 위에서 그렇게 변해버렸다) 칠해진 원으로, 원 위 에는 '호텔' '에스코리알' 그리고 '마니살레스'라는 글씨가 있었다. 로고 오른쪽에는 다음과 같은 무시무시한 문구가 쓰여 있었다.

비용은 매달, 금요일마다 청구되고 선불임. 숙박비에는 식사비가 포함되어 있음. 객실을 이용하는 자는 시간과 관계없이 최소 하루치 숙박비를 지불해야 함.

그다음에는 날짜, 1970년 9월 29일, 체크인 시각, 오후 3시 30분, 그 리고 방 번호 225가 쓰여 있었다. 이어지는 모눈에는 손으로 쓴 체크아 웃 시각(9월 30일, 1박만 했음)과 '완불'이라는 단어가 쓰여 있었다. 투숙객의 이름은 엘레나 데 라베르데였는데―나는 그녀가 자신을 번거롭게 하는 것은 뭐든 피하기 위해 남편의 성을 썼을 거라고 생각했다―그녀는 호텔에 잠시 머물면서 전화를 한 번 사용했고, 저녁식사와 아침식사를 했으나 해외 전신, 세탁, 신문 또는 자동차 서비스는 이용하지 않았다. 나는 그것이 썩 중요하지 않은 한 장짜리 종이이면서 동시에 다른 세계를 엿볼 수 있는 일종의 창문이라고 생각했다. 상자에는 그와 비슷한 창문들이 가득 들어 있었다.

"무엇에 대한 증거인가요?" 내가 물었다.

"뭐라고요?"

"방금 전에 이 종이들이 증거라고 했잖아요."

"맞아요."

"그렇다면 무엇에 대한 증거란 말인가요?"

그러나 마야는 내 말에 대답하지 않았다. 계속해서 손으로 서류를 뒤지며 내게 눈길도 주지 않은 채 말했다. "이 모든 걸 얼마 전에 구했어요." 그녀가 말했다. "여러 이름과 주소를 검색해보고, 미국으로 편지를 보내 내가 누구인지 밝히고, 편지와 전화로 협상을 했죠. 어느 날, 엄마가 69년경에 처음으로 콜롬비아에 도착했을 때 쓴 편지들이 들어 있는 소포가 내게 도착했어요. 그렇게 해서 이 모든 것이, 역사가의 작업이라 할 만한 일이 이루어진 거예요. 많은 사람이 터무니없는 짓이라고 하겠죠. 내가 하는 일을 어떻게 정당화시켜야 할지는 정말 잘 모르겠어요. 내 나이 서른도 채 되지 않았고, 이제는 세상 모든 것으로부터 멀리 떨어져 여기서 노처녀로 사는데, 이게 내게 중요해진 거예요. 아

빠의 삶을 재구성하고, 아빠가 누구였는지 알아보는 것 말이에요. 그게
바로 내가 애써 하려는 것이에요. 물론, 아주 갑작스럽게 아무도 없이
이렇게 혼자 남게 되지 않았더라면 이런 일에 전혀 개입하지 않았겠죠.
모든 게 엄마에게 일어난 일 때문에 시작되었어요. 참 말도 안 되는 일
이었죠…… 당시 여기 이 해먹에 누워서 그 소식을 들었어요. 비행기
가 폭발했다는 사실을 알게 된 거예요. 물론 엄마가 그 비행기를 타고
있었다는 것을 알고 있었고요. 그리고 삼 주 후에 아빠 일이 생긴 거예
요."

"그건 어떻게 알았나요?"

"〈엘 에스파시오〉를 보고서요." 그녀가 말했다. "〈엘 에스파시오〉에
사진이며 모든 게 실렸더군요."

"사진이라고요?"

"바닥에 피가 고여 있는 사진, 증인 두세 명의 사진, 집 사진, 내게 당
신 얘기를 들려준 산도발 부인의 사진, 아빠의 방 사진이었는데 그걸
보는 게 아주 고통스럽더군요. 내가 늘 경멸했던 신문, 가슴을 드러낸
여자 사진들, 불건전한 사진들, 조잡한 텍스트들, 너무 쉬운 십자말풀
이까지 늘 경멸했던 타블로이드판 황색신문. 그런데 내 삶에서 가장 중
요한 소식이 그 신문을 통해 내게 왔어요. 참 아이러니한 일이죠. 그랬
어요, 뭔가를 사러 라도라다에 갔는데 그곳에 비치볼, 장난감 가면들,
더운 지방 여행객을 위한 잠수용 오리발 같은 것들 옆에 그 신문이 걸
려 있었죠. 그뒤, 어느 날 나는 깨달았어요. 토요일이었을 거예요(여기
테라스에서 아침을 먹고 있었는데, 나는 주말에만 그렇게 하거든요).

그래요, 어느 토요일이었는데요, 내가 혼자라는 사실을 깨달았어요. 이미 몇 개월이 지난 상태였고 나는 많은 고통을 겪었죠. 우리가 오랜 세월을 떨어져서 각자 자기 방식대로 살아왔음에도, 내가 무엇 때문에 그토록 고통을 받았는지 모르고 있었어요. 우리는 공동생활도, 그와 비슷한 생활도 전혀 하지 않았어요. 그게 바로 내게 일어난 일이었어요. 나는 혼자였고, 나는 혼자 남겨졌고, 죽을 때까지 내게는 아무도 없게 되어버렸어요. 고아가 되는 것은 바로 이런 거예요. 다시 말해, 줄을 섰는데 앞에 아무도 없는 상황과 같은 거죠. 그리고 이제 자기 차례가 되는 거지요. 안토니오, 내 삶에서 바뀐 건 전혀 없고, 나는 이미 부모 없이 여러 해를 살아왔어요. 하지만 그들은 이제 그 어느 곳에도 없었어요. 내 곁에만 없는 게 아니라 그 어느 곳에도 없었다고요. 마치 스스로 사라져버린 것처럼 말이에요. 그들이 나를 바라보고 있었던 것 같아요. 그래요, 이건 설명하기가 어려워요. 하지만 그들이 나를 바라보고 있었어요. 일레인과 리카르도가 나를 바라보고 있었다고요. 부재하는 자들의 시선은 사나워요. 어찌되었든, 나중에 무슨 일이 일어났는지는 당신이 상상할 수 있을 거예요."

"늘 아주 묘하다는 생각이 들더군요." 내가 말했다.

"뭐가요?"

"조종사의 부인이 비행기 사고로 죽었다는 거 말이에요."

"아, 좋아요, 뭐든 막상 제대로 알고 나면 그리 이상하지 않죠."

"그게 무슨 말이에요?"

"시간 있어요?" 마야가 내게 물었다. "아빠와는 전혀 관련이 없으면서도 모든 것과 관련 있는 걸 읽어볼래요?" 마야가 내게는 낯선 디자인에—잡지의 제목이 빨간색 박스에 흰 글씨로 쓰여 있었다—수영복을 입고, 두 손으로 우아하게 홀芴을 잡고, 부풀린 머리 위에 균형 있게 왕관을 쓰고 있는 여자, 즉 미의 여왕의 사진이 실려 있는 〈크로모스〉 한 권을 상자에서 꺼냈다. 1968년 11월에 발행된 것이었는데, 나는 잡지의 표지 모델이 그해의 미스 콜롬비아였던 마르가리타 마리아 레예스 사와드스키라는 것을 바로 알아차렸다. 파란 카리브 해가 배경인 표지에는 노란 글씨의 소제목들이 있었는데, 마야 프리츠의 손가락이 노란색 포스트잇으로 표시를 해놓은 어느 페이지를 이미 열고 있었기 때문에 소제목들을 제대로 읽을 틈이 없었다. "잡지를 조심해서 다루어야 해요." 마야가 내게 말했다. "이곳처럼 습도가 높은 곳에서는 종이가 절대 오래가지 못하는데 어떻게 이 종이가 그토록 오랜 세월을 버텼는지 모르겠어요. 좋아요, 여기 있군요." '대문자로 쓰인 산타아나의 비극'이라는 제목 아래 독자의 관심을 끄는 몇 줄짜리 요약문이 실려 있었다. "콜롬비아에 상처를 남긴 비행기 사고가 일어난 지 삼십 년, 〈크로모스〉가 독점적으로 한 생존자의 증언을 되살린다." 이 기사는 '클룹 델 클란'* 프로그램 광고 옆에 실려 있었는데, 내 부모님이 그 텔레비전 프로그램에 관해 얘기하는 것을 여러 차례 들은 적이 있기 때문에 기분이 묘했다. '텔레비시온 리미타다'라는 이름 위에 기타를 연주하는 아가씨

---

* 1960년대에 아르헨티나에서 제작된 음악 프로그램으로, 당시 중남미 여러 나라에 송출되었다. 콜롬비아 방송국 텔레비시온 리미타다가 동명의 음악 프로그램을 제작해 인기를 얻었다.

그림이 있었다. "콜롬비아 젊은이들에게 보내는 메시지에 '클룹 델 클란'을 포함시키지 않는다면 그 메시지는 온전하지 않다." 자만심이 넘치는 광고였다.

그 기사가 무엇에 관한 것이냐고 물어보려고 했을 때, 내 시선은 개한 마리가 더러운 발자국을 남긴 것처럼 종이에 흩어져 있는 라베르데라는 성 위로 떨어졌다.

"이 훌리오라는 남자는 누구죠?"

"우리 할아버지예요." 마야가 말했다. "그 사건이 일어났을 때는 아직 우리 할아버지가 아니었죠. 당시 열다섯 살에 불과했으니까, 할아버지도 그 누구도 아니었어요."

"1938년." 내가 말했다.

"그래요."

"이 기사에는 리카르도가 없네요."

"없어요."

"아직 태어나지 않았군요."

"몇 년 뒤에 태어났어요." 마야가 말했다.

"그렇다면?"

"그렇다면 물어볼게요. 시간 넉넉해요? 바쁘다면 하는 수 없고요. 하지만 리카르도 라베르데가 어떤 사람이었는지 진정으로 알고 싶다면, 여기서 시작해봐요."

"이걸 쓴 사람이 누구죠?"

"그건 중요하지 않아요. 난 몰라요. 중요하지 않다니까요."

"어떻게 중요하지 않다는 거예요?"

"편집부예요." 마야가 조급하게 말했다. "편집부에서 그걸 썼는데 어느 기자가 썼는지, 어느 리포터가 썼는지는 몰라요. 어느 날 이름 모를 한 남자가 할아버지네 집에 찾아와서 여러 가지를 캐묻기 시작했어요. 그러고 나서 그는 기사를 팔았고, 그후 계속해서 다른 기사들을 썼죠. 그게 뭐 그리 중요한가요, 안토니오? 그걸 쓴 사람이 누구인지가 뭐 그리 중요해요?"

"제대로 이해가 되지 않아서요." 내가 말했다. "그런데, 이건 뭐죠?"

마야가 한숨을 내쉬었다. 얼뜨기 배우의 한숨처럼 우스꽝스러운 한숨이었으나 그녀의 한숨은 그녀의 조바심만큼 독특했다. "어느 날 일어난 일이에요." 그녀가 말했다. "증조할아버지가 할아버지를 비행 쇼에 데려가죠. 라베르데 대위가 아들 훌리오에게 비행기 구경을 시켜주려고 데려간 거예요. 아들 훌리오는 열다섯 살이었고요. 훌리오는 성장하게 되고, 결혼을 하게 되고, 아들 하나를 두게 되고, 그 아들에게 리카르도라는 이름을 지어주게 되죠. 그리고 리카르도가 성장해 나를 낳게 되죠. 뭐가 그리 이해하기 어렵다는 건지 모르겠네요. 이건 아빠와 엄마가 결혼하기 훨씬 전에 아빠가 엄마에게 준 첫번째 선물이에요. 지금 읽어보니 이해가 아주 잘 돼요."

"뭐가요?"

"아빠가 엄마에게 이걸 준 이유 말이에요. 엄마에게는 그게 노골적인 제스처, 심지어 약간 출세지향주의적인 제스처로 보였어요. 아빠는 엄마에게, 신문기자들이 우리 가족에 대해 쓴 것을 봐요, 우리 가족이 신문에 나오잖아요, 같은 말을 했거든요. 엄마는 나중에야 깨달았죠. 엄마는 콜롬비아에 관해서도 콜롬비아 사람들에 관해서도 제대로 이해하지 못한 채 콜롬비아 남자와 데이트를 하던 세상 물정 모르는 그런 여자였어요. 누구든 낯선 도시에 가게 되면 맨 처음에 안내서를 구하잖아요? 좋아요, 이건 삼십 년 전 어느 날에 관한 1968년도의 기사예요. 아빠는 엄마에게 안내서를 주고 있었어요. 그래요, 안내서, 그렇게 생각하지 않을 이유가 없잖아요. 리카르도 라베르데의 안내서. 그의 감정을 실은 안내서, 모든 경로가 잘 표시되어 있는 안내서였죠."

마야 프리츠는 잠시 침묵을 지키다가 덧붙였다.

"좋아요, 이때쯤 당신이 내게 맥주 한 잔 주겠어요? 라고 말하겠죠?"

나는 그녀에게 그래요, 맥주 한 잔 줘요, 정말 고마워요, 라고 말했다. 그리고 읽기 시작했다. "보고타는 축제 상태였다." 기사는 이렇게 시작되고 있었다. 그리고 다음과 같이 이어졌다.

1938년 그 일요일에 사람들은 보고타 창건 사백 주년을 축하했고, 온 도시가 깃발로 가득차 있었다. 기념일은 정확히 말하면 그날이 아니라 며칠 뒤였다. 하지만 당시 보고타 시민들은 시간을 두고 미리 준비하는 것을 좋아했기 때문에 이미 온 도시에 깃발이 나부꼈다. 여러 해가 지난 뒤, 훌리오 라베르데는 그 불길한 날을 떠올리며 무엇보다도 그 깃발에 관해 말할 것이다. 그는 아버지에게 이끌려 집을 나서 보고타에서 조금 떨어져 있던 산타아나 근처, 당시는 빈터나 다름없던 작은 마을 캄포데마르테까지 걸어갔던 것을 기억할 것이다. 라베르데 대위와 함께라면 버스를 잡아타거나 편승할 가능성은 거의 없었다. 라베르데 대위에게 걷는 일은 고상하고 명예로운 행위였고, 바퀴 달린 것 위에 앉아 이동하는 것은 신흥 부자와 평민들이나 하는 행위였다. 훌리오의 말에 따르면, 라베르데 대위는 걸어가는 동안 줄곧 깃발에 관해 얘기하고, 진정한 보고타 사람이라면 자신이 사는 도시의 상징 기旗가 지닌 의미를 이해해야 한다는 말을 되풀이하고, 도시의 문화에 관해 계속해서 아들을 시험했다.

"학교에서는 너희에게 이런 걸 가르치지 않는 게냐?" 아버지가 말했다. "수치스러운 일이다. 이런 시민들 수중에 있는 도시가 장차 어떻게 되려는지, 원."

그러고는 아들에게 빨간색은 자유, 박애, 건강의 상징이며, 노란색은 정의, 덕, 관용의 상징이라는 사실을 암기하기를 강요했다. 훌리오는 군말 없이 따라했다.

"정의, 관용, 덕. 자유, 건강, 박애."

라베르데 대위는 콜롬비아가 페루와 벌인 전쟁에서 훈장을 받은 영웅이었다. 특히 고메스 니뇨, 에르베르트 보이 같은 전설적인 용사들과 함께 비행했고, 타라파카 작전에서, 그리고 구에피를 점령하는 과정에서 혁혁한 공을 세웠다. 시간이 흐른 후 그 전투에서 승리하는 데 콜롬비아 공군이 수행한 역할에 대해 언급될 때면 고메스, 보이, 라베르데, 이들 세 사람의 이름이 늘 거론되었다. 하늘을 나는 세 명의 머스킷 총병銃兵은 한 명이 모두를 위해 모두가 한 명을 위해 존재했다. 물론 총병대원들이 늘 같았던 것은 아니다. 가끔은 보이, 라베르데, 안드레스 디아스가 언급되고, 가끔은 라베르데, 힐, 본 오에 르첸이 거론되었다. 이야기를 하는 사람에 따라 달라졌다. 하지만 라 베르데 대위는 늘 포함되어 있었다.

그런데 그 일요일 아침, 캄포데마르테에서는 보고타 창건 기념일 을 축하하기 위한 군 비행단의 축하 비행이 예정되어 있었다. 로마 황제가 준비한 듯 아주 근사한 행사였다. 라베르데 대위는 다들 보 고타에서 살지 않았기 때문에 휴전협정 이후로 만나지 못하고 지내 던 세 명의 베테랑 용사와 그곳에서 만나기로 약속을 해두었는데 그 것 말고도 사열에 참석하는 다른 이유가 있었다. 당시 대통령이었던 로페스 푸마레호가 대통령 특별관람석에 그를 초대했던 것이다. 또 대통령과 아주 가까운 알프레도 데 레온 장군이 라베르데 대위가 참 석해 자리를 빛내준다면 대통령이 아주 좋아할 거라고 말했기 때문 이기도 했다.

"대위님은 침략자에 대항해 우리의 국기를 수호한 인물이잖아요. 우리 조국이 자유를 얻은 것에 대해, 국경이 확고해진 것에 대해 우 리 모두가 빚을 지고 있죠." 알프레도 데 레온 장군이 라베르데 대위 에게 말했다.

대통령에게 초대를 받는 명예는 여러 이유 가운데 하나였다. 그보 다는 덜 명예롭지만 더 결정적인 부차적인 이유가 있었다. 축하 비 행을 하게 될 조종사들 사이에 아바디아 대위가 있었던 것이다.

라베르데 대위는 늘 미소를 머금은 빼빼 마른 지방 출신 젊은이 세사르 아바디아가 콜롬비아 역사상 가장 훌륭한 경비행기 조종사가 될 거라고 이미 예견했다. 그는 채 서른 살이 되지 않은 젊은 나이에도 불구하고 벌써 2500시간의 비행 기록을 보유하고 있었다. 라베르데는 콜롬비아가 페루와 전쟁을 할 당시 계급이 중위였던 아바디아 대위가 비행하는 것을 본 적이 있다. 통하 출신의 그 젊은이는 용기와 통제력 면에서 자기보다 경험이 많은 독일 조종사들에게 모범을 보이고 있었다. 라베르데는 아바디아에 대한 호감과 자신의 경험에서 우러나온 마음으로 아바디아에게 감탄했다. 흔히 호감은 누군가가 감탄을 받을 만한 인물이라는 사실을 아는 데서 생기고, 경험은 누군가가 다른 사람이 갖지 않은 것을 갖고 있다는 사실을 아는 것이다. 하지만 라베르데에게 중요한 것은 명성이 자자한 아바디아 대위의 비행술을 보는 게 아니었다. 그가 원한 것은 '아들이 그 비행술을 보는 것'이었다. 그래서 아들 훌리오를 캄포데마르테에 데려간 것이다. 그것을 위해 아들이 보고타를 가로질러 깃발들 사이로 걸어가도록 한 것이다. 그것을 위해 아들에게 세 가지 유형의 비행기, 즉 융커, 정찰부대의 펠컨, 그리고 전투부대의 호크를 보게 될 거라고 설명했던 것이다. 아바디아 대위는 전쟁의 격렬하고 잔인한 임무를 수행하기 위해 인간이 발명한 것 가운데 가장 민첩하고 빠른 비행기들 중 하나인 호크 812를 몰 예정이었다.

"호크는 영어로 매를 의미한단다." 라베르데 대위는 손으로 아들 훌리오의 짧은 머리카락을 짓구겨놓으면서 말했다. "매가 뭔지 알지, 그렇지?"

훌리오는 그렇다고, 매를 잘 안다고, 설명해줘서 정말 고맙다고 말했다. 하지만 말에 열의가 없었다. 훌리오는 고개를 떨어뜨린 채, 아마도 군중의 구두를 보면서 걸어갔을 것이다. 그들은 오만 명의 군중과 마주쳤고 군중 속에 섞였다. 서로 스치는 외투들, 서로 부딪치고 얽히는 나무 지팡이들과 접힌 우산들, 양털 냄새의 흔적을 남기는 판초들, 어깨가 멋지게 장식되고 가슴이 메달로 뒤덮인 군복들, 고약한 냄새를 풍기는 위험한 똥을 아무데나 싸갈기는 영양 상태가 좋지 않은 키 큰 말을 탄 채 군중 사이를 천천히 걸어가거나 위에서 군중을 지켜보는 경찰관들. 훌리오는 그렇게 많은 사람이 모여 있는 것을 한 번도 본 적이 없었다. 보고타에서는 한 장소에, 같은 의도를 지닌 사람들이 그렇게 많이 모인 적이 결코 없었다.

아마도 사람들이 내는 소음, 사람들의 열광적인 인사말 소리, 사람들이 큰 소리로 나누는 대화, 또는 사람들의 숨과 옷이 내뿜는 냄새가 뒤섞여 있었을 것이다. 그때 훌리오는 갑자기 너무 빠른 속도로 도는 회전목마 속에 있다고 느끼고, 색깔들에서 뭔가 불쾌감을 느끼고, 혀에서 씁쓸한 풀맛을 느꼈다.

"어지러워요." 훌리오가 라베르데 대위에게 말했다.

하지만 라베르데 대위는 훌리오의 말에 그다지 신경쓰지 않았다. 다시 말하면 신경을 쓰긴 했으나 훌리오의 현기증을 걱정하는 데 쓴 것이 아니라 당시 그들에게 다가오고 있던 남자를 훌리오에게 소개하는 데 썼다. 키가 크고 루돌프 발렌티노*처럼 콧수염을 기르고, 군

---

* 이탈리아 출신의 미국 영화배우.

복을 입은 남자였다.

"데 레온 장군님, 제 아들을 소개해드리죠." 대위가 말했다. 그러고는 훌리오에게 말했다. "장군님은 보안 부대장이시다."

"사령관이죠." 장군이 말했다. "상부에서 직책 이름을 바꿨으면 해요. 라베르데 대위님, 대통령께서 저더러 대위님을 지정석으로 모시라고 하십니다. 이 소란스러운 군중 틈에 계시다간 길을 잃기 십상이니까요."

라베르데는 그런 사람이었다. 장군들이 대통령의 이름을 대며 찾아다닐 정도의 대위였던 것이다. 대위와 아들은 데 레온 장군에게서 몇 걸음 떨어진 채로 대통령 관람석 쪽으로 걸어가며 장군을 따라가려 애쓰고, 그를 시야에서 놓치지 않으려 하면서 동시에 축하 의식이 벌어지는 특별한 세계에 관심을 집중시키려 했다. 전날 밤에 비가 왔기 때문에 여기저기에 물웅덩이가 있었는데, 물웅덩이가 아닌 곳은 진흙탕이어서 여자들의 구두 뒷굽이 진흙탕에 박히기 일쑤였다. 분홍색 스카프를 두른 아가씨가 구두 뒷굽이 진흙탕에 박히는 바람에 크림색 구두 한 짝을 잃어버렸고, 훌리오가 머리를 숙여 그녀의 구두를 찾는 사이에 그녀는 미소를 머금은 채 절름발이 상태로 홍학처럼 꼼짝 않고 서 있었다. 훌리오는 그녀를 알아보았다. 신문의 사교계 소식란에서 그녀를 본 적이 있다고 확신했다. 그녀가 외국인 사업가나 기업가의 딸이라고 생각했다. 그래, 그녀는 유럽 기업가의 딸이었다. 하지만 어떤 기업가? 재봉틀 수입업자인가, 맥주 제조업자인가? 훌리오는 기억 속에서 그 이름을 찾아보려 애썼으나 그럴 시간이 없었다. 라베르데 대위가 이미 훌리오의 팔을 붙잡아 끌며 대통령 관람석으로 올라가는 삐걱거리는 나무 계단을 오르게 했기 때문이다. 훌리오는 고개를 돌려 자신의 어깨 너머로 분홍색 스카프와 크림색 구두가 다른 계단, 외교관 관람석 계단을 올라가는 모습을 볼 수 있었다. 대로처럼 넓은 띠 같은 땅을 사이에 두고 나뉘어 있는 두 관람석은 동일한 구조로, 아주 굵은 말뚝 위에 세워진 두 단짜리 오두막 같은 모양이었다. 나란히 놓인 두 관람석은 비행기가 내달릴 수 있는 공터를 마주하고 있었다. 그래, 한 가지 점을 제외하면 둘이 똑같았다. 대통령 관람석의 중앙에는 콜롬비아 국기가 나부끼는 18미터 높이의 국기 게양대가 세워져 있었다. 몇 년 뒤 훌리오는 그날 일어난 일에 관해 언급하면서 바로 그곳에 걸려 있던 국기가 처음부터 자신을 불안하게 했다고 말하게 될 것이다. 하지만 이미 모든 것이 끝난 뒤에 그렇게 말하는 것은 쉬운 법이다.

대규모 축제 분위기였다. 돌풍이 튀김 냄새를 실어오고 사람들은 관람석에 올라가기도 전에 다 마셔버릴 음료수를 손에 들고 있었다. 특별관람석에 들어가지 못한 사람들은 계단형 관람석 두 개에, 그리고 두 계단형 관람석 사이에 있는 공터에 가득차 있었다. 현기증을 느낀 훌리오가 라베르데 대위에게 자신의 증세를 말했으나 라베르데 대위는 그 말을 듣지 못했다. 행사에 초대받은 사람들 사이를 걸어가는 것이 쉽지 않았던데다 라베르데 대위는 지인들에게 인사를 하면서 동시에 출세를 노리는 사람들을 폄하해야 했고, 인사로 경의를 표하지 않아도 될 사람에게 인사를 하는 일이 없도록 주의를 기울림과 동시에 인사로 경의를 표해야 할 사람을 무시하지 않으려고 애를 쓰고 있었기 때문이다. 대위와 아들은 단 한 순간도 서로 떨어지지 않은 채 사람들 사이를 비집고 들어가 계단 손잡이에 도달할 수 있었다. 그곳에서 훌리오는 국기 게양대로부터 채 몇 미터 떨어지지 않은 곳에서 신중한 태도로 대화를 나누고 있던 머리숱 적은 남자 둘을 보았는데, 그들이 누구인지는 곧바로 알 수 있었다. 밝은 색깔의 옷을 입고 검은색 넥타이를 하고 둥근 테 안경을 쓴 대통령 로페스와 검은색 옷에 밝은색 조끼를 입고 역시 둥근 테 안경을 쓴 대통령 당선자 산토스였다. 퇴임하는 남자와 취임하는 남자였다. 국가의 운명이 2제곱미터의 목재 구조물 안에서 결정되고 있었다. 작은 규모의 저명인사 무리―로사노 부부, 투르바이 부부, 파스트라나 부부―가 대통령 좌석 뒤쪽 위에 있는 관람석에서 멈추었는데, 그곳에는 라베르데 부자父子가 있었다. 로페스와 어느 정도 거리를 두고 떨어져 있던 대위는 참석자들 머리 위로 로페스에게 손인사를 했고, 로페스는 이를 드러내지 않은 채 미소로 답례했다. 현재 식이 시작되고 있으니 나중에 만나자는 무언의 합의가 두 사람 사이에 이루어진 것이다. 산토스는 로페스가 누구와 인사를 주고받는지 보려고 고개를 돌렸다가 라베르데를 알아보고서 가볍게 목례를 했는데, 그 순간 하늘에 융커 삼발기들이 나타나 모든 시선을 비행운으로 끌어들였다.

훌리오는 완전히 몰입해 있었다. 그토록 복잡한 조종술을 그토록 가까운 거리에서 본 적이 결코 없었던 것이다. 육중한 융커기들의 줄무늬 몸체는 관람객들에게 선사시대의 거대한 물고기 같다는 느낌을 주었으나 품위 있게 움직이고 있었다. 비행기들이 지나갈 때마다 밀려갔던 공기가 관람석에 파도처럼 밀려와 모자를 쓰지 않은 숙녀들의 머리를 흐트러뜨려놓았다. 보고타의 구름 낀 하늘, 보고타가 세워졌을 때부터 보고타를 덮고 있던 것처럼 보이는 우중충하고 칙칙한 구름층은 이 같은 영화를 상영하기에 완벽한 화면이었다. 삼발기 세 대가 구름을 배경 삼아 지나갔고, 이제는 펠컨 여섯 대가 거대한 극장의 한쪽에서 다른 쪽으로 지나갔다. 편대는 완벽한 대칭을 이루고 있었다. 훌리오는 한순간 씁쓸한 입맛을 잊었고, 현기증도 느끼지 않았으며, 그의 관심은 보고타의 동쪽 언덕들, 저멀리 잠들어 있는 도마뱀의 실루엣처럼 길고 새까맣게 퍼져 있던 희미한 언덕들의 실루엣에 머물렀다. 언덕들 위로 비가 내리고 있었다. 훌리오는 그 비가 머지않아 자신이 있는 곳까지 몰려오게 될 거라고 생각했다. 펠컨기들이 다시 지나가자 또 공기의 진동이 느껴졌다. 비행기의 엔진 소음은 관람석의 감탄 소리를 압도하지 못했다. 움직이는 프로펠러가 만들어내는 반투명 원형은 비행기가 선회할 때마다 번쩍번쩍 섬광을 발산했다. 그때 전투기들이 나타났다. 어디서 나타났는지는 모르지만 즉시 제비처럼 'V'자 형태의 대열을 갖추었는데, 비행기들이 살아 있는 물체일 수도 있다는 생각이, 누군가가 그들을 조종하고 있지 않을 수도 있다는 생각이 갑자기 들었다. "아바디아다." 여자의 목소리가 들렸다. 훌리오는 목소리의 주인공이 누구인지 보려고 고개를 돌렸으나 그때 같은 말이 관람석의 다른 쪽에서도 반복되었다. 스타 조종사의 이름이 사람들 사이에서 나쁜 소문처럼 퍼지고 있었다. 로페스 대통령이 한 팔을 군대식으로 치켜들어 하늘을 가리켰다.

"그래, 이제." 라베르데 대위가 말했다. "이제 진짜가 올 거다."

훌리오 옆에 오십대 부부가 있었는데, 남자는 물방울무늬 나비넥타이를 매고 있었고, 부인의 쥐상에는 한때 미인이었던 흔적이 살짝 드러나 있었다. 훌리오는 남자가 가서 차를 가져와야겠다고 말하는 것을 들었다. 그리고 부인이 하는 말도 들었다. "웬 바보 같은 소리예요, 여기 더 있다가 나중에 가자고요. 당신 제일 멋진 장면을 놓칠 거예요." 그 순간, 편대가 고도를 낮게 유지한 채 관람석 앞을 날아 남쪽으로 갔다. 박수 소리가 터져나왔고, 훌리오도 박수를 쳤다. 라베르데 대위는 훌리오의 존재를 잊은 상태였다. 라베르데 대위의 시선은 하늘에서 일어나는 일, 처 위에서 만들어지던 위험스러운 문양들에 고정되어 있었고, 그때 훌리오는 아버지 역시 그런 장면은 결코 본 적이 없다는 사실을 깨달았다. "나는 비행기 한 대가 어떻게 그런 일을 할 수 있는지 모르고 있었어." 많은 시간이 지난 뒤 그 에피소드가 사교 모임에서나 가족끼리의 저녁식사 자리에서 회고될 때 라베르데는 이렇게 말했을 것이다. "아바디아가 중력의 법칙을 정지시켜버린 것 같았다니까." 비행기들이 남쪽에서 돌아왔고, 아바디아의 호크 전투기가 편대에서 이탈했다. 아니 다른 호크 전투기들이 아바디아의 호크 전투기에서 떨어져나와 꽃송이처럼 흩어졌다. 훌리오는 어느 순간 아바디아가 홀로 떨어지게 되었는지, 다른 여덟 명의 조종사는 어디로 가버렸는지 알 수가 없었다. 그들은 구름이 삼켜버린 것처럼 갑자기 사라져버렸다. 그때 홀로 된 전투기가 처음으로 한 바퀴 빙글 돌면서 관람석 앞으로 지나가 관객들의 함성과 박수를 이끌어냈다. 관람객들의 고개가 전투기를 뒤쫓았다. 전투기는 뱀처럼 꼬불꼬불 날고 몸을 뒤집어 날다가 돌아왔고, 그러고는 더 낮은 고도로 더 빨리 날면서 산들을 배경 삼아 다시 한 바퀴 빙글 돌고, 북쪽 하늘로 사라졌다가 허공에서 솟아나오듯이 하늘에 다시 나타나 관람석 쪽으로 나아갔다.

"지금 뭐하고 있는 거지?" 누군가가 말했다.

아바디아의 호크기가 참석자들이 있는 곳을 향해 직진하고 있었다.

"근데 저 미치광이가 대체 뭘 하고 있는 거야?" 또다른 누군가가 말했다.

이번에 들린 목소리는 저 아래, 로페스 대통령과 함께 있던 어느 남자의 것이었다. 훌리오는 자신이 왜 그랬는지도 모르는 채 순간 대통령을 쳐다보았는데, 대통령은 자신이 땅에 견고하게 세워진 구조물이 아니라 먼바다의 배 위에 있기라도 한 것처럼 나무 난간을 두 손으로 꽉 붙잡고 있었다. 훌리오는 다시금 입안의 씁쓰레한 맛을, 현기증을 느꼈고, 눈알 앞뒤에 갑작스러운 통증을 느꼈다. 라베르데 대위가 낮은 목소리로, 상대도 없이, 또는 스스로에게, 감탄과 질투를 섞어, 수수께끼를 푸는 누군가를 지켜보는 사람처럼 말한 것은 바로 그때였다.

"제기랄! 국기를 잡으려는 거로구먼."

잠시 후 훌리오에게 시간 밖에서 일어난 듯한, 편두통에 의해 야기된 환각 같은 사건이 일어났다. 아바디아 대위의 전투기가 시속 400킬로미터로 대통령 관람석을 향해 다가왔으나 신선한 공기 속의 한 장소에 꼼짝하지 않고 떠 있는 것처럼 보인 것이다. 전투기는 몇 미터 움직여 공중에서 한 바퀴 빙글 돌고, 그러고는 또 한 바퀴를 돌았는데—라베르데 대위는 이를 공중제비 넘는다고 표현했다—이 모든 일은 죽음과 같은 침묵 속에서 이루어졌다. 훌리오는 어떻게 해서 자신에게 주변을 돌아볼 여유가 있었는지, 그리고 공포와 감탄으로 마비된 얼굴과 비명을 지르려는 것처럼 벌린 입들을 볼 여유가 있었는지 나중에 떠올리게 될 것이다. 하지만 비명소리는 터져나오지 않았다. 세상은 입을 다물고 있었다. 한순간 훌리오는 아버지 말이 옳았음을 알았다. 아바디아 대위가 펄럭이는 국기의 천을 손으로 잡을 정도로 국기에 아주 가깝게 지나가면서 두 바퀴를 도는 방법을 모색했는데, 이는 투우사가 황소 앞에서 발끝으로 뱅글 돌듯, 아바디아가 로페스 대통령에게 보여주려는 일종의 불가능한 공중제비였다. 훌리오는 그 모든 것을 이해했고, 다른 사람들도 그것을 이해했는지 생각할 여유까지 있었다. 그때 그는 눈에서 비행기의 그림자를 느꼈는데, 해가 비치지 않았기 때문에 그것은 있을 수 없는 일이었다. 아니, 뭔가가 타는 듯한 냄새를 풍기는 한줄기 바람을 느꼈다. 그는 아바디아의 전투기가 공중에서 기이한 도약을 하고, 고무처럼 꺾이고, 땅으로 돌진하다가 떨어지면서 외교관 관람석의 나무 지붕을 산산조각내고, 대통령 관람석 계단을 무너뜨리고, 풀밭에 충돌하면서 산산조각나는 모습을 볼 수 있을 정도로 침착했다.

세상이 폭발했다. 소음이 터져나왔다. 비명소리가 만들어내는 소음, 나무 바닥에 부딪히는 구두 뒷굽들이 만들어내는 소음, 도망가는 사람들의 몸이 만들어내는 소음. 전투기가 추락한 곳에서 연기가 아니라 짙은 재처럼 보이는 검은 구름이 폭발해서 정상보다 더 오랜 시간 그곳에 머물렀다. 전투기가 충돌한 곳에서 갑작스러운 열의 파도가 발생해 현장에서 가장 가까운 곳에 있던 사람들이 죽었고, 다른 사람들은 산 채로 태워지는 것 같은 충격을 받았다. 운이 더 좋았던 사람들은 그 열이 너무 길게 지속되어 공기 중에 있던 산소를 모조리 흡수해버렸기 때문에 자신들이 질식사하고 있다고 느꼈다. 당시 그곳에 있던 사람들 가운데 누군가는 마치 화로 속에 들어가 있는 것 같았다고 나중에 회고할 것이다. 관람석의 계단이 떨어져나가자, 판자 마루가 허물어지고, 난간들이 무너지고, 라베르데 부자가 땅으로 떨어졌다. 많은 세월이 흐른 뒤 홀리오는 그때 통증이 시작되었다고 얘기할 것이다.

"아빠." 홀리오가 아버지를 불렀고, 계단의 각재들 밑에 깔려 있는 여자를 구하려고 일어나 있던 라베르데 대위를 보았는데, 그 여자에게는 이미 어떤 도움도 줄 수 없다는 것이 명백했다. "아빠, 제게 뭔가 좋지 않은 일이 생겼어요."

홀리오는 어느 여자를 부르고 있는 남자의 목소리를 들었다. "엘비아." 남자가 소리쳤다. "엘비아." 홀리오는 즉시 물방울무늬 나비넥타이를 맨 그 남자를 보았는데, 그는 쓰러져 있던 몸뚱아리들 사이를 걸어, 가끔씩은 그들을 밟고, 가끔씩은 그들과 부딪치면서 자동차를 가지러 갔다. 그때 무언가 불에 타는 냄새를 느꼈고, 훌리오는 그 냄새의 정체를 알아차렸다. 살이 타는 냄새였다. 그때 라베르데 대위가 몸을 돌렸다. 훌리오는 아버지의 얼굴에 반사되어 있던, 자신에게 일어난 재앙을 보았다. 라베르데 대위는 훌리오의 손을 잡았고, 두 사람은 그 재앙에서 멀어지기 위한 방법, 최대한 빨리 병원에 도달하기 위한 방법을 모색하면서 걷기 시작했다. 훌리오는 외교관 관람석 옆을 지나가면서 시체 두 구를 보았는데, 그중 한 시체에서 크림색 구두를 알아보았을 때는 통증 때문이 아니라 두려움 때문에 울기 시작했다. 그러고는 의식을 잃어버렸다. 몇 시간 뒤 통증을 느끼며, 걱정스러워하는 얼굴들에 둘러싸인 상태로 산호세 병원의 침대에서 깨어났다.

비행기가 공중에서 폭발했는지, 뭔가에 충돌했는지, 어떻게 해서 그런 일이 일어났는지 그 누구도 결코 알지 못했다. 확실한 것은 훌리오가 엔진에서 튄 오일을 얼굴에 흠뻑 뒤집어썼다는 것인데, 오일이 훌리오의 피부와 살을 태웠지만 수많은 사람들에게 일어난 것과는 달리 그를 죽일 정도는 아니었다는 것은 행운이었다. 그 사고로 쉰여섯 명이 사망했는데, 첫번째 사망자는 아바디아 대위였다. 아바디아 대위의 조종술이 공중에 일종의 공기주머니 같은 것을 만들었다는 설명이 있었고, 비행기가 두 바퀴를 돈 뒤에 진공 상태에 들어갔다는 설명도 있었고, 이 모든 것이 정상 고도 이탈과 통제력의 상실과 필연적인 추락을 유발했다는 설명도 있었다. 여러 병원에 분산

되어 있던 부상자들은 그런 소식을 무감각하게 또는 의아해하며 받아들였고, 사망자들의 장례식은 국고로 충당할 것이고, 빈곤층 가족은 보고타로부터 지원금을 받을 것이라는 소식과 대통령이 사고가 발생한 날 밤에 모든 희생자를 위로차 방문했다는 소식을 들었다. 적어도 대통령은 어린 훌리오 라베르데는 찾아왔다. 하지만 훌리오는 그때 깨어 있지 않았기 때문에 대통령이 방문했다는 사실을 몰랐다. 나중에 부모가 훌리오에게 그 일을 자세히 들려주었다.

다음날 훌리오의 아버지가 아바디아, 호르헤 파르도 대위, 그리고 산타아나에서 숙영하던 기병대 병사 두 명의 장례식에 참석한 사이에 어머니는 훌리오 곁에 있었다. 이들 사망자는 모두 정부 대표들과 육군과 공군의 수뇌부가 포함된 인사들의 행진이 끝난 뒤 중앙묘지에 매장되었다. 훌리오는 화상을 입지 않은 얼굴 쪽으로 누워 모르핀 주사를 맞았다. 수족관 안에서 세상을 보는 것 같았다. 살균된 붕대를 만졌고, 상처를 긁고 싶어 죽을 지경이었으나 긁을 수가 없었다. 통증이 극심한 순간에는 라베르데 대위를 증오했고, 그러고 나서 주기도문을 한 번 암송하고는 그런 나쁜 마음을 품은 것에 대해 용서를 빌었다. 상처가 감염될 수 있다고들 말했기 때문에 상처가 감염되지 않도록 해달라고도 기도했다. 그러고는 그 외국인 아가씨를 보았고, 그녀와 얘기를 나누기 시작했다. 훌리오는 불에 탄 자신의 얼굴을 보았다. 가끔은 그녀의 얼굴 또한 불에 탄 상태였고 가끔은 아니었으나, 그녀는 항상 분홍색 스카프와 크림색 구두 차림이었다. 그런 환각 속에서 그녀가 가끔 훌리오에게 말을 걸었다. 그녀

는 훌리오에게 잘 있는지 물었다. 통증을 느끼는지도 물었다. 그리고
가끔은 이렇게 물었다.

"너 비행기 좋아하니?"

밤이 밀려오고 있었다. 마야 프리츠가 모기를 쫓아내려고 향초에 불
을 붙였다. "이때쯤이면 모기들이 몰린다니까요." 마야 프리츠가 내게
말했다. 그녀는 방충제 스프레이를 내게 건네며 온몸에, 특히 발목에
뿌리라고 말했고, 나는 방충제의 상표를 읽으려다가 문득 주위가 어두
워지고 있다는 사실을 깨달았다. 이제 내가 보고타로 돌아갈 수 있는
가능성이 전무하다는 사실 또한 알아차렸다. 그리고 나는, 내가 그녀의
명예로운 손님이기 때문에 그녀와 함께 여기서 밤을 보내게 될 거라는
가정하에, 낯선 두 사람이 어떤 죽음 때문에 만나서 결국 그리 낯설지
않은 사이가 되었기 때문에, 우리 두 사람이 마치 지금까지 함께 작업
해왔다는 듯이 지붕을 공유하게 될 거라는 것을 마야 프리츠 또한 인
지했다는 사실을 깨달았다. 나는 하늘을, 마그리트의 하늘들 가운데 하
나인 것 같은 네이비블루빛 하늘을 쳐다보았고, 완전한 밤이 되기 전에
나타나기 시작한 박쥐들을, 하늘을 배경으로 그려진 박쥐들의 검은 실
루엣을 보았다. 마야가 자리에서 일어나 두 해먹 사이에 나무의자를 갖
다놓고, 의자 위에다 불을 붙여둔 초, 얼음 조각이 가득 들어 있는 작은
아이스박스, 럼주 한 병, 코카콜라 한 병을 올려놓았다. 그러고는 자기
해먹으로 가서 누웠다(해먹을 펼침과 동시에 그 위로 올라가는 능숙한
동작). 나는 다리에 통증을 느꼈다. 몇 분 사이에 귀뚜라미와 매미들이

시끄러운 음악 소리를 터뜨렸고, 그후 몇 분 동안 다시 조용해졌다. 몇몇 연주자만이 여기저기서 소리를 냈는데, 그 소리는 어느 길 잃은 개구리의 간헐적인 울음소리 때문에 중단되었다. 박쥐들이 우리 머리 위 3미터 높이에서 날갯짓을 하면서 나무 지붕에 있는 은신처를 들락거리고, 노란 촛불은 불어오는 미풍에 따라 흔들거리고, 공기는 미지근하고, 럼주는 몸속으로 잘 들어가고 있었다. "보고타에 오늘밤 잠 못 이룰 누군가가 있겠군요." 마야 프리츠가 말했다. "내 방에 전화가 있으니 필요하면 써요."

나는 레티시아, 잠들어 있는 레티시아의 작은 얼굴을 생각했다. 아우라를 생각했다. 잘 익은 오디 색깔의 바이브레이터를 생각했다.

"아뇨. 전화를 걸어야 할 사람은 한 명도 없어요." 내가 마야 프리츠에게 말했다.

"문제가 하나 줄었군요." 그녀가 말했다.

"근데 갈아입을 옷이 없네요." 내가 말했다.

"좋아요. 그건 우리가 해결하죠." 그녀가 말했다.

나는 마야를 바라보았다. 민소매에 드러난 팔, 젖가슴, 각진 턱, 머리를 움직일 때마다 스파크가 이는 좁은 귓불의 작은 귀를 바라보았다. 마야 프리츠는 술 한 잔을 들이켜더니 컵을 배에 올려놓았고, 나는 그녀를 따라했다. "이봐요, 안토니오, 그러니까 말이죠." 그때 그녀가 말했다. "나는 당신이 아빠에 대해 말해주었으면 해요. 아빠의 마지막 삶이 어땠는지, 아빠가 세상을 뜬 날은 어땠는지. 당신이 본 것을 그 누구도 보지 못했잖아요. 만약 이 모든 게 수수께끼라면, 당신은 그 누구에게도 없는 힌트를 가지고 있는 셈이에요. 내가 제대로 얘기했는지 모르겠군요. 나 좀 도와줄 수 있어요?" 나는 바로 대답하지 않았다. "나 좀 도와줄 수 있어요?" 마야가 끈질기게 물었으나 나는 대답을 하지 않았다. 그녀가 자세를 바꾸어 한 팔로 머리를 괴었는데, 해먹을 사용해본 사람이라면 누구든 해먹 안에서 그런 자세를 취하는 것이 어렵다는 사실을, 균형을 잃어버리고 즉시 피곤해진다는 사실을 안다. 내가 해먹 속에 잠기듯 편안하게 드러눕자 습기 냄새, 지나간 땀냄새, 수영장에서 수영을 하거나 농장에서 작업을 한 뒤에 누웠을 남자들과 여자들의 이야기 냄새를 풍기는 직물이 나를 감쌌다. 나는 마야 프리츠에게서 눈길을 거두었다. "당신이 알고 싶어하는 것을 내가 이야기해준다면, 당신도 같은 식으로 해줄 건가요?" 내가 말했다. 나는 문득 한 번도 써보지 않은 내 공책을, 대답 없는 외로운 물음표를 생각했고, 단어 몇 개가 내 머리에 그려졌다. '나는 알고 싶어.' 마야는 대답하지 않았으나, 나는 그녀가 나처럼 해먹 안에서 편안하게 드러눕는 모습을 어스름 속에서 보았고, 내게는 더이상 필요한 것이 없었다. 나는 말을 하기 시작해 리카르도 라베르데에 관해 내가 알고 있던 모든 것과 내가 알고 있다고 믿었던 것, 내가 기억하고 있던 모든 것과 잊어버렸다고 두려워하던 것, 라베르데가 내게 들려준 모든 것과 그가 죽은 뒤에 내가 조사한 모든 것을 마야에게 얘기했고, 우리는 각자의 해먹에 감싸인 채, 박쥐들이 움직이고 있던 천장을 각자 주의깊게 응시하면서, 후끈한 밤의 적막을 말로 채우면서, 하지만 고해성사를 하는 사제와 죄인처럼 서로를 결코 쳐다보지 않은 채, 그렇게 첫새벽이 될 때까지 머물렀다.

4

/

우리는 모두 도망자다

내가 완전히 지치고, 반쯤 취하고, 말을 너무 많이 한 탓에 목이 잠겨버린 상태로 마야 프리츠에게 이끌려 손님방 혹은 그 순간 그녀가 손님방이라고 부른 그녀의 방으로 들어갔을 때는 동이 트고 있었다. 방에는 좋은 침대 대신 약해 보이기까지 하는(내가 매트리스에, 바싹 마른 하얀 시트에 시체처럼 쓰러졌을 때 삐걱거리는 소리를 냈다) 소박한 야전침대 두 개가 있었다. 선풍기 한 대가 내 머리 위에서 사납게 날개를 펄럭이고 있었는데, 내가 선풍기 날개 밑에 있는 것 말고 다른 침대를 선택한 이유는 천장에 고정되어 있던 선풍기 날개가 한밤중에 떨어져 내 몸을 덮칠 위험이 있었기 때문이 아니라, 술 취한 사람 특유의 순간적인 과대망상증 때문이었던 것 같다. 졸음과 럼주로 인해 혼미한 상태에서 어떤 지침을 받았다는 사실 또한 기억하고 있다. 방충망을 치지 않은 상태로는 창문을 열어두지 않고, 코카콜라 캔은 아무데나 놓지 않고(집안에 개미가 가득찬다), 사용한 화장지를 변기 속에 넣지 않는다. "이건 아주 중요한데, 도시 사람들은 늘 잊어버리죠." 나는 마야 프리츠가 그런 말을 했거나, 했을 거라고 생각한다. "화장실에 가는 것은 세상에서 가장 반사적인 행위인데, 화장실에 앉아 있을 때는 그 누구도 그런 생각을 못하죠. 나중에 정화조에서 어떤 문제가 일어나는지에 관해서는 당신에게 말하지 않는 게 낫겠어요." 완전히 낯선 여자가 내 신체 기능에 관해 이러쿵저러쿵 말했음에도 그다지 불편하지 않았다. 마야 프리츠에게는 내가 결코 본 적이 없는 자연스러움, 결코 똥을 싼 적이 없다고 시치미를 떼면서 평생을 살아갈 수 있는 보고타 사람들의 청교도적 기질과는 완연하게 다른 자연스러움이 있었다. 지금 생각해보면 당시 나는 그녀의 말을 수긍했는데, 내가 말대꾸를 한마디도 하지 않았는지는 잘 모르겠다. 다리 통증이 평소보다 더 심해졌고, 허리도 아팠다. 나는 그곳이 습한데다가 예측할 수 없고 위험스러운 도로를 여러 시간 동안 달려오느라 체력이 고갈되었기 때문에 그렇게 아픈 거라고 생각했다.

어리둥절한 상태로 잠에서 깨어났다. 나를 깨운 것은 정오의 더위였다. 나는 땀을 흘리고 있었고, 침대 시트는 환각에 빠져 땀을 흘린 산호세 병원의 침대 시트처럼 흠뻑 젖어 있었는데, 천장을 쳐다보니 선풍기는 멈춰 있었다. 대낮의 자극적인 햇빛이 창문에 드리운 나무 발 사이로 스며들어와 방바닥의 하얀 타일에 빛 웅덩이들을 만들어내고 있었다. 닫힌 문 옆, 고리버들 의자 위에 옷뭉치 같은 것이 놓여 있었다. 체크무늬 반소매 셔츠 두 벌과 초록색 수건 하나였다. 집은 차분하고

고요했다. 멀리서 목소리들, 작업하는 사람들의 목소리들, 작업할 때 나는 연장 소리가 들려왔다. 나는 그들이 누구인지도, 그 시각에, 그 더위에 무엇을 하고 있는지도 몰랐는데, 내가 그에 관해 자문하고 있는 바로 그 순간에 소음들이 멈췄다. 나는 그들이 쉬러 갔을 거라고 생각했다. 나무 발을 들어올려 창문을 열고 방충망에 코가 닿을 정도로 창에 얼굴을 붙인 채 밖을 내다보았는데, 아무도 보이지 않았다. 수영장의 번쩍거리는 사각형, 적막한 미끄럼틀, 내가 도로에서 본 적이 있는 것과 같은 케이폭나무, 이 세계의 무자비한 태양 아래 살아가는 가련한 피조물들에게 그늘을 제공하도록 특별하게 만들어진 케이폭나무가 보였다. 케이폭나무 아래에는 내가 이곳에 도착했을 때 본 독일산 셰퍼드가 있었다. 케이폭나무 뒤로 평원이 펼쳐져 있고, 평원 뒤 어딘가에서 마그달레나 강이 흐르고 있었는데, 나는 어렸을 때 라스아카시아스에서 아주 멀리 떨어진 강의 다른 유역에서이긴 하지만, 그 강물 소리를 들은 적이 있기 때문에 소리로 쉽게 상상하거나 유추할 수 있었다. 나는 마야 프리츠가 옆에 없었기 때문에 차가운 물로 샤워를 하고(욕실 구석에서 한동안 저항하던 제법 큰 거미 한 마리를 죽여야 했다) 나서 내게는 조금 큰 셔츠를 입었다. 남자 셔츠였다. 나는 그 셔츠가 리카르도 라베르데의 것이었으리라는 환상에 휩싸였고, 셔츠를 입고 있는 그의 모습을 상상했다. 상상 속에 있던 그의 모습은 어떤 이유에서인지 나와 흡사했다. 내가 복도로 나가자마자 파란색 주머니가 달린 빨간 반바지에 나비와 해바라기가 입을 맞추는 그림이 그려진 민소매 셔츠를 입은 아가씨가 다가왔다. 쟁반을 들고 왔는데, 쟁반에는 오렌지주스가 담긴 큰 컵이 놓여 있었다. 거실에 있는 선풍기들도 조용했다.

"마야 아가씨가 테라스에다 선생님께 드릴 물건을 두고 가셨어요."
그녀가 말했다. "점심식사 때 만나시게 될 거예요." 그녀는 미소를 지었
고, 내가 쟁반에 놓인 오렌지주스를 마시는 동안 기다려주었다.

"우리 선풍기 좀 틀 수 없을까요?"

"전기가 나가버려서요." 아가씨가 말했다. "선생님, 틴토* 한 잔 드시
겠어요?"

"먼저 전화 한 통 할게요. 해도 된다면 보고타에 전화 좀 하려고요."

"글쎄, 전화기는 저기 있는데요." 그녀가 말했다. "전화기를 쓰는 문
제는 아가씨와 상의해보세요."

그것은 칠십년대 후반 내가 어렸을 때 본 적이 있는 단순한 구식 전
화기로, 송수화기와 번호판이 한몸으로 되어 있는 것이었다. 목이 길고
배가 불룩한 작은 새 모양의 전화기 아래쪽에는 디스크 형태의 번호판
과 빨간색 버튼이 달려 있었다. 전화기를 드니 작동 신호음이 들렸다.
나는 집 전화번호를 돌렸는데, 다음 번호를 돌리기 전 번호판이 되돌아
오는 것을 기다리면서 느꼈던 유년 시절의 조바심을 다시 느꼈다는 사
실이 놀라웠다. 두번째 신호음이 들리기 전에 아우라가 전화를 받았다.
"어디예요?" 아우라가 물었다. "잘 있어요?"

"물론 잘 있지. 내가 잘 못 있을 이유가 있나?"

아우라의 어조가 차갑고, 걸쭉하고, 무겁게 바뀌었다. "어디 있냐고

---

* 콜롬비아에서는 부드러운 블랙커피를 '틴토'라고 한다.

174

요." 그녀가 말했다.

"라도라다야. 어떤 사람을 찾아왔어."

"메시지 남긴 그 여자예요?"

"뭐라고?"

"자동 응답기에 메시지 남긴 그 여자냐고요?"

나는 그녀의 통찰력에 놀랐다(그녀는 우리의 관계가 시작되었을 때부터 그런 통찰력을 지녔다는 증거들을 내게 보여주곤 했다). 나는 아우라에게 상황을 대충 설명했다. 리카르도 라베르데의 딸, 그녀가 갖고 있는 서류들과 그녀의 기억이 간직하고 있는 이미지들, 내가 수많은 사안을 이해할 수 있는 가능성에 대해 설명했다. 나는 '알고 싶다'고 생각했으나 그렇게 말하지는 않았다. 나는 말을 하는 동안 아마도 목구멍 소리였을 일련의 짧은 소리를 들었고, 조금 후에 아우라의 갑작스러운 울음소리를 들었다. "당신은 개자식이야." 그녀가 말했다. '개자식'이라는 말을 더 효과적이고 더 자연스러울 수 있는 압축적인 형태로 말하지 않고, 각 단어 사이를 벌려서, 단 한 글자도 소홀히 하지 않은 채 또박또박 발음했다. "단 한숨도 못 잤어요, 안토니오. 아이를 맡길 만한 사람이 없어서 병원에도 못 갔다고요. 이해할 수가 없어요, 전혀 이해할 수가 없다고요." 아우라는 흐느끼면서 말했고, 나는 그녀의 입에서 그런 울음소리가 나오는 것을 결코 들은 적이 없었기 때문에 그렇게 우는 방식이 거북하게 느껴졌다. 그것은 의심할 바 없이 밤새 축적된 긴장감의 분출이었다. "그 사람은 도대체 누구예요?" 아우라가 물었다.

"아무도 아냐." 내가 말했다. "그러니까 당신이 상상하는 그런 사람이 아니라는 거지."

"당신은 내가 상상하는 게 뭔지도 모르잖아요. 누구냐니까요?"

"리카르도 라베르데의 딸이야." 내가 말했다. "그가 옛날에……"

거친 숨소리가 들렸다. "그 사람이 누군지 아니까, 더이상 날 모욕하지 말아요, 제발."

"그녀는 내게서 자기 아버지에 관한 얘기를 듣고 싶어하고, 나 또한 그녀에게서 그녀의 아버지에 관한 얘기를 듣고 싶은 거야. 그것뿐이라니까."

"그것뿐이라."

"그래, 그것뿐이야."

"근데 그 여자 예뻐요? 그러니까, 착해요?"

"아우라, 신경 꺼."

"근데 이해할 수가 없다니까요." 아우라가 다시 말했다. "당신이 어제 왜 내게 전화하지 않았는지, 그게 뭐 그리 어려웠는지 이해할 수가 없다고요. 그 전화기가 어제는 없었나요? 당신 거기서 밤을 보내지 않았어요?"

"그랬어." 내가 아우라에게 말했다.

"뭐라고요? 그래, 당신한테 그 전화기가 있었고, 또 그래, 밤을 그곳에서 보냈다고요?"

"그래, 여기서 밤을 보냈어. 그래, 이 전화기를 사용할 수도 있었어."

"그래서요?"

"그래, 아무 일도 없었다니까." 내가 말했다.

"당신 거기서 뭘 했는데요? 두 사람이 뭘 했느냐고요?"

"대화했어. 밤새. 늦게 일어났고, 그래서 이제야 전화하는 거야."

"아하, 그랬군요."

"그래."

"이제 알겠어요." 아우라가 말했다. "당신은 개자식이야, 안토니오."

"이곳에 정보가 있다니까." 내가 말했다. "여기서 여러 가지를 알아낼 수 있다고."

"철딱서니없는 놈, 개자식." 아우라가 말했다. "당신은 가족에게 이런 짓을 하면 안 돼요. 난 밤새도록 최악의 상황을 생각하느라 한숨도 못 자고 무서워 죽는 줄 알았어요. 정말 나쁜 개자식. 저질 인간. 금요일 하루종일 여기 처박혀, 여기서 레티시아와 함께 유폐된 상태에서 혹시 외출한 사이에 당신이 전화할까봐 나가지도 못하고 소식을 기다렸다고요. 밤새도록 잠도 안 자고, 무서워 죽는 줄 알았다니까요. 그 생각도 하지 못했어요? 당신하고 상관없는 일이에요? 입장을 바꿔본다면 어떻겠어요? 그렇지 않아요? 내가 하루종일 애를 데리고 어디에 갔는데, 당신은 내가 어디 있는지 모른다고 생각해봐요. 공포에 사로잡혀 사는 당신, 내가 항상 당신을 속이기라도 하는 것처럼 나를 통제하는 당신, 내가 어디에 가든지 잘 도착했다는 사실을 알 수 있도록 전화해주기를 바라는 당신, 내가 나갈 때 언제 나갔는지 알 수 있도록 전화해주기를 바라는 당신, 대체 왜 이러는 거예요, 안토니오? 무슨 생각을 하고 있고, 뭘 얻고자 하는 거죠?"

"모르겠어." 그때 내가 아우라에게 말했다. "내가 뭘 원하는지는 나도 몰라."

이어지는 침묵의 몇 초 동안 나는 레티시아의 목소리를 듣고, 레티시아의 움직임, 우리 같은 아버지들이 자신도 모르게 알아차리는 법을 배우게 되는, 고양이 방울 소리와 유사한 소리의 흔적을 인지할 수 있었다. 레티시아가 양탄자 깔린 바닥에서 걷거나 뛰고 있고, 레티시아가 장난감들과 대화를 하고 있거나 장난감들이 서로 이야기를 하게 놔두고 있고, 레티시아가 집에 있는 물건들을 움직이고 있다(금지된 액세서리들, 금지된 재떨이들, 양탄자를 쓸려고 자주 주방에서 꺼내는 금지된 빗자루, 그리고 레티시아의 작은 몸이 일으키는 공기의 섬세한 움직임). 레티시아가 그리워졌다. 레티시아로부터 그토록 멀리 떨어진 곳에서, 레티시아 없이 하룻밤을 보낸 적이 한 번도 없었다는 사실을 깨달았다. 그리고 과거에도 수없이 느꼈던 것처럼 어린 레티시아가 지닌 취약함에 대한 불안감과 내가 없을 때 사고가(사고는 방마다, 거리마다 몸을 웅크린 채 레티시아를 노리고 있었다) 일어날 개연성이 더 크다는 사실을 직감적으로 느꼈다. "애는 잘 있어?" 내가 물었다.

아우라는 심장이 한 번 뛸 정도의 시간을 지체한 뒤 대답했다. "그래, 잘 있어요. 아침밥도 잘 먹었어요."

"레티시아 좀 바꿔줘."

"뭐라고요?"

"레티시아 좀 바꿔줘, 부탁이야. 내가 통화하고 싶어한다고 전해줘."

잠시 침묵이 흘렀다. "안토니오, 이제 삼 년이 넘게 흘렀어요. 왜 이겨내려고 하지 않는 거예요? 사고에서 헤어나지 못한 채 살아가면서 대체 뭘 얻겠다는 거예요? 난 솔직히 당신이 뭘 얻게 될지, 그게 당신에게 무슨 소용이 있을지 모르겠어요. 대체 왜 그러는 거예요?"

"레티시아와 통화하고 싶어. 레티시아 바꿔줘. 레티시아 불러서 바꿔달라니까."

아우라는 울화나 절망감, 또는 아마도 솔직한 짜증, 자신이 무기력하다고 느끼는 사람의 짜증처럼 보이는 뭔가를 토해냈다. 그것은 전화기를 통해서는 구별하기 쉽지 않은 감정이기 때문에 그 감정을 정확하게 해석하려면 당사자의 얼굴을 보아야 한다. 십층에 있는 내 집, 해발 2600미터에 위치해 있는 내 도시에서 나의 두 여자가 움직이고 말을 하고 있었다. 나는 두 사람의 목소리를 듣고 있었고, 두 사람을 사랑하고, 그래, 두 사람을 사랑하고 있었고, 그래서 두 사람을 아프게 하고 싶지 않았다. 내가 그런 생각을 하고 있을 때 레티시아가 말했다. "여보세요?" 이는 아무도 가르쳐주지 않았는데도 아이들이 배우게 되는 단어다. "오냐, 예쁜 딸." 내가 레티시아에게 말했다.

"아빠다." 레티시아가 말했다.

그때 나는 아우라가 멀리서 말하는 소리를 들었다. "그래." 아우라가 레티시아에게 말했다. "얘야, 들어봐, 아빠가 네게 무슨 말을 하는지 들어봐."

"여보세요?" 레티시아가 반복했다.

"얘야." 내가 레티시아에게 말했다. "내가 누구게?"

"아빠." 레티시아가 말했는데, 레티시아는 두번째 p를 더 세게, 더 길게 발음했다.*

"아냐, 난 사나운 늑대야." 내가 레티시아에게 말했다.

"사나운 늑대?"

"난 피터 팬이야."

"피터 팬?"

"내가 누구게, 레티시아?"

레티시아는 잠시 깊이 생각하는 것 같았다. "아빠." 레티시아가 말했다.

"맞아." 내가 레티시아에게 말했다. 나는 레티시아가 웃는 소리를 들었다. 작고 짧은 웃음, 벌새가 날갯짓을 하는 듯한 소리였다. 내가 레티시아에게 말했다. "너 엄마 잘 보살피고 있니?"

"아하." 레티시아가 말했다.

"엄마를 잘 보살펴야 한다. 엄마 잘 보살피고 있는 거지?"

"아하." 레티시아가 말했다. "엄마 바꿔줄게요."

"아니, 잠깐만." 나는 레티시아에게 뭔가를 말하려고 했지만 한발 늦어버렸다. 레티시아가 이미 귀에서 수화기를 떼어 나를, 내 목소리를 아우라의 손에 넘겨버린 것이다. 내 그리움, 아직 사라지지 않고 있는 사물들에 대한 그리움이 뜨거운 공기 중에 매달려 있었다. "좋아, 가서 놀아라." 나는 레티시아에게 다섯 음절로 된 요람의 자장가를 아주 달콤한 어조로 속삭이듯 불러주면서 그렇게 말하는 아우라의 목소리를 들었다. 그러고는 아우라가 목소리를 내게 돌렸는데, 어조의 대조가 극

---

* 스페인어로 '아빠'는 'papá'다.

단적이었다. 아우라의 목소리에는 제아무리 친밀하게 들렸더라도 슬픔이 배어 있었다. 환멸뿐만 아니라 희미한 비난 또한 느껴졌다. "여보세요." 아우라가 말했다.

"여보세요." 내가 말했다. "고마워."

"뭣 때문에요?"

"레티시아 바꿔줘서."

"레티시아가 복도를 무서워해요." 아우라가 말했다.

"그래?"

"애 말이, 복도에 뭐가 있대요. 어제는 주방에서 자기 방까지 혼자 가려 하지 않았어요. 나더러 함께 가자고 했다고요."

"그럴 나이야." 내가 말했다. "나중에 모든 두려움이 사라질 거야."

"불을 켜놓고 자려 했어요."

"그럴 나이라니까."

"그래요." 아우라가 말했다.

"소아과 의사가 그렇게 말한 적 있잖아."

"그래요."

"악몽을 꾸는 나이라고."

"난 싫어요." 아우라가 말했다. "우리가 계속해서 이런 식으로 사는 게 싫다고요, 안토니오. 이럴 수는 없어요." 내가 뭐라고 대답하기 전에 아우라가 덧붙였다. "그 누구에게도 좋지 않아요. 아이에게도 좋지 않고요, 그 누구에게도 좋지 않다고요."

맞는 말이었다. "잘 알았어." 내가 말했다. "그래, 내 잘못이야."

"누군가가 잘못했다고 말한 사람은 아무도 없어요."

"아이가 복도를 무서워하는 건 내 잘못이야."

"당신 잘못이라고 말하는 사람은 아무도 없어요."

"정말 어이가 없어. 마치 두려움이 유전되는 것 같다니까."

"유전적인 게 아녜요." 아우라가 말했다. "전염되는 거죠." 그러고는 곧바로 말했다. "그런 뜻으로 말한 건 아니에요." 그러고 나서 덧붙였다. "당신은 내가 무슨 말을 하는지 알아요."

내 손에서, 특히 전화기를 들고 있던 손에서 땀이 났고, 터무니없이 겁이 났다. 그러니까, 땀이 찬 주먹에서 전화기가 미끄러져나가 바닥에 떨어지고, 그러면 내 의지와 상관없이 통화가 끊길 거라고 생각했던 것이다. 사고 하나가, 아니 사고들이 일어난다. 아우라는 우리의 과거에 관해, 나와 아무 상관 없는 총알 한 발이 우연히 내게 닿기 전에 우리가 세웠던 계획에 관해 내게 얘기하고 있었다. 나는 맹세컨대, 그녀의 말을 주의깊게 듣고 있었으나, 내 마음속에는 그 어떤 기억도 떠오르지 않았다. '마음의 눈 속에'라는 말이 있다. 내 마음의 눈은 리카르도 라베르데가 죽기 전의 아우라를 보려고 애썼다. 나는 나 자신을 보려고 애썼다. 하지만 소용이 없었다. "끊어야겠어, 남의 전화를 빌려 쓰고 있거든." 나는 내가 한 말을 들었다. 아우라가—나는 그것을 잘 기억하고 있다—나를 사랑한다고, 우리는 함께 이 문제에서 벗어날 수 있다고, 그러기 위해 함께 노력할 생각이었다고 내게 말하고 있었다. "전화 끊어야 해." 내가 아우라에게 말했다.

"언제 올 거예요?"

"모르겠어." 내가 아우라에게 말했다. "여기 정보가 있고, 내가 알고 싶어하는 것들이 있거든."

한순간 전화선에 침묵이 흘렀다.

"안토니오, 돌아올 거죠?" 이윽고 아우라가 물었다.

"무슨 질문이 그래?" 내가 말했다. "지금 내가 어디에 있다고 생각하는지 모르겠지만 물론 돌아갈 거야."

"아무 생각도 없어요. 언제 돌아올 건지만 말해요."

"잘 모르겠어. 최대한 빨리 갈게."

"언제냐니까요, 안토니오."

"최대한 빨리 간다니까." 내가 말했다. "별거 아니니까 울지 마."

"울고 있지 않아요."

"별거 아니라니까. 애가 걱정하겠어."

"만날 레티시아, 레티시아." 아우라가 반복했다. "당신 꼴도 보기 싫어요, 안토니오."

"아우라, 제발."

"꼴도 보기 싫다니까요." 그녀가 말했다. "우리가 만나는 것도 당신 맘대로잖아요."

나는 전화를 끊고 나서 테라스로 나왔다. 해먹 밑에는 고리버들 상자가 반려동물처럼 놓여 있었다. 엘레나 프리츠와 리카르도 라베르데의 삶이, 두 사람이 서로 주고받은 편지들이, 두 사람이 다른 사람들에게 쓴 편지들이 그곳에 자료로 정리되어 있었다. 이제 공기는 움직이지 않았다. 나는 마야 프리츠가 전날 밤에 사용한 해먹에 누웠고, 자수를 놓은 하얀 베갯잇에 감싸인 베개를 베고 첫번째 문서철을 꺼내 배 위에 올려놓고는 첫번째 편지를 꺼냈다. 푸르스름한 반투명 종이였다. "친애하는 할아버지와 할머니께." 글머리는 이렇게 시작되고 있었다. 그리고 첫번째 줄은, 마치 자기 집 지붕 끝에서 뛰어내려 자살하려는 사람처럼 이어지는 문단 위에 홀로, 따로 놓여 있었다.

보고타가 그렇게 될 거라고 내게 알려준 사람은 아무도 없었어요.

나는 후텁지근한 더위를 잊고, 오렌지주스를 잊고, 자세의 불편함을 잊었다(물론 나중에 겪게 될 아주 괴로운 목의 통증은 미처 생각지 못했다). 마야의 해먹에 누운 나는 나 자신에 대해서도 잊었다. 나중에 내가 마지막으로 그 같은 뭔가를 경험했다는 사실을, 즉 내가 현실 세계를 그렇게 경솔하게 지워버렸다는 사실을, 내 의식을 그렇게 확실하게 격리시켜버렸다는 사실을 떠올리려고 애쓸 것이다. 나는 유년 시절 이후 그와 유사한 일이 내게 결코 일어난 적이 없다고 생각했다. 하지만 그런 추론, 그런 노력은 훨씬 나중에, 즉 편지들이 남긴 공백을 메우기 위해, 편지들이 언급하지 않고 겨우 암시만 한 모든 사실, 편지들이 밝히지 않고 숨기거나 비밀로 해둔 모든 사실을 마야가 내게 얘기할 수 있도록 마야와 함께 시간을 보내는 동안에 이루어질 것이다. 그것은 나중에 이루어질 것이다. 내가 지금 말하고 있다시피, 그 대화는 나중에, 즉 내가 자료들의 내용과 자료들이 밝히고 있는 바를 파악했을 때에야 비로소 이루어질 것이다. 나는 해먹에서 자료들을 읽는 사이에 다른 것들, 납득이 가지 않는 어떤 것들, 그리고 무엇보다도 아주 혼란스러운 한 가지, 즉 내 이름이 나타나지 않은 그 이야기가 줄마다 나에 관해 언급하고 있다는 사실을 알게 됨으로써 불편함을 느꼈다. 나는 그 모든 것을 느꼈고, 결국 그 모든 감정은 일종의 무시무시한 고독, 명시적인 이유가 없고 그렇기 때문에 대책도 없는 고독으로 집약되었다. 어느 아이의 고독.

내가 되살린 것과 내 기억에 살아 있는 것에 따르면, 그 이야기는 존 피츠제럴드 케네디가 평화봉사단 창설 문서에 서명한 지 팔 년 뒤인 1969년 8월에 시작되었다. 그때 미래의 자원봉사자 번호 139372번인 일레인 프리츠는 플로리다 주립대학교에서 오 주 동안 훈련을 마치고 여러 가지 것들, 즉 풍부한 경험을 쌓고, 자신의 흔적을 남기고, 미력하나마 사회에 일정 부분 공헌할 준비를 하고서 보고타에 착륙했다. 여행의 초반은 순탄하지 않았는데, 그 이유는 돌풍이 그녀가 타고 있던 낡은 비행기 아비앙카 DC-4기를 흔들어대서 피우던 담배를 꺼야 했고, 열다섯 살 이후로는 하지 않았던 뭔가를 해야 했기 때문이다. 그것은 바로 성호를 긋는 것이었다. (하지만 그녀는 화장기 없는 얼굴과 나무 구슬을 꿰어 만든 목걸이 두 개로 치장한 가슴 앞에서 재빠르게 건성으로 그었다. 그녀가 성호를 긋는 모습을 본 사람은 아무도 없었다.) 일레인 프리츠가 떠나기 전, 할머니는 일 년 전에 마이애미를 떠나 보고타에 도착한 어느 여객기의 폭파 사건에 관해 그녀에게 말했다. 그때, 일레인 프리츠가 탄 비행기가 푸르스름한 회색 산들을 향해 하강하기 시작하는 동안, 돌풍이 불어닥치고 굵은 빗줄기가 창을 타고 줄줄 흘러 내리는 가운데 비행기가 낮게 깔린 구름 속을 벗어나는 동안, 그녀는 사고 비행기에 탄 승객이 모두 사망했는지 기억하려 애썼다. 일레인은 무릎을 꽉 움켜쥐었고—바지에는 그녀의 손이 만든 주름과 땀의 흔적이 남아 있었다—비행기가 철판이 시끄럽게 삐걱거리는 소리를 내며 땅에 닿았을 때 눈을 감았다. 착륙시 그녀는 자신이 살아남은 것이 여전히 기적처럼 생각되었고, 자신이 머물 곳의 테이블에 앉자마자 맨 먼저 조부모에게 편지를 쓰리라 생각했다. 저는 잘 도착했고, 잘 있으며, 사람들은 아주 친절해요. 할 일이 아주 많아요. 모든 일이 아주 멋지게 이루어질 것 같아요.

일레인의 어머니는 그녀를 출산하는 도중에 사망했고, 그래서 일레인은 아버지가 불모 고지Old Baldy* 부근에서 수색 임무를 수행하다 대인지뢰를 밟는 바람에 오른쪽 다리를 허벅지까지 절단해 삶의 의욕을 상실한 상태로 한국을 떠나온 뒤부터 조부모의 보호를 받으며 성장했다. 아버지는 한국에서 돌아온 지 채 일 년도 지나지 않았을 때 담배를 사러 나갔다가 영영 행방불명되었다. 아버지에 관한 소식은 들려오지 않았다. 그런 일이 일어났을 때 일레인은 아주 어렸기 때문에 한 번도 아버지의 부재를 실감한 적이 없었다. 조부모는 당신들의 자식을 교육시킬 때처럼, 하지만 더 많은 경험을 가지고, 일레인의 교육뿐만 아니

---

* 연천군에 있는 고지. 한국전쟁 때 중공군의 포격과 폭격으로 고지가 대머리처럼 벗어져 '불모 고지'라 불리게 되었다. 콜롬비아는 라틴아메리카에서 유일하게 한국전쟁에 참전한 국가다.

라 행복까지도 아주 세심하게 떠맡았다. 그래서 일레인의 삶에 존재하는 어른은 바로 과거의 그 두 인물이었고, 그녀는 스스로 다른 아이들이 느끼던 책임감과는 다른 책임감을 느끼며 성장했다. 사교 모임에서 일레인은 종종 할아버지가 하는 말을 들었는데, 그때마다 자부심과 서글픔을 동시에 느꼈다. "이런 식으로 내 딸을 키워냈어야 했어요." 일레인이 평화봉사단 활동을 하려고 저널리즘 공부를 중단하기로 결정했을 때, 케네디 대통령이 암살된 후 구 개월 동안 상복을 입은 할아버지는 그녀의 가장 든든한 후원자였다. "한 가지 조건이 있다." 할아버지가 말했다. "다른 많은 사람들처럼 그곳에 남지는 말거라. 도움을 준다는 것은 아주 좋은 일이다만 네 조국이 너를 더 많이 필요로 하니까 말이다." 일레인은 할아버지의 말에 동의했다.

일레인 프리츠는, 대사관측이 보고타에서 북쪽으로 삼십 분 정도 떨어진 곳의 경마장 부근 이층집에 숙소를 마련해주었는데, 그곳 길들은 아스팔트 포장이 제대로 되어 있지 않아 비만 오면 온통 진흙탕으로 변한다고 편지에 썼다. 앞으로 두 주를 보내게 될 그곳은 회색으로 이루어진 세계였다. 상당수의 집에 지붕이 없었는데, 그 이유는 집을 지을 때 지붕이 가장 비싸서 맨 마지막으로 지붕을 덮기 때문이었다. 덩치가 크고 악몽 속의 벌떼처럼 시끄러운 오렌지색 레미콘들, 사방에 산더미 같은 자갈을 부려대는 덤프트럭들, 집에서 걸어나오는 일레인을 보고서 한 손에는 모히콘*을, 다른 손에는 음료수 병을 든 채 음탕한 휘

---

* 스펀지케이크 같은 부드러운 빵으로 콜롬비아에서 즐겨 먹는다.

파람을 불어대는 노동자들이 매일매일의 교통 체증을 만들어내고 있었다. 일레인 프리츠―이 지역에서 결코 볼 수 없는 맑은 초록색 눈, 허리를 스치는 커튼처럼 찰랑거리는 매끄러운 갈색 머리, 사바나 지역의 차가운 아침에 입은 꽃무늬 블라우스 안에서 도드라져 보이는 젖꼭지―는 물웅덩이와 물웅덩이에 비친 잿빛 하늘에 줄곧 시선을 고정시키고 있다가 그 동네와 북부 순환도로 사이에 있는 풀밭에 도달해, 그곳에서 풀을 뜯고 있는 암소 두 마리가 일레인 자신과 적당한 거리를 유지하고 있는지 확인할 때에만 고개를 들었다. 그러고 나서는 도착 시각을 예측할 수도 없고, 정류장도 정해져 있지 않은 노란색 소형 버스에 올랐고, 버스를 타는 순간부터 승객들이 가지고 다니는 콩 수프를 팔꿈치로 밀면서 사람들 틈을 헤집고 들어갔다. "목표는 아주 단순해요." 그것에 관해 일레인이 썼다. "제때 내리는 거죠." 반시간 정도 차를 타고 가는 동안 일레인은 앞 승차문 안에 있는 알루미늄 바로 이루어진 십자형 회전문에서(일레인은 손을 사용할 필요도 없이 골반을 이용해 회전문을 움직이는 방법을 익혔다) 뒤 하차문까지 가서는 한 발을 공중에 둔 상태로 매달려 있는 두세 명의 승객을 밀어뜨리지 않고서 버스에서 내려야 했다. 물론 그 모든 것은 학습이 필요했는데, 보고타에 도착한 첫 주에는 내려야 할 곳에서 1, 2킬로미터 더 가서 내리는 바람에 여덟시 강의가 시작되고 몇 분 뒤에, 고집스럽게 내리는 이슬비에 흠뻑 젖은 상태로 낯선 거리를 걸은 뒤에 CEUCA에 도착한 것이 흔한 일이었다.

콜롬비아―미국 대학 교육 센터. 교실 몇 개만 갖춘 것에 비하면 아주 길고, 자만심이 드러나 있는 이름인데, 교실에는 사람이 가득했고 일레인 프리츠는 그 사람들과 친해져도 너무 친해져버렸다. 훈련 과정에 함께한 동료들은 그녀처럼 백인이고, 그녀처럼 이십대였으며, 그녀처럼 각자의 조국 때문에 지쳐 있던 사람들, 즉 베트남 때문에 지쳐 있고, 쿠바 때문에 지쳐 있고, 산토도밍고 때문에 지쳐 있고, 부모나 친구들과 진부한 얘기를 하면서 허둥지둥 아침을 시작하는 데 지쳐 있고, 독특하고 통탄할 만한 하루, 불명예스러운 세계사에 즉각적으로 기록되는 하루를 보냈다는 사실을 자각한 상태로 밤에 잠자리에 눕는 데 지쳐 있는 사람들이었다. 그 하루는 단신 산탄총 한 자루가 맬컴 엑스를 죽이고, 차 밑에 설치된 폭탄 한 발이 왈리스트 잭슨을 죽이고, 우체국에서 터진 폭탄이 프레드 콘론을 죽이고, 경찰들의 총구에서 뿜어져 나온 섬광이 벤저민 브라운을 죽인 날이다. 그리고 동시에 데크하우스 파이브, 시더 폴스, 정션 시티 같은, 무해하고 재미있는 이름으로 베트남에서 행해진 작전 때마다 계속해서 관棺들이 도착했다. 미라이 촌락의 학살에 관한 폭로들이 고개를 쳐들기 시작했고, 탄퐁 지역의 학살에 관한 얘기들이, 즉 한 가지 야만적인 행위가 다른 것으로 대체되거나 교체되고, 어느 여성이 강간당한 사건은 이미 오래전에 이루어진 다른 강간 사건의 반복일 수 있다는 얘기들이 오갈 것이다. 그래, 그랬었다. 그녀의 나라에서는 누군가 잠에서 깨어나면 무엇이 기다리고 있는지, 역사가 어떤 잔인한 농담을 하게 될지, 누가 얼굴에 침을 뱉을지 몰랐다. 이런 일이 언제 미국에서 일어났는가? 일레인이 매일 수천 가지 혼란스러운 방식으로 자문하던 그 질문은 교실의 공기 중에, 모든 이십대 백인들의 머리 위에 떠다녔고, 그녀의 휴식시간을, 카페테리아에서 먹는 점심식사를, CEUCA와 실습 자원봉사자들이 현장 작업을 하던 빈민가 사이를 오가는 여정을 점유했다. 미국. 누가 미국을 파멸시키고 있는가? 파괴되어버린 꿈에 대한 책임은 누구에게 있는가? 교실에서 일레인은 생각했다. '그래서 우리가 도망친 거야.' 그녀는 생각했다. '우리는 모두 도망자야.'

오전에는 스페인어를 배웠다. 일레인은 네 시간 동안, 네 시간의 힘든 시간을 보내느라 머리가 지끈거리고, 어깨가 짐꾼의 어깨처럼 뻣뻣해졌다. 그녀는 승마용 부츠를 신고 터틀넥 스웨터를 입은 여교수 앞에서 새 언어의 신비를 파헤쳤는데, 마른 체구에 얼굴에 기미가 낀 여교수는 집에 돌볼 사람이 없다는 이유로 세 살짜리 아들을 강의실에 데려왔다. 일레인이 접속법에서 실수를 할 때마다, 성을 잘못 사용할 때마다 아말리아 부인은 일장 연설로 응대했다. "여러분이 이 나라의 가난한 사람들을 이해하지 못한다면 어떻게 그들과 함께 일을 하겠어요?" 아말리아 부인은 나무 교탁에 두 주먹을 얹은 채 학생들에게 말했다. "여러분이 그들을 이해할 수 없다면 어떻게 공동체 지도자의 신뢰를 얻을 수 있겠어요? 삼사 개월 안에 여러분 가운데 몇은 해안 지방이나 커피 재배 지역으로 가게 될 거예요. 여러분이 사전에서 단어를 찾을 때까지 '공동 행동'* 사람들이 기다려줄 거라고 생각하나요? 여러분이 '우유가 아과파넬라**보다 더 좋다'는 말을 어떻게 하는지 찾아보는

---

* '악시온 코무날(Acción Comunal)'이라는 단체를 번역한 것.
** 사탕수수에서 채취한 흑설탕 덩어리를 달인 물.

동안 시골 사람들이 마을 길바닥에 앉아 기다릴 거라고 생각하는 거예요?" 하지만 오후에, 프로그램에 '미국학American Studies'과 '국제 문제 World Affairs'라고 나와 있는 영어로 이루어지는 수업시간에 일레인과 동료들은 각자 이런저런 이유로 콜롬비아에 남아 있던 평화봉사단 베테랑 요원들의 토론 강의를 들었는데, 그들이 사용해야 할 중요한 문장은 아과파넬라나 우유에 관한 것이 아니라 공통 단어로 '아니오No'를 사용하는, 아주 다른 것이라는 사실을 배웠다. 예컨대, '나는 발전을 위한 연대에서 온 사람이 아니에요.' '나는 CIA 요원이 아니에요.' 그리고 무엇보다도 '대단히 미안하지만, 나는 달러가 없어요' 같은 말이었다.

9월 말경, 일레인은 할머니 할아버지에게 장문의 편지를 보내 할머니의 생일을 축하하고, 〈타임〉을 스크랩해 보내준 것에 대해 고마움을 표했다. 할아버지에게는 명성이 보고타에까지 자자한(비록 영화는 약간 늦게 상영된다 할지라도) 폴 뉴먼과 로버트 레드퍼드가 출현하는 영화를 보았는지 물었다. 그러고는 베벌리힐스에서 일어난 범죄들에 관해 어떤 사실들이 알려졌는지 갑작스럽게 경건한 태도로 그들에게 물었다. "여기서는 모든 사람이 나름의 견해를 갖고 있어서 누구든 식사 시간에 앉기만 하면 그 얘기를 해요. 사진들이 끔찍했어요. 샤론 테이트*는 임신중이었는데, 누가 어떻게 그런 짓을 저지를 수 있었는지

---

* 미국의 영화배우로, 로만 폴란스키 감독의 부인이다. 1969년 8월 8일, 폴란스키는 영화 촬영 때문에 부재중이었고, 임신 팔 개월이던 샤론 테이트가 친구 셋과 저녁식사를 하고 있을 때, 찰스 맨슨을 포함한 괴한들이 침입해 그녀를 칼로 16번 찌르고 총을 난사했다.

모르겠어요. 우리가 살아가는 이 세상이 무서워요. 할아버지, 할아버지는 더 무시무시한 일을 보신 적이 있으시죠. 세상은 늘 그래왔다고 제게 말해주세요." 그러고 나서 일레인은 주제를 바꾸었다. "빈민촌에 관해서는 두 분께 이미 얘기했다고 생각하는데요." 일레인은 이렇게 썼다. CEUCA의 각 반은 여러 그룹으로 나뉘는데, 각 그룹이 한 지역을 담당한다. 그녀가 속한 그룹의 세 동료는 캘리포니아 출신으로 모두 남자이고, 담을 잘 쌓고, 지역 위원회 지도자들과 대화를 잘하고(일레인은 이 얘기는 했고), 보고타 시내에서 팔려는 목적으로 과히라 또는 산타마르타의 질 좋은 마리화나를 좋은 가격에 구하는 데 능숙한 사람들이다(이 얘기는 하지 않았다). 어찌되었든 그녀는 매주 한 번씩 오전에 그들과 함께 보고타 외곽에 있는 산에 올랐다. 진흙길에서 죽은 쥐가 발길에 차이는 것은 다반사였고, 마분지와 썩은 나무로 만든 집 사이를 지나고, 모든 사람들의 눈에(그리고 코에) 노출된 정화조 옆을 지나야 했다. "우리는 할 일이 많아요." 일레인은 썼다. "하지만 지금은 제가 하는 일을 두 분께 말씀드리고 싶지 않아요. 그 얘기는 다음 편지에 쓸게요. 제가 행운을 잡았다는 말씀은 드리고 싶네요."

행운은 이렇게 일어났다. 어느 날 오후, 그녀가 마을 위원회 사람들과 장시간 회의를 한 끝에—그 회의에서 오염된 물에 관한 얘기가 오갔고, 급히 도수관을 놓아야 한다는 의견이 표명되었고, 그럴 돈이 없다는 데 견해가 일치했다— 일레인과 그녀의 동료들은 창문 없는 가게에서 맥주를 마셨다. 맥주가 두어 순배 돌았을 무렵(갈색 맥주병이 비좁은 테이블에 쌓여갔다), 데일 카트라이트가 목소리를 낮추더니 며칠 동안 비밀을 유지해줄 수 있겠느냐고 일레인에게 물었다. "안토니아 드 루빈스키가 누구인지 알아요?" 그가 그녀에게 물었다. 다들 알고 있다 시피 일레인도 안토니아 드루빈스키가 누구인지 알고 있었다. 그녀는 뛰어난 베테랑 자원봉사자인데다 공공 도로에서 발생한 소란 때문에 두 차례 체포된 적이 있는데—여기서 '소란'은 '베트남전쟁에 대한 항 의 시위'로, '공공 도로'는 '미 대사관 앞'으로 읽어야 한다—며칠 전부 터 아무도 모르는 곳에 있었기 때문이다.

"알려지지 않은 것 말고는 모두 알려져 있어요." 데일 카트라이트가 말했다. "그녀가 지금 어디에 있는지는 사실상 알려져 있는데, 사람들 이 그게 뉴스거리가 되는 걸 원치 않는다는 게 문제죠."

"그걸 원치 않는 사람들이 누구죠?"

"대사관 사람들. CEUCA 사람들이죠."

"왜죠? 그녀는 지금 어디 있나요?"

데일 카트라이트가 양쪽을 번갈아 쳐다보더니 고개를 숙였다.

"산으로 갔어요." 그가 속삭이듯 말했다. "혁명을 하려는 것 같아요. 어찌되었든, 그 사실은 중요하지 않아요. 중요한 것은 그녀가 지내던 그 방이 지금 비어 있다는 거예요."

"'그녀의' 방이라고요?" 일레인이 물었다. "'그' 방이요?"

"그래요, '그' 방이에요. 모든 사람이 부러워하는 그 방 말이에요. 당 신이 그 방에서 지내고 싶어할 거라고 생각했어요. CEUCA에서 십 분 거리에서 살고, 뜨거운 물로 샤워를 할 수 있다는 게 무엇을 의미하는 지 알잖아요."

일레인은 생각에 잠겼다.

"편하게 살려고 여기 온 건 아닌데요." 마침내 일레인이 말했다.

"뜨거운 물로 샤워를 하게 된다니까요." 데일이 재차 말했다. "버스에서 내리려고 쿼터백처럼 움직일 필요도 없잖아요."

"하지만 내가 살고 있는 집 식구들이 있잖아요." 일레인이 말했다.

"그 집 식구들이 어쨌다는 거죠?"

"그 집 식구들은 방세로 750페소를 벌어요." 일레인이 말했다. "그 집 수입의 3분의 1에 해당한다고요."

"그게 무슨 상관이에요?"

"그 사람들에게 돈을 박탈하고 싶지 않다는 거죠."

"일레인 프리츠, 당신은 자신이 누구라고 생각하는 거예요?" 데일이 과장되게 한숨을 내쉬며 말했다. "당신은 스스로를 유일한 사람, 대체할 수 없는 사람이라고 생각하는 것 같은데, 참 대단해요. 친애하는 일레인, 오늘 또 열다섯 명의 자원봉사자가 보고타에 도착했어요. 토요일에 뉴욕에서 또 비행기가 와요. 전국에 당신과 나 같은 그링고가 수백명, 아마도 수천 명은 있을 거고, 그들 가운데 많은 인원이 보고타에 일하러 올 거요. 내 말 믿어요. 지금 당신이 쓰고 있는 방은 당신이 이삿짐을 꾸리기도 전에 채워질 거라고요."

일레인이 맥주를 한 모금 들이켰다. 많은 시간이 흐른 뒤, 이제 이 모든 일이 일어났을 때 일레인은 그 맥주를, 그 가게의 어두컴컴한 분위기를, 알루미늄 카운터의 유리에서 사그라지고 있던 석양빛을 기억하게 될 것이다. '거기서 모든 것이 시작되었지'라고 생각할 것이다. 그 순간, 일레인은 데일 카트라이트의 솔직한 제안에 머릿속으로 재빨리 계산을 해보았다. 그녀가 씩 웃었다.

"내가 쿼터백처럼 움직인다는 건 어떻게 알았어요?" 마침내 일레인이 물었다.

"평화봉사단에서 일어나는 일은 죄다 알려져 있잖아요, 친애하는 아가씨." 그가 말했다. "모든 게 알려진다니까요."

그래서 삼 일 뒤에 일레인 프리츠는 마지막으로 경마장 근처에서 출발하는 길을 떠났는데, 이번에는 짐 가방들을 가져갔다. 일레인은 그 집 식구들이 조금은 슬퍼하기를 바랐을 것이고, 그것은 부인할 수 없는 사실이었다. 진심 어린 포옹을 해주기를 바랐을 것이고, 아마도 그녀가 그들에게 선물한 적이 있던 것과 유사한 이별 선물, 즉 상자를 열면 스콧 조플린의 〈디 엔터테이너〉가 흘러나오는 작은 노래 상자 같은 것을 받고 싶었을 것이다. 하지만 그런 것은 전혀 없었다. 그 집 식구들은 일레인에게 방 열쇠를 돌려달라고 하더니, 예의를 표하는 것이 아니라 그녀를 불신하는 태도로 그녀가 현관문을 나설 때까지 함께했다. 아버지는 재빨리 집을 나가버리고 어머니 혼자 남았는데, 현관문을 가득 채울 정도로 몸집이 큰 그녀는 일레인의 짐 가방들을 들어주겠다는 제안도 하지 않고서 일레인이 계단을 내려가 거리로 들어서는 모습을 지켜보았다. 그 순간 어린 아들(외동아들이었는데, 셔츠를 바지 밖으로 꺼내 입고, 손에는 파란색과 빨간색이 칠해진 장난감 나무 트럭을 들고 있었다)이 나타나서 일레인에게 뭔가를 물었는데, 그녀는 질문을 제대로 이해하지 못했다. 일레인이 몸을 돌리기 전에 들은 마지막 말은 그 집

여주인의 대답이었다.

"얘야, 떠난단다. 부잣집으로 떠난다니까." 여자가 말했다. "은혜도 모르는 그링가."

'부잣집'. 부자들은 평화봉사단의 자원봉사자들을 받지 않았기 때문에 그 말은 사실이 아니었으나, 그 순간 일레인은 자신의 두번째 가족의 경제 상황에 관해 얘기하는 데 개입할 만한 논거를 갖고 있지 않았다. 일레인이 새로 머물게 된 집은, 그녀 스스로 고백해야 했듯이, 몇주 전에는 상상도 하지 못했을 정도로 호사스러웠다. 아베니다 카라카스에 위치한 편안한 주택, 정면에서 보면 폭이 좁았지만 옆으로는 긴집으로, 집안에는 작은 정원이 있고, 정원 한쪽 구석 타일 벽 옆에는 과일나무 한 그루가 있었다. 정면이 하얀색이고, 나무 창틀이 초록색인그 집으로 들어가려면 집 앞 화단과 보도 사이에 있는 철문을 열어야하는데, 누군가 집으로 들어올 때마다 끽끽거리는 소리를 심하게 터뜨렸다. 현관문을 열면 어두컴컴하지만 쾌적한 복도로 들어가게 되어 있었다. 복도 왼쪽에는 거실로 들어가는 이중 유리문이 있고, 복도를 따라 조금 더 가면 주방으로 들어가는 문이 있고, 조금 더 가면 복도가 둘러싸고 있는 폭이 좁은 정원이 있는데, 정원에 매달려 있는 화분에는제라늄이 자라고 있었다. 복도에 들어가자마자 오른쪽에 위층으로 올라가는 계단 입구가 보였다. 일레인은 계단의 나무 디딤판을 한번 쓱둘러봄으로써 모든 것을 이해했다. 빨간색 양탄자는 좋은 것이었으나오랫동안 사용해 닳아 있었다(일부 디딤판에서는 바탕 조직의 잿빛 실들이 보이기 시작했다). 디딤판에 붙어 있는 양탄자를 고정시키는 구리 가로대들이 대를 끼워 넣는 고리에서 빠져나와 있거나 고리들이 나무 바닥에서 빠져나와 있었다. 그래서 가끔 누군가가 급히 계단을 올라갈 때면 미끄럽다는 느낌을 받았고, 빠져나온 금속제들에게서 딸랑거리는 소리가 났다. 일레인에게 계단은 현재와 다른 이 가족의 과거 상태가 어떠했는지에 대한 비망록이거나 증거 같은 것이었다. "몰락해버린 훌륭한 가문이지요." 일레인이 거주지 이전 서류를 작성하러 대사관에 갔을 때 직원이 한 말이다. 일레인은 '몰락해버린'이라는 말에 대해 많이 생각했고, 문자 그대로 해석해보려고 시도했으나 실패했다. 계단의 양탄자에 주의를 기울였을 때에야 비로소 그 말을 이해했지만, 이치가 닿는 문장으로 정리하지 못한 채, 머릿속으로 과학적인 진단을 하지 못한 채, 본능적으로만 이해했을 뿐이다. 세월이 흐르면서 일레인은 그모든 것을 이해하게 될 것이다. 살아오면서 이미 그와 유사한 경우를 자주 보았기 때문이다. 유복한 과거를 지닌 가족이, 과거가 돈을 불러오지는 않는다는 사실을 어느 날 깨닫게 되는 경우를.

그 가족의 성은 라베르데였다. 어머니는 가지런히 다듬은 눈썹에 슬픈 눈을 지닌 여자였는데, 완벽하게 다듬어지고 막 뿌린 헤어스프레이 냄새를 풍기는 숱 많은 빨간 머리는—이 나라에서는 이국적인 외모거나 아니면 염색한 것이다—늘 한결같았다. 도냐 글로리아는 앞치마를 두르지 않은 가정주부였다. 일레인은 그녀가 먼지떨이를 휘두르는 모습을 결코 본 적이 없었는데, 그럼에도 불구하고 화장대, 침대 사이드 테이블, 자기 재떨이에는 거리에서 마시게 되는 누런 먼지의 흔적이 전혀 없었다. 모든 것은 외관에 온 신경을 쓰는 사람들만이 지니고 있는 강박관념에 의해 보살펴지고 있었다. 아버지 돈 훌리오의 얼굴에는 자상에 의한 것과는 달리 직선도 아니고 가늘지도 않은, 불균형하게 퍼져 있는 흉터가 있었다(일레인은 그 흉터가 피부병 때문에 생긴 것이라고 착각했다). 흉터가 뺨에만 있지는 않았다. 피부 손상은, 턱 부분으로 흘러내려 목을 적신 것처럼, 턱수염의 선을 따라 아래쪽으로 뻗쳐 있었는데, 그의 얼굴을 바라볼 때 흉터에 시선을 주지 않는다는 것은 매우 어려운 일이었다. 돈 훌리오의 직업은 보험회계사였는데, 상들리에의 파르스름한 불빛 아래 식당에서 나눈 첫 대화의 주제 중 하나는 하숙인에게 보험과 확률과 통계에 관해 말하는 것이었다.

"아가씨라면 어떤 남자가 어떤 종류의 생명보험에 가입해야 하는지 어떻게 알아보겠어요?" 아버지가 말했다. "보험 외판원 여성들은 그런 것들을 알아야 하는데, 물론 건강한 삼십대 남자가 심근경색을 두 번 앓은 노인과 같은 보험료를 지불하는 것은 공정하지 않지요. 바로 그런 문제에 내가 개입하는 거예요, 프리츠 양. 미래를 보는 거죠. 이 남자는 언제 죽을 것인지, 저 남자는 언제 죽을 것인지, 또는 이 차가 도로상에서 충돌할 개연성이 어느 정도인지 말하는 사람이 바로 나예요. 나는 미래를 갖고 작업하고 있어요, 프리츠 양, 나는 미래에 일어날 일을 아는 사람이에요. 이건 숫자에 관한 것이죠. 숫자에 미래가 있어요. 숫자가 우리에게 모든 것을 말해준다니까요. 예를 들어, 세상 사람들이 내가 쉰 살이 되기 전에 죽을 거라고 생각하는지 아닌지 숫자가 내게 말해준다고요. 이봐요, 프리츠 양, 자신이 언제 죽을지 알 수 있나요? 나는 그걸 예견할 수 있어요. 내게 시간을 좀 주고, 연필과 종이, 그리고 오차 범위를 허용해준다면, 아가씨가 언제, 어떻게 죽을 개연성이 가장 높은지 말해줄 수 있지요. 우리의 이 사회는 과거에 집착해요. 하지만 당신네 그링고들은 과거에 관심이 없고, 앞을 내다보고 미래에만 관심을 두지요. 당신네들은 우리보다, 유럽 사람들보다 미래를 더 잘 이해해왔어요. 미래에 눈길을 주어야 해요. 그래요, 내가 그런 일을 해요, 프리츠 양. 나는 미래를 주목하면서 생활비를 벌고 사람들에게 미래에 일어날 일을 말해주면서 가족을 부양하고 있어요. 지금은 이런 사람들이 보험외판원 여성들이지만, 나중에는 이런 재능에 관심을 갖는 사람들이 나타날 거예요. 반드시 그렇게 될 수밖에 없어요. 미국 사람들은 그것을 그 누구보다 잘 이해해요. 그래서 당신네들이 앞서가는 거예요, 프리츠 양, 그래서 우리가 뒤처지는 거라고요. 내 생각이 잘못되었다면 어디 한번 말해보세요."

일레인은 아무 말도 하지 않았다. 식탁의 반대쪽에서 부부의 젊은 아들이 그녀를 쳐다보고 있었는데, 야릇하게 비웃는 것 같은 미소를 머금고 있는 얼굴에는 길고 짙은 속눈썹이 검은 눈에 어렴풋이 여성적인 특징을 부여하고 있었다. 아들은 처음부터 일레인을 그런 식으로, 오만하게 쳐다보았는데, 무슨 이유에서인지 그것이 그녀를 즐겁게 했다. 콜롬비아에서는 그 누구도 그녀를 그런 식으로 쳐다본 적이 없었다. 콜롬비아에 온 지 몇 개월이 지났는데도, 아직까지 미국인이 아닌 남자, 오르가슴을 영어로 표현하지 않는 남자와 잔 적이 없었다.

"리카르도는 미래를 믿지 않지요." 돈 홀리오가 말했다.

"물론 저는 미래를 믿어요." 아들이 말했다. "제 미래에 돈을 빌릴 필요는 없겠지요."

"이제 됐어요, 대화를 그런 얘기로 시작하지들 좀 말아요." 도냐 글로리아가 미소를 머금으며 말했다. "방금 온 손님이 어떻게 생각하겠어요."

리카르도 라베르데. 일레인의 이미 굳어진 언어 습관으로는 'r'자가 너무 많이 들어간 이름이었다. "이봐요, 엘레나, 내 이름 한번 말해봐요." 리카르도가 일레인이 사용할 화장실과 일레인이 쓰게 될 방, 파스텔 색깔의 사이드 테이블, 서랍 세 개짜리 옷장, 누나가 결혼할 때까지(스튜디오에서 찍은 소녀의 사진이 있었는데, 가르마가 가지런한 소녀의 시선은 공중에 머물러 있고, 사진에는 사진사의 바로크식 서명이 있었다) 사용하던 천개 달린 침대를 가리키면서 일레인에게 요구했다. 손님방이었다. 그녀 같은 그렁고 대원들이 그곳에서 지내곤 했다. "내 이름을 세 번 말하면 담요 하나 더 줄게요." 리카르도 라베르데가 일레인에게 말했다. 그것은 장난이긴 했으나 적대적인 장난이었다. 일레인은 불편한 심경으로 자기 방에 들어갔다.

"리카르도." 일레인은 혀를 꼬아 말했다. "라베르데."

"발음이 나빠요, 아주 나빠요." 리카르도가 말했다. "하지만 상관없어요. 엘레나, 그렇게 말하니 입이 예쁘게 보이네요."

"내 이름은 엘레나가 아니에요." 일레인이 말했다.

"당신이 무슨 말을 했는지 모르겠어요, 엘레나." 리카르도가 말했다. "연습을 더 해야겠는데, 원한다면 내가 도와줄게요."

리카르도는 일레인보다 두 살 정도 어렸으나, 그녀보다 세상을 더 많이 경험한 것처럼 행동했다. 처음에는 일레인이 CEUCA의 강의를 듣고 해질녘에 집에 돌아와 두 사람이 만나게 되면 이층의 작은 거실에서, 대부분은 카나리아 파코의 새장 밑에서 몇 마디를 서로 주고받았다. 별일 없죠? 어땠어요? 오늘 뭐 배웠어요? 내 이름을 뒤엉키지 않게 세 번 말해봐요. "보고타 사람들은 아무 말도 하지 않으면서 뭔가를 얘기하는 데 아주 뛰어나죠." 할머니 할아버지에게 보내는 편지에, 일레인은 이렇게 썼다. "저는 잡담하는 재미에 푹 빠져 있어요I'm drowning in small talk." 어느 날 오후에 두 사람은 카레라 셉티마 한복판에서 만났는데, 미국 대사관 앞에서 닉슨을 범죄자라 칭하고, "그것 끝내 당장, 그것 끝내 당장, 그것 끝내 당장End it Now, End it Now, End it Now!"이라는 구호를 외치면서 오전을 보낸 두 사람에게는 아주 놀랄 만한 우연의 일치처럼 보였다. 많은 시간이 흐른 뒤 일레인은 자신들의 만남이 결코 우연이 아니었다는 사실을 알게 될 것이다. 리카르도 라베르데는 CEUCA 출구에서 일레인을 기다렸다가 멀리서 그녀를 엿보면서, 사람들 사이에서, 그리고 '캘리Calley*=살인마Murderer' '징병 기피자가 되는 걸 자랑스러워하라Proud to be a Draft-Dodger' '도대체 우리는 왜 그곳에 있는가Why are We There, Anyway?'라고 쓰인 플래카드 뒤에 숨어서, 그리고 일레인이 있는 지점에서 2미터 정도 뒤떨어진 곳에서 모든 구호에 동의하면서 일레인을 따라다녔는데, 그 모든 일을 하면서도 나중에 그녀에게 하게 될 다음과 같은 말을 다양하게 변형시키고, 다양한 어조

---

* 베트남전쟁에 참전했던 미군 중위로, 1968년 3월 16일 미라이에서 백여 명의 양민을 학살했다.

로 연습했다.

"아이참, 아주 이상한 우연이군요, 그렇죠? 이리 와요, 음료 한잔 살
게요. 우리 부모에게 가진 불만을 내게 다 말해봐요."

라베르데 가족의 집 밖에서, 정리가 잘되어 있는 도자기들과 유화
속 군인의 시선에서, 카나리아의 짜증스러운 휘파람 소리로부터 멀리
떨어진 곳에서 일레인과 집주인 부부의 아들의 관계는 바뀌거나 새롭
게 시작되었다. 일레인은 두 손으로 핫초코 잔을 감싼 채 그곳에 앉아
이런저런 이야기들을 하고 리카르도가 해주는 얘기를 들었다. 그래서
일레인은 리카르도가 예수회 재단의 고등학교를 졸업하고 대학에서
경제학을 공부하기 시작했는데―이는 아버지의 유산 또는 강요의 일
종이었다―그가 유일하게 관심을 두고 있던 일, 비행기를 조종하는 일
에 종사하려고 몇 개월 전에 학교를 중퇴해버렸다는 사실을 알게 되었
다. "물론 아빠는 좋아하지 않았죠." 많은 시간이 흐른 뒤, 이제 서로 간
에 그런 고백을 할 수 있었을 때 리카르도는 일레인에게 말했을 것이
다. "아빠는 늘 반대만 해요. 나는 늘 할아버지에게 기대는데, 할아버지
는 내 편이에요. 그러면 아빠는 아무것도 할 수 없게 되죠. 전쟁 영웅의
뜻을 거역하는 것은 쉽지 않거든요. 비록 아주 작은 전쟁이었다 할지라
도, 전에 그리고 나중에 일어난 세계대전에 비하면 아마추어들끼리의
전쟁이었다 할지라도. 그 대전들 사이에 일어난 전쟁이었잖아요. 어쨌
거나 전쟁은 전쟁이고, 모든 전쟁에는 나름대로 영웅이 있는 법이죠,
그렇잖아요? 할아버지는, 배우의 가치는 극장의 크기에 달려 있는 게
아니라고 했어요. 물론 내게는 행운이었어요. 할아버지는 비행기와 관

련해서 나를 도와주었어요. 내가 비행기를 타고 나는 법을 배우는 데 관심을 갖기 시작했을 때, 나더러 미쳤다느니, 철부지라느니, 제정신이 아니라느니 하고 말하지 않은 사람은 할아버지뿐이었어요. 나를 도와주고, 공공연하게 도와주고, 심지어 아버지와 대립하기도 했는데, 아버지가 공중전의 영웅에게 안 된다고 말하는 것은 쉽지 않았죠. 이건 아주 또렷하게 기억하는데, 아버지는 갖은 애를 다 썼지만 성공하지 못했어요. 한 이 년 전쯤에 일어난 일이지만 어제 일처럼 기억해요. 두 사람이 여기 앉아 있었어요. 할아버지는 당신이 지금 앉아 있는 그 새장 밑에 있고, 아버지는 내가 지금 앉아 있는 자리에 있었죠. 할아버지는 아버지의 얼굴에 난 흉터에 손을 갖다대더니 아버지가 가졌던 두려움을 내게 전염시키지 말라고 말했어요. 할아버지의 손짓, 겉보기와는 달리 이제는 늙고 지친 남자가 겉보기와는 달리 젊고 강한 남자의 얼굴을 손으로 톡톡 치는 행위가 내포하고 있던 잔인성을 내가 온전히 이해하기까지는 오랜 시간이 흘러야 했지요. 물론, 그뿐만이 아니라, 그 흉터, 즉 할아버지가 손으로 톡톡 쳤던 부위가 아버지의 얼굴에 있는 흉터였다는 사실을 이해하는 데도…… 당신은 할아버지가 어떤 식으로든 그 흉터를 건드리지 않은 채 아버지의 얼굴을 손으로 톡톡 치는 것은 아주 어려울 거라고 말할지도 모르겠는데, 그래요, 그럴 수 있지요. 더군다나 할아버지는 오른손잡이니까요. 뺨을 때리는 오른손잡이의 손은 맞는 사람의 왼뺨에, 아버지의 왼뺨에, 흉터가 있는 아버지의 뺨에 닿게 되지요."

아버지의 상처 입은 뺨의 기원에 대한 대화는 한참 뒤에, 두 사람이 연인 사이가 됨으로써 각자의 육체에 대한 호기심에 각자의 삶에 대한 호기심이 더해졌을 때 이루어졌을 것이다. 두 사람의 섹스는, 마치 두 사람 가운데 누구도 그 존재를 의식하지 못했지만 늘 그곳에 있어왔던 가구처럼, 자연스럽게 이루어졌다. 매일 밤 주인집 아들과 하숙인이 저녁식사를 마친 뒤 한참 동안 얘기를 나누고 나서 작별 인사를 하고 함께 계단으로 올라가 이층에 도달하면, 일레인은 거실 끝에 있는 화장실로 들어가 문을 잠그고, 몇 분 뒤에 긴 머리를 뒤로 묶은 채 하얀 나이트가운을 걸치고 나왔다. 비가 내리던 어느 금요일—비가 차양에 부딪히면서 각종 소음을 잠재우고 있었다—일레인은 늘 그렇듯이 화장실에서 나왔는데, 그녀가 마주친 것은 어두운 복도와 내부 정원의 천창天窓을 통해 들어오는 가로등 불빛이 아니라 계단 난간에 몸을 기대고 서 있던 리카르도 라베르데의 실루엣이었다. 역광 때문에 리카르도의 얼굴이 잘 보이지는 않았으나 일레인은 그의 자세와 어조에 드러난 욕망을 읽었다.

"잘 거예요?" 리카르도가 일레인에게 물었다.

"아직 안 잘 건데요." 그녀가 말했다. "들어와서 비행기 얘기 좀 해줘요."

방은 추웠고, 침대의 목재는 몸들이 움직일 때마다 삐걱거렸다. 더욱이 젊은 여자가 쓰는 침대는 이런 장난을 하기에는 너무 좁고 짧았기 때문에 일레인은 침대 커버를 잡아채 벗겨낸 다음 양탄자 위 자신의 펠트 슬리퍼 옆에 펼쳤다. 그들은 양모 침대 커버 위에서, 얼어죽을 것 같은 추위를 견디며, 재빨리, 지체 없이 몸을 맞추었다. 일레인은 자신의 유방이 리카르도의 손안에서 더 작게 보인다고 생각했지만, 그런 생각을 리카르도에게 말하지는 않았다. 일레인은 화장실에 가려고 다시 나이트가운을 입었고, 화장실 변기에 앉아 리카르도가 자기 방으로 돌아갈 시간을 주어야겠다고 생각했다. 그리고 그와 자는 것이 좋았다고, 기회가 되면 다시 자야겠다고, 방금 전에 일어난 이 일이 평화봉사단의 규정에는 금지되어 있을 거라고 생각했다. 그녀가 비데로 몸을 씻은 뒤에 거울을 보며 씩 웃고, 화장실 불을 끄고 나와 어둠 속에서 뭔가에 부딪히지 않으려고 천천히 걸어서 방으로 돌아오니 리카르도가 아직도 그의 방으로 돌아가지 않고 있었다. 그는 말끔히 정리해놓은 침대에 할리우드의 싸구려 영화에 나오는 바람둥이처럼 옆으로 누워 한 손으로 머리를 받친 채 그녀를 기다리고 있었다.

"혼자 자고 싶어요." 일레인이 말했다.

"나는 자고 싶지 않아요, 얘기하고 싶어요." 리카르도가 말했다.

"오케이." 그녀가 말했다. "무슨 얘기 할까요?"

"당신이 원하는 거요, 엘레나 프리츠. 당신이 주제를 정하면 내가 따라갈게요."

두 사람은 자신들에 대한 것만 빼고 모든 것을 얘기했다. 두 사람은 벌거벗은 상태였고, 리카르도는 손으로 일레인의 배를 문지르고 손가락으로 그녀의 곧은 음모를 빗듯이 쓰다듬었고, 두 사람은 자신들의 의도와 계획에 관해 말했는데, 두 사람은 새로 사귄 연인 사이에서 한 사람이 원하는 바를 말하는 것은 자신이 누구인지 말하는 것과 같다는 사실을 인식하고 있었다. 일레인은 이 세상에서 자신이 수행하는 임무에 관해, 진보의 무기인 젊음에 관해, 지상의 권력에 대항하는 의무감에 관해 말했다. 그리고 리카르도에게 물었다. 당신은 콜롬비아 사람인게 좋았어요? 세상의 다른 곳에서 살고 싶나요? 당신도 미국을 증오했나요? 새로운 기자들의 글을 읽어본 적이 있나요? 일레인은 첫날부터호기심을 갖게 된 그 문제에 관해 묻기 위해서 이어지는 두 주 동안 일곱 번의 섹스를 해야 했다. "당신 아버지의 얼굴에 무슨 일이 있었나요?" "당신 아주 신중한 아가씨군요." 리카르도가 말했다. "그 질문을 하는 데 이토록 시간을 끈 사람은 아무도 없었어요." 두 사람이 케이블카를 타고 몬세라테에 올라가고 있을 때 일레인이 그에게 물었다. 그전에리카르도는 CEUCA의 출구에서 일레인을 기다렸고, 그녀에게 지금은관광철이라고, 일만 하려고 콜롬비아에 올 수는 없는 법이라고, 제발신교도처럼 굴지 말라고 말했었다. 이제 일레인은 돌풍이 불 때마다 리카르도를 붙잡았다(머리를 그의 가슴에 대고, 그의 팔꿈치를 두 손으로 움켜쥐었다). 케이블카는 줄에 매달린 채 흔들거렸고, 관광객들은일제히 비명을 질렀다. 오후 내내 두 사람은 허공에 떠 있는 상태에서,성당 의자에 앉아서, 성소의 정원을 맴돌면서, 또는 해발 3천 미터 지점에서 보고타를 내려다보면서 대화를 나누었는데, 일레인은 1938년같은 아주 먼 옛날 어느 날에 거행된 비행 쇼에 관한 이야기를 듣기 시작해, 조종사들과 곡예비행, 그리고 사고와 그 사고로 인해 발생한 오십여 명의 사망자에 관한 얘기를 들었다. 그리고 다음날이 밝았을 때막 차려진 아침식사 옆에는 꾸러미 하나가 그녀를 기다리고 있었다. 일레인이 포장지를 뜯어내자 책장 사이에 가죽 서표가 끼워진 스페인어

잡지 한 권이 나왔다. 일레인은 서표가 선물일 거라고 생각했는데, 잡지를 펼치자 집주인의 성이 적혀 있는 메모가 있었다. 리카르도가 쓴 것이었다. "당신이 그 사안을 이해할 수 있도록."

일레인은 그 사안을 이해하는 데 몰두했다. 그녀는 질문했고, 리카르도는 대답했다. 리카르도가 여러 번의 대화를 통해 설명한 바에 따르면, 아버지의 불에 탄 얼굴, 비야데레이바의 사막처럼 아주 시꺼멓고 거칠고 울퉁불퉁한 피부 지도는 리카르도의 삶을 둘러싸고 있는 풍경의 일부분이었다. 하지만 리카르도는, 모든 것에 대해 질문하지만 아무것도 얻을 수 없는 때인 어렸을 때조차도 자신의 눈에 비치는 것의 원인들, 즉 아버지의 얼굴과 다른 사람들의 얼굴이 왜 다른지에 관해 관심을 두지 않았다. 산타아나에서 일어난 사건에 관한 이야기가 다양한 상황에서, 다양한 화자들 덕분에 늘 반복되면서 그들 사이에서 결코 증발하지 않고 떠다녔기 때문에, 그의 가족이 그에게 호기심을 느낄 틈을 주지 않았을 수도 있다(리카르도 라베르데의 말이다). 리카르도 라베르데는 크리스마스 구일기도에서 들은 얘기들과, 금요일 오후 티타임에서 들은 얘기들, 일요일에 축구 경기장에서 들은 얘기들, 잠을 자러 침대로 가는 길에 들은 얘기들, 아침에 학교 가는 길에 들은 얘기들을 기억하고 있었다. 사람들은 그 사건에 관해 말했다. 그랬다. 비행기라는 것은 광견병에 걸린 개처럼 위험하고 예측할 수 없다는 것을 증명하기 위해(아버지의 말에 따르면), 또는 비행기들이 그리스의 신들과 마찬가지로 항상 인간을 자신들의 자리에 위치시키지만 인간의 교만을 참지 못한다는 것을 증명하기 위해(할아버지의 말에 따르면), 모든 어조를 동원해, 모든 의도를 갖고 말했다. 그리고 많은 시간이 흐른 뒤, 리카르도 역시 그 사건을 이야기하거나 꾸미거나 위조하게 될 것이다. 그렇게 하는 것이 불필요하다고 인식할 때까지. 예를 들어, 학교에서 리카르도가 아버지의 얼굴에 있는 화상 흉터가 왜 생겼는지 이야기하는 것은 친구들의 관심을 끄는 가장 좋은 방법이었다. "나는 할아버지의 전쟁 공훈에 대해 들려주려고 애썼죠." 라베르데가 말했다. "그런데 영웅적인 이야기를 듣고 싶어하는 아이는 단 한 명도 없고 모두가 남의 불행에 대해 듣고 싶어한다는 사실을 깨달았죠." 리카르도 라베르데는 그것을 기억할 것이고, 그가 산타아나에서 일어난 사고에 관해 친구들에게 얘기하고 나서 자신이 거짓말을 하고 있지 않다는 사실을 알 수 있도록 아버지의 사진들과 아버지의 불에 탄 얼굴을 보여주었을 때 그들이 지은 표정을 기억하게 될 것이다.

"이제 나는 확신해요." 리카르도 라베르데가 말했다. "만약 지금 내가 조종사가 되고 싶다면, 만약 그것 말고는 세상의 그 어떤 것에도 관심을 두지 않는다면, 그건 바로 산타아나 탓이에요. 만약 내가 비행기에서 죽게 된다면 그건 산타아나 탓일 거라고요."

그 이야기 탓이었다고 리카르도 라베르데가 말했다. 그가 할아버지의 첫 초대를 받아들인 것은 바로 그 이야기 탓이었다. 그가 영웅적인 베테랑과 함께 비행을 함으로써 살아 있다는 느낌, 그 어느 때보다도 살아 있다는 기분을 느끼려고 과이마랄 항공클럽의 활주로에 가기 시작한 것은 그 이야기 때문이었다. 그는 캐나디언 세이버기들 사이를 돌아다니고 조종실에 앉는 걸 허락받을 수 있었고(그의 성씨가 모든 조종실의 문을 열어주었다), 그러고는 항공클럽의 최고 교수들이 그가 지불한 돈보다 더 많은 시간을 그에게 할애하게 만들었다(다시 그의 성이 작용했다). 그 모든 것은 산타아나에 관한 이야기 탓이었다. 그는 그 당시 며칠 동안 황태자가 된다는 것이 무엇인지, 물려받은 권력을 약간 누린다는 것이 무엇인지 실감했는데, 앞으로는 그런 느낌을 결코 받지 못할 것이다. "나는 그것을 이용했어요, 엘레나, 정말이에요." 리카르도 라베르데가 말했다. "나는 잘 배웠고, 좋은 학생이었죠." 할아버지는 늘 손자에게 좋은 자질을 지녔다고 말해주었다. 교수들 또한 베테랑이었다. 무엇보다도 페루와의 전쟁에 참가했던 이들이었는데, 한국에서 비행기를 조종해서 그링고들에게 훈장을 받은 이도 있다고 했다. 혹은 적어도 그렇게들 얘기했다. 모든 교수가 이 소년은 훌륭하다고, 특이한 천성과 황금 손을 지니고 있는데다가, 무엇보다 중요한 것은 비행기들이 이 소년을 존중한다고 이구동성으로 말했다. 그리고 비행기들은 결코 실수를 하지 않았다.

"현재까지는 그래요." 리카르도 라베르데가 말했다. "아빠는 나 때문에 못 살겠다고 하지만, 나는 이제 내 삶의 주인이에요. 비행을 백 시간 하면 누구든 자기 삶의 주인이 되죠. 아빠는 미래를 예측하면서 나날을 보내고 있지만 그건 다른 사람들의 미래예요. 엘레나, 아빠는 내 미래에 무엇이 있는지도 모르고, 아빠가 알고 있는 그 어떤 공식도, 통계도 내 미래에 대해 아빠에게 알려주지 않아요. 나는 내 미래를 알려고 애쓰면서 많은 시간을 허비했는데, 지금에야 비로소, 최근 며칠 동안에 내 삶과 아빠의 얼굴 사이의 관계를, 산타아나의 사고와 당신이 지금 여기서 보고 있는 이 사람, 삶에서 위대한 일을 하게 될 사람, 영웅의 손자 사이의 관계를 이해하게 되었어요. 나는 이 평범한 삶에서 벗어날 거예요, 엘레나 프리츠. 나는 두렵지 않아요. 비행의 역사에서 라베르 데라는 성을 복구할 거예요. 난 아바디아 대위보다 더 훌륭한 조종사가 될 것이고, 내 가족은 나를 생각하며 자부심을 느낄 거예요. 나는 이 평범한 삶에서 벗어날 거예요. 나중에 우리도 우리를 초대한 가족을 식사에 초대해야 하기 때문에 누군가가 우리를 식사에 초대할 때마다 힘들어하는 이 집에서 벗어날 거예요. 매일 아침 어머니가 하듯이 푼돈 따위를 세는 짓은 하지 않을 거예요. 가족의 밥벌이를 하려고 그링가에게 침대를 빌려주는 일 따위는 하지 않을 거라고요. 당신을 모욕하려고 이렇게 말한 건 아닌데, 그랬다면 용서해요. 뭘 원해요, 엘레나 프리츠. 나는 영웅의 손자고, 나는 다른 것을 위해 존재해요. 위대한 일, 그래요, 내가 하는 말은, 내가 주장하는 바는 바로 그거예요. 사람들이 좋아하든 말든 상관없어요."

그들은 올라갈 때와 마찬가지로 케이블카를 타고 내려갔다. 해가 지는 보고타의 하늘은 거대한 보랏빛 담요로 변해 있었다. 케이블카 밑을 내려다보니, 걸어서 올라갔다가 희미한 빛 속을 걸어서 내려가고 있는 순례자들이 돌계단에 놓인 컬러 압정처럼 보였다. "이 도시의 빛은 참 특이해요." 일레인 프리츠가 말했다. "눈 깜박할 사이에 밤이 되어버려요." 지나가는 돌풍에 케이블카가 흔들렸으나 이번에는 관광객들이 비명을 지르지 않았다. 날씨가 추웠다. 바람이 케이블카 객실을 통과하면서 속삭이는 듯한 소리를 냈다. 객실의 창문을 보호하려고 설치해놓은 가로대에 몸을 기댄 채 리카르도 라베르데를 껴안고 있는 일레인의 모습이 이내 어둠 속에 파묻혔다. 승객들의 머리가 검은 하늘 위에 검은 윤곽을 드러내고 있었다. 리카르도가 내쉬는 숨이, 담배 냄새, 깨끗한 물 냄새가 일레인에게 파도처럼 밀려왔다. 일레인은 보고타 동쪽 산언덕 위 공중에 뜬 상태에서 밤을 맞아 도시에 불이 켜지는 것을 바라보면서 케이블카가 결코 아래쪽에 도달하지 않기를 바랐다. 아마도 처음으로, 자신 같은 사람은 이 나라 같은 나라에서 살아갈 수 있을 거라고 생각했다. 어떤 의미에서 이 나라는 여전히 시작하고 있다고, 세상에서 겨우 자기 자리를 찾아가고 있다고 생각했고, 그녀는 그런 모색에 참여하고 싶었다.

콜롬비아 평화봉사단의 부단장은 키가 작고 깡마르고 쌀쌀맞은 남자로, 키신저*처럼 굵은 테 안경을 쓰고, 니트 넥타이를 매고 있었다. 그는 와이셔츠 차림으로 일레인을 맞았는데, 그가 추위에 얼어죽을 것 같은 이런 고원이 아니라 바랑키야나 히라르도트의 견딜 수 없는 더위 속에 있기라도 하듯 반팔 셔츠를 입지 않았다면 전혀 특이할 것이 없었을 것이다. 검은 머리에 포마드를 너무 많이 바른 탓에 네온사인에서 나온 불빛이 그의 관자놀이에 때 이른 흰머리가 나 있다는 착각, 군인처럼 말끔하게 탄 가르마 부분의 머리카락 밑동이 하얗다는 착각을 불러일으킬 것 같았다. 그가 미국 사람인지 그 지역 사람인지, 혹은 그 지

---

* 유대인계 독일 출신의 미국 정치가이자 정치학자.

우리 모두는 도망자다 211

역 사람들의 미국인 아들인지, 미국 사람들의 그 지역 아들인지 구분할 수 없었다. 그의 생애와 태생을 파악할 수 있게 해주는 실마리는 없었다. 벽에 포스터도 붙어 있지 않았고, 사무실에서 음악 소리가 나지도 않았으며, 선반에 책도 없었다. 그는 영어를 완벽하게 구사했으나 그의 성―단단한 황동판에 새겨져 책상에서 일레인을 쳐다보고 있는 그 성―은 라틴아메리카 것이거나 적어도 스페인 것이었는데, 일레인은 라틴아메리카의 성과 스페인의 성을 구분할 수 없었다. 면담은 판에 박힌 것이었다. 평화봉사단의 모든 자원봉사자는 이 어둠침침한 사무실을, 지금 일레인이 손으로 청록색 긴 치마의 주름을 펴려고 살짝 몸을 일으킨 이 불편한 의자를 거쳐갔거나 거쳐갈 것이다. CEUCA에서 훈련을 받은 모든 사람이 끝내는 여기, 깡마르고 쌀쌀맞은 미스터 발렌수엘라 앞, 이 자리에 앉아서 훈련이 어떤 과정을 거쳐 종료될 것인지, 어떻게 자원봉사자들이 임무를 수행하게 될 장소로 곧 떠나게 되는지에 대한 짧은 연설을 듣고, 관대함과 책임감에 대한, 차별화된 봉사를 할 수 있는 기회에 대한 이야기를 들었다. 그들은 '정착 근무지 배치 permanent site placement'라는 말을 들었고, 연이어 동일한 질문을 들었다. "선호하는 곳이 있나요?" 그러면 자원봉사자들은 자신들이 알게 된 지 얼마 되지 않아 자세한 것을 파악하지 못하고 있던 곳들을 입에 올렸다. 볼리바르, 바예두파르, 마그달레나, 과히라. 또는 킨디오(쿠인디오라고 발음된). 또는 카우카(코흐카라고 발음된). 그후 그들은 최종 목적지에서 가까운 어느 곳으로 이동했는데, 일종의 중간 기착지인 그곳에서 자신들보다 경험이 풍부한 자원봉사자와 함께 삼 주를 보냈다.

그들은 그것을 '현장 실습field training'이라 불렀다. 그 모든 것이 반시간에 걸친 면담에서 결정되었다.

"좋아요, 어떻게 결정될 것 같아요what's it gonna be?" 발렌수엘라가 말했다. "카르타헤나는 불가능하고, 산타마르타도 불가능해요. 이제 다 찼어요. 모두 그곳으로 가고 싶어해서요, 카리브 해 지역이니까요."

"저는 도시를 원하지 않습니다." 일레인 프리츠가 말했다.

"그래요?"

"저는 시골에서 더 많은 것을 배울 수 있다고 생각합니다. 국민의 정신은 그 나라의 시골 사람들에게 있으니까요."

"정신이라." 발렌수엘라가 말했다.

"그리고 더 많은 도움을 줄 수 있습니다." 일레인이 말했다.

"좋아요, 그것도 있지요. 자 봅시다. 추운 곳을 원하나요, 더운 곳을 원하나요?"

"도움을 더 많이 줄 수 있는 곳이면."

"모든 곳에 도움이 필요해요, 아가씨. 이 나라는 아직 절반밖에 익지 않았어요. 아가씨가 알고 있는 것, 잘할 수 있는 것에 대해서도 생각해 봐요."

"제가 알고 있는 것 말인가요?"

"물론이오. 사진으로도 괭이를 본 적이 없다면 구태여 감자를 심으러 갈 필요가 없지요."

발렌수엘라는 계속해서 손 아래 두고 있던 갈색 파일을 열어 한 장을 넘기더니 고개를 들었다. "조지워싱턴 대학교. 언론학과 학생, 그렇죠?"

일레인은 고개를 끄덕였다. "하지만 저는 괭이를 본 적이 있습니다."
그녀가 말했다. "그리고 저는 빨리 배웁니다."

발렌수엘라가 성마르게 인상을 썼다.

"삼 주라는 기간이 있으니까요." 그가 말했다. "혹 짐이 될 수도 있고
웃음거리가 될 수도 있어요."

"저는 짐이 되지 않을 겁니다." 일레인이 말했다. "저는—"

발렌수엘라는 종이 몇 장을 뒤적이더니 새로운 파일을 꺼냈다. "이
봐요, 나는 사흘 동안 여러 지역 지도자들을 만나요. 거기서 나는 누구
에게 무엇이 필요한지, 당신이 어디서 현장 실습을 할 수 있을지 알게
될 거요. 내가 지금 확실히 알고 있는 것은 라도라다 근처에 한 곳이 있
다는 건데, 내가 무슨 말을 하고 있는지 알겠어요? 마그달레나 분지예
요, 프리츠 양. 먼 곳이지만 다른 세계는 아니죠. 그곳은 산으로 조금
올라간 곳에 있어서 라도라다만큼 덥지 않아요. 보고타에서 기차를 타
고 갈 수도 있는데, 가기도 쉽고 돌아오기도 쉬워요. 여기 버스는 공공
연한 위험물이라는 것을 알 거예요. 결론적으로 괜찮은 곳인데, 지원자
가 그리 많지 않아요. 말을 탈 줄 알면 좋지요. 위가 튼튼하면 좋아요.
공동 행동 사람들과 작업을 많이 해야 하는데, 당신도 알다시피 공동체
의 발전을 위해 문맹 교육, 영양 문제 같은 것을 다루죠. 단 삼 주뿐이
에요. 그곳이 마음에 들지 않는다면 생각을 바꿀 수도 있어요."

일레인은 리카르도 라베르데를 생각했다. 갑자기, 기차를 타면 몇 시
간 만에 리카르도를 만날 수 있다는 것이 좋은 생각처럼 여겨졌다. 일

레인은 그곳의 이름, 라도라다를 생각했고, 머릿속으로 그 뜻을 번역해 보았다. '황금을 바른 여자'.*

"라도라다, 마음에 듭니다." 일레인 프리츠가 말했다.

"먼저 다른 곳으로 가고, 그다음에 라도라다로 가는 겁니다."

"그래요, 그곳 역시 좋아요. 감사합니다."

"좋아요." 발렌수엘라가 말했다. 그가 철제 서랍을 열어 종이 한 장을 꺼냈다. "잊어버리기 전에 이것 좀 봅시다. 이걸 작성해서 비서에게 갖다주세요."

설문지였다. 아니, 설문지를 카본지에 복사한 것이었다. 표제는 단하나의 질문으로, 대문자로 타이핑되어 있었다. '당신의 고향집과 보고타의 집은 어떤 점이 다른가요?' 그 질문 아래로 여러 개의 부제가 있었는데, 자원봉사자들이 최대한 상세하게 칸을 채울 수 있도록 하기 위해 부제들 사이의 간격이 많이 벌어져 있었다. 일레인은 차피네로에 있는 한 모텔에서, 섹스 냄새가 배어 있는 흐트러진 침대에 배를 깔고 누워, 설문지 밑에 전화번호부를 받쳐놓고서, 리카르도의 손, 외설스럽게 더듬거리는 손, 음탕하게 파고드는 손을 뿌리치려고 침대 시트로 엉덩이를 가린 상태에서 설문지를 작성했다. '물질적인 불편 및 애로 사항' 이라는 항목 밑에는 "하숙집 남자들이 소변을 볼 때 변기 커버를 절대 들어올리지 않는 것"이라고 썼다. 그러자 리카르도는 일레인에게 사소한 일에 신경을 쓰는 까탈스러운 여자라고 말했다. '하숙생들의 자유를

---

* '라도라다(La Dorada)'는 '황금을 바른 남자'를 의미하는 '엘도라도(El Dorado)'의 여성형이다.

제한하는 것들'이라는 항목에는 "아홉시가 넘으면 하숙집 문을 잠그기 때문에 항상 '세뇨라'*를 깨워야 하는 것"이라고 썼다. 리카르도는 일레인에게 걸핏하면 밤샘을 하는 여자라고 했다. '소통의 문제'라는 항목에는 "아이들에게도 '당신'**이라는 표현을 쓰는 이유를 모르겠음"이라고 썼다. 리카르도는 일레인에게 아직도 배울 것이 아주 많다고 말했다. '하숙집 가족의 행동거지' 항목에는 "하숙집 아들은 사정射精을 할 때 내 젖꼭지를 깨무는 걸 좋아한다"고 썼다. 리카르도는 아무 말도 하지 않았다.

기차를 타고 떠나는 그녀를 배웅하려고 하숙집 가족 모두가 사바나 역까지 갔다. 역사는, 기둥에 세로 홈이 팬 크고 웅장한 건물로, 정면 맨 위에는 돌로 만든 콘도르가 발로 애틱을 움켜쥐고서 금방이라도 날아갈 듯 날개를 펼친 채 앉아 있었다. 도냐 글로리아가 일레인에게 하얀 장미 한 다발을 선물했는데, 일레인이 한 손에 가방을 들고 핸드백을 크로스로 맨 채 역사 홀을 가로지를 때는 장미꽃이 얄미운 골칫거리, 다른 승객들의 몸에 부딪히는 일종의 먼지떨이 같은 것이 되어 있었다. 홀의 석재 바닥에 서글픈 꽃잎들을 남겼고 일레인이 꽃다발을 잘 움켜쥐거나 주변 사람들의 적대적인 시선에서 그것을 보호하려고 할 때마다 가시가 일레인의 몸을 찔러댔다. 한편, 리카르도의 아버지는 플랫폼에 이를 때까지 기다렸다가 선물을 꺼냈다. 분주하게 왔다갔다하

---

* 스페인어로 아주머니를 뜻한다.
** '당신(usted)'은 스페인어의 3인칭 주격 대명사로, 흔히 낯선 사람을 칭하거나 상대를 높일 때 사용한다.

216

는 사람들, 구두를 닦으라는 구두닦이들, 돈을 달라는 거지들 사이에서, 자신의 선물은 어느 저널리스트가 쓴 책인데, 출간된 지 이 년이 지났으나 여전히 팔리고 있으며, 작가는 거칠고 세련되지 못한 사람이지만 사람들의 말에 따르면 책은 그리 나쁘지 않다고 설명했다. 일레인이 포장지를 뜯어 표지 디자인을 보니 모서리를 깎아낸 파란색 사각형 틀 아홉 개가 있고, 각 틀 안에는 종들, 태양들, 프리지아 모자들, 꽃무늬 스케치들, 여자 얼굴을 한 달들, 뼈들이 십자 형태로 꿰뚫고 있는 해골들, 악마의 탈을 쓰고서 춤을 추는 아이들이 들어 있었는데, 일레인에게는 그 모든 것이 터무니없고 불필요하게 보였다. 그리고 그녀는 책의 제목『백년의 고독 Cien años de soledad』이 과장스럽고 감상적이라고 생각했다. 돈 홀리오는 기다란 손톱으로 제목 마지막 단어의 거꾸로 인쇄된 'E'자를 짚었다.* "책을 산 뒤에 이 사실을 알았다오." 돈 홀리오가 사과했다. "원한다면 다른 것으로 교환해보도록 하겠소." 일레인은 상관없다고, 오타 하나 때문에 기차에서 책을 안 읽게 되지는 않을 거라고 말했다. 며칠 뒤 일레인은 조부모에게 보낸 편지에 다음과 같이 썼다. "읽을거리 좀 보내주세요. 밤에는 심심해서요. 여기 있는 책은 '세뇨르'**가 선물한 것뿐인데요, 그 책을 읽어보려고 애를 썼지만, 정말로 애를 썼어요, 스페인어가 너무 어렵고 모든 사람의 이름이 똑같아요. 지금까지 오랜 기간 동안 읽어온 책들 가운데 가장 장황하고 지루한데,

---

* 마르케스의『백년의 고독』초판은 아르헨티나 수다메리카나 출판사에서 출간되었는데, 그 판본에는 실제로 제목의 마지막 단어에 쓰인 'E'자가 거꾸로 박혀 있다.
** 스페인어로 아저씨를 뜻한다.

심지어 표지 제목에 오타까지 있다니까요. 14쇄까지 출간되었는데도 오타가 수정되지 않았어요. 두 분이 그레이엄 그린의 최신작을 읽으실 거라고 생각할 때면, 불공평하다는 생각이 들어요."

편지는 다음과 같이 계속된다.

이제, 제가 지금 어디에 있는지, 다음 두 주 동안 제가 어디에 있을지 조금 설명해드릴게요. 콜롬비아에는 세 개의 산맥이 있어요. 오리엔탈 산맥, 센트랄 산맥, 그리고 (두 분이 이미 짐작하셨겠지만) 옥시덴탈 산맥이죠.* 보고타는 첫번째 산맥의 해발 8500피트 지점에 위치해 있어요. 기차가 저를 태우고 산을 내려가 이 나라에서 가장 중요한 강인 마그달레나 강까지 데려갔지요. 강은 아름다운 분지 사이를 흐르는데, 제가 살아오면서 본 가장 아름다운 풍경 가운데 하나였어요. 진짜 낙원 같은 곳이죠. 여기까지 오는 여정은 정말 감동적이었어요. 그처럼 많은 새, 그처럼 많은 꽃은 결코 본 적이 없어요. 예전에는 필립 삼촌이 참 부러웠죠! 물론 삼촌의 지식이 부러웠던 것이지만 삼촌의 쌍안경도 부러웠어요. 삼촌이 여기 오면 참 좋아할 텐데요! 삼촌에게 심심한 안부 전해주세요.

그럼, 그 강에 대해 두 분께 말씀드릴게요. 과거에는 미시시피 강에서, 심지어 런던에서 증기 여객선이 왔는데, 그것은 이 강이 아주 중요했다는 의미지요. 그리고 과장 없이 하는 말인데, 『허클베리 핀』

---

* 스페인어로 오리엔탈은 동쪽, 센트랄은 중앙, 옥시덴탈은 서쪽을 뜻한다.

에서 직접 꺼내온 것처럼 보이는 배들이 아직도 있어요. 제가 탄 기차는 라도라다라고 불리는 마을에 도착했는데, 제가 정착할 곳이에요. 하지만 평화봉사단의 배치 계획에 따라 우리 자원봉사자들은 정착 근무지가 아닌 곳에서 삼 주 동안 다른 자원봉사자와 함께 현장 실습을 해야 해요. 이론적으로 경유지는 최종 목적지에서 가까운 곳이어야 하지만, 늘 그런 것은 아니에요. 이론적으로 다른 자원봉사자는 경험이 더 많아야 하지만, 늘 그런 것은 아니죠. 저는 운이 좋았어요. 강에서 불과 몇 킬로미터밖에 떨어지지 않은, 산맥 자락에 위치한 군郡에 배치되었거든요. 카파라피라 불리는 곳인데, 제가 그 이름을 발음하려고 애쓰는 모습이 우스워 보이게 하려고 일부러 만든 것처럼 보이는 이름이에요. 더운 날씨에 습도도 높은데, 그럭저럭 살 만해요. 제게 배정된 자원봉사자는 지나치게 친절하고 아는 것이 아주 많은 청년인데, 특히 제가 전혀 모르는 것을 알고 있어요. 이름이 마이크 바비에리인데 시카고 대학교에서 퇴학drop-out당했대요. 만나자마자 편하게 느껴지는 친구예요. 이 초만 지나면 이미 그의 모든 삶을 알고 있다고 느낄 정도죠. 그렇게 카리스마를 지닌 사람들이 있어요. 그 사람들은 외국에서도 아주 쉽게 살아간다는 사실을 알게 되었어요. 그런 사람들은 세상을 자진해서 받아들이기 때문에 생존하는 데 문제가 없을 거예요. 제가 그들보다 더 나은 사람이 되면 좋겠어요.

바비에리는 콜롬비아 평화봉사단에서 이미 이 년을 보냈다. 그전에 멕시코 익스타파와 푸에르토바야르타 사이에서 시골 사람들과 작업하면서 이 년을 머문 적이 있었고, 멕시코로 가기 전에는 마나과의 빈민촌에서 몇 개월을 보낸 적도 있었다. 큰 키에 강단진 백인이었으나 피부는 구릿빛인 그가 셔츠도 입지 않고(늘 나무 십자고상을 가슴에 늘어뜨리고 있었다) 반바지 차림에 가죽 샌들만 신고 있는 모습을 보는 것은 그리 이상한 일이 아니었다. 그는 맥주 한 잔과 작은 아레파가 담긴 접시를 들고서 일레인에게 환영 인사를 했는데, 일레인에게는 아레파의 결이 새롭게 느껴졌다. 일레인은 그토록 말이 많으면서 그토록 진솔한 남자를 본 적이 없었다. 그녀는 채 몇 분이 되지 않아 그가 곧 만스물일곱 살이 되고, 그가 좋아하는 팀은 시카고 컵스라는 사실을 알게 되었다. 이곳에서는 아과르디엔테를 싫어하는 것이 문제가 될 수 있는데 그는 아과르디엔테를 싫어했다. 그녀는 그가 전갈을 두려워하고, 아니, 그 정도가 아니라 진정으로 공포를 느낀다는 사실을 알았다. 그는 일레인에게 앞이 터진 신발을 사되, 매일 신발을 신기 전에 전갈이 들어 있는지 확인하라고 충고했다. "여기 전갈이 많아요?" 일레인이 물었다. "있을 수 있어요, 일레인." 바비에리가 점쟁이 같은 목소리로 말했다. "있을 수 있지요."

방 두 개에 거실에 가구가 거의 없는 집은 벽을 하늘색으로 칠한 건물 이층에 있었다. 일층에는 알루미늄 테이블 두 개와 카운터 하나로 이루어진 가게—우유 캐러멜, 카스텔라, 피엘로하 담배—가 있고, 가게 주인 부부는 가게 뒤에 있는 공간에서 살고 있었는데, 그곳은 마치 마술에 의해 가정집으로 변한 것처럼 보였다. 가게 주인의 이름은 비야밀이었다. 나이가 족히 예순은 되어 보였다. "나의my 세뇨레스*" 바비에리가 일레인에게 주인 부부를 소개하면서 이렇게 말했다. 그리고 자신의 '세뇨레스'가 새로운 세입자 여성의 이름을 제대로 알아듣지 못했다는 것을 알고서 그들에게 쉬운 스페인어로 일레인을 소개했다. "나와 같은 미국 사람이에요, 이름은 엘레나고요." 그래서 비야밀 부부는 일레인을 엘레나라고 불렀다. 부부는 일레인에게 물이 충분한지 물을 때, 또는 그녀를 불러 가게의 술꾼들에게 인사시킬 때 그녀를 그렇게 불렀다. 일레인은 자제력을 발휘하여 그것을 견뎌내고, 라베르데의 집을 그리워하다가, 자신이 교양 없는 소녀처럼 그런 생각을 했다는 사실을 부끄러워했다. 어찌되었든, 일레인은 비야밀 부부를 가능한 한 피했다. 건물 외벽에 붙은 콘크리트 계단을 이용하면 부부의 눈에 띄지 않고 오르내릴 수 있었다. 뻔뻔할 정도로 붙임성이 좋은 바비에리는 그 계단을 결코 이용하지 않고 하루도 빠짐 없이 가게에 들렀다. 하루 일을, 성공한 것과 실패한 것을 이야기하고, 비야밀 부부의 이야기, 심지어 가게 손님들의 이야기를 듣기 위해, 그리고 미국 흑인들의 상황이나 마마스 앤드 파파스가 부른 노래의 주제를 노부부에게 애써 설명하기 위해서였다. 일레인은 본의 아니게 그의 행동을 지켜보았고, 그에게 감탄했다. 일레인이 그 이유를 발견하는 데는 예상보다 더 많은 시간이 걸렸다. 뻔뻔스러운 태도로 그녀를 쳐다보고, 세상이 자신에게 뭔가 빚을 지고 있다는 듯이 말하는 이 외향적이고 호기심 많은 남자는 어떤 의

---

* 세뇨르의 복수형으로, 여기서는 부부를 뜻한다.

미에서 리카르도 라베르데를 떠오르게 했다.

이십 일 동안, 시골에 대해 배운 무더운 이십 일 동안 일레인은 그 지역을 위해 마이크 바비에리와 어깨를 맞댄 채 일하고, 공동 행동의 지도자와도 함께 일했다. 지도자는 키가 작고 말수가 적은 사람으로, 콧수염이 세로로 갈라진 윗입술을 덮고 있었다. 그의 이름은 다양한 방식으로 불리기 위해서인지 단순했다. 카를로스, 단순히 카를로스라고 불렸는데 그 단순함에는, 성 없이 이름만 불리는 데는, 아침에 그들을 작업장으로 태워가려고 나타나서 오후에 그들을 내려놓고 사라지는 유령 같은 방식에는 뭔가 신비롭거나 위협적인 면이 있었다. 일레인과 바비에리는 일종의 사전 합의에 따라 카를로스의 집에서 점심을 먹었다. 그 시간은 그들이 주변 마을에서 시골 사람들과 더불어 작업하고, 지역 정치가들을 만나 대화를 나누고, 지역 지주들과 늘 결실 없는 협상을 하는, 두 차례의 격렬한 노동 사이에 있는 휴식시간이었다. 일레인은 시골에서는 모든 일이, 대화를 하면서 이루어진다는 사실을 발견했다. 살이 부드러운 닭을 키우는 방법(야생에 풀어 기르지 않고 가두어 기르는 방법)을 시골 사람들에게 가르쳐주기 위해, 그 지역의 자원으로 학교를 세우는 문제를 가지고 정치가들을 설득시키기 위해(이제는 중앙정부에 뭔가를 기대하는 사람은 아무도 없었다), 또는 부자들이 그들을 단순히 반공산주의적 십자군 병사로 보지 않도록 하기 위해, 일레인은 먼저 탁자에 앉아 서로의 대화를 이해할 수 없을 때까지 마시고 또 마셔야 했다. "그래서 저는 다 죽어가는 말을 타고, 또는 반쯤 취한 사람들과 대화를 하면서 하루하루를 보내고 있어요." 일레인은 조부모에게 이렇게 썼다. "그래도 비록 제가 의식하고 있지는 못하더라도 무언가 배워가고 있는 중이에요. 마이크가 이런 것을 콜롬비아 말로 '코헤를레 엘 티로 아 알고cogerle el tiro a algo'라고 한다고 얘기해주었어요. 일이 어떻게 이루어지는지 이해한다, 일을 하는 방법을 안다, 뭐 그런 뜻이래요. 말하자면, 경험을 해봐야 일이 어떻게 되는지 터득하게 된다는 거지요. 저는 이렇게 살고 있어요. 아, 한 가지가 더 있네요. 이제 편지는 더이상 여기로 보내지 마세요. 다음 편지는 보고타로 보내셔야 할 것 같아요. 이곳을 떠나 보고타로 가서 훈련 과정의 마지막 몇 가지 사항을 이행하기 위해 한 달 동안 머무를 거예요. 그러고 나서 라도라다로 갈 거예요. 거기서 진지하게 시작할 거예요."

마지막 주말에 리카르도 라베르데가 일레인을 찾아왔다. 혼자서 계획을 짜고 준비해 라도라다까지는 기차를 타고, 거기서부터는 버스를 타고 카파라피에 도착해서 길을 묻고 또 물어가며, 물론 근방의 모든 사람이 알고 있던 그링고들을 묘사해가면서 갑작스럽게 찾아온 것이다. 리카르도 라베르데와 마이크 바비에리가 서로에게 호감을 느낀 것이 일레인은 전혀 이상하지 않았다. 바비에리는 일레인이 보고타 애인에게(그는 '보고타 애인'이라는 말을 사용했다) 그곳을 구경시켜줄 수 있도록 오후에 휴가를 주었고, 저녁에 자신들이 다시 만나 함께 식사를 하게 될 거라고 일레인에게 말했다. 그날 밤, 몇 시간 만에—그들이 망아지 목장 한가운데 화톳불가에 과라포* 단지를 놓고 몇 시간을 보낸

---

* 사탕수수즙 등으로 만든 음료.

것은 확실하다―리카르도와 바비에리는 자신들이 얼마나 많은 공통점을 지니고 있는지 발견했다. 바비에리의 아버지는 우편물 수송 비행기의 조종사였고, 리카르도는 아과르디엔테를 좋아하지 않았던 것이다. 두 사람은 서로 포옹을 하고, 비행기에 관한 얘기를 했다. 자신의 비행 교육 과정과 교수들에 관해 말할 때면 리카르도의 눈이 커졌는데, 일레인은 대화에 끼어들어 리카르도를 칭찬하고, 조종사로서의 재능에 대해 다른 사람들이 리카르도에게 했던 칭찬을 되풀이했다. 그러면 리카르도와 마이크는 일레인의 면전에서 그녀 얘기를 했다. 마이크는 일레인이 좋은 아가씨라고, 예쁘다고, 그래, 눈이 예쁘다고 말했고, 리카르도는 그래, 무엇보다도 눈이 예쁘다고 말하고는 웃음을 터뜨렸다. 두 사람은 방금 전에 만난 사이가 아니라 동아리방frat house의 친구라도 되는 듯이 서로 비밀을 얘기했고, 〈쾌활하고 착한 그녀를 위해For she's a jolly good fellow〉*를 불렀고, 일레인이 다른 곳site으로 가야 하는 게 애석하다며 여기는 당신의 장소가 되어야 해, 라도라다 엿 먹어라, 황금을 바른 여자 엿 먹어라, 그 여자 줄곧 엿 먹어라this site should be your site, fuck La Dorada, fuck The Golden One, fuck her all the way라고 합창했고, 일레인과 평화봉사단을 위해, 그 누구도 부정할 수 없는 쾌활하고 착한 우리를 위해for we're all jolly good fellow, which nobody can deny 건배했다. 세 사람은 과거의 식민주의자들처럼 말을 타고(비록 과거 식민주의자들에게는 아무짝에도 쓸모가 없었을 삐쩍 마른 늙은 말이었

* 승진, 졸업, 생일, 결혼 등을 축하하기 위해 부르는 노래.

224

을지언정) 마을의 광장에 도착했고, 일레인은 예의바르게 그녀의 짐을
지고 가던 리카르도의 얼굴에서 그때까지 결코 본 적이 없는 어떤 것
을 보았다. 감격스러움이었다. 그녀에 대한, 그녀가 자유롭게 마을을
돌아다닐 수 있다는 사실에 대한, 단 삼 주 만에 사람들이 그녀에게 보
낸 호의에 대한, 그녀가 자연스러운 그리고 부정할 수 없는 권위를 가
지고 마을 사람들에게 자신을 인식시킨 것에 대한 감격이었다. 일레인
은 리카르도의 얼굴에서 그런 감격을 보았고, 자신이 그를 사랑한다고
느끼고, 역시 그녀를 사랑하는 것처럼 보이는 이 남자에 대한 새롭고
매우 강력한 무언가를 예기치 않게 느끼기 시작하고, 동시에 자신이 행
복에 도달해 있다고 생각했다. 그러자 이곳은 더이상 그녀를 아주 많이
놀라게 하는 곳이 아니었다. 콜롬비아에서는 항상 우발적인 일이 일어
난다는 사실은 확실했는데, 사람들은 늘 스스로 예측할 수 없는 사람이
되려고 궁리하고 애를 쓴다(그녀는 그들의 행위, 그들의 태도에서 그
것을 느꼈다. 하지만 그녀는 그들이 실제로 무슨 생각을 하고 있는지는
결코 알지 못했다). 일레인은 지금 자신이 그러고 있다고 느꼈다. "내가
일하는 요령을 터득했는지 물어봐줘요." 일레인은 리카르도와 함께 버
스를 탔을 때 그에게 말했다. "일하는 요령을 터득했나요, 엘레나 프리
츠?" 리카르도가 물었다. 그러자 일레인이 대답했다. "그래요. 나는 일
하는 요령을 터득했어요."

하지만 그녀는 자신이 얼마나 큰 착각을 하고 있는지 알 방법이 없
었다.

5

/

무엇을 위해 사는가?

일레인은 보고타에서 리카르도 라베르데와 함께 보낸 마지막 삼 주를 유년 시절의 나날을 기억하듯 기억할 것이다. 그날들은 감동으로 점철된 이미지들의 안개 같았고, 제대로 구성된 연표 없이 뒤죽박죽 섞여 있는 중요한 날짜들 같았다. CEUCA에서 이루어지는 강의를 듣는 일상으로의 복귀는—이제 몇 번 남아 있지 않은 강의는 일부 지식을 다 듣기 위한 것이거나 일부 관료정치를 정당화하는 것이었다—리카르도와의 무질서한 만남 때문에 흐트러져버렸는데, 리카르도는 일레인이 집에 도착할 시간에 유칼립투스나무 뒤에서 그녀를 기다리거나, 공책에 메모를 끼워 카예 17과 카레라 옥타바가 교차하는 길모퉁이의 음침한 카페에서 만나자는 약속을 잡는 데 탁월한 능력을 보였다. 일레인은 어김없이 약속 장소에 나갔고, 두 사람은 비교적 한가한 시내 카페에서 사뭇 음탕한 시선을 교환한 뒤 극장으로 들어가 맨 뒷줄에 앉아서 대 페루 전쟁 당시 영웅 조종사로 활약한 할아버지가 입던 검은 롱코트 밑으로 서로의 몸을 더듬었다. 일단 귀가를 하면 차피네로의 폭 좁은 집에서, 돈 훌리오와 도냐 글로리아의 영토에서, 그는 하숙집 아들로, 그녀는 순진한 실습생으로 등장하는 픽션을 계속해서 만들어나갔다. 물론 아들은 밤이면 계속해서 실습생 아가씨를 찾아가 소리 없이 오르가슴을 느꼈다. 그런 식으로 그들은 이중생활을, 그 누구의 의심도 사지 않는 비밀 연인으로서의 삶을 시작했다. 리카르도 라베르데는 영화 〈졸업〉의 더스틴 호프먼 같은 삶을, 프리츠 양은 로빈슨 부인인 동시에 일레인이라는 이름을 지닌 로빈슨 부인의 딸로 살아가는 삶을. 그것은 무언가를 의미해야 했다. 대단한 우연의 일치가 아닌가? 보고타에서 함께 보낸 그 며칠 동안 일레인과 리카르도는 베트남전쟁 반대 시위에 여러 번 참가했다. 또 보고타에 거주하는 미국인 공동체가 주최하는 파티에도 파트너로서 함께 참석했는데, 그 사교 행사는 자원봉사자들이 모국어를 다시 쓰거나 메츠나 바이킹스가 무엇을 했는지 큰 소리로 묻거나, 기타를 꺼내 벽난로 주변에서 프랭크 자파의 노래를 합창하면서 참석자들 사이에서 두 차례 돌면 끝나는 마리화나joint를 피우려고 신중하게 준비된 것처럼 보였다.

무엇을 위해 사는가What's there to live for?
누가 평화봉사단을 필요로 하는가Who needs the Peace Corps?

삼 주 과정이 끝난 11월 1일 오전 여덟시 반에 한배에서 태어난 새로운 실습생들은 여러 가지 약속을 하고 모호한 의도를 표현하는 선서를 한 뒤 평화봉사단의 규칙을 준수할 것을 맹세하고서 정식 자원봉사자 임명장을 받았다. 비가 내리는 쌀쌀한 아침이어서 리카르도는 가죽 재킷을 입었는데, 비를 맞자 재킷이 강렬한 냄새를 풍기기 시작했다. "다들 참석했어요." 일레인이 조부모에게 편지를 썼다. "졸업생들 가운데는 데일 카트라이트와 월리스 부부의 딸(큰딸인데, 두 분도 기억하실 겁니다)도 있었어요. 하객들 가운데는 대사 부인도 있고, 넥타이를 맨 키 큰 남자도 있었는데, 그는 보스턴에서 온 민주당 인사 같았어요." 일레인은 콜롬비아 평화봉사단의 부단장에 관해서도(그의 키신저 스타일의 안경과 니트 넥타이), CEUCA의 간부들에 관해서도, 심지어 시청의 짜증나는 공무원에 관해서도 언급했으나, 편지의 어느 부분에도 리카르도 라베르데는 등장하지 않았다. 몇 년이 지난 지금 생각해보면, 그것은 대단히 아이러니한 일이었다. 왜냐하면 바로 그날 밤, 리카르도가 일레인의 자원봉사자 임명을 축하해주고, 동시에 라베르데 가문의 이름으로 그녀의 환송회를 한다는 이유로 그녀를 엘가토 네그로 식당에 초대했고, 잘못 만들어져서 음식 접시 위로 곧 쓰러져버릴 것 같은 촛불 옆에서, 현악삼중주단의 〈푸에블리토 비에호〉 연주가 끝난 뒤 정적이 흐를 때 그녀에게 청혼했기 때문이다. 나비넥타이를 맨 웨이터들이 왔다갔다하는 통로 한가운데서 무릎을 꿇은 채 필요한 말보다 더 많은 말을 하면서. 순간적으로 일레인은 조부모를 생각했다. 조부모가 너무 멀리 떨어져 있다는 사실을, 그 나이에 그 건강에 여행을 한다는 건 엄두를 낼 수 없는 일임을 애석해했다. 그녀는 행복한 순간이면 나타나기 때문에 인간이라면 겪을 수밖에 없는 슬픔을 느꼈고, 슬픔이 가시자 고개를 숙여 리카르도에게 힘껏 키스했다. 그러면서 재킷의 젖은 가죽 냄새를 맡았다. 리카르도의 입에서는 뫼니에르 소스 맛이 났다. "받아들인다는 뜻인가요?" 키스가 끝난 뒤 여전히 무릎을 꿇은 상태에서 웨이터들의 통행을 방해하고 있던 리카르도가 물었다. 일레인은 대답하면서 울었고 웃으면서 울었다. "당연하죠." 그녀가 말했다. "정말 바보 같은 질문이군요."

그래서 일레인은 라도라다로 떠나는 날을 십오 일 뒤로 늦춰야 했다. 그녀는 잔인할 만큼 짧은 기간에 예비 시어머니의 도움을 받아 (임신을 하지 않았다는 사실을 시어머니에게 납득시킨 뒤) 산프란시스코 성당에서 비밀리에 거행할 조촐한 결혼식을 준비했다. 일레인은 보고타에 살기 시작했을 때부터 이 성당이 좋았는데, 성당의 축축하고 두꺼운 돌벽이 좋았고, 카예 쪽에 나 있는 문으로 들어갔다가 카레라 쪽으로 나 있는 문으로 나오는 것, 빛과 어둠, 소음과 정적의 강렬한 충돌 또한 좋았다. 결혼식 전날 일레인은 시내 산책을 했다(리카르도는 그것을 일종의 답사 임무라고 말할 것이다). 성당 문지방을 넘을 때 일레인은 정적과 소음, 어둠과 빛을 생각했고, 그녀의 눈은 불이 밝혀진 제단에 고정되었다. 그날 그곳은 일레인에게 친숙하게 다가왔는데, 전에 와보았다는 데서 오는 단순한 친숙함이 아니라 마치 그 장소에 대해 묘사해놓은 것을 소설에서 읽은 것 같은, 심오하고 더 내밀한 방식의 친숙함이었다. 그녀는 크고 작은 양초들에서 나오는 소심한 불빛을, 기둥에 횃불처럼 붙어 있는 약하고 노란 램프 불빛을 응시했다. 교황의 대리석 무덤 같은 배 위에 두 손을 모은 채 다리를 꼰 상태로 자고 있는 거지 두 명을 스테인드글라스 빛이 비추고 있었다. 그녀의 오른쪽에는 실물 크기의 그리스도가 네 발로 기는 모습의 조각상이 있었다. 다른 문으로 들어갔던 그날 그녀는 그리스도의 얼굴에 부딪혔는데, 면류관의 가시와 그리스도가 흘리는 눈물 또는 땀인 초록색 에메랄드 방울들이 불빛 아래서 빛나고 있었다. 일레인은 계속해서 나아갔고, 복도를 따라 성당 끝에 설치되어 있는 제단을 향해 걸어갔는데 그때 그 우리를 보았다. 우리 안에는 두번째 그리스도가 전시된 동물처럼 갇혀 있었다. 그는 첫번째 그리스도보다 머리가 더 길고, 피부가 더 노랬으며, 피가 더 검붉었다. "보고타에서 가장 훌륭한 상이에요." 언젠가 리카르도가 일레인에게 말한 적이 있었다. "맹세컨대 몬세라테의 그리스도 상은 이 상과 비교할 바가 못 되지요." 일레인은 고개를 숙여 명판에 얼굴을 갖다대고 글씨를 읽었다. '고통받는 주님'. 일레인이 설교대 쪽으로 두 걸음 더 가니 글귀가 쓰인 놋쇠 함이 있었다. '이 함에 공물을 넣으면 상에 불이 켜집니다.' 일레인은 상에 불이 켜지게 하려고 주머니에 손을 넣어 동전 하나를 찾아서는 성체를 집듯이 손가락 두 개로 집어올렸다. 1페소짜리 동전이었는데, 동전의 문양이 불에 탄 듯 검게 그을려 있었다. 홈에 동전을 넣었다. 그러자 그리스도가 스포트라이트에서 쏟아지는 짧은 빛을 받아 생명을 회복했다. 일레인은 자신이 평생 행복할 것이라 느꼈다, 아니 확신했다.

그러고는 피로연이 열렸는데, 일레인은 그 모든 것이 자신이 아닌 다른 사람에게 일어나는 것처럼 안개 속을 통과하는 듯한 기분을 느꼈다. 라베르데의 가족은 피로연을 집에서 열었다. 도냐 글로리아는 결혼식 날이 너무 촉박해서 사교 클럽의 연회장 같은 더 품위 있는 장소를 빌리는 것이 불가능했다고 일레인에게 설명했으나, 리카르도는 어머니의 수고스러운 설명을 조용히 수긍하며 들은 뒤 어머니가 자리를 뜨기를 기다렸다가 일레인에게 사실을 털어놓았다. "부모님이 돈 때문에 아주 힘들거든요. 라베르데 가족은 저당잡힌 삶을 살고 있어요." 그러한 폭로는 일레인이 예상했던 것보다 덜 충격적이었다. 최근 몇 개월 동안 보였던 여러 가지 다양한 기미가 그녀에게 마음의 준비를 시켜주었기 때문이다. 하지만 가족의 파산이 자기와는 상관없다는 듯 부모를 타인처럼 얘기하는 리카르도의 태도가 일레인의 관심을 끌었다. "그럼 우리는?" 일레인이 물었다. "우리는 어떻게 되죠? 내 급료로는 충분치 않은데, 우린 어떻게 해야 하는 거죠?" 리카르도는 그녀의 눈을 바라보고, 그녀의 체온을 재려는 것처럼 한 손을 이마에 갖다댔다. "한동안 견디기에는 충분하니까 좀 두고보죠. 내가 당신이라면 걱정하지 않겠어요." 그가 말했다. 일레인은 아니라고, 걱정하고 있던 것이 아니라고 생각했다. 그러고는 뭐가 걱정이겠냐고 자문했다. 그녀가 그에게 물었다. "나 같으면 걱정하지 않겠다는 이유가 뭐죠?" "왜냐하면 나 같은 조종사에게는 결코 일자리가 없을 리 없기 때문이에요, 엘레나 프리츠. 그건 사실이고, 더이상 반론의 여지가 없거든요."

  나중에 손님들이 모두 돌아가자 리카르도는 그들이 처음으로 함께 잔 방으로 일레인을 데려가 침대에 앉혔다(리카르도는 얼마 되지 않는 결혼 선물을 손으로 치웠다). 그러자 일레인은 그가 돈에 관해 말할 거라고, 자신들이 그 어떤 곳으로도 신혼여행을 갈 수 없다는 말을 할 거라고 생각했다. 하지만 리카르도는 그런 말을 하지 않았다. 리카르도는 일레인의 눈을 밴드, 낡은 스카프였을 나프탈렌 냄새 풍기는 두꺼운 천으로 가리고 나서 말했다. "지금부터 당신은 아무것도 볼 수 없어요." 그래서 일레인은 앞을 볼 수 없는 상태로 리카르도에게 이끌려 계단을 내려갔고, 앞을 볼 수 없는 상태로 리카르도가 가족들과 작별 인사를 하는 소리를 들었고(일레인은 도냐 글로리아가 울고 있다고 생각했다), 그리고 앞을 볼 수 없는 상태로 밤의 추위 속으로 나와 누군가가 운전하는 차에 올랐다. 그녀는 차가 택시였다고 생각했고, 행선지도 모른 채 가면서 리카르도에게 이게 다 뭐냐고 물었고, 리카르도는 그녀에게 아무 말도 하지 말라고, 그녀를 놀라게 해줄 거라고 말했다. 일레인은 앞을 볼 수 없는 상태에서 택시가 멈추었다고, 차문이 열리고 있다고, 리카르도가 누군가에게 자기 신분을 확인시켜주고 있다고, 사람들이 정중하게 리카르도에게 인사를 하고 있다고, 쇳소리를 내는 거대한 문이 열리고 있다고 느꼈다. 일레인은 택시에서 내린 뒤 이 초 정도가 지났을 때 자신의 발에 닿는 울퉁불퉁한 바닥을 느끼고, 차가운 바람에 머리카락이 흩날린다고 느꼈다. "계단 몇 개가 있어요." 리카르도가 말했다. "자, 넘어지지 않게 천천히 가요." 리카르도는 낮은 천장에 머리가 부딪히지 않게 할 때처럼, 경찰관들이 죄수를 순찰차에 태울 때 차문틀에 죄수의 머리가 부딪히지 않도록 머리를 누를 때처럼, 일레인의 머리를 눌렀다. 일레인은 리카르도가 이끄는 대로 따라갔고, 손으로 낯선 물건을 만지고는 이내 그것이 의자라는 사실을 알았고, 무릎에 뭔가

딱딱한 것이 닿는 것을 느꼈다. 의자에 앉았을 때 이미지 하나가 뇌리에 떠올랐는데, 자신이 어디에 있는지, 그리고 곧이어 무슨 일이 일어날 것인지 처음으로 명확하게 인식할 수 있었다. 일레인은 리카르도가 관제탑과 대화를 하기 시작하고 경비행기가 활주로를 따라 움직이기 시작했을 때 자신의 생각이 맞았다는 것을 확인했으나 리카르도는 잠시 후 경비행기가 이륙한 뒤에야 비로소 일레인에게 밴드를 풀어도 좋다고 허락했다. 일레인이 밴드를 풀자 눈앞에 지평선이 펼쳐졌다. 그것은 그녀가 단 한 번도 본 적이 없는 빛으로 물든, 단 한 번도 본 적이 없는 세계였고, 바로 그 빛은 계기판 위에서 손을 움직이면서 그녀가 이해하지 못하는 계기들(뱅뱅 도는 침들, 온갖 색깔들)을 바라보고 있던 리카르도의 얼굴을 물들이고 있었다. 그들은 라도라다에서 몇 킬로미터 떨어진 푸에르토살가르의 팔랑케로 기지로 갈 예정이었다. 이것, 즉 신부를 감동시키기 위해 할아버지가 리카르도에게 구해준 임대 경비행기 세스나 스카이락을 타고 비행한 몇 분은 리카르도가 일레인에게 선사한 결혼 선물이었다. 일레인은 그것이 상상할 수도 없는 가장 좋은 선물이라고, 평화봉사단의 그 어떤 자원봉사자도 자신의 근무지에 경비행기를 타고 간 적이 없었다고 생각했다. 한줄기 돌풍이 그들을 흔들어댔다. 그리고 그들은 착륙했다. '이건 새로운 삶이야.' 일레인은 생각했다. '방금 전에 난 나의 새로운 삶에 착륙했어.'

그랬다. 신혼여행은 정착 근무지에 도착한 것과 뒤섞여버리고, 합법적인 첫 성교는 신참 여자 자원봉사자의 첫 임무, 즉 하수도가 없는 지역에 하수도를 만들어주기 위한 첫 단계, 공동 행동과의 첫 회합과 뒤섞여버렸다. 일레인과 리카르도는 CEUCA 동기들의 친절 덕분에 라도라다에 있는 관광객용 여관에서 보고타에서 온 가족들이나 안티오키아 지방에서 온 목축업자들에게 둘러싸여 이틀 밤을 지내는 호사를 누릴 수 있었는데, 그 이틀은 그들이 합리적으로 보이는 가격에 단층 주택 한 채를 구하기에 충분한 기간이었다. 집—이제 그들은 부부였기 때문에, 카파라피의 작은 방에 비하면 명백하게 나은 것이었다—은 연어 같은 분홍색이었는데, 오랜 세월 아무도 돌보지 않은 9제곱미터짜리 흙마당이 있었다. 일레인은 즉시 마당을 복구하는 데 착수했다. 그녀는 이제 자신의 새로운 삶에서 아침이 새로운 면모를 갖게 되었다는 사실을 발견했고, 폭염이 하루를 삼키려 하기 전 새벽의 신선한 공기를 느끼려고 동이 트면 잠에서 깨어났다. "보고타에 있을 때는 차가운 물 때문에 불평을 많이 하던 제가 아침 일찍 차가운 물로 목욕을 해요. 목욕할 때 사용하는 바가지를 '토투마'라고 부르는데요, 두 분께 토투마 사진을 동봉할게요." 일레인이 조부모에게 편지를 썼다. 그곳에 자리잡은 지 며칠 만에 일레인은 자신에게 반드시 필요한 무언가를 구비했다. 인근 마을을 방문할 때 탈 말이었다. 말의 이름은 타파우에코였으나 일레인이 말 이름을 발음하는 데 무진 애를 먹었기 때문에 결국 트루먼으로 바꾸었는데, 말은 세 가지 속도로 다녔다. 완보, 속보, 습보. 이 말에 관해 일레인은 조부모에게 다음과 같이 썼다. "한 달에 50페소만 주면 시골 사람이 말을 보살피고, 먹이를 주고, 매일 아침 여덟시에 제게 데려와요. 엉덩이에 물집이 생기고 온몸이 아프지만 갈수록 말을 잘 타게 돼요. 트루먼은 저보다 더 많이 알고, 제가 더 잘 탈 수 있게 도와줘요. 우리는 서로 소통이 잘되는데, 이건 중요해요. 말이 있으면 시간을 더 잘 활용할 수 있거든요. 다른 사람 신세를 질 필요도 없고, 비용도 더 싸죠. 제가 황야의 7인* 가운데 하나는 아니지만 열의는 잃지 않고 있어요."

일레인은 사람들과의 접촉에도 열중했다. 그녀가 처음 만난 순간부터 업신여겼던 오하이오 출신 청년인 퇴임 자원봉사자(영화에 나오는 사도처럼 턱수염을 길렀으나 진취적인 기상이 전혀 없었다)의 도움을 받아 지역 유지 삼십 명의 명단을 완성할 수 있었다. 명단에는 신부, 영향력 있는 가문의 가장들, 읍장, 보고타와 메데인의 지주들, 땅은 가지고 있지만 자기 땅을 한 번도 밟아본 적이 없고, 또 그 땅으로 먹고살지만 땅에 부과되는 세금은 결코 내지 않는 일종의 숨어 있는 실력자들이 들어 있었다. 일레인은 밤이면 신혼 침대에서 이들에 대해 불평했다. 그러고 나서 콜롬비아는 모든 국민이 정치가지만 그 어떤 정치가도 국민을 위해서는 아무것도 하려 들지 않는다고 투덜거렸다. 이제 세상사를 통달한 것처럼 행동하는 리카르도는 드러내놓고 즐겼다. 그녀를 천진난만하다고, 순진하다고, 속이기 쉬운 그링가라고 부르고, 그녀를 조롱하고, 사회 자원봉사자인 그녀가 마치 제3세계를 위한 친절한 사마리아 사람 같은 포부를 갖고 있다며 놀리고, 그녀에게 참을 수 없는 가부장적인 말을 내뱉고는 끔찍한 발음으로 노래를 흥얼거렸다. 무엇을 위해 사는가? 누가 평화봉사단을 필요로 하는가? 일레인은 노래를

* 〈황야의 7인〉은 1960년 개봉한 미국 영화로, 가난한 국경 마을에서 도적떼에 대항하는 7인의 총잡이가 등장한다.

부르며 빈정대는 리카르도를 보고 더이상 웃지 않았는데 그녀가 화를 내면 낼수록 리카르도는 노래를 더 열심히 불러댔다.

　　나는 마약에 완전히 취해 있어I'm completely stoned,
　　나는 히피, 나는 마약에 취한 놈I'm hippy and I'm trippy,
　　나는 내 마음대로 하는 집시I'm a gypsy on my own.

"꺼져버려요Go fuck yourself." 일레인이 리카르도에게 이렇게 말했고, 그는 그 말을 완벽하게 이해했다.

　크리스마스가 되기 이틀 전, 일레인이 그 지역 의사와 별 소득도 없이 길게 끈 회합을 끝내고 먼지와 땀을 목욕으로 씻어버리고 싶어 죽을 지경이 되어 집에 도착해보니 손님이 와 있었다. 해가 지고 있었기 때문에 옆집 창문에 희미한 불빛이 켜져 있었다. 일레인이 트루먼을 가장 가까운 곳에 있는 기둥에 묶어놓고 집 둘레를 돌아 작은 정원을 지나고 주방문을 통해 집으로 들어간 뒤 프로판 냉장고에서 코카콜라를 찾고 있는 사이에 귀에 선 목소리가 들렸다. 목소리가 방이 아니라 거실에서 들려왔고, 또 두 남자의 목소리였기 때문에 일레인은 그링가인 자신에게 뭔가를 요청하려고 지인이 불시에 찾아온 거라고 추측했다. 그런 경우가 이미 여러 차례 있었다. 일레인은, 콜롬비아 사람들이 평화봉사단의 작업을 자신들이 하기 싫거나 자신들에게 어렵게 보이는 일을 모두 처리해주는 것인 줄 안다고 불평했다. "그건 식민지 근성이라고요." 그녀는 리카르도와 이에 관해 얘기할 때 늘 이렇게 말했다.

"자신들의 일을 다른 사람이 해주는 게 오랜 세월 습관화되어서 쉽게 사라지지 않는다고요." 갑자기 그런 사람들 가운데 누군가에게 인사를 해야 한다는 생각, 일련의 진부한 얘기를 서로 교환하고, 가족과 아이들에 관해 묻고, 럼이나 맥주를 꺼내야 한다는 생각이(미래의 어느 순간에 그 사람이 필요하게 될지는 절대 알 수 없고, 또 콜롬비아에서는 일이 작업을 통해 이루어지는 것이 아니라 진실하건 위선적이건 우정을 통해 이루어지기 때문이다) 그녀에게 무한한 피로를 유발했다. 하지만 그때 어느 목소리에서 분명치는 않지만 친숙하게 느껴지는 음색을 감지했다. 그녀는 자신의 모습을 노출시키지 않은 채 슬쩍 거실 쪽을 들여다보고는 먼저 한 사람은 마이크 바비에리이고, 곧이어 다른 사람은 카파라피에서 자신들을 많이 도와준 언청이 카를로스임을 거의 자동적으로 알아보았다. 그때 세 사람이 동시에 고개를 돌린 것으로 보아 그녀가 온 소리를 들었거나 느꼈음이 틀림없었다.

"오호, 드디어." 리카르도가 말했다. "이리 와봐요, 이리 와봐, 거기 서 있지 말고. 이 사람들이 당신을 보러 왔어요."

많은 세월이 흐른 뒤 그날을 회고할 때면 일레인은 당시 리카르도가 거짓말을 했다는 사실을, 의심할 만한 근거나 이유가 전혀 없는 상태에서 자신이 어떻게 그토록 확실히 알았는지 놀라지 않을 수 없었을 것이다. 아니었다, 그들은 그녀를 보러 온 것이 아니었다. 일레인은 그의 말이 튀어나온 바로 그 순간에 그것을 감지했다. 그녀가 카를로스에게 악수를 청했을 때 카를로스가 그녀와 눈을 맞추지 않았다는 사실에 그녀는 몸에 소름이 돋는 것 같고 불편했으며, 마이크 바비에리에게 스페인어로 인사를 하고 잘 지내는지, 일은 잘되어가고 있는지, 평화봉사단의 마지막 분과 모임에는 왜 참석하지 않았는지 물었을 때는 어떤 불안감, 불신감을 느꼈다. 리카르도는 공예품 시장에서 좋은 가격에 산 고리버들 흔들의자에, 두 손님은 나무 걸상에 앉아 있었다. 식탁 유리 한가운데에 있던 종이를 리카르도가 와락 낚아채갔으나 일레인은 종이에 혼란스럽게 그려진 그림 하나, 아메리카대륙의 형태 혹은 어린아이가 그린 아메리카대륙의 형태를 닮은 일종의 커다란 형상을 볼 수 있었다. "안녕, 근데 뭐하고 있는 거예요?" 일레인이 물었다.

"마이크가 우리와 함께 크리스마스를 보내려고 왔어요." 리카르도가 말했다.

"당신만 괜찮다면." 마이크가 말했다.

"괜찮아요, 물론 괜찮죠." 일레인이 말했다. "근데 혼자 온 거예요?"

"네, 혼자예요." 마이크가 말했다. "난 두 사람과 함께라면 다른 사람은 필요 없어요."

그때 카를로스가 자리에서 일어나더니 자리를 양보하려는 듯 일레인에게 자신이 앉았던 걸상을 가리키더니 작별 인사인지 뭔지 모를 아리송한 말을 중얼거리고, 손가락이 굵은 손을 들어올리며 현관문 쪽으로 걸어가기 시작했다. 커다란 땀자국이 그의 등 아래로 번지고 있었다. 일레인은 그를 위아래로 훑어보고는 그가 허리띠를 차면서 허리띠 고리 하나를 빼먹었다는 사실을, 바지의 다리미질 상태가 좋다는 사실을 발견했는데, 그가 걸을 때 샌들에서 나는 소리와 샌들 굽 가죽의 회색빛이 인상적이었다. 마이크 바비에리는 잠시 더 머무르면서 코카콜라를 섞은 럼 두 잔을 마시고, 사크라멘토에 있는 한 자원봉사자가 자기와 함께 추수감사절을 보내러 왔는데, 그가 햄 라디오*를 이용해 미국으로 전화 거는 법을 가르쳐주었다고 얘기했다. 마술이었어요, 진짜 마술이었다고요. 통화할 수 있도록 라디오 세트를 빌려줄 만한 친절한 라디오광을 여기서 한 사람, 미국에서 한 사람을 구해야 하고, 그러면 1달러도 쓰지 않고서 가족과 즉시 통화할 수 있는데, 그건 완전히 합법적이기 때문에, 아니 전혀 부정한 방법이 아니거나 혹은 아마도 조금은 부정한 방법일 수도 있으나 이에 신경쓸 필요는 없기 때문에 걱정은 하지 말라고 했다. 미국에 있는 여동생, 자신이 돈을 빌린 친구, 심지어 한때 그를 삶에서 내쳐버렸지만 이제는 시간이 흐르고 서로 멀리 떨어져 있어서 그가 지은 아주 나쁜 죄까지도 용서해주었다는 대학 시절의 애인과도 통화했다고 말했다. 그 모든 것은 완전히 공짜라고요, 놀랍지 않아요?

마이크 바비에리는 그들과 함께 크리스마스이브를 보내고, 크리스마스도 보내고, 그다음주도 보내고, 그해의 마지막날도 보내고, 새해 첫날도 보내고 나서 1월 2일에야 진짜 가족과 헤어지는 것처럼 눈물을 글썽이는 모습으로 그들을 다정하게 껴안으며 친절하고 다정하게 함께 지내줘서, 코카콜라 섞은 럼주를 대접해줘서 고맙다는 인사말을 늘어놓고 떠났다. 일레인에게는 긴 나날이었다. 그녀는 지팡이 사탕도,

---

* 직업이 아닌 취미로 무선통신을 즐기는 것을 말한다.

242

벽난로에 매다는 양말도 없는 명절이 신나지 않았고, 그 천방지축 그링고가 어느 순간 자신들 사이에 끼어들었는지 이해할 수 없었다. 하지만 리카르도는 최고의 시간을 보낸 것 같았다. "마이크는 잃어버렸던 내 형제나 마찬가지예요." 리카르도가 마이크 바비에리를 껴안으면서 말했다. 밤에 술을 마신 뒤에는 마이크 바비에리가 마리화나를 꺼내 담배처럼 말았고, 리카르도는 환풍기를 틀었다. 세 사람은 정치, 닉슨, 로하스 피니야, 미사엘 파스트라나, 운전하던 자동차로 다리 난간을 파손시키며 물속으로 추락한 에드워드 케네디, 그리고 케네디와 동승했다가 익사한 불쌍한 아가씨 메리 조 코펜에 관해 얘기했다. 얘기가 끝나면, 일레인은 기진맥진한 상태로 잠을 자러 갔다. 그녀에게는, 그녀가 담당하던 지역의 시골 사람들과 마찬가지로, 한 해의 마지막 주는 휴가가 아니었고, 그 주 내내 약속 시각에 맞추려고 일찍 집을 나섰다. 저녁에 그녀가 지저분한 몸으로, 지역의 발전이 더딘 것 때문에 기가 꺾여서, 장시간 트루먼을 타고 다니느라 종아리가 아픈 상태로 집에 돌아오면, 리카르도와 마이크는 식사 준비를 거의 다 해놓고 그녀를 기다리고 있었다. 그리고 저녁식사를 마치면 늘 똑같은 일이 반복되었다. 창문을 활짝 열어놓고서 럼을 마시고, 마리화나를 피우고, 닉슨, 로하스 피니야, 고요의 바다*에 관해, 세상이 어떻게 바뀔 것인지에 관해, 호찌민의 죽음에 관해, 전쟁의 양상이 어떻게 바뀔 것인지에 관해 얘기했다.

1970년의 첫 월요일―건조하고 힘들고 더운 어느 날, 햇빛이 어찌

---

* 달 표면의 동쪽, 적도보다는 약간 북쪽에 있는 평평하고 낮은 부분을 일컫는 말. 1969년 미국의 아폴로 11호가 착륙한 곳이기도 하다.

나 세던지 하늘이 파란색이 아니라 하얀색으로 보이던 날—, 일레인이
자신들이 학교를 세우고 있던 과리노시토에서 그녀와 같은 분과에 속
한 자원봉사자들이 진행하기 시작한 문맹 타파 프로그램에 관해 말하
려고 트루먼을 타고 집을 나서서 어느 길모퉁이를 돌았을 때 저멀리
카를로스와 마이크 바비에리가 보였다. 저녁에 일레인이 집에 돌아오
자 리카르도가 소식 한 가지를 전했다. 일자리를 구해서 이틀 정도 집
을 비워야겠다는 얘기였다. 산안드레스에서 텔레비전 몇 대를 가져와
야 하는데, 아주 간단한 일이지만 목적지에서 잠을 자야 한다는 것이었
다. 그는 그렇게, '목적지에서'라고 말했다. 일레인은 그가 이제 일을 하
러 나가기 시작한다는 사실이 기뻤다. 아마도, 무엇보다도, 조종사로서
생활비를 버는 것이 그리 어렵지 않다는 사실 때문이었을 것이다. "모
든 일이 잘되어가고 있어요." 일레인은 2월 초 조부모에게 보낸 편지에
이렇게 썼다. "물론 계기판을 읽으며 경비행기를 모는 것은 마을 정치
가들의 협조를 얻는 것보다 천 배는 쉬워요." 그리고 다음과 같이 덧붙
였다. "그런데 그게 여자에게는 아주 어려운 일이에요." 그녀는 계속해
서 써나갔다.

한 가지를 배웠어요. 마을 사람들은 시키는 일을 하는 데 익숙해
져 있기 때문에 저는 그들의 후원자처럼 행동하기 시작했어요. 그렇
게 해야 일이 잘된다는 말씀을 드리게 되어 마음이 좋지 않네요. 아
무튼 그렇게 해서 저는 빅토리아(이 지역의 어느 마을 이름이에요)
의 여자들이 의사에게 영양과 치아 건강 캠페인을 하라고 요구하도

록 할 수 있었지요. 그래요, 영양과 치아 건강을 한 가지 사안으로 본다는 것이 이상하게 느껴질 수 있겠지만, 주민들이 설탕물만 마셔대서 다들 이가 썩어버리거든요. 저는 적어도 그것만은 이루었어요. 대단한 것은 아니지만 지금부터 시작이에요.

리카르도는, 그래요, 행복하게 지내요. 장난감 가게에 있는 아이 같다니까요. 리카르도에게 일자리가 생기기 시작했는데 많지는 않지만 충분해요. 사업용 조종사가 되기에는 비행시간이 아직 충분하지 않지만, 임금이 더 싸서 사람들이 그를 선호하기 때문에(콜롬비아에서는 모든 것이 비밀리에 이루어질 때 더 좋으니까요) 그게 더 나아요. 물론 그래서 예전처럼 리카르도를 자주 보진 못하지요. 리카르도는 아주 일찍 집을 나가서 비행기를 타고 보고타를 떠나는데, 그렇게 하는 데 하루가 걸려요. 가끔은 비행을 떠나는 날, 또는 비행을 마치고 돌아오는 날, 또는 두 날 모두 보고타의 옛 집, 부모 집에서 자기까지 해요. 가끔은 그것 때문에 화나긴 하지만 저에게는 불평할 권리가 없어요.

리카르도는 일을 끝내고 나서 다시 일을 시작하기까지 몇 주 동안은 한가했다. 따라서 일레인이 세상을 바꾸려는 무익한 시도를 마치고 집에 돌아오는 초저녁이 될 때까지 따분한 시간을 보낼 수밖에 없었다. 몹시 심심해지면 연장 상자를 꺼내놓고 뭔가를 하기 시작하는데, 그러면 집이 공사판처럼 변해버렸다. 3월에 리카르도는 이제 작은 정원으로 바뀌어 있던 흙마당에 일레인을 위한 목욕탕을 만들었다. 목욕탕은 집 외벽에 붙은 작은 칸막이 방 같은 것으로, 일레인은 목욕탕에다 호스를 연결해놓고 밤하늘 아래서 샤워를 할 수 있었다. 5월에 리카르도는 연장을 보관할 수 있는 장을 짜서 도둑들이 엄두도 내지 못하도록 카드 크기의 견고한 자물쇠를 채웠다. 6월에는 집을 비우는 날이 평소보다 많았기 때문에 아무것도 만들지 않았다. 리카르도는 일레인과 상의한 끝에 사업용 조종사 면허증을 따려고 항공클럽에 재등록하기로 결정했다. 그 면허증이 있으면 화물을 수송할 수 있고, 더 중요한 것은 승객을 운송할 수도 있기 때문이었다. "그렇게 되면 본격적인 작업을 하게 될 거요." 리카르도가 말했다. 면허증을 따려면 복식조종장치* 교육 열 시간 외에도 백여 시간의 비행 훈련이 필요했기 때문에 리카르도는 주중에 보고타로 가서(그는 부모 집에서 자고, 부모의 얘기를 듣고, 자신의 신혼 생활에 대한 얘기를 부모에게 들려주었다. 그러면 온 가족이 축배를 들며 즐거워했다), 금요일 밤에 기차나 버스를 타고 라도라다로 돌아왔는데, 한번은 전세 택시를 타고 왔다. "택시 요금이 비싸잖아요." 일레인이 말했다. "상관없어요." 리카르도가 말했다. "당신이 보고 싶었어요. 내 아내를 보고 싶었다고요." 그즈음 어느 날 리카르도가 자정이 넘은 시각에 도착했는데, 이번에는 버스나 기차나 택시가 아닌 하얀 지프를 타고 왔다. 부르릉거리는 지프의 엔진 소리와 위압적인 헤드라이트 불빛이 거리의 평화를 기습적으로 깨뜨렸다. "당신이 안 올 줄 알았어요." 일레인이 말했다. "늦은 시각이라 걱정하고 있었다고요."

---

* 이중으로 조종이 가능하도록 연결된 조종장치로, 비행사 훈련 기간중 교육 목적으로 사용되거나 대형 비행기에서 부조종사에게 조종을 인계하기 위해 사용된다.

일레인이 하얀 지프를 가리켰다. "저건 누구 거예요?"

"마음에 들어요?" 리카르도가 일레인에게 말했다.

"그냥 지프잖아요."

"그래요." 그가 말했다. "근데 마음에 드냐고요."

"크네요." 일레인이 말했다. "하얀색이고. 시끄럽고."

"사실 당신 거예요." 리카르도가 말했다. "메리 크리스마스."

"지금은 6월이잖아요."

"아니에요, 지금은 12월이에요. 기후가 늘 같기 때문에 알아차리지 못하는 거예요. 당신은 스스로를 콜롬비아 여자라고 생각하니까 그 정도는 이미 알았어야 해요."

"그런데 이거 대체 어디서 나온 거냐고요." 일레인이 한 자 한 자 또박또박 말했다. "그리고 우리가 어떻게 이런 것을, 언제부터……"

"질문이 너무 많군요. 이건 말이나 마찬가지예요, 엘레나 프리츠. 말보다 더 빠르고 비가 와도 젖지 않는다고요. 이리 와봐요, 이 차 타고 한 바퀴 돌아봅시다."

일레인이 파악한 바에 따르면 그 지프는 닛산 패트롤 68 모델로, 출고 시 공식 색상은 세밀하게 살펴보면 하얀색이 아니라 상아색이었다. 하지만 일레인은 차에 관한 이런 사항들보다 차 뒷부분에 달린 문 두 개와 탑승 공간에 더 많은 관심이 갔는데, 그 공간은 바닥에 폭이 좁은 매트리스 하나를 깔 수 있을 정도로 넓었다. 하지만 베이지색 시트가 씌워진, 아이 하나가 충분히 누울 만한 접이식 좌석 두 개가 있어 구태여 매트리스를 깔지 않아도 될 것 같았다. 앞좌석은 일종의 커다란 소파로, 일레인은 앞좌석에 앉아 바닥에서 솟아올라온 길고 가느다란 변속레버를 보았는데, 검은색 손잡이에는 3단계 변속 표시가 되어 있었다. 운전석 계기판을 보고는 하얀색이 아니라 상아색이라고 생각했고, 막 리카르도가 움직이기 시작한 검은색 핸들을 보았고, 보관함 위에 달린 손잡이를 움켜쥐었다. 닛산 지프는 라도라다의 시내 거리를 달려 이내 국도로 나왔다. 리카르도는 메데인 쪽으로 방향을 틀었다. "일이 잘되고 있어요." 그때 리카르도가 말했다. 닛산 지프는 마을의 불빛을 뒤에 남겨둔 채 검은 밤 속으로 뛰어들었다. 전조등 불빛에 길가의 무성한 나무들, 깜짝 놀라 도망치는 눈이 번쩍이는 개, 섬광 같은 것을 내뿜는 더러운 물웅덩이가 드러났다. 습한 밤이었고, 리카르도가 환기장치를 가동시키자 더운 공기가 실내로 확 밀려들었다. "일이 잘되고 있어요." 리카르도가 다시 말했다. 일레인은 리카르도의 옆모습을, 어스름 속에서 고무된 표정을 보았다. 리카르도는 그녀를 바라보는 동시에 운전자를 놀라게 하는 것들이 가득한 길에서(주의가 산만한 동물, 작은 분화구처럼 보이는 웅덩이, 술에 취한 채로 자전거를 타고 가는 사람이 있을 수 있었다) 제대로 운전하려 애쓰고 있었다. "일이 잘되고 있어요." 리카르도가 세번째로 말했다. 일레인이 '저 사람이 내게 뭔가를 얘기하고 싶어하는군' 하고 생각하던 바로 그때, 검은 밤에서 튀어나오듯 그녀의 머리 위로 내려온 계시 때문에 놀라고 있던 바로 그때, 현기증 또는 두려움 때문에 화제를 바꾸려던 바로 그 순간, 리카르도가 의심의 여지 없는 어조로 말했다. "아이를 갖고 싶어요."

"당신 미쳤군요." 일레인이 말했다.

"왜요?"

일레인이 격하게 손을 움직였다. "애가 생기면 돈이 들잖아요. 난 평화봉사단의 자원봉사자고, 내 급료는 겨우 입에 풀칠이나 할 정도예요. 자원봉사자의 임무를 먼저 완수해야 한다고요." '자원봉사자의 임무'라는 말은, 커브투성이 도로를 달리는 것처럼 꺼내기가 쉽지 않았는데, 그녀는 잠시 자신이 실수를 했다고 생각했다. "나는 이게 좋아요. 지금 하고 있는 일이 좋다고요." 그래서 그녀는 이렇게 말했다.

"그 일은 계속할 수 있어요." 리카르도가 말했다. "나중에."

"우리는 그럼 어디서 사는데요? 이 집에서 애를 낳을 수는 없어요."

"그럼 이사를 갑시다."

"무슨 돈으로요?" 일레인의 목소리에는 짜증 같은 것이 묻어 있었다. 그녀가 고집스러운 아이에게 말하듯 리카르도에게 말했다. "여보dear, 당신이 어떤 세상에 사는지 모르겠지만, 그렇게 즉흥적으로 되는 게 아니라고요." 그녀가 두 손으로 자신의 긴 머리카락을 움켜쥐었다. 그러고는 핸드백에서 머리 고무줄을 꺼내더니 땀에 젖은 목덜미를 식히려고 머리카락을 하나로 묶었다. "아이를 갖는 건 즉흥적으로 되는 게 아니라고요. 당신은 이해 못해요, 못한다고요You just don't, you don't."

리카르도는 대답이 없었다. 차 안에 밀도 높은 침묵이 흘렀다. 닛산 지프의 소리, 부르릉거리는 엔진 소리, 울퉁불퉁한 도로를 달리는 바퀴의 마찰음만 들릴 뿐이었다. 그때 도로 양옆으로 거대한 초원이 펼쳐졌다. 일레인은 케이폭나무 아래에 누워 있는 암소 두 마리를, 초원의 검은색이 지닌 균일성을 깨뜨리는 하얀 소뿔을 보았다고 생각했다. 초원의 배경에 낮게 깔린 안개 위로 뾰족한 바위산의 윤곽이 보였다. 닛산 지프는 울퉁불퉁한 포장도로 위를 달렸고, 불빛이 비치는 공간 밖의 세상은 회색과 파란색이었는데, 그때 도로가 일종의 갈색과 푸른색 터널, 나뭇가지들이 공중에 거대한 돔 모양을 형성하고 있는 통로 안으로 들어갔다. 그 순간 리카르도가 자신이 마이크 바비에리와 함께 하고 있는 사업과 그 사업의 미래, 그 사업에서 자신이 펼칠 수 있는 계획에 관해 일레인에게 말했기 때문에—이번에는 도로에 시선을 집중시킨 채, 일레인을 전혀 쳐다보지 않고, 오히려 일레인의 시선을 피한 채—일레인은 그 이미지, 자신들을 완벽하게 둘러싼 채 하늘을 가리고 있던 그 열대식물들을 언제까지고 기억할 것이다. "나는 즉흥적이지 않아요, 엘레나 프리츠." 리카르도가 말했다. "이 문제를 오랫동안 생각했어요. 모든 것은 마지막 세부 사항 하나까지 계획되어 있다고요. 또 말하고 싶은 것은 당신이 지금까지 그 계획에 대해 알지 못했다는 건데요, 그래요, 좋아요, 왜냐하면 아직까지는 당신이 알 필요가 없었기 때문이에요. 이제는 알 필요가 있어요. 모든 걸 설명해줄게요. 내 말을 다 듣고 나서 우리가 아이를 가질 수 있을지 없을지 말해봐요. 됐어요?"

"그래요." 일레인이 말했다. "그렇게 해요."

"좋아요. 그럼 마리화나 문제에 관해 얘기해줄게요."

리카르도는 일레인에게 얘기했다. 작년에 이루어진 미국과 멕시코 간 국경 폐쇄에 관한(닉슨은 미국을 마리화나에서 해방시킬 방법을 찾고 있었다) 것이었다. 배급업자들의 거래가 정체되어버렸다고, 중계업자들의 입장에서 보면 그들의 고객들이 더이상 그들을 기다려주지 않고 다른 쪽을 바라보기 시작했다고 얘기했다. 그는 그녀에게 자메이카에 관해 말하면서, 그곳이 소비자들의 손에 가장 가까운 대안지들 가운데 하나인데, 특히 시에라네바다, 라과히라 주, 마그달레나 분지에서 가깝다고 강조했다. 확실한 이익이 보장되는 사업에 적합한 동업자를 찾아 몇 개월 만에 샌프란시스코, 마이애미, 보스턴에서 사람들이 왔는데, 그들이 운좋게 마이크 바비에리를 만났다는 얘기를 했다. 일레인은 평화봉사단의 칼다스 지부장을 잠시 생각했다. 그는 인디애나 주 사우스벤드의 성공회 신자로 농촌 지역의 성교육 프로그램을 거부한 적이 있는 사람이었다. 만약 그가 이 사실을 알았더라면 어떻게 생각했을까? 리카르도는 계속해서 말했다. 마이크 바비에리는 단순한 동업자가 아니라 진정한 선구자라고. 마이크 바비에리는 시골 사람들에게 여러 가지를 가르쳐준 사람이었다. 그는 농사에 조예가 깊은 다른 자원봉사자들과 함께 시골 사람들에게 마리화나 재배 기술, 즉 어디에 마리화나 씨앗을 뿌려야 산의 보호를 받을 수 있는지, 어떤 비료를 사용해야 하는지, 마리화나의 암술과 수술을 어떻게 식별하는지 가르쳐주었다. 그리고 지금은, 그래, 지금은 여기서부터 메데인 사이에 흩어져 있는 10 내지 15헥타르의 땅에 대한 계약을 체결해 수확기마다 마리화나 400 킬로그램을 생산해낼 수 있었다. 그가 시골 사람들의 삶을 바꾸어놓았다는 것은 전혀 의심할 바 없는 사실이었고, 시골 사람들은 적은 노동으로 그 어느 때보다도 많은 돈을 벌고 있었는데, 모든 것은 마리화나와 마리화나로 인해 일어나는 일들 덕분이었다. "그걸 비닐봉지에 넣고 봉지를 비행기에, 그러니까 쉽게 얘기하자면 세스나 쌍발기에 실어요.

내가 비행기를 인도받아서 물건을 가득 채워 갔다가 다른 물건을 가져오는 거예요. 마이크가 킬로그램당 25달러쯤 경작자들에게 지불해요. 최상품일 경우엔 총 1만 달러죠. 아무리 상황이 좋지 않아도 한 번 갔다 올 때마다 6만, 7만 달러를 벌어오고 가끔은 더 많이 벌어와요. 몇 번을 할 수 있냐고요? 당신이 계산해봐요. 내가 당신에게 하고 싶은 말은 그들이 나를 필요로 한다는 거예요. 나는 내가 있어야 할 때에 있어야 할 곳에 있었는데, 이는 뜻밖의 행운이었어요. 이제는 행운의 문제가 아니에요. 사람들이 나를 필요로 하고, 나는 반드시 필요한 존재가 되었죠. 이건 시작에 불과해요. 나는 어디에 착륙하고 어디서 이륙해야 하는지 알고 있는 사람이에요. 나는 여러 비행기 가운데 어느 비행기에 화물을 어떻게, 얼마만큼 싣는지, 화물을 어떻게 분배하는지, 더 멀리 비행하기 위해 비행기 안에 어떻게 예비 연료 탱크를 숨기는지 알고 있는 사람이에요. 당신은 상상하지 못할 거요, 엘레나 프리츠. 밤에 이륙하는 게 어떤 건지 말이에요. 밤에 이륙해서 알루미늄판 같은 강, 녹은 은이 흘러가는 것 같은 강을 아래에 둔 채 산맥들 사이를 날 때면 아드레날린이 솟구치는데, 달밤에 보는 마그달레나 강이 정말 얼마나 감동적인지는 상상도 못할 거요. 마그달레나 강을 위에서 내려다보며 따라가는 것이, 그리고 아직 동이 트지 않았을 때 바다로, 바다의 무한한 공간으로 나온다는 게 어떤 건지, 그리고 바다에서 동이 트는 것을 보는 게, 불길이 번지는 것 같은 수평선을 보는 게, 너무도 밝은 햇빛 때문에 제대로 볼 수조차 없다는 게 어떤 건지 당신은 알지 못해요. 아직까지 멀리 비행한 것은 두어 번밖에 되지 않지만, 나는 여정에 대해,

바람에 대해, 거리에 대해, 비행기의 특이점에 대해 지금 운전하고 있는 이 지프처럼 잘 알고 있어요. 그 밖의 다른 것들에 대해서도 인지해가고 있는 중이고요. 나는 내가 원하는 곳이면 어디서든 기계를 이착륙시킬 수 있어요. 해변 2미터 이내에서도 이륙시킬 수 있고, 캘리포니아의 돌투성이 사막지대에도 착륙시킬 수 있어요. 레이더 탐지 사각지대로 비행기를 집어넣을 줄도 알고요. 그 사각지대가 아무리 좁다 해도 내 비행기는 그곳으로 들어갈 수 있어요. 아무거나 말해봐요. 비행기가 세스나든, 비치크래프트든, 무엇이든 그렇게 할 수 있죠. 두 레이더 사이에 틈새가 있으면 그곳을 찾아내 비행기를 집어넣을 수 있지요. 나는 훌륭해요, 엘레나 프리츠. 아주 훌륭하다고요. 매번, 비행을 할 때마다 더 좋아질 거예요. 물론 비행을 생각하면 약간 두렵기도 해요."

9월 말에 일주일 동안 철 이른 폭우가 쏟아져 계곡과 개울이 넘치고, 여러 마을의 위생에 긴급사태가 발생했다. 그러던 어느 날 일레인은 평화봉사단의 마니살레스 지부에서 열린 자원봉사자 분과 모임에 참석해 그 지역 수공업자들을 위한 협동조합 설립 문제에 대해 상당히 열띤 토론을 하는 중에 뱃속에서 무언가를 느꼈다. 일레인은 회의실 문까지도 갈 수가 없었고, 다른 자원봉사자들은 그녀가 웅크린 자세로 한 손으로는 의자 등받이를 붙들고, 다른 손으로는 머리카락을 움켜쥔 채 바닥의 붉은 타일에 끈적끈적하고 노란 덩어리를 토하는 것을 보았다. 동료들이 그녀를 의사에게 데려가려 했으나 그녀는 한사코 거부했다 ("아무 일도 아니에요, 여자들 일이라고요, 날 가만 내버려둬요"). 몇 시간 뒤 그녀는 동료들 몰래 에스코리알 호텔 225호에 투숙했고, 리카르도에게 전화를 걸어 자신이 시외버스를 타고 집에 갈 수 없을 것 같으니 데리러 오라고 말했다. 일레인은 리카르도가 도착하기를 기다리는 동안 호텔을 나와 대성당 주변을 몇 바퀴 돈 뒤 볼리바르 광장의 벤치에 앉아서 교복 차림으로 지나가는 아이들, 판초 차림의 노인들, 손수레를 끌며 장사하는 사람들을 바라보았다. 겨드랑이에 상자를 낀 소년이 그녀에게 다가와 구두를 닦으라고 하자 그녀는 현지인과는 다른 자신의 말투를 숨기려고 말없이 동의했다. 그녀는 광장을 쓱 훑어보고서 사람들이 자기를 보면 그중 몇이나 자기가 그렁가라는 사실을 알아볼지, 몇이나 자기가 콜롬비아에서 겨우 일 년 남짓 살았다는 사실을 눈치챌지, 몇이나 자기가 콜롬비아 남자와 결혼했다는 사실을 알아맞힐지, 몇이나 자신의 임신 사실을 알 수 있을지 자문해보았다. 그러고는 자신의 에나멜가죽 구두가 번쩍번쩍 윤이 날 정도로 잘 닦여서 구두코에 마니살레스의 하늘이 비친 상태로 호텔로 돌아가 호텔 로고가 박힌 종이에 편지를 쓰고, 이름들을 생각하려고 침대에 드러누웠다. 적당한 이름이 전혀 떠오르지 않았다. 그리고 이름을 생각하기 전에 잠들어버렸다. 그날 오후처럼 피로가 극심했던 적은 한 번도 없었다.

일레인이 잠에서 깨어났을 때는 리카르도가 옆에서 옷을 벗은 채 자고 있었다. 일레인은 그가 온 지도 몰랐다. 새벽 세시였다. 이런 호텔에 있는 도어맨이나 야간 경비원들은 대체 뭐하는 사람들일까? 대체 무슨 권리로 투숙객에게 알리지도 않은 채 낯선 남자를 객실로 들어가게 했을까? 리카르도는 일레인이 자기 아내라는 사실을, 자신이 그녀의 침대를 차지할 권리를 가졌다는 사실을 어떤 방법으로 증명했을까? 일레인은 현기증을 느끼지 않으려고 벽의 한 지점에 시선을 고정시킨 채 침대에서 일어났다. 창문으로 가서 텅 빈 광장 한쪽 귀퉁이를 바라보고, 한 손을 배에 갖다댄 채 소리 죽여 울었다. 자신이 라도라다에 도착해서 맨 처음 할 일은 트루먼을 맡아줄 집을 찾는 것이라고 생각했다. 앞으로 몇 달 동안, 아니 일 년은 말을 타지 못할 것 같았기 때문이다. 그래, 그것이 첫번째 할 일이 될 것이고, 두번째로 할 일은 다른 집, 가족을 위한 집 한 채를 구하는 게 될 거라고 생각했다. 자원봉사자들의 대표에게 상황을 알려야 할지, 아니면 보고타로 전화를 걸어야 할지도 자문해보았다. 그러고는 그럴 필요가 없다고, 몸이 허락할 때까지 일을 하고 나서 상황을 봐가며 처리해야겠다고 결정했다. 그녀는 입을 벌린 채 자고 있는 리카르도를 바라보았다. 침대로 다가가서 손가락 두 개로 시트를 들어올렸다. 리카르도의 잠든 자지를, 곱슬한 음모(그녀의 음모는 곧다)를 보았다. 일레인은 자기 성기를 만지고 나서 배를 보호하기 위해서라는 듯 다시 배를 만졌다. 무엇을 위해 사는가? 갑자기 이런 생각이 들었고, 그녀는 머릿속으로 이 구절을 흥얼거렸다. 누가 평화봉사단을 필요로 하는가? 그러고는 다시 잠이 들었다.

일레인은 더이상 일을 할 수 없는 상태가 될 때까지 일했다. 임신 첫 몇 개월 동안에는 배가 예상보다 많이 불렀으나, 너무 피곤해서 점심 때 오랫동안 낮잠을 자야 하는 것을 제외하고는 임신 때문에 그녀의 일상이 바뀌지는 않았다. 하지만 다른 것들은 바뀌었다. 일레인은 더위와 습기가 그 어느 때보다 심하다고 느끼기 시작했다. 그녀는 본격적으로 자기 몸에 대해 인식하기 시작했는데, 몸은 이제 더이상 가만히 있지도 신중하지도 않았으며, 문제 많은 사춘기 소년이나 주정꾼처럼 갑작스럽게 자신에 대한 관심을 이끌어내고자 나날이 필사적으로 애를 썼다. 일레인은 몸의 무게가 종아리에 가하는 압력이 싫고, 단 네 계단만 올라가도 넓적다리에 느껴지는 긴장이 싫고, 늘 마음에 들던 자신의 작은 젖꼭지가 갑자기 커지고 검어지는 것이 싫었다. 그녀는 부끄러움과 죄책감에 몸 상태가 영 좋지 않다고 말하며 모임에 빠지기 시작했다. 단 몇 시간이라도 시원한 물 위에 뜬 채 중력을 속이는 즐거움을, 지금까지 평생 그랬던 것처럼 자신의 몸이 다시 가벼워졌다고 느끼는 즐거움을 향유하기 위해 수영장에서 오후를 보내려고 값비싼 호텔에 가기도 했다.

리카르도는 일레인에게 헌신했다. 그는 일레인의 임신 기간 내내 비행을 단 한 차례밖에 하지 않았으나 그때 아주 큰 화물을 실었던 것 같았는데, 그가 가짜로 보일 만큼 깨끗하고 번쩍거리는 달러 다발, 보드게임에서 사용하는 장난감 돈처럼 인쇄된 종이가 가득찬 테니스 가방—감청색 인조가죽에 하얀 퓨마가 위로 튀어오르는 그림이 있고 황금색 지퍼가 달린—을 들고 돌아왔기 때문이다. 돈은 가방에만 가득 들어 있었던 것이 아니라, 가방 외부에 부착된 라켓 커버에도 가득 들어 있었다. 리카르도는 예전에 손수 짜놓은 장에 돈 가방을 넣고 자물통을 채웠으며, 달러를 페소로 바꾸려고 한 달에 두 번씩 보고타에 갔다. 그는 일레인을 많이 배려했다. 일레인이 이동할 때면 늘 닛산 지프에 태웠고, 정기검진을 받는 데 함께 가고, 그녀가 체중계에 올라서는 것을 바라보고, 체중계의 주춤거리는 바늘을 보고서 수첩에 새로운 수치를 기록했다. 그녀가 일하러 갈 때도 함께했다. 그녀가 학교를 세워야 할 때면 기꺼이 흙손을 쥐고 벽돌에 시멘트를 바르거나 외바퀴 수레에 자갈을 담아 옮기거나 모래를 고르는 체의 망을 손질했다. 일레인이 공동 행동 사람들과 대화를 해야 할 때면 방 한 귀퉁이에 앉아서 갈수록 좋아지는 아내의 스페인어를 들었고, 가끔은 일레인이 기억하지 못하는 단어를 통역해 도움을 주었다. 언젠가 일레인은 도라달 공동체의 지도자를 찾아갈 일이 있었다. 무성한 콧수염에, 단추를 배꼽 부분까지 푼 셔츠 차림의 그 지도자는 파이사의 뱀장수처럼 수다스러운 남자였음에도 소아마비 예방접종 캠페인의 승인을 받아내지 못하고 있었다. 그것은 관료정치의 문제였는데 그로 인해 일의 진행이 늦어졌고, 아이들은 더이상 기다릴 수 없는 상황이었다. 일레인과 그는 자신들이 실패했다는 느낌을 지닌 채 헤어졌다. 일레인이 차문의 손잡이를 잡고 의자의 등받이를 움켜쥔 채 어렵사리 지프에 올라 자리를 잡았을 때 리카르도가 일레인에게 말했다. "금방 돌아올 테니 잠시 기다려요." "어디 가는데요?" "금방 돌아와요. 금방 돌아오니까 아주 잠시만 기다려요." 일레인은 리카르도가 그 집으로 들어가 셔츠 단추를 배꼽까지 푼 남자와 뭔가 얘기를 나누더니 두 사람이 문 뒤로 사라지는 모습을 보았다. 나흘 후, 일레인이 캠페인이 예상보다 빨리 승인되었다는 소식을 들었을 때 그녀의 뇌리에 한 장면이 떠올랐다. 리카르도가 주머니에 손을 집어넣어 공무원들에게 줄 장려금을 꺼내고, 그 남자에게 더 많은 장려금을 약속하는 장면이었다. 일레인은 자신이 의심한 내용이 맞는지 확인하고, 리카르도에게 따져서 자백을 받아낼 수도 있었을 것이나 그렇게 하지 않기로 작정했다. 어찌되었든, 목적은 달성되었다. 아이들, 아이들을 생각해야 했다. 아이들이 중요했다.

일레인은 자신의 배가 일을 하는 데 방해가 될 정도로 불러오른 임신 삼십 주부터 자원봉사자 지부장에게 특별 휴가를 허락받고, 평화봉사단의 보고타 본부로부터 허가서를 발급받았는데, 허가서를 발급받기 위해 라도라다에서 의무 근무를 하던 신출내기 공중보건의가 엉망으로 서둘러 쓴 진단서를 보고타에 우편으로 보내야 했다. 당시 그 의사는 산부인과에 대한 지식도 의학적 판단력도 전혀 없는 상태로 그녀의 생식기를 검사하려 했기 때문에 진찰을 받으려고 옷을 반쯤 벗고 있던 일레인은 생식기 검사를 거부하고 화를 내기까지 했다. 그녀에게 처음 떠오른 것은, 리카르도가 어떤 반응을 보일지 예상할 수 없었기 때문에 이에 관해서는 리카르도에게 입도 벙긋할 수 없다는 것이었다. 진단서를 발급받은 뒤, 닛산 지프를 타고 집으로 돌아가는 길에 일레인은 남편의 옆얼굴과 손가락이 기다란 손, 검은 머리를 보고서 가벼운 욕망을 느꼈다. 리카르도의 오른손은 변속레버 위에 놓여 있었다. 일레인이 리카르도의 손목을 움켜쥐고서 자신의 가랑이를 벌리자, 손이, 리카르도의 손이 상황을 이해했다. 두 사람은 말없이 집에 도착해 도둑처럼 급히 안으로 들어가서는 커튼을 치고 뒷문을 잠갔다. 리카르도는 옷을 벗어 옷 속에 개미가 잔뜩 들어가는 것도 아랑곳하지 않고 바닥에 내팽개쳤다. 그사이 일레인은 하얀 커튼 쪽으로, 햇빛을 받아 커튼에 형성된 사각형 쪽으로 얼굴을 돌린 채 시트에 모로 누웠다. 한낮의 햇빛이 너무 강했기 때문에 커튼이 쳐져 있었음에도 불구하고 그림자가 생겼다. 일레인은 반달처럼 생긴 배, 매끄럽고 팽팽한 피부, 펠트펜으로 그려놓은 것처럼 배 위에서 아래로 종단하는 자주색 선을 보았고, 부풀어오른 유방이 침대 시트에 만들어놓은 희미한 그림자를 보았다. 그녀가 자기 유방이 어떤 것에 그림자를 만들어낸 적이 단 한 번도 없었다는 생각을 하고 있을 때 유방이 리카르도의 손 아래로 사라졌다. 일레인은 검게 변한 젖꼭지가 리카르도의 손가락에 닿자 오므라드는 것을 느꼈고, 자신의 어깨에 닿는 리카르도의 입술을 느꼈고, 그가 뒤에서 자신의 몸속으로 들어왔다는 것을 느꼈다. 그렇게 두 사람은 레고의 블록처럼 연결된 상태로 출산 전의 마지막 사랑을 나눴다.

마야 라베르데는 1971년 6월 보고타의 팔레르모 병원에서 태어났다. 닉슨 대통령이 한 대중 연설에서 '마약과의 전쟁'이라는 표현을 처음으로 사용한 날도 비슷한 시기였다. 일레인과 리카르도는 출산 삼 주 전에 라베르데의 부모님 집으로 옮겼다. 물론 일레인은 반대했다. "라도라다에 있는 병원이 가난한 엄마들에게 좋다면, 내게도 좋지 않을 이유가 없다고 봐요."

"참, 엘레나 프리츠. 우리의 뜻 좀 받아줘요. 늘 세상을 바꾸려 들려고만 하지 말아요." 리카르도가 일레인에게 말했다.

나중에 실제로 일어난 일들은 리카르도의 말이 옳았다는 것을 증명했다. 딸은 장에 문제가 있어서 출생 즉시 수술을 받아야 했는데, 시골병원에는 아기의 생존을 보장하는 데 필요한 외과의도, 신생아를 다루는 의료 기기도 없었을 것이라는 데 모두가 동의했다. 그들은 인큐베이터 속에 있는 마야를 며칠 동안 지켜보았는데, 인큐베이터의 유리벽은 오래전에는 투명했을 것이나 지금은 너무 오래 사용한 컵처럼 긁혀 있고 칙칙했다. 수유할 시각에 일레인이 인큐베이터 옆에 있는 의자에 앉으면 간호사가 아이를 꺼내 일레인의 품에 안겨주었다. 엉덩이가 펑퍼짐한 나이 많은 간호사는 마야를 안아올릴 때 일부러 시간을 끄는 것처럼 보였다. 간호사가 마야에게 어찌나 상냥한 미소를 지었던지 일레인은 처음에 질투심을 느꼈고, 그런 것—다른 엄마의 위협적인 등장, 핏덩이 갓난아기의 사나운 반응—이 가능하다는 사실에 경탄했다.

아기가 퇴원하고 얼마 지나지 않아 리카르도는 다시 여행을 떠나야 했다. 하지만 아내와 딸이 라도라다로 가기에는 아직 너무 일렀고, 또 라도라다에서 단둘이만 지낸다는 사실이 몹시 걱정스러웠기 때문에 리카르도는 두 사람이 보고타의 본가에 머물기를 바랐다. 그는 일레인에게 도냐 글로리아의 보살핌을, 집안을 돌아다니며 청소를 하고 물건을 정리하면서 유령처럼 표류하는, 검은 피부에 검은 머리를 길게 땋은 여자의 보살핌을 받으라고 제의했다. "혹 사람들이 물으면, 내가 장미를 운반한다고 말해요." 리카르도가 일레인에게 말했다. "카네이션, 장미, 난초까지. 그래요, 난초, 그게 좋겠네, 난초가 수출되니까. 그건 모든 사람이 알고 있는 사실이고. 당신네 그링고들은 난초라면 죽고 못 살잖아요." 일레인이 씩 웃었다. 두 사람은 자신들이 처음으로 사랑을 나눈 비좁은 침대에 함께 누워 있었다. 새벽 한시 아니면 두시였다. 마야가 배가 고픈지 가늘고 작은 콧소리를 내며 울었기 때문에 두 사람은 잠에서 깨어났는데, 그 작은 입에 엄마의 곤두선 젖꼭지를 물려줌으로써 비로소 마야의 입을 막을 수 있었다. 마야가 젖을 먹고 난 뒤에 두 사람 사이에서 잠들었기 때문에 두 사람은 간격을 벌리기 위해 위태위태하게 균형을 유지하고 있던 침대 끝부분에 누워야 했다. 그래서 몸의 절반이 침대 밖으로 벗어난 상태로 얼굴을 마주한 채 누워 있었는데, 어둠 속이라 상대방의 실루엣을 겨우 알아볼 수 있었다. 잠이 완전히 달아나버렸다. 아기는 자고 있었다. 일레인은 달콤한 파우더, 비누, 양모 냄새로 이루어진 아기의 냄새를 맡았다. 한 손을 들어 시각장애인처럼 리카르도의 얼굴을 더듬었고, 두 사람은 소곤소곤 얘기를 나누기 시작했다. "당신과 함께 가고 싶어요." 일레인이 말했다.

"언젠가는." 리카르도가 말했다.

"당신이 무슨 일을 하는지 보고 싶어요. 그게 위험하지 않다는 걸 확인하고 싶다고요. 그게 어느 정도 위험한지 말해줄 수 있어요?"

"물론 말해줄 수 있어요."

"질문 하나 해도 돼요?"

"해봐요."

"당신이 붙잡히면 어떻게 되는 거죠?"

"붙잡히지 않을 거요."

"하지만 붙잡히면 어떻게 되는 거냐고요?"

그때 리카르도의 목소리가 변했는데, 그 목소리에서는 뭔가 일정한 높이로 발하는 가성이 느껴졌다. "사람들이 생산품을 원해요." 그가 말했다. "그 생산품을 재배하는 사람이 있어요. 마이크가 내게 그것을 주고, 내가 그것을 비행기로 운반하고, 누군가 그것을 받고, 그게 다예요.

우리는 그걸 원하는 사람에게 건네주기만 한다고요." 리카르도는 잠시 침묵을 지키다가 말을 이었다. "게다가, 그 물건은 조만간 합법화될 거예요."

"하지만 쉽게 상상이 안 돼요." 일레인이 말했다. "당신이 여기 없을 때 당신이 무엇을 하고 있을지, 어디에 있을지 생각해보려고 애를 쓰는데, 도무지 알 방도가 없어요. 난 그게 싫다고요."

마야가 아주 짧고 조용한 한숨을 내쉬었는데, 두 사람이 그 한숨 소리가 어디서 들려왔는지 알아내는 데는 잠시 시간이 걸렸다. "아기가 꿈을 꾸고 있어요." 일레인이 말했다. 일레인은 리카르도의 커다란 얼굴—그의 딱딱한 턱, 두꺼운 입술—이 아이의 작은 머리에 가까워지는 것을 보았다. 일레인은 리카르도가 아이에게 소리 없이 키스를 하고 또 하는 것을 보았다. "내 딸." 일레인은 리카르도가 말하는 것을 들었다. "우리 딸." 그러고는 곧바로, 일레인은 리카르도가 자신의 여행에 관해, 마그달레나 강까지 뻗어 있는, 공항 하나를 건설할 수 있을 정도로 넓은 목장에 관해, 최근 며칠 사이에 자신의 애기愛機가 된 세스나 310 스카이나이트 경비행기에 관해 말하기 시작하는 것을 보았다. 리카르도는 그렇게 말하고 있었다. "내 애기요. 이 모델은 이제 생산되지 않아요. 엘레나 프리츠, 이놈은 우리가 알아차리기도 전에 유물이 되어버릴 거요." 그는 공중에 있을 때 느끼는 고독에 대해서도, 그리고 짐을 싣지 않은 비행기와 짐을 가득 실은 비행기가 다르다는 것에 대해서도 일레인에게 말했다. "공기가 차가워지고, 소음이 더 커지기 때문에 고독을 느끼게 되죠. 옆에 누가 있어도 그래요. 그래요, 옆에 누가 있어도 그렇죠." 리카르도는 카리브 해의 광활함에 대해, 실종에 대한 두려움, 바다처럼 넓은 어떤 것 속에서 실종될 수 있다는 단순한 생각이 유발하는 두려움, 심지어 결코 실종되지 않을 자신 같은 사람에게도 찾아오는 두려움에 관해 일레인에게 얘기했다. 그는 일레인에게 쿠바 영공에 접근할 때 항로를 이탈해야 했던 경험에 관해 말하고—"그들이 나를 그링고라고 착각해서 총을 쏘아 떨어뜨리는 일이 없도록 항로를 이탈했던 거지요." 그가 말했다—, 그때부터는 자신이 나소에 착륙할 시점에 있는 것이 아니라 집으로 돌아가고 있는 것처럼 모든 것이 친숙하게 느껴졌다고, 이상하게도 친숙하게 느껴졌다고 말했다. "나소에서요?" 일레인이 말했다. "바하마에서요?" 그래요, 리카르도가 말했다. 나소는 거기밖에 없어요. 그러고 나서 리카르도는 그곳 공항에서, 보지 않으면서 보고 있는 관제사들(그들의 시각과 기억은 편리하게도 수천 달러면 달라질 수 있었다) 앞에서 올리브 색깔의 쉐보레 픽업트럭 한 대와 조 프레이저처럼 강하게 생긴 그링고가 자기를 기다리고 있다가 어느 호텔로 데려가는데, 그 호텔에서 누릴 수 있는 유일한 호사는 질문을 받지 않아도 되는 거라고 계속 말을 이었다. 리카르도가 그곳에 도착하는 날은 늘 금요일이었다. 그곳에서 이틀 밤을 보낸 뒤—이틀 밤을 보내는 이유는 사람들의 의심을 불러일으키지 않기 위한 것이고, 또 친구나 정부와 함께 주말을 보내려고 온 백만장자 행세를 하기 위해서였다—, 그러니까 매력 없는 호텔에서 럼을 마시고 생선과 쌀밥을 먹으면서 이틀 밤을 갇혀 지낸 뒤 다시 공항으로 가서, 다시 관제사들의 눈감아주기에 감탄하고, 정부와 함께 집으로 돌아가는 여느 백만장자처럼 마이애미를 향한 이륙 허가를 요청했다. 그는 몇 분 동안 공중에 떠 있었으나 마이애미를 향해 가는 것이 아니라 주변을 한 바퀴 돈 뒤 보퍼트 해변 쪽으로 들어가 해부도의 핏줄처럼 퍼져 있는 강들 위를 날아갔다. 그다음에는 화물을 달러로 바꾸고 다시 날아올라서 남쪽을 향해, 콜롬비아 카리브 해안을 향해, 바랑키야와 보카스데세니사 하구의 회색 물을 향해, 초록색 바탕 위를 움직이는 갈색 뱀을 향해, 내륙에 있는 마을, 두 산맥 사이에 위치한 그 마을, 도박꾼이 던진 주사위처럼 드넓은 분지에 놓인 그 마을, 뜨거운 공기가 사람의 코를 태우고 벌레들이 모기장을 물어뜯는, 도저히 견딜 수 없을 정도로 더운 그 마을, 리카르도가 세상에서 가장 사랑하는 두 사람이 그를 기다리고 있기 때문에 가슴을 부여잡은 채 도착하는 그 마을을 향해 항로를 잡았다.

"하지만 그 두 사람은 그 마을에 없어요." 일레인이 말했다. "여기 보고타에 있다고요."

"하지만 오랜 기간은 아니잖아요."

"두 사람은 솔직히 추워서 죽을 지경이에요. 자기 집이 아닌 집에 있으니까요."

"하지만 오랜 기간은 아니잖아요." 리카르도가 말했다.

나흘 뒤에 리카르도가 아내와 딸을 데리러 왔다. 그는 철책문과 벽돌담 앞에 닛산 지프를 주차해놓고서 자신이 다른 차를 방해하고 있다는 듯이 재빨리 차에서 내린 뒤 일레인이 탈 수 있도록 지프의 문을 열었다. 몸을 하얀 숄로 감싸고 찬바람이 들어오지 못하도록 얼굴을 가린 마야를 안은 일레인이 리카르도 옆을 지나쳤다. "아뇨, 앞좌석은 안 돼요." 일레인이 말했다. "우리 여자들은 뒷좌석에 앉아 갈 거예요." 그래서 일레인은 딸을 안은 채 접이식 뒷좌석에 앉아서 발을 다른 의자에 올려놓은 상태로, 뒤에서 리카르도를 쳐다보면서(제대로 자른 머리카락 선 아래 목덜미의 솜털이 테이블의 삼각형 발처럼 보였다) 라도라다로 가는 길을 달렸다. 그들은 중간쯤 가다가 반들반들 윤이 나는 시멘트 테라스에서 비어 있는 테이블 세 개가 그들을 기다리던 도로 옆 식당에 들러 딱 한 번 쉬었다. 일레인이 화장실로 들어가자 바닥에 뚜껑 없는 타원형 구멍이 있고, 발자국 두 개가 발을 디딜 곳을 알려주고 있었다. 그녀는 치마를 움켜쥐고 쭈그려 앉아 오줌을 누면서 자신의 오줌 냄새를 맡았다. 그곳에서 그녀는 출산 후 주위에 여자가 없는 것은 그때가 처음이라는 사실을 적잖이 놀라며 깨달았다. 그녀는 남자들의 세계에 홀로 있었고, 마야와 그녀는 단둘이었는데, 예전에는 결코 그런 생각을 해본 적이 없었다. 콜롬비아에서 이 년 넘게 살면서도 결코 그런 생각을 해본 적이 없었던 것이다.

그들이 탄 차가 마그달레나 분지로 내려가면서 날씨가 후끈 달아오르자 리카르도는 차창 두 개를 열었고, 소음으로 대화가 불가능해졌기 때문에 그들은 말없이 라도라다를 향해 곧장 달렸다. 양옆으로 평원이 펼쳐졌고, 드러누운 하마 모양의 깎아지른 듯 솟은 바위 언덕, 풀을 뜯는 암소들, 일레인이 냄새 맡지 못하고 보지 못하던 것을 보고 냄새 맡으면서 공중에서 원을 그리는 대머리독수리들이 나타났다. 그녀는 옆구리에서 땀 한 방울이, 그리고 또 한 방울이 나와 아직은 두툼한 허리로 흘러내리는 것을 느꼈다. 마야 또한 땀을 흘리기 시작했기 때문에 일레인은 담요를 벗겨주고, 손가락 하나로 오통통한 사타구니, 주름진 창백한 살을 쓰다듬어주고 나서 그녀를 쳐다보지 않고 있던, 아니 놀라울 만큼 무관심하게 모든 것을 바라보고 있던 회색빛 눈을 잠시 바라보았다. 일레인이 다시 눈길을 들어올리자 낯선 풍경이 보였다. 그들이 알아채지도 못한 사이에 마을 입구를 지나쳐버렸을까? 일레인은 뒷좌석에서 리카르도를 불렀다. "우리 지금 어디에 있는 거죠? 무슨 일이에요?" 하지만 리카르도는 일레인에게 대답하지 않았거나, 혹은 소음 때문에 일레인의 질문을 들을 수 없었다. 이제 도로를 벗어난 그들은 차들이 낸 길을 계속 따라, 빛이 들어오지 않을 정도로 빽빽한 나무 사이를 달려, 울타리가 쳐진 토지의 옆길을 따라 목초지 사이로 들어갔다. 울타리의 나무 말뚝들 일부는 너무 기울어져서 곧 땅에 닿을 것 같았고, 가시철조망이 있었는데 그것은 과거 팽팽했을 때 화려한 색깔을 지닌 새들의 횃대 역할을 하던 것이었다. "우리 지금 어디로 가고 있는 거예요? 애가 더워서 목욕을 시키고 싶다고요." 일레인이 말했다. 그때 닛산 지프가 멈추었는데, 바람 한줄기 들어오지 않았기 때문에 지프 안에서는 즉시 후끈한 열기가 느껴졌다. "리카르도?" 일레인이 말했다. 리카르도는 그녀를 쳐다보지 않은 채 차에서 내린 뒤 빙 돌아서 문을 열었다. "내려요." 리카르도가 일레인에게 말했다.

"뭐하게요? 우리 지금 어디에 있는 거예요, 리카르도? 난 집에 가야 해요. 목도 마르고, 애도 마찬가지예요."

"잠깐만 내려요."

"그리고 오줌도 싸고 싶다고요."

"오래 걸리진 않을 거요." 리카르도가 말했다. "제발 내려요."

일레인은 리카르도의 말에 따랐다. 리카르도는 일레인에게 손을 뻗었으나 일레인에게 비어 있는 손이 없다는 사실을 곧 알아차렸다. 그래서 그는 일레인의 등에(일레인은 이제 땀이 블라우스를 적시고 있는 것을 느꼈다) 손을 댄 채 그녀를 길가로 데려갔다. 울타리가 끝나고 문의 역할을 하는 나무틀, 가느다란 목재로 만들어놓은 사각형 구조물이 있는 곳이었다. 리카르도가 밑변이 땅에 닿아 있는 그 구조물을 가까스로 조금 들어올려 빙 돌려 열었다. "들어와요." 그가 일레인에게 말했다.

"어디로요?" 그녀가 물었다. "이 목초지로요?"

"목초지가 아니라 집이에요. 우리집이라고요. 문제는 아직 집을 짓지 않았다는 거죠."

"무슨 말인지 모르겠군요."

"6헥타르이고, 강과 맞닿아 있어요. 땅값의 반을 치렀고 나머지는 육개월 내로 치를 거예요. 당신이 알게 되면 집을 짓기 시작할 거예요."

"뭘 알게 되면요?"

"당신이 원하는 집이 어떤 형태인지 말이에요."

일레인은 가능한 한 먼 곳을 보려 애썼고, 산맥의 잿빛 그림자만이 보인다는 사실을 깨달았다. 그 땅, 그들의 땅은 약간 경사진 모양이었는데, 저기, 나무들 뒤로 툭 터진 분지 쪽을 향해, 마그달레나 강을 향해 언덕처럼 비스듬히 낮아지고 있었다. "말도 안 돼." 그녀가 말했다. 그녀는 이마와 뺨에 닿는 열기를 느꼈다. 얼굴이 화끈 달아오른 것 같았다. 구름 한 점 없는 하늘을 쳐다보고는 눈을 감고 심호흡을 했다. 얼굴에 한줄기 바람이 불어왔다고 느꼈거나 느꼈다고 믿었다. 리카르도에게 다가가 입을 맞추었다. 마야가 울기 시작했기 때문에, 짧게.

새집의 벽은 정오의 하늘처럼 하얀색이었고, 테라스에는 매끄러운 바닥에 밝은색 타일이 깔려 있었는데, 타일이 너무 깨끗했기 때문에 벽과 닿은 타일 위로 열을 지어다니는 작은 개미들이 보일 정도였다. 집짓기는 예상보다 오래 걸렸는데, 한 가지 이유는 리카르도가 집짓기에 관여하고자 했기 때문이고, 다른 이유는 그 땅에 부대설비가 없었기 때문이다. 리카르도가 여기저기 뿌린 푸짐한 뇌물도 전기와 상수도를 그곳에 더 빨리 끌어오는 데는 효과가 없었다(하수도를 끌어오는 것은 불가능했지만 그곳은 강에서 아주 가까웠기 때문에 괜찮은 정화조를 만드는 것은 쉬웠다). 리카르도는 나중에 혹시 일레인이 말을 다시 타게 될 경우에 대비해 말 두 마리를 키울 수 있는 마구간을 지었다. 수영장도 만들고, 마야가 아직 걸음마도 떼지 않은 상태였건만 마야를 위해 미끄럼틀을 설치하도록 지시했고, 그늘이 없는 곳에는 카레토나무와 케이폭나무를 심으라고 지시했고, 일레인이 말렸지만 개의치 않고 인부들이 야자나무 밑동을 하얀색으로 칠하는 것을 지켜보았다. 집에서 12미터 떨어진 곳에 헛간, 혹은 시멘트 벽이 집 벽처럼 튼튼했음에도 불구하고 그가 헛간이라고 부르는 공간도 만들었는데, 그곳, 창문이 없는 그 후미진 공간에 장 세 개를 들여놓고는 고무 밴드로 잘 묶인 50달러와 100달러짜리 지폐 다발이 가득 담긴 밀폐된 봉지들을 보관한 뒤에 자물통을 채워놓았다. 미국에 마약단속국이 생기기 조금 전인 1973

년에 리카르도는 소유자의 이름을 새긴 커다란 문패를 주문했다. 빌라 엘레나Villa Elena라는 문패를 본 일레인이 문패가 아주 잘 만들어졌지만 그 정도 크기의 문패를 달 만한 곳이 마땅치 않다고 말하자 리카르도는 치장용 벽토와 회반죽을 바른 기둥 두 개, 기와 얹은 지붕이 있는 대들보로 이루어진 벽돌 문을 만들라고 지시하고, 난파선에서 가져온 것으로 보이는 쇠사슬 두 개를 이용해 대들보에 문패를 매달았다. 그러고 나서는 기름칠을 넉넉하게 한 빗장이 달린 사람 키 높이의 초록색 나무 대문을 주문했다. 그 땅으로 들어가려면 둘레에 쳐놓은 철조망을 비틀어 틈을 벌리기만 하면 충분했기 때문에 대문은 쓸모없는 추가 사항이긴 했으나, 그것은 리카르도가 자기 가족이 보호받고 있다고 느끼면서—인위적이고 우습기까지 한 느낌이었지만—여행을 떠날 수 있게 해주었다. "무엇으로부터 보호를 받는데요?" 일레인이 리카르도에게 말했다. "모든 사람이 우리를 좋아한다면 여기서 우리에게 무슨 일이 일어나겠어요?" 리카르도는 일레인이 싫어하던 가부장적인 태도로 일레인을 쳐다보며 말했다. "살다보면 늘 그런 건 아니잖아요." 일레인은 리카르도가 다른 얘기를 하길 원하고, 역시 다른 얘기를 하고 있다는 사실을 감지했다.

한참 뒤에 일레인은 딸이나 자신을 위해 이런 것들을 떠올리면서, 그후 삼 년, 즉 빌라 엘레나를 지은 뒤에 이어진 단조롭고 평범한 삼 년이 자신의 콜롬비아 생활에서 가장 행복했다는 사실을 인정해야 했을 것이다. 일레인에게는 리카르도가 산 땅을 자신이 점유하고, 또 그 땅이 자기 것이라고 생각하는 데 익숙해지는 것이 쉽지 않은 일이었다.

일레인은 자주 야자나무 사이를 걷고, 원두막에 앉아 삶의 여정을, 자신이 태어난 곳과 이 종착지 사이의 헤아릴 수 없는 거리를 생각하면서 차가운 주스를 마셨다. 그러고는 강 쪽으로 걷기 시작해—햇빛이 쨍쨍해도 상관하지 않았다—저멀리에 있는 주변 농장들을 바라보고, 낡은 타이어로 만든 샌들을 신고서 지문처럼 명확하게 구분되는 특유의 목소리로 고함을 치며 가축을 모는 시골 사람들을 바라보았다. 현재 그녀의 집안일을 해주는 부부는 그전까지 다른 사람의 가축을 쳐주며 살았다. 그들은 이제 수영장을 청소하고, 그 집과 땅 전체를 훌륭하게 유지하고(문의 경첩을 손보고, 딸의 방에 있는 거미집을 제거하고), 주말이면 그녀에게 생선 스튜나 산코초*를 만들어주었다. 일레인은 힘차게 걸으면 뱀을 쫓아낼 수 있다는 말을 들은 적이 있었기 때문에 힘찬 발걸음으로 풀밭을 걸으면서 자신이 예상했던 것보다 짧은 기간이었을지언정 그동안 시골 사람들을 위해 일할 수 있었다는 사실을 기꺼워했다. 그러자 현재 자신이 과거 평화봉사단의 자원봉사자로서 지칠 때까지 싸웠던 때와 동일한 상태가 되어 있다는 생각이 어떤 그림자, 지나치게 낮게 나는 대머리독수리의 그림자처럼 뇌리를 스쳤다.

평화봉사단. 일레인은 좋은 사람들 손에 마야를 맡길 수 있고, 그래서 다시 일을 할 수 있다고 생각했을 때 보고타의 평화봉사단 사무실에 연락했다. 부단장 발렌수엘라는 전화를 통해 그녀의 얘기를 듣고서 새 가족이 생긴 것을 축하했고, 다시 일을 시작하는 것이 평화봉사단의

---

* 고기, 유카, 플라타노(바나나의 일종), 옥수수 등을 넣어 끓인 수프로 중남미 여러 나라에서 즐겨 먹는다.

규정에 어긋나는 것이 아닌지 알아보려면 미국 본부와 이야기를 해봐야 하니까 일레인에게 며칠 내로 다시 전화를 해달라고 했다. 며칠 뒤 일레인이 그에게 전화를 했을 때, 발렌수엘라의 여비서는 그가 급히 출장을 떠났기 때문에 돌아오면 일레인에게 전화를 할 거라고 했으나 며칠이 지나도 전화는 오지 않았다. 하지만 일레인은 주눅들지 않았고 어느 날 몸소 공동 행동 사람들을 찾아갔다. 그들은 그녀가 떠난 지 하루도 지나지 않은 것처럼 그녀를 맞이했고, 그녀는 두 가지 새로운 계획, 즉 어업협동조합 설립에 관한 문제와 변소 만드는 문제를 놓고 몇 시간 동안 일했다. 공동체의 지도자들과 함께 보내는 몇 시간 동안—또는 어부들과, 또는 맥주를 마시면서 협상을 하기 때문에 라도라다의 테라스에서 맥주를 마시는 동안—일레인은 마야를 가정부의 어린 아들과 함께 있도록 하거나 마야가 다른 아이들과 놀도록 일터로 데려가기도 했으나 그 사실을 리카르도에게는 알리지 않았다. 리카르도는 다양한 사회계층이 무분별하게 뒤섞이는 것을 탐탁지 않게 여겼기 때문이다. 일레인은 딸이 어머니의 말을 배우도록 다시 영어를 사용했는데, 마야는 일레인에게 말할 때는 완벽할 정도로 자연스럽게 스페인어를 포기했고, 게임을 하는 것처럼 자신이 사용하는 각각의 언어를 자유자재로 구사했다. 마야는 활발하고 영리하며 대담한 소녀로 성장해갔다. 눈썹이 가늘고 길었으며, 태도가 뻔뻔스러워 누구든지 제압해버렸으나 자기만의 세계를 갖고 있었고, 자주 카레토나무 사이로 들어갔다가 유리컵에 작은 도마뱀을 담아들고 나타나거나, 자신이 발견한 알이 불쌍하다며 옷을 벗어 알을 덮어주고는 벌거벗은 몸으로 나타나곤 했다.

리카르도가 며칠 동안 바하마에 다녀오면서 신선한 배설물이 가득찬 우리에 들어 있는 줄무늬 세 개짜리 아르마딜로를 선물로 가져온 것은 그 무렵이었다. 리카르도는 아르마딜로를 어떻게 구했는지 설명하지 않았으나, 사람들이 그에게 해준 것이 분명한 얘기를 며칠 동안 마야에게 되풀이했다. 아르마딜로는 자신이 발톱으로 직접 판 구멍에서 살고, 아르마딜로는 두려움을 느끼면 몸을 둥글게 움츠리고, 아르마딜로는 물속에서 오 분이 넘게 견딜 수 있다는 것이었다. 마야는 아버지에게서 설명을 들을 때와 마찬가지로 아르마딜로에게 매혹당해—입을 헤벌리고, 미간을 찡그린 채—아르마딜로를 바라보았다. 일레인은 마야가 아르마딜로에게 먹이를 주려고 일찍 일어나는 모습을, 아르마딜로 옆에 쭈그리고 앉아 거칠거칠한 껍질을 소심하게 만지는 모습을 본 지 이틀 뒤에 마야에게 물었다. "그런데 말이야, 네 아르마딜로는 이름이 뭐니?"

"이름은 없어요." 마야가 대답했다.

"어떻게 없을 수가 있니? 네 거잖아. 이름 하나 지어주렴."

마야가 얼굴을 들어 일레인을 바라보며 두 번 윙크했다. 그러고는 말했다. "마이크. 아르마딜로의 이름은 마이크예요."

그렇게 해서 일레인은 이 주 전에 자신이 밖에서 평화봉사단의 분과장과 기약 없는 계획들을 짜고 있는 사이에 바비에리가 집에 찾아왔다는 사실을 알게 되었다. 하지만 리카르도는 그에 관해서 일레인에게 입도 벙긋하지 않았다. 무슨 이유 때문이었을까? 일레인은 그 사실을 알게 되자마자 왜 자신에게는 말하지 않았는지 리카르도에게 물었으나 리카르도는 그 문제를 두 마디 말로 덮어버렸다. "잊어버렸어요." 일레인은 그냥 넘어가지 않았다. "근데 무슨 일 때문에 왔냐고요?" 일레인이 물었다. "인사차 왔어요, 엘레나 프리츠." 리카르도가 말했다. "또 올 수도 있으니 놀라지 말아요. 당신은 그가 마치 우리의 친구가 아닌 것처럼 구는군요."

"우리의 친구가 아니잖아요."

"내 친구는 맞아요." 리카르도가 말했다. "내 친구는 맞다고요."

리카르도가 예고한 것처럼 마이크 바비에리가 다시 찾아왔다. 하지만 그가 찾아온 당시의 상황은 썩 좋지 않았다. 1976년 4월의 장마는 재난으로 변해버렸다. 모든 대도시의 빈민가에서는 집들이 무너지고 무너진 집에서 사는 사람들이 매몰되고, 산간 지역의 도로가 산사태로 막히고, 마을들은 고립되었으며, 집수 시설을 갖추지 못한 마을에서는 성서에 기록된 것과 같은 홍수가 쏟아지는 동안에 정작 식수는 떨어지는 잔인하게 역설적인 경우도 있었다. 라미엘 강이 범람했고, 결국 일레인과 리카르도는 물에 잠긴 집들에서 물을 빼내기 위해 도랑 치는 작업을 도왔다. 텔레비전 화면에서는 기상 캐스터들이 무역풍, 태평양의 난기류, 카리브 해에서 이미 형성되기 시작한 바보 같은 이름을 지닌 허리케인들, 빌라 엘레나를 황폐화시킴으로써 집의 일상을 바꾸어버리고, 가정생활 또한 바꾸어버린 폭우와 관계된 모든 것에 대해 얘기했다. 습도가 너무 높아 빨래가 전혀 마르지 않고, 하수구가 낙엽과 물에 빠져 죽은 곤충으로 막히고, 테라스가 서너 차례 물에 잠겼다. 일레인과 리카르도는 한밤중에 잠자리에서 일어나 벌거벗은 몸으로 걸레와 빗자루를 들고 이제 주방에까지 밀려들기 시작한 물과 싸워야 했다. 그달 말에는 리카르도가 여행을 떠나야 했기 때문에 일레인은 혼자서 물의 위협에 대처했다. 그러고는 침대로 돌아와 잠시 눈을 붙이려 했으나 결코 잠을 이룰 수 없었고, 그러면 결국 다른 비, 정적靜的인 소리가 특이하게도 진정 작용을 하는 흑백의 전기 비가 내리는 화면을 보려고 결국 최면에 걸린 사람처럼 텔레비전을 켰다.

리카르도가 돌아오기로 한 날은 리카르도가 돌아오지 않은 채 지나갔다. 그런 일이 처음 있는 것은 아니었기 때문에—리카르도의 일에는 우발적인 상황이 많았기 때문에 이틀, 심지어 사흘이 늦어지는 것도 받아들일 수 있었다—걱정할 필요는 없었다. 생선과 쌀밥, 플라타노 조각 튀김으로 저녁식사를 한 뒤에 일레인은 마야를 침대에 눕혀놓고 『어린 왕자』 몇 쪽을 읽어주었는데(양 그림 얘기가 나오는 부분을 몇 쪽 읽어주자 마야가 배꼽을 잡으며 웃었다), 마야가 몸을 뒤척이며 잠들었을 때도 관성에 의해 계속해서 읽었다. 일레인은 생텍쥐페리의 그림이 좋았고, 또 어린 왕자가 조종사에게 그 물건이 무엇이냐고 묻자 조종사가 어린 왕자에게 "그것은 물건이 아니란다. 날아다니는 거란다. 비행기야. 내 비행기"라고 하는 구절은, 리카르도를 떠오르게 했기 때문에 좋았다. 일레인은 어린 왕자가 놀라는 부분을 읽고 있었는데, 어린 왕자가 조종사에게 그렇다면 조종사 또한 하늘에서 떨어졌느냐고 묻는 순간, 엔진 소리, 남자의 목소리, 인사하는 소리, 사람을 부르는 소리가 들려왔다. 일레인이 밖으로 나가보니 온 사람은 리카르도가 아니라 마이크 바비에리였는데, 오토바이를 타고 온 그는 머리끝에서 발끝까지 흠뻑 젖어 있었다. 머리카락이 이마에 붙어 있고, 셔츠가 가슴에 붙어 있고, 다리와 등, 팔뚝 안쪽에는 축축한 진흙덩이들이 큼직하게 튀어 있었다.

"지금 몇시인지 알아요?" 일레인이 그에게 말했다.

마이크 바비에리는 물을 뚝뚝 흘리고 손을 비비면서 테라스에 서 있었다. 마이크가 메고 온 초록색 군용 배낭이 죽은 개처럼 그의 옆 바닥에 아무렇게나 놓여 있고, 그는 무표정한 얼굴로 일레인을 쳐다보았는데, 일레인은 그 표정이 상대방을 쳐다보지 않은 채 쳐다보는 시골 사람들의 표정 같다고 생각했다. 기나긴 이 초 정도가 지나자 이곳까지 오느라 멍해진 정신 상태에서 그가 깨어난 것처럼 보였다. "메데인에서 오는 길인데, 이토록 심한 폭우가 쏟아질 줄은 전혀 생각지 못했어요. 어찌나 추운지 손이 떨어져나갈 것 같네요. 어떻게 그토록 더웠던 곳이 이렇게 추워질 수 있는지 모르겠어요. 세상이 끝장나고 있는 것 같아요." 그가 말했다.

"메데인이라고요." 일레인이 말했으나 그것은 질문이 아니었다. "리카르도를 만나러 왔군요."

마이크 바비에리는 뭔가를 말하려고 했으나(그녀는 그가 뭔가를 말하려고 했다는 사실을 완벽하게 감지했다), 입을 열지 않았다. 그가 일레인의 얼굴에서 거둔 눈길이 종이비행기처럼 그녀를 스쳐지나갔다. 일레인이 마이크의 시선이 머무는 곳을 보려고 몸을 돌리니 그곳에 레이스 잠옷을 입은 마야가 유령처럼 서 있었다. 마야는 한 손에 벨벳 인형—귀가 아주 길고, 원래는 하얀색이었을 발레리나의 튀튀를 입고 있는 토끼―을 들고, 다른 손으로는 마호가니색 머리카락을 얼굴 뒤로 넘기고 있었다. "안녕, 예쁜이Hello, beautiful." 마이크가 마야에게 인사를 했는데, 일레인은 마이크의 달콤한 목소리에 놀랐다. "안녕, 아가Hello, sweetie." 일레인이 마야에게 말했다. "무슨 일이니, 우리 때문에 깼니? 잘 수가 없었어?"

"목이 말라서요." 마야가 말했다. "마이크 삼촌이 왜 여기 있어요?"

"아빠를 만나러 오셨단다. 물을 가져다줄 테니 방에 가 있으렴."

"아빠 왔어요?"

"아니, 아직 안 오셨어. 마이크는 우리 모두를 보러 온 거야."

"나도요?"

"그래, 너도. 하지만 잘 시간이니 삼촌께 인사드리고 내일 다시 만나 렴."

"안녕, 마이크 삼촌."

"그래, 예쁜아." 마이크가 말했다.

"잘 자거라." 일레인이 말했다.

"정말 많이 컸군요." 마이크가 말했다. "이제 몇 살이죠?"

"다섯 살이에요. 만 다섯 살이 될 거예요."

"어이쿠. 세월 한번 빠르네요."

일레인은 그런 상투적인 말이 거슬렸다. 평소보다 더 거슬렸고, 거의 화가 날 지경이었고, 모욕이나 다름없다는 느낌이 들었는데, 그런 불쾌 감은 즉시 놀라움으로 변했다. 자신의 과도한 반응, 자신이 마이크 바 비에리와 함께 있는 장면의 기묘함, 자기 딸이 그를 마이크 삼촌이라고

276

부른 것 때문이었다. 일레인은 마이크에게 그곳에서 잠시 기다리라고
얘기했는데, 집 바닥이 너무 미끄러워서 그가 젖은 상태로 들어오다가
넘어지면 다칠 수 있었기 때문이다. 일레인은 가정부용 화장실에서 수
건을 가져다 그에게 건네주고 나서 물 한 컵을 가지러 주방으로 들어
갔다. 그녀는 생각했다. '마이크가 여기서 뭘 하고 있는 거지What's he
doing here?' 그리고 이 말을 스페인어로도 생각해보았다. '여기서 대체
무슨 짓을 하고 있는 거지?' 그리고 갑자기 그 노래가 다시 떠올랐다.
무엇을 위해 사는가, 누가 평화봉사단을 필요로 하는가? 그녀는 마야
의 방에 들어갔을 때, 다른 모든 냄새와는 다른 마야의 냄새를 맡았을
때 마야와 함께 밤을 보내고 싶다는 설명할 수 없는 갈망을 느꼈고, 나
중에 마이크가 돌아가고 없을 때, 마야를 안아 자기 침대로 데려가서
리카르도가 올 때까지 함께 있어야겠다고 생각했다. 마야는 다시 잠들
어 있었다. 일레인은 침대 머리맡에서 고개를 숙여 마야의 얼굴을 바라
보고, 자신의 얼굴을 마야의 얼굴에 가까이 대고 마야의 숨결을 들이마
셨다. "여기 물 있다. 좀 마실래?" 일레인이 마야에게 말했다. 하지만 아
이는 아무 말도 하지 않았다. 일레인은, 머리가 부서진 말이 천천히, 하
지만 지칠 줄 모르고 어릿광대를 붙잡으려 애쓰는 회전목마 옆의 침대
사이드 테이블에 물컵을 올려놓았다. 그러고 나서 그녀는 현관문으로
돌아왔다.

마이크는 수건으로 박력 있게 발목과 종아리를 닦고 있었다. "진흙
범벅이 되겠어요." 마이크가 일레인이 온 것을 보고 말했다. "수건 말이
에요."

"그런 데 쓰는 거잖아요." 일레인이 말했다. 그러고는 덧붙였다. "그러니까 리카르도를 만나러 왔다는 말이죠."

"그래요." 그가 말했다. 그는 여전히 무표정한 얼굴로 일레인을 쳐다보았다. "그래요." 그가 반복했다. 그는 다시 그녀를 쳐다보았다. 일레인은 그의 목을 타고 흘러내리는 물방울들, 고장난 수도꼭지처럼 진흙을 뚝뚝 떨어뜨리고 있는 턱수염을 보았다. "리카르도를 만나러 왔는데 없나보군요, 그렇죠?"

"오늘 왔어야 하는데. 가끔 이런 일이 일어나죠."

"가끔 늦는군요."

"그래요, 가끔. 정확한 일정에 따라 비행하지 않아요. 당신이 여기 온다는 걸 리카르도가 알고 있나요?"

마이크는 즉답을 피했다. 그는 자신의 몸에, 진흙범벅이 된 수건에 관심을 집중하고 있었다. 저 밖, 깜깜한 밤에, 깎아지른듯 솟아 있는 바위 언덕과 구분되지 않고 무한하게 변해버린 그 밤에 또다시 폭우가 쏟아졌다. "아마도 그럴 거라 생각해요." 마이크가 말했다. "내가 혼동했을 수도 있고요." 하지만 그는 그 말을 하면서도 그녀를 쳐다보지 않았다. 무표정하게 수건으로 몸을 닦는 그의 모습은 혀로 자신의 몸을 쓱쓱 핥는 고양이 같았다. 그때 일레인은 자신이 뭔가를 하지 않으면 마이크가 끊임없이 몸을 닦게 될 것 같다고 생각했다. "좋아요, 들어와 앉아서 뭘 좀 마셔요." 그러고는 그에게 말했다. "럼주?"

"근데 얼음은 넣지 말아요." 마이크가 말했다. "몸이 좀 녹겠죠. 이렇게 추울 수가 없어요."

"리카르도가 입는 셔츠 하나 줄까요?"

"나쁜 생각은 아닌 것 같네요, 엘레나 프리츠. 리카르도가 당신을 그렇게 부르죠, 안 그래요? 엘레나 프리츠. 셔츠, 그래요, 나쁘지 않은 생각이군요."

그래서 마이크는 자기 것이 아닌 셔츠(파란색 체크무늬가 있는 하얀 반팔 셔츠로, 가슴에 주머니가 달려 있었는데 주머니 단추는 떨어지고 없었다)를 입고서 럼주를 한 잔이 아니라 네 잔이나 마셨다. 일레인은 그의 모습을 바라보았다. 그와 함께 있는 것이 편했다. 그래, 그랬다, 편안함이었다. 언어 때문이었다. 아마도 그녀가 자신의 언어로 되돌아왔기 때문이거나, 그들이 같은 코드를 공유함으로써 콜롬비아 사람들을 대할 때와 달리 함께 있는 동안 서로에게 자신을 설명할 필요가 없어졌기 때문일 것이다. 그와 함께 있다는 것은 자기 집으로 돌아오는 것처럼 확실히 친숙함을 느끼게 했다. 일레인 역시 술을 마셨고, 그녀는 누군가가 자신과 함께 있어준다는 느낌을, 마이크 바비에리도 자기 딸과 함께 있어준다는 느낌을 받았다. 그들은 그들의 나라에 대해, 몇 년 전, 마야가 태어나기 전에, 빌라 엘레나가 생기기 전에 그랬듯이 자신들 나라의 정치에 대해 얘기하고, 각자의 가족사에 대해, 최신 뉴스에 대해 얘기했는데, 그렇게 하는 것은 겨울 저녁에 좋은 양모 외투를 입는 것처럼 편하고 기분좋았다. 물론 그들 나라에서 막 발행된 2달러짜리 지폐에 관해, 독립 이백 주년 기념행사에 관해, 대통령을 죽이려고 한 얼빠진 여자 사라 제인 무어*에 관해 얘기하는 즐거움이 어디서 나오는지 아는 것은 쉽지 않았다. 비는 그쳤고, 밤이 되면서부터 히비스커스 냄새를 실은 선선한 바람이 불어왔다. 일레인은 마음이 편안했고 가족과 함께 있는 것처럼 포근하다고 느꼈다. 그래서 마이크 바비에리가 혹시 집에 기타가 있는지 물었을 때 단 한순간도 망설이지 않았다. 마이크는 몇 초 만에 기타를 조율한 뒤 밥 딜런과 사이먼 앤드 가펑클의 노래를 부르기 시작했다.

일레인에게 충격을 주었어야 했으나 주지 않았던(그녀는 그 사실을 나중에 생각하게 될 것이다) 어떤 일은 새벽 두세시 정도에 일어났을 것이다. 마이크가 〈아메리카〉에서 남녀가 그레이하운드 버스를 타는 부분을 부르고 있을 때 조용한 밤, 저멀리, 밖에서 어떤 소음이 들리고 개들이 짖기 시작했다. 일레인은 눈을 동그랗게 떴고, 마이크는 기타 연주를 멈추었으며, 두 사람은 말없이 그 정적에 귀를 기울였다. "신경 쓰지 말아요. 여기서는 아무 일도 일어나지 않아요." 일레인이 말했으나 마이크는 이미 자리에서 일어나 바닥에 아무렇게나 놓아둔 초록색 군용 배낭을 찾아 배낭에서 은도금이 된 커다란 권총, 또는 일레인이 보기에 은도금이 되어 있고 커 보이는 권총을 꺼내 들고 손을 치켜든 채 밖으로 나가더니 하늘을 향해 한 발, 두 발을 쏘았다. 두 번의 총성이 울렸다. 일레인이 보인 첫번째 반응은 마야가 잠에서 깨지 않게 하는 것이거나 그녀 자신의 혼란과 공포를 억누르는 것이었다. 하지만 그녀가 큰 보폭으로 아이의 방에 도착했을 때 아이는 모든 소음이나 모든 근심거리에 아랑곳하지 않은 채 차분하게 깊은 잠에 빠져 있었다.

---

* 전 FBI 정보원인 사라 제인 무어가 1975년 샌프란시스코에서 포드 대통령을 저격해 암살하려 했으나 실패했다.

믿을 수가 없는 일이었다. 그녀가 거실로 돌아왔을 때는 뭔가가 분위기를 훼손시켜놓은 상태였다. 마이크는 배배 꼬인 말로 자신을 정당화하고 있었다. "원래 아무것도 아니었다면, 그래요, 지금은 더 아무것도 아니죠." 하지만 일레인은 그레이하운드 버스와 뉴저지 턴파이크에 관한 노래를 계속해서 듣고 싶은 마음을 상실한 상태였다. 기나긴 하루였기 때문에 피로를 느꼈다. 그녀는 자리를 뜨면서 마이크에게 손님방 침대가 정리되어 있으니 거기서 자라고, 아침에 함께 식사를 하자고 말했다. "리카르도도 식사를 함께 하게 될지 누가 알겠어요."

"그래요." 마이크 바비에리가 말했다. "운이 좀 좋다면 그렇게 되겠죠."

하지만 일레인이 잠에서 깨어났을 때 마이크 바비에리는 떠나고 없었다. 메모 하나, 그가 남긴 것이라고는 냅킨에 쓴 메모뿐이었는데, 메모에는 세 단어가 세 줄에 쓰여 있었다. 감사, 사랑, 마이크Thanks, Love, Mike. 나중에 그 기이하고 혼란스러운 밤을 상기하면서 일레인은 두 가지 감정을 느꼈을 것이다. 첫번째는 마이크 바비에리를 향한 깊은 증오심, 그녀가 당시까지 살아오면서 단 한 번도 느껴본 적이 없는 강렬한 증오심이었다. 두번째는 일종의 무의식적인 감탄으로, 그 남자가 그토록 쉽게 그 밤을 보냈다는 사실에 대한, 그가 단 한순간도 속마음을 드러내지 않은 채 친밀하게 함께 보낸 긴 시간 동안 유지할 수 있었던 거대한 속임수에 대한, 마지막 말을 뱉어낼 때의 흐트러지지 않은 차분함에 대한 감탄이었다. 나중에 일레인은 '운이 좀 좋다면 그렇게 되겠죠'라는 말을 떠올렸을 것이고, 아니 '운이 좀 좋다면 그렇게 되겠죠'라는 말을 쉬지 않고 되뇌었을 것이다. 마이크 바비에리는 얼굴 근육 하나 움직이지 않고 그녀에게 그 말을 했는데, 이는 포커 게임을 하는 사람 또는 러시안룰렛 게임을 하는 사람에게나 있을 법한 재주였다. 왜냐하면 마이크 바비에리는 그날 밤 리카르도가 빌라 엘레나로 돌아오지 않을 거라는 사실을 확실하게, 처음부터, 오토바이를 타고 일레인 프리츠의 집에 왔을 때부터 알고 있었기 때문이다. 실제로, 엄밀히 말해 마이크 바비에리는 그것을 위해, 일레인에게 그 사실을 알리기 위해 그곳에 왔었다. 리카르도가 집에 도착하지 않을 거라는 사실을 알리기 위해 왔었다.

마이크 바비에리는 그 사실을 잘 알고 있었다.

마이크 바비에리는 그 사실을 잘 알고 있었는데, 그는 예전에 자신들이 놓칠 수 없는 새로운 사업에 관해 리카르도에게 말해주려고, 마리화나를 운반해 버는 돈은 지금 자신들이 벌 수 있는 돈에 비하면 쌈짓돈에 불과하다는 사실을 리카르도에게 납득시키려고, 볼리비아와 페루에서 오고 있던 코카인 반죽이 무엇인지, 어느 마술적인 장소에서 그 반죽이 하얗고 반짝거리는 가루로 변모하게 되는지, 그것을 위해 할리우드 전체가, 아니 캘리포니아 전체가, 아니 미국 전체가, 로스앤젤레스에서 뉴욕까지, 시카고에서 마이애미까지 모든 사람이 자신들이 필요한 것을 위해 돈을 지불할 준비가 되어 있다는 사실을 리카르도에게 설명하려고 찾아왔었다. 마이크 바비에리는 그 사실을 잘 알고 있었는데, 그는 카우카와 푸투마요에서 막 삼 년을 채운 평화봉사단의 몇몇 베테랑이 밤사이 에테르와 아세톤과 염산의 전문가로 변하는 장소에 직접 갔다. 그곳에서는 어두운 방 하나를 밝힐 수 있을 정도의 발광성을 지닌 벽돌형 제품이 만들어졌다. 마이크 바비에리는 그 사실을 잘 알고 있었는데, 그는 리카르도와 더불어 종이에 숫자들을 쓰고, 세스나 한 대가, 승객용 좌석을 떼어낸다면 벽돌을 가득 채운 캔버스 배낭 약 열두 개, 총 3백 킬로그램을 실을 수 있고, 그램당 1백 달러라면, 단 한 차례 비행에서 3천만 달러*를 벌게 되고, 조종사는 그 작전에서 엄청난 위험을 겪고 대단히 중요한 성과를 내기 때문에 2백만 달러를 챙길 수 있게 될 거라고 계산했다. 마이크 바비에리는 그 사실을 잘 알고 있었는데, 그는 리카르도의 열정을 들었고, 이번 여행에 대한 계획을, 딱 이번만 비행하고 손을 떼겠다는 말을, 영원히 손을 떼겠다는 말을, 화물용 비행기 조종이든 승객용 비행기 조종이든 재미로 하는 것 외의 모든 조종에서 손을 떼겠다는 말을, 자기 가족 이외의 모든 것에서 손을 떼겠다는 말을, 나이 서른이 되기 전에 영원한 백만장자가 되겠다는 말을 들었다.

마이크 바비에리는 그 사실을 잘 알고 있었다.

마이크 바비에리는 그 사실을 잘 알고 있었는데, 그는 리카르도를 닛산 지프에 태워 메데인에 도달하기 조금 전에 위치한 도라달에 있는, 끝이 보이지 않는 어느 아시엔다로 데려가서 리카르도에게 콜롬비아 측 사업 파트너들을 소개해주었다. 콧수염을 기르고 물결 모양의 검은 머리를 지닌 그들은 목소리가 부드러웠고, 마음이 아주 편안해 보인다

---

* 원문에는 9천만 달러로 나와 있으나 작가의 착오로 보인다.

는 인상을 주었다. 그들은 리카르도에게 인사를 한 뒤에 그가 평생 그런 대접을 받아본 적이 없을 정도로 그를 극진히 접대하고 환대했다. 마이크 바비에리는 그 사실을 잘 알고 있었는데, 그는 그 후원자들이 목장, 파소 피노 말, 화려한 마구간, 레호네오*를 하는 광장, 헛간, 세공한 에메랄드빛 수영장, 눈으로 가늠할 수 없을 정도로 드넓은 목초지를 리카르도에게 구경시켜주었을 때 리카르도와 함께 있었다. 마이크 바비에리는 그 사실을 잘 알고 있었는데, 그는 리카르도가 세스나 310-R 기에 짐을 싣는 것을 손수 도와주고, 검은색 랜드로버 지프에서 손수 배낭들을 꺼내 비행기에 실어주고, 감정을 주체하지 못하고 진정한 동료를 안듯이 리카르도를 힘껏 껴안으면서 자신이 콜롬비아 남자를 그토록 좋아해본 적이 없다고 느꼈다. 마이크 바비에리는 그 사실을 잘 알고 있었는데, 그는 세스나가 이륙하는 것을 보고, 비행기 뒤를, 비가 오려는지 잿빛 구름이 깔린 하늘을 나는 하얀 물체 뒤를 눈으로 좇았고, 비행기가 차츰차츰 작아져서 저멀리 사라질 때까지 바라보고 있다가 랜드로버 지프에 올랐고, 콜롬비아측 파트너들이 큰 도로까지 데려다주자 거기서 라도라다로 가는 첫 버스를 잡아탔다.

마이크 바비에리는 그 사실을 잘 알고 있었다.

마이크 바비에리는 그 사실을 잘 알고 있었는데, 그는 빌라 엘레나에 도착하기 열두 시간 전에 그 소식을 전해주는 전화를 받았다. 상대는 긴급한 어조로, 그러고는 위협적인 어조로 그에게 상황을 설명해달

---

* 말을 탄 기수가 쇠칼이 달린 약 1.5미터 길이의 나무창으로 황소를 찌르는 게임.

라고 요구했다. 물론 그는 상황을 설명해줄 수 없었는데, 왜냐하면 어떻게 해서 마약단속국 요원들이 리카르도가 착륙하는 바로 그 지점에서 리카르도를 기다리고 있었는지 이해할 수 없었고, 어떻게 리카르도가 실어온 화물을 가져가려고 덮개를 씌운 포드 픽업트럭 안에서 기다리고 있던 배급업자 두 명—한 명은 마이애미비치에서 왔고, 한 명은 매사추세츠 대학촌에서 왔다—이 요원들의 출현을 인지하지 못했는지도 이해할 수 없었기 때문이다. 뭔가 잘못되어가고 있다는 것을 처음으로 감지한 사람은 리카르도였다는 얘기가 있었다. 리카르도는 조종실로 돌아가려 했으나, 자신이 도망칠 수 있는 시간 내에 세스나를 결코 작동시킬 수 없을 것이기 때문에 용을 써보았자 소용없음을 깨달았을 것이라고들 했다. 그래서 리카르도는 활주로를 내달려 근처 숲으로 도망치기 시작했고, 그를 뒤쫓아온 두 명의 요원과 독일산 셰퍼드 세 마리에 의해 숲속 30미터 지점에서 붙잡히고 말았다. 내달리기 시작했던 순간에 그는 이미 진 상태였고, 그가 이미 졌다는 것은 명확했기 때문에 곧이어 일어난 일에 대해서는 그 누구도 이해하지 못했다. 두려움, 그 순간의 취약성, 요원들의 위협적인 고함소리, 그리고 요원들이 움켜쥐고 그를 겨누던 무기들로 인해 느낀 두려움 때문에, 또는 아마도 자포자기해서, 또는 분노 때문에, 또는 무기력해져서 그랬다고 생각할 수 있었다. 물론 리카르도는 닥치는 대로 총을 쏘는 것이 자신에게 뭔가 도움을 줄 거라는 생각은 못했으나, 1월부터 소지하고 다닌 토러스 22구경 권총을 쏘았다. 닥치는 대로 쏜 한 방, 단 한 방, 정확하게 조준해야겠다고 애를 쓴 것도 아니고, 누군가에게 상처를 입혀야겠다는 의도를 품지도 않은 채 뒤를 향해 무작정 쏜 한 방이었지만, 아주 운이 나쁘게도 총알은 한 요원의 오른쪽 손을 관통해버렸다. 깁스를 한 그 손은 나중에 마약 운반 범죄에 관한 재판이 진행되는 동안, 리카르도가 초범이었음에도 불구하고 그의 형량을 높이기에 충분했을 것이다. 리카르도는 숲으로 들어가자마자 토러스 권총을 내던지고서 비명을 질렀는데, 사람들에 따르면 그가 큰 소리를 질렀다고는 했지만, 그 소리를 들은 사람들은 무슨 뜻인지 이해하지 못했다. 개들과 두번째 요원이 약간 굼뜨게 뒤쫓아와서 리카르도를 발견했을 때, 리카르도는 발목이 부러지고, 손은 진흙이 묻어 시꺼멓게 되고, 옷은 송진이 묻어 엉망진창이 되고, 얼굴은 비애로 인해 일그러진 상태로 물웅덩이에 쓰러져 있었다.

6

/

위로, 위로, 위로

어른이 되면 나이 자체가 자아 통제에 대한 유해한 환상을 심어주고, 흔히 그 환상에 종속될 수 있다. 그러니까, 우리가 어른이 되었다고 느끼게 만드는 것은 우리가 자신의 삶을 통제할 수 있다는 망상인데, 그런 망상을 갖는 이유는 우리가 어른이 된다는 것을 자율성과 연관시키고, 어른이 되자마자 우리에게 일어나는 일을 결정할 수 있는 주권과 연관시키기 때문이다. 언젠가는 각성의 때가 반드시 오기 마련인데, 각성은 온다는 약속을 결코 어기지 않는다. 각성이 올 때 우리는 썩 놀라지 않고 받아들인다. 충분히 오래 산 사람은 모두 자신의 생애가, 자신의 결정이 조금 개입하거나 전혀 개입하지 않은 상태에서 타 사안들에 의해, 타인의 의지에 따라 만들어졌을 거라는 사실에 놀라지 않기 때문이다. 결국 우리의 삶과 마주치게 될 그 기나긴 과정들은 지하의 수맥처럼, 판구조들의 신중한 이동처럼 늘 숨겨져 있고—때로는 삶이 필요로 하는 강한 추동력을 삶에 부여하기 위해, 때로는 우리의 가장 화려한 계획을 산산조각내버리기 위해―, 결국 지진이 일어나면 우리는 우리 스스로를 진정시키기 위해 우리가 배워온 '사고', '우연', 가끔은 '운명'이라는 단어 등을 사용한다. 지금 이 순간에는 여러 상황들의 연계 고리, 또는 범죄적인 오류들의 연계 고리, 또는 다행스러운 결정들의 연계 고리 하나가 있는데, 그 연계 고리의 결과는 어느 길모퉁이를 돌아가는 곳에서 우리를 기다리고 있다. 비록 내가 그것을 인지한다 할지라도, 비록 그런 일들이 발생해서 내게 영향을 미칠 것이라는 불편한 확신을 갖고 있다 할지라도 그런 결과들을 정확히 예상할 수 있는 방법은 없다. 내가 할 수 있는 일이라고는 그것들이 지닌 효력에 대적하는 것뿐이다. 다시 말해 손해를 벌충하고 최대한의 이익을 얻는 것이다. 우리는 그 점을 잘 알고 있다. 하지만 그 연계 고리가 우리를 현재 상태의 우리로 변화시켜버렸다는 사실을 누군가 우리에게 알려줄 때면 왠지 모르게 공포감이 느껴진다. 다른 사람이 우리에게 그런 계시를 줄 때, 우리가 우리의 경험에 대해 행사하는 통제력이 적거나 전혀 없다는 사실을 발견하는 것은 항상 당황스러운 일이다.

그것은 내가 예전에는 빌라 엘레나―빌라 엘레나라는 이름은 어느 좋은 날과 더이상 어울리지 않게 되었기 때문에 시급하게 다른 이름으로 바꾸어야 했다―라고 알려져 있던 그곳, 라스아카시아스에서 두번째 오후를 보내고 있을 때 떠오른 생각이었다. 그것은 마야와 내가 고리버들 상자에 담긴 서류, 편지와 사진, 전보와 계산서 들에 관해 일일이 얘기하던 토요일 밤 내내 내게 맴돈 생각이었다. 우리의 대화는 서류들이 고백하지 않은 모든 것을 내게 가르쳐주었고, 아니 오히려 그 대화는, 그 사건 이후 모녀가 함께 살던 몇 년 동안 마야가 어머니에게 들은 이야기들을 전해줌과 동시에 서류들의 내용을 정리해주고, 내용의 순서를 바로잡아주고, 의미를 부여해주고, 모든 공백은 아니라 할지라도 일부 공백을 메워주었다. 물론 마야의 어머니가 만들어낸 이야기와 함께.

"만들어냈다고요?" 내가 물었다.

"참, 그래요." 마야가 말했다. "아빠 이야기에서 시작되죠. 엄마가 모든 이야기를 만들어냈어요. 더 정확히 말해, 아빠는 엄마가 만들어낸 거예요. 일종의 소설인데, 내 말 이해하겠어요? 진짜 소설, 엄마의 소설이라고요. 나 때문에, 그래요, 나를 위해 만들었죠."

"그러니까 당신은 진실을 모르고 있었다는 거로군요." 내가 말했다. "일레인이 당신에게 진실을 말하지 않았다는 거로군요."

"엄마는 그렇게 하는 것이 더 좋다고 생각했을 거예요. 아마도 엄마 생각이 옳았을 거예요, 안토니오. 나는 자식이 없기 때문에 자식을 갖는다는 게 어떤 건지 상상할 수 없어요. 사람이 자식을 위해 어떤 일을 할 수 있게 되는지 난 몰라요. 상상할 수도 없다고요. 당신은 자식이 있죠, 안토니오?"

마야가 물었다. 일요일 아침이었다. 기독교 신자들은 부활절이라 부르는 그날에 나사렛예수의 부활을 경축하거나 기리는데, 부활하기 이틀 전(내가 리카르도 라베르데의 딸과 첫번째 대화를 시작한 시각과 거의 동일한 시각) 십자가에 못박힌 예수는 살아 있는 자들에게, 자기 어머니에게, 사도들에게, 그리고 나름의 장점 때문에 선택받은 몇몇 여자들에게 지금부터 나타나기 시작할 것이다. "당신은 자식이 있죠, 안토니오?" 우리는 일찍 아침식사를 했다. 많은 양의 커피, 많은 양의 신선한 오렌지주스, 많은 양의 파파야, 파인애플, 사포딜라 조각을 먹고, 칼렌타도*를 곁들인 아레파를 먹었는데 너무 뜨거울 때 입에 넣는 바람에 혀에 물집이 잡혀서 이로 혀를 문지를 때마다 물집이 느껴졌다. 아직 날이 덥지는 않았으나 세상은 초목 냄새가 나는 곳, 축축하고 다채로운 곳이었는데, 나는 그곳, 테라스에 있는 식탁에서, 천장에 걸려 있는 양치식물에 둘러싸인 채 브로멜리아드가 자라고 있는 나무 화분에서 불과 몇 미터 떨어진 곳에서 우리가 이야기를 나눈다는 사실이 좋았고, 그 부활주일이 좋았다. "당신은 자식이 있죠, 안토니오?" 나는 아우라를, 그리고 레티시아를, 아니 레티시아를 데리고 가장 가까운 성당으로 가서 그리스도의 빛을 상징하는 큰 초를 아이에게 보여주고 있는 아우라를 떠올려보았다. 아우라는 내가 없는 틈을 타 그렇게 하고 있으리라. 여러 번 시도를 했건만 나는 어렸을 때 가졌던 신앙을 결코 회복할 수 없었으며, 이마에 재로 십자가를 그리는 사순절 첫날부터 예수의 승천일까지의 의식을 치르는 내 가족의 신실함은 더욱더 회복할 수 없었다(나는, 내가 다시는 볼 수 없었던 천사들이 가득차 있는 그림이 실린 백과사전의 내용에 따라 그 장면들을 상상하고 있었다). 그래서 나는 내가 이상하다고 생각한 그 전통 속에서 내 딸이 성장하기를

---

* 쌀과 강낭콩 등으로 만든 음식으로, 콜롬비아에서는 아침식사로 흔히 먹는다.

결코 원한 적이 없었다. '당신 어디 있나요, 아우라?' 나는 생각했다. '내 가족은 어디 있을까?' 나는 눈길을 들어올렸는데 청명한 하늘빛에 눈이 부셨고, 눈이 찔린 것 같다는 느낌을 받았다. 질문을 잊지 않은 마야가 나를 바라보며 대답을 기다리고 있었다.

"아뇨, 없어요." 내가 말했다. "아주 이상할 것 같아요. 자식을 가지는 거 말이에요. 나 역시 상상할 수 없어요."

내가 왜 그렇게 말했는지는 잘 모르겠다. 보고타에서 나를 기다리고 있는 가족에 대해 말하기에는 아마도 너무 늦었기 때문이었을 수도 있는데, 그런 사항은 흔히 어떤 관계를 맺는 첫 순간에, 자신을 소개하면서 상대방에게 친해지고 싶다는 환상을 주기 위해 정보 두세 조각을 건네줄 때 서로에게 말하게 된다. '자신을 소개한다'. 이 말은 단순히 상대방에게 자기 이름을 밝히고 상대방의 이름을 듣고, 악수를 나누는 데서 오는 것이 아니라, 서로 뺨을 한두 번 갖다대거나 고개를 숙여 인사를 하는 데서 오는 것이 아니라, 공허한 몇 가지 정보, 중요하지 않은 몇 가지 일반적인 사항들에 대해 서로 알고 있다는, 이제 서로 낯설지 않다는 느낌을 주는 첫 몇 분에서 오는 것이다. 누구든 자신의 국적을 말한다. 자신의 직업, 즉 돈을 벌기 위해 하는 일이 무엇인지 말하는데, 그 이유는 돈을 버는 방법은 많은 것을 이야기해주고, 우리를 규정하고, 우리를 구축하기 때문이다. 그리고 누구든 자기 가족에 대해 말한다. 어찌되었든 나는 마야와의 그런 첫 순간을 이미 보내버렸다. 라스 아카시아스에 도착한 지 이틀이나 지나서 아내와 딸에 관해 얘기하는 것은 불필요한 의심을 유발하거나 긴 설명 또는 바보 같은 정당화를 필요로 하거나 단순히 이상하게 보일 수 있었고, 결국은 아무런 결과도 맺을 수 없었을 것이다. 마야는 지금까지 내게서 느낀 신뢰감을 떨쳐버리게 될 것이고, 나는 지금까지 점유했던 영역을 상실하게 될 것이고, 마야는 더이상 말을 하지 않게 될 것이고, 리카르도 라베르데의 과거는 다시 과거가 될 것이고, 다시 다른 사람들의 기억 속에 파묻히게 될 것이다. 나는 그것을 용납할 수가 없었다.

아니면 아마도 다른 이유가 있었을 것이다.

아우라와 레티시아를 라스아카시아스로부터, 마야 프리츠로부터, 마야 프리츠의 서류들과 이야기로부터, 그러니까 리카르도 라베르데에 관한 진실로부터 멀리 떼어놓는다는 것은 아우라와 레티시아의 순수성을 지켜주는 것일 수도 있다. 혹은 그들이 오염되지 않도록 하는 것, 1996년 어느 날 오후에 내가 겪은 그 오염, 원인이 이제 겨우 이해되기 시작하는 그 오염, 하늘에서 어떤 물체가 떨어질 때처럼 이제 확실하게 심해지고 있는 강력한 그 오염을 피하게 하기 위해서였다는 말이 더 정확할 것이다. 오염된 삶은 오직 내 것이었고, 내 가족은 아직 안전한 상태였다. 우리 나라의 재앙으로부터도, 최근 우리 나라의 서글픈 역사로부터도 안전한 상태였다. 우리 세대의 수많은 사람을 박해했듯이(다른 세대에게도 그랬으나 특히 우리 세대에게, 비행기와 함께, 마리화나 봉지가 가득차 있는 비행기와 함께 태어난 사람들, 대 마약 전쟁과 함께 태어나 나중에 그 전쟁의 결과를 알았던 사람들에게 그랬다) 나를 박해한 그 모든 것으로부터도 안전한 상태였다. 나는, 마야 프리츠의 말과 각종 서류 속에서 삶을 되찾은 이 세계가 이곳에, 라스아카시아스에 머무를 수 있다고, 라도라다에 머무를 수 있다고, 마그달레나 분지에 머무를 수 있다고, 보고타에서 육로로 네 시간 떨어진 곳, 내 아내와 딸이 아마도 약간은 불안해하며, 그래, 얼굴에 근심 어린 표정을 드러내며, 하지만 순수한 표정으로, 오염되지 않은 표정으로, 우리 콜롬비아의 특이한 역사에서 자유로운 상태로, 나를 기다리고 있는 아파트에서 멀리 떨어진 곳에 머무를 수 있다고 생각했다. 그리고 내가 그 이야기를 아내와 딸에게 가져간다면, 또는 아내와 딸이 그 이야기 속에 들어가도록, 어떤 형식으로든 라스아카시아스에, 마야 프리츠의 삶에 들어가도록, 리카르도 라베르데와 접촉하도록 허용한다면, 나는 좋은 아빠도, 좋은 남편도 아닐 거라고 생각했다. 아우라는 그 힘든 시기에 콜롬비아가 아니라 산토도밍고, 멕시코시티, 칠레의 산티아고에서 사는 특별한 행운을 누렸는데, 그런 행운을 지켜주는 것, 그녀 부모의 파란만장한 삶이 그녀에게 보장해준 일종의 면책을 그 어떤 것도 훼손하지 못하도록 그녀를 지켜주는 것이 내 의무 아니었던가? 나는 아우라와 내 딸을 보호하려 했다고, 보호해주고 있다고 생각했다. 그게 옳은 일이라고 생각했기 때문에 진정한 신념을 품고, 종교적일 정도의 열의를 가지고 그렇게 했다.

"자식이 없다고요, 진짜요?" 마야가 말했다. "자식은 공유될 수 없는 것들 가운데 하나라고, 모든 사람이 내게 그렇게 말했어요. 어찌되었든. 문제는 엄마가 나를 위해 그렇게 했다는 거죠. 엄마가 아빠를 만들어냈어요, 온전히 만들어냈다고요."

"예를 들면요?"

"좋아요. 예를 들면 아빠의 죽음 같은 거요." 마야가 말했다.

그래서 나는 마그달레나 분지의 하얀빛이 내 얼굴에 비치는 가운데, 일레인 또는 엘레나 프리츠가 자기 남편에게 일어난 일을 딸에게 설명한 그날에 대해 알게 되었다. 마지막 해에 아버지와 딸은 죽음에 관해 많은 이야기를 나누었다. 어느 날 오후, 마야는 제부소를 도살하는 장면을 보고는 거의 즉각적으로 질문을 해대기 시작했다. 리카르도는 그 문제를 네 단어로 해결했다. "그 소는 수명이 다했단다." 리카르도는 모두 수명이 다한다고 설명했다. 동물이든, 사람들이든, 모두. 아르마딜로도 그래요? 마야가 물었다. 그래, 아르마딜로도 그렇단다. 리카르도가 마야에게 대답했다. 홀리오 할아버지도 그래요? 마야가 물었다. 그래, 홀리오 할아버지도 마찬가지야. 리카르도가 마야에게 말했다. 그래서 1976년 말 어느 오후, 아버지의 부재에 대한 딸의 질문이 더이상 참을 수 없을 정도에 이르기 시작했을 때 엘레나 프리츠는 마야를 무릎에 앉혀놓고 말했다. "아빠는 수명이 다했단다."

"엄마가 왜 그 순간을 선택했는지 모르겠고, 엄마가 뭔가를 기다리다 지쳤는지도 모르겠어요. 아무것도 모르겠다고요." 마야가 내게 말했다. "아마도 미국으로부터 엄마에게 어떤 소식이 왔던 것 같아요. 변호사나 아빠에게서요."

"지금도 모르나요?"

"그 당시에 쓰인 편지는 없는데, 엄마가 모두 태워버렸거든요. 그러니까 지금 내가 당신에게 들려주는 이야기는 내가 상상한 거예요. 엄마에게 소식이 왔다는 이야기도. 그 소식이 아빠에게서 왔다는 얘기도.

변호사들에게서 왔다는 얘기도. 엄마는 그쯤 해서 자신의 삶을 바꾸겠다고, 혹은 아빠와 연결된 삶을 끝내버리고 다른 삶을 시작해야겠다고 작정했겠죠."

일레인은 마야에게 리카르도가 하늘에서 실종되었다고 설명했다. 조종사들에게는 그런 일이 종종 일어난다고, 특이한 일이지만 종종 일어난다고 설명했다. 하늘은 아주 넓고 바다도 아주 넓다고, 비행기는 아주 작은데, 아빠가 조종하던 비행기들은 그중에서도 가장 작았다고, 그리고 세상에는 그런 비행기들이, 작고 하얀 비행기들이 가득차 있다고, 그 비행기들은 이륙해서 육지 위를 잠시 날다가 육지를 벗어나 바다로 날아가서, 멀리, 아주 멀리, 가장 멀리 있게 되고, 그렇게 되면 완전히 홀로 남겨지기 때문에 그들이 어디를 통해 다시 육지로 돌아오게 되는지 아무도 말해줄 수 없다고 설명했다. 그리고 가끔은 무언가 일이 일어나 비행기들이 실종된다고, 조종사들이 방향을 잃고서 실종된다고 설명했다. 그들은 앞이 어디인지 뒤가 어디인지 잊어버린다고, 앞이 어디인지, 뒤가 어디인지, 왼쪽이 어디인지, 오른쪽이 어디인지 모른 채 혼란에 빠져 제자리를 빙빙 돌기 시작하다가 연료가 떨어져 바다로 추락한다고, 수영장으로 다이빙을 하는 소녀처럼 하늘에서 떨어진다고 설명했다. 소음도 굉음도 없이 물속에 가라앉아도 그곳에는 아무도 없기 때문에 그 누구의 눈에도 띄지 않은 채 가라앉게 되고, 조종사들은 그곳, 그 깊은 바닷속에서 수명이 다한다고 설명했다. "왜 조종사들은 바다에서 헤엄쳐 나오지 않나요?" 마야가 물었다. 그러자 엘레나 프리츠가 말했다. "바다가 아주 깊기 때문이란다." 그러자 마야가 물었다.

"근데 거기에 아빠가 있어요?" 그러자 엘레나 프리츠가 말했다. "그래, 그곳에 아빠가 있지. 바다 깊은 곳에 있단다. 비행기가 떨어졌고, 아빠는 잠이 들어서 수명이 다했단다."

마야 프리츠는 사건에 관한 그 이야기에 결코 의문을 제기하지 않았다. 두 사람이 빌라 엘레나에서 보낸 마지막 크리스마스에 일레인은 사람을 시켜 누런 관목 하나를 잘라 오라 해서는 딸이 아주 좋아하는 다양한 색깔의 깨지기 쉬운 방울들, 순록과 썰매들, 그리고 무거워서 나뭇가지를 휘게 만드는 가짜 지팡이 사탕으로 장식했다. 1977년 1월에는 여러 가지 일이 일어났다. 유사 이래 처음으로 마이애미에 눈이 내렸다는 사실을 알리는 조부모의 편지가 일레인에게 도착했다. 지미 카터 대통령이 베트남전의 징병 기피자들을 사면했다. 그리고 마이크 바비에리가—일레인은 늘 내심 그가 징병 기피자라는 생각을 했었다—목덜미에 총 한 방을 맞고 라미엘 강에서 시체로 발견되었는데, 벌거벗은 그의 몸이 강변에 엎어져 있었고, 긴 머리, 물에 젖고 피로 빨갛게 물든 턱수염이 물결에 출렁거리고 있었다. 그를 발견한 시골 사람은 경찰서에 가기도 전에 일레인부터 찾았다. 일레인이 그 지역에 있는 그링가였기 때문이다. 첫 재판에 참여해야 했던 일레인은 지방법원에 출두했는데, 창문이 열려 있고, 선풍기들이 돌아가고 있었기 때문에 그녀가 예, 그 사람을 압니다, 라고 대답하고, 아뇨, 그 사람을 죽인 사람이 누구인지 모릅니다, 라고 대답하는 진술 기록 서류가 바람에 날려 엉망이 되어버렸다. 다음날 일레인은 자기 옷과 딸의 옷, 돈이 가득 들어 있는 가방들, 그리고 살해당한 그링고의 이름을 갖고 있는 아르마딜로를 닛산 지프에 바리바리 싣고 보고타로 떠났다.

"십이 년이에요, 안토니오." 마야 프리츠가 말했다. "엄마와 함께, 단둘이서, 실제로는 숨어 지내다시피 십이 년을 살았어요. 엄마는 내게서 아빠뿐만 아니라 할아버지, 할머니까지 빼앗았어요. 우리는 그분들을 다시는 만나지 않았어요. 그분들은 단지 두어 번 찾아왔을 뿐인데, 만남은 늘 싸움으로 끝났지요. 나는 왜들 그러는지 이해할 수 없었어요. 다른 사람들도 찾아왔어요. 라페르세베란시아에 있는 작은 아파트였지요. 많은 사람이 우리를 찾아왔고, 집은 그링고들, 평화봉사단 사람들, 대사관 사람들로 가득찼어요. 혹시 엄마가 그 사람들과 마약에 관해, 마약 때문에 일어나고 있던 일에 관해 얘기했을까요? 잘 모르겠어요. 당시에는 내가 그런 것을 제대로 이해할 수 없었을 거예요. 엄마와 그들이 코카인에 관해 얘기했을 가능성이 농후해요. 혹은 시골 사람들에게 마리화나를 제대로 재배하는 법을 가르쳐주었듯이 그들에게 코카인 반죽을 다루는 법을 가르쳐준 자원봉사자들 얘기를 했을 가능성이 농후해요. 당시만 해도 사업은 이후와는 다르게 이루어졌죠. 근데 내가 그걸 어떻게 알 수 있었겠어요? 아이들은 그런 거 잘 모르잖아요."

"그런데 리카르도에 대해 묻는 사람이 아무도 없었나요? 집에 온 사람들 가운데 그 누구도 리카르도 얘기를 꺼내지 않았나요?"

"아뇨, 아무도 없었어요. 믿기지 않죠, 그렇죠? 엄마는 리카르도 라베르데가 존재하지 않는 세계 하나를 건설했는데, 그렇게 하려면 재능이 필요하죠. 작은 거짓말을 유지하는 것은 어려워요. 엄마는 그 거짓말을 감추려다가 결국 이만한 것, 피라미드만한 거짓말을 만들어버렸어요. 당시 우리집에 찾아온 모든 사람에게 지침을 주던 엄마가 생각나요. 엄마는, 이 집에서는 죽은 사람들에 관한 얘기를 하지 말아달라고 당부했죠. 죽은 사람 누구냐고요? 그냥 죽은 사람들이요. 이 세상에 없는 죽은 사람들이요."

그러던 어느 날 마야가 아르마딜로를 죽여버렸다. 마야는 아버지의 부재가 자신을 엉망으로 만들어버린 것인지는 기억하지 못했다. 기분이 나빴던 건지, 공격성을 드러냈던 건지, 복수심을 갖고 있던 건지는 기억하지 못했다. 어느 날(여덟 살 정도 되었을 때다) 마야는 아르마딜로를 움켜쥐고 빨래를 너는 마당으로 나갔다. "그 베란다는 옛날 아파트에 있는 그런 것이었는데, 당신도 알다시피 불편하고 비좁았어요. 돌로 만든 물통이 있고, 빨랫줄, 그리고 창문이 있었죠. 그런 물통 기억나나요? 그 한쪽에 빨랫대가 있어 표면에 빨래를 비비고, 다른 한쪽에는 일종의 우물이 있는데, 아이에게는 차가운 물이 담긴 아주 커다란 우물이죠. 나는 주방에 있는 긴 의자를 물통 옆에 놓고 의자 위로 올라가서 물을 들여다보면서 마이크를 물속에 집어넣은 뒤 마이크가 움직이지 못하도록 두 손으로 마이크의 등을 계속해서 눌렀어요. 아르마딜로는 물속에서도 오래 견딘다는 말을 들은 적이 있었거든요. 과연 얼마나 견디는지 보고 싶었어요. 아르마딜로가 몸부림을 치기 시작했으나 나는 온 체중을 실어 아르마딜로를 물통 바닥에 붙인 상태로 눌렀는데, 아르마딜로는 원래 힘이 세지만 마이크는 그리 세지 않았고, 나는 이미 덩치가 제법 큰 소녀였어요. 아르마딜로가 물속에서 얼마나 버티는지 보고 싶었고, 그뿐이었고, 그뿐이었다고 생각했어요. 아르마딜로의 몸이 울퉁불퉁한데다 누르는 압력 때문에 손이 아팠고, 나중에도 계속 아팠다는 사실을 아주 잘 기억하는데, 마치 가시투성이 통나무가 물에 휩쓸려가지 않도록 꽉 붙들고 있는 것 같았어요. 그 동물이 어찌나 몸부림을 쳐대든지, 지금도 생생하게 기억해요. 마침내 아르마딜로가 몸부림치는 것을 멈췄어요. 벌이 뒤따랐죠. 엄마가 내 뺨을 사정없이 때렸는데, 엄마 손의 반지 때문에 입술이 터져버렸어요. 엄마는 왜 그런 짓을 했는지 물었고, 나는 대답했어요. 아르마딜로가 물속에서 몇 분 동안이나 견디는지 알고 싶어 그랬다고요. 그러자 엄마가 내게 되물었어요. 그럼 왜 시계를 갖고 있지 않았던 거니? 나는 뭐라고 대답해야 할지 몰랐어요. 문제는 그 질문이 완전히 잊히지 않는다는 거예요, 안토니오. 여전히 가끔, 좋지 않은 순간에는 항상, 삶이 뜻대로 되지 않을 때면 그 질문이 맴돌아요. 그 질문이 떠오르지만 지금까지 결코 답을 할 수 없었어요."

마야 프리즈가 잠시 생각하다가 말했다. "어쨌든, 라페르세베란시아에 있는 아파트에서 아르마딜로 한 마리가 무슨 짓을 했을까요? 참으로 터무니없는 일인데, 집에서 똥내가 났어요."

"전혀 의심해보지 않았나요?" 내가 그녀에게 물었다.

"뭘 말이에요?"

"리카르도가 살아 있을 수 있다는 것, 교도소에 수감되었을 수 있다는 사실 말이에요."

"전혀요. 나중에 내가 혼자가 아니라는 사실을, 내 이야기가 유일무

이하지 않다는 사실을 알았어요. 그 당시 사람들은 미국에서 살려고 떼를 지어 떠났어요. 당신이 내 말을 이해하는지 모르겠군요. 아빠처럼 화물을 싣고 미국에 간 사람들도 있었지만, 그런 화물을 가져가지 않고 아비앙카나 아메리칸 에어라인 같은 여객기를 타고 간 단순한 승객들 말이에요. 콜롬비아에 남아서 미국에 가 있는 가족들을 기다리는 사람들은 자식들에게 뭔가를 얘기해야 했지요. 그러지 않았겠어요? 그래서 남아 있는 가족들은 아버지가 죽었다는 말밖에 할 수가 없었죠. 미국의 교도소에 갇혀 있는 사람은 자신이 그곳에 있다는 사실을 아무도 모르는 상태에서 갑자기 죽어가죠. 그게 가장 쉬워요. 가족들 가운데 그런 아둔패기가 있다는 것 때문에 느끼는 수치심, 굴욕감과 싸우는 것보다 더 쉬운 거라고요. 그런 경우가 부지기수예요. 가짜 고아가 수백 명인데, 나는 그 가운데 한 명일 뿐이에요. 그게 바로 콜롬비아가 지닌 좋은 점인데요, 누구든 자신의 운명을 결코 혼자 떠맡지는 않죠. 염병할, 이제 정말 환장하게 덥네. 덥지 않아요, 안토니오? 당신은 추운 지방에 살잖아요."

"약간 덥지만 참을 만해요."

"여기서는 땀구멍이 열리는 것 같다니까요. 나는 새벽이 좋아요. 조금 있으면 아주 견딜 수 없을 정도가 되어버리죠. 도저히 익숙해질 수가 없어요."

"이제 익숙해질 법도 한데요."

"그래요, 맞는 말이에요. 불평을 위한 불평일 수도 있겠군요."

"어떻게 해서 이곳에 살게 되었나요?" 내가 물었다. "내 말은, 그렇게 많은 세월이 흐른 뒤에 말이죠."

"아, 좋아요." 마야가 말했다. "얘기하자면 길어요."

마야가 만 열한 살이 되었을 때 같은 반 여자아이가 처음으로 나폴레스 아시엔다에 관해 마야에게 얘기해주었다. 그곳은 파블로 에스코바르가 자신만의 천국이자 동시에 하나의 제국이 될 수 있는 천국, 즉 열대 지역에 조각상 대신 동물들을 들이고, 출입 금지No Trespassing 팻말 대신 무장한 자객들을 배치한 하나의 제너두*를 건설하려고 칠십년대 말에 사들인 3천 헥타르가 넘는 땅이었다. 아시엔다는 두 개 주에 걸쳐 퍼져 있었다. 강 하나가 아시엔다의 한쪽 끝에서 다른 쪽 끝을 관통하고 있었다. 물론 그 친구는 마야에게 이런 정보를 알려주지 않았다. 1982년에는 파블로 에스코바르라는 이름이 열한 살짜리 아이들 입에 오르내리지도 않았고, 열한 살짜리 아이들이 그 거대한 토지가 지닌 특성에 대해, 곧 특별한 차고를 채우기 시작할 골동품 자동차 수집에 대해, 사업을 위해 마련된 여러 활주로(리카르도 라베르데가 조종했던 것과 같은 경비행기들이 이착륙할 수 있는)의 존재에 대해 알 턱이 없었고, 더욱이 〈시민 케인〉**을 본 적도 없었기 때문이다. 그렇다, 열한 살짜리 아이들은 그런 것을 알지 못했다. 하지만 동물원에 관해서는 알고 있었다. 그 동물원은 몇 개월 만에 국가적 차원의 전설이 되었는데,

---

* 몽골제국의 쿠빌라이 칸이 몽골고원 남부에 세운 여름 수도 상도를 가리키며 이상향을 뜻하는 말로 널리 쓰인다.
** 1941년 미국에서 제작된 흑백영화. 플로리다의 대저택 제너두에서 은둔 생활을 하다 죽음을 맞이한 미국 언론 재벌 케인의 삶과 야망을 다루었다.

1982년 어느 날 그 친구가 마야에게 해준 이야기는 바로 동물원에 관한 것이었다. 친구는 동물원의 기린, 코끼리, 코뿔소, 온갖 색깔을 지닌 엄청나게 큰 새들에 관해 말했다. 그리고 축구공을 차는 캥거루에 관해 말했다. 마야에게는 일종의 경이로운 계시였고, 그것은 아주 중요한 갈망으로 바뀌었다. 그래서 신중하게 크리스마스 때까지 기다렸다가 어머니에게 크리스마스 선물로 자신을 나폴레스 아시엔다에 데려가달라고 청했다. 어머니의 대답은 단호했다.

"그런 곳에는 행여 꿈에도 갈 생각 하지 말거라."

"하지만 우리 반 친구들은 전부 갔단 말이에요." 마야가 말했다.

"너는 안 된다니까." 엘레나 프리츠가 말했다. "다시는 그런 얘기 꺼낼 생각도 하지 마."

"그래서 나는 엄마 몰래 가버렸어요." 마야가 내게 말했다. "그렇게 하지 않고 배겼겠어요? 어떤 친구가 나를 부르자 가겠다고 말해버린 거죠. 엄마는 내가 비야데레이바에서 주말을 보내는 것으로 알고 있었어요."

"이럴 수가." 내가 마야에게 말했다. "당신도 나폴레스 아시엔다에 몰래 갔던 거요? 우리가 같은 것을 얼마나 많이 했을까요?"

"아아, 그럼, 당신도……"

"그래요, 나도, 나 또한 부모님이 허락해주지 않았지만, 역시 거짓말을 하고서 금지된 것을 보러 갔어요. 나폴레스 아시엔다는 하나의 터부 같은 곳이었죠." 내가 말했다.

"언제 갔는데요?"

내가 머릿속으로 그날을 헤아려보고, 몇 가지 기억을 되살리자 등골이 오싹해지는 쾌감이 느껴졌다. "열두 살 때였어요. 내가 당신보다 한 살이 더 많잖아요. 우리는 같은 시기에 간 거예요, 마야."

"12월에 갔나요?"

"그래요."

"1982년 12월?"

"그래요."

"같은 시기에 갔군요." 그녀가 같은 말을 했다. "믿을 수가 없어요. 믿을 수가 없지 않아요?"

"그래요, 그렇긴 하지만 나 역시 확실하지 않……"

"우리는 같은 날 갔다고요, 안토니오." 마야가 말했다. "확실해요."

"하지만 다른 날일 수도 있잖아요."

"아녜요, 둘러대지 말아요. 크리스마스 전이었어요, 그렇죠?"

"그래요, 하지만……"

"방학이 시작된 뒤였잖아요, 그렇죠?"

"그래요, 맞아요."

"그래, 주말이었을 텐데요, 다른 날에는 일을 하니까 우리를 데려갈 어른들이 없었을 거예요. 크리스마스가 되기 전에 주말이 몇 번 있었죠? 세 번이라고 합시다. 그렇다면, 무슨 날이었을까요, 토요일이었을까요, 일요일이었을까요? 토요일이었어요. 왜냐하면 보고타 사람들은 늘 토요일에 동물원에 가죠. 어른들은 그런 여행을 한 다음날 출근하는 걸 싫어했거든요."

"그런데, 어찌되었든 삼 일이잖아요. 세 번의 토요일이 가능하죠. 우리가 같은 날에 갔을 거라는 보장은 전혀 없어요."

"나는 우리가 같은 날 갔다는 걸 알아요."

"어떻게요?"

"그냥 알아요. 더이상 귀찮게 굴지 말아요. 내가 계속 얘기했으면 해요?" 하지만 마야는 내 대답을 기다리지 않았다. "좋아요, 그 동물원을 구경하고 나서 집으로 돌아갔는데, 집에 들어가자마자 라도라다에 있는 우리집이 정확히 어디인지 엄마에게 물었어요. 지금 생각해보니 당시 내가 그곳으로 가는 길을, 주변 풍경을 알아봤고, 산이나 커브 길, 또는 빌라 엘레나로 가는 길과 연결된 도로를 알아봤던 것 같아요. 나폴레스 아시엔다로 가려면 그 도로 옆을 통과하게 되거든요. 내가 뭔가를 알아봤기 때문에 엄마를 보자마자 그런 질문을 하지 않을 수 없었던 거죠. 우리가 그 집을 떠난 뒤로 내가 그 집 얘기를 꺼내는 게 처음이었기 때문에 엄마는 많이 놀랐어요. 그후 몇 년 동안 나는 계속해서 그 집에 관해 묻고, 그 집으로 돌아가고 싶다고 말하고, 언제 돌아갈 거냐고 물었죠. 라도라다의 집이 내게는 일종의 약속의 땅으로 변해버린 건데, 날 이해하겠어요? 나는 그 집으로 돌아가기 위해 필요한 모든 것을 차츰차츰 준비하기 시작했어요. 그 모든 것은 내가 나폴레스 아시엔다의 동물원 구경을 한 것과 함께 시작되었어요. 이제 당신은 아마도 우리가 동물원에서 서로를 보았을 거라고 말하겠죠. 그때의 당신이 지금의 당신이고, 그때의 내가 지금의 나라는 사실을 모른 채, 우리가 훗날 만나게 될 거라는 사실을 모른 채 말이에요."

그 순간 그녀의 시선에 뭔가가 나타나고, 그녀의 초록색 눈이 살짝 더 커지고, 그녀의 가는 눈썹이 마치 다시 그려지듯 아치 모양으로 휘고, 입, 입술이 짙은 붉은색인 입에 내가 본 적이 없는 새로운 표정이 나타났다. 나는 그 표정이 무슨 의미인지 검증할 수 없었을 것이고, 그에 관해 뭐라 얘기하는 것은 경솔한 짓이거나 바보 같은 짓이 되었을 것이다. 나는 그 순간 생각했다. '이것은 소녀의 표정이야. 소녀 때 당신의 표정이라니까.' 그때 그녀가 말하는 소리가 들렸다.

"그때 이후로 다시 가본 적이 있나요? 난 아니에요, 단 한 번도 가보지 않았어요. 내가 아는 바에 따르면 그곳은 망해가고 있다더군요. 하지만 우리는 어떻게든 그곳에 가서 무엇이 있는지 보고, 우리가 무엇을 기억하는지 확인해볼 수 있어요. 괜찮은 생각 같아요?"

곧 우리는 이십구 년 전의 리카르도 라베르데, 엘레나 프리츠와 마찬가지로 아스팔트 띠 위에서 흔들리면서, 더욱이, 그때 그들이 그랬던 것처럼 뼈 색깔의 닛산 지프 안에서 흔들리면서, 가장 더운 시각에 메데인으로 가는 도로를 달렸다. 육십년대에 생산된 자동차—르노 4, 여기저기에 있는 피아트, 심지어 그런 차들보다 십오 년은 더 되었을 것 같은 쉐보레 트럭—를 거리에서 보는 것이 다반사인 나라에서 그 닛산 지프가 남아 있다는 것은 기적적이지도 이상하지도 않았는데, 이 지프와 같은 차 수백 대를 거리에서 볼 수 있었다. 하지만 알다시피 그 차는 여느 닛산 지프가 아니라 리카르도 라베르데가 비행을 해서 번 돈, 마리화나를 운반해서 번 돈으로 아내에게 준 첫 선물이었다. 이십구 년 전에 두 사람은, 현재 우리가 그런 것처럼, 마그달레나 분지를 달렸고, 이 좌석에서 키스를 했으며, 이 차 안에서 아이를 갖는 문제에 대해 얘기했다. 이제는 그 두 사람의 딸과 내가 동일한 장소를 점유하고, 똑같이 축축한 더위를 느끼고, 속도를 높여 차 안으로 공기가 더 많이 들어오도록 하면서 똑같은 위안을 느끼고 있었는데, 차창을 열어놓은 채 빨리 달리고 있었기 때문에 우리가 얘기를 나누려면 목소리를 높여야 했을 것이다. 목소리를 높이느냐 아니면 차창을 닫은 상태에서 더위로 죽어가느냐 하는 선택의 기로에서 우리는 전자를 택했다. "이 지프가 아직도 남아 있군요." 나는 지나치게 넓은 극장에서 배우가 내는 목소리와 유사하게 힘찬 어조로 말했다.

"그러게 말이에요." 마야가 말했다. 그러고는 한 손을 들어 하늘을 가리켰다. "저 군용기들 좀 봐요."

우리의 머리 위로 날아가고 있던 비행기들의 소음이 내게 전해졌으나 내가 비행기들을 보려고 차창으로 시선을 돌렸을 때는 하늘을 배경으로 원을 그리며 날고 있던 대머리독수리 무리만 보였을 뿐이다. "비행기들을 보고 아빠를 떠올리지 않으려고 하지만 떠올리지 않을 수가 없네요." 마야가 말했다. 다른 편대가 날아갔는데, 이번에는 비행기들을 볼 수 있었다. 잿빛 그림자들이 하늘을 가로지르고, 비행기 엔진의 추진력이 공기를 흔들어댔다. "아빠는 그걸 물려받고 싶어했어요." 마야가 말했다. "영웅의 손자." 도로가 갑자기 군복 차림에 무장을 한 소년들로 가득 채워졌는데, 그들은 잠든 동물 같은 무기를 가슴에 매달고 있었다. 마그달레나 강에 놓인 다리에 접어들기 전에 우리는 속도를 많이 줄이고 군인들 옆을 지나갔는데, 차와 군인들 사이가 너무 가까웠기 때문에 지프의 사이드미러가 군인들의 총열에 스칠 정도였다. 아주 어리고, 땀을 뻘뻘 흘리는 군인들은 뭔가에 놀란 모습이었다. 군 기지를 경계하는 임무는 그들의 군모와 군복, 그리고 이 잔혹한 열대지방에서 끈을 지나치게 꽉 조여 맨 딱딱한 가죽 군화처럼 그들에게 너무 커 보였다. 기지를 둘러싼 울타리 옆을 지나갈 때 초록색 범포帆布가 덮여 있고 철조망이 미로처럼 어지럽게 둘러쳐진 구조물이 나타났고, 초록색 바탕에 하얀 글씨가 쓰인 게시판이 보였다. '사진 촬영 금지'. 하얀 바탕에 검은 글씨가 쓰인 게시판도 보였다. '인권, 모든 사람의 책임'. 울타리 너머에는 포장도로가 있었고, 도로를 따라 군용 트럭들이 다니고 있었다. 도로 너머 저쪽에는 박물관에 안치된 유물 같은 캐나디언 세이버기 한 대가 주춧돌 위에 균형 있게 놓여 있었다. 내 뇌리에는 리카르도가 아주 좋아하던 그 비행기의 이미지가 마야의 질문과 연계되어 있었다. "라라 보니야가 살해당했을 때 당신은 어디에 있었나요?"

우리 세대 사람들은 다음과 같은 것을 묻는다. 즉, 사건들은 거의 대부분 팔십년대에 발생했고, 우리는 그 사건들이 일어난 순간에 우리의 삶이 어떠했는지 서로에게 묻는데, 사건들은 우리에게 일어나고 있던 것을 우리가 채 인지하기도 전에 규정하거나 바꾸어버렸다. 나는, 우리만 있는 것이 아니라는 사실, 십 년 동안 성장한 것들의 결과를 우리가 중립화시킨다는 사실, 또는 늘 우리와 함께하던 취약성에 대한 느낌을 우리가 완화시킨다는 사실을 확인함으로써, 늘 그렇게 믿어왔다. 그런 대화들은 늘 법무부 장관 라라 보니야에 관한 것으로 시작된다. 그는 마약 운반업자들에게 공공의 적이자 법조인들 가운데 가장 강력한 사람이었다. 오토바이에 타고 있던 살인범의 범행 방식은 살인 현장에서 즉각적으로 결정되었는데, 청소년 살인범은 속도도 줄이지 않은 채 희생자가 타고 있는 자동차에 접근해 기관단총 미니 우지의 탄창을 비워버렸다. "나는 내 방에서 화학 숙제를 하고 있었죠." 내가 말했다. "당신은?"

"몸이 아픈 상태였어요." 마야가 말했다. "충수염이었죠. 막 수술을 받은 상태였다고 생각해봐요."

"아이들도 그런 병에 걸리나요?"

"끔찍한 일이지만 그래요. 병원에서 간호사들이 들락거리는 소란스러움이 기억나는데, 흡사 전쟁 영화 속에 있는 것 같았죠. 라라 보니야가 살해당했고 그가 누구인지는 모든 사람이 아는데, 어떻게 그런 일이 일어날 수 있었는지를 아는 사람은 아무도 없었기 때문이죠."

"뭔가 새로운 일이었어요." 내가 말했다. "식당에 있던 아버지가 생각나는군요. 아버지는 양팔을 식탁에 괸 채 두 손으로 머리를 감싸고 있었어요. 차려진 음식을 입에 대지도 않았죠. 아무 말도 하지 않았어요. 뭔가 새로운 일이었어요."

"그래요, 그날 우리는 평소와 다른 상태로 잠을 잤어요." 마야가 말했다. "나라가 달라져 있었어요, 그렇지 않아요? 적어도 난 그렇게 기억해요. 엄마는 두려워했고, 나는 엄마를, 엄마의 두려움을 보고 있었죠. 물론, 엄마는 내가 모르는 것을 엄청나게 많이 알고 있었어요." 마야가 잠시 침묵을 지켰다. "그리고 갈란 때는?"

"그때는 밤이었어요. 그해 중순의 금요일이었죠. 당시 나는…… 여자친구와 함께 있었어요."

"아하, 아주 멋지군요." 마야가 빈정거리듯 씩 웃으며 말했다. "나라가 붕괴되고 있는 판에 여자랑 놀아나다니요. 보고타에 있었나요?"

"그래요."

"애인이었어요?"

"아뇨. 좋아요, 애인이 되려 했죠. 아님 나만 그렇게 생각했던지."

"음, 이루지 못한 사랑이었군요." 마야가 웃었다.

"적어도 우린 함께 밤을 보냈어요. 비록 그럴 수밖에 없었지만 말이에요."

"통행금지 시간의 연인들.'" 마야가 말했다. "멋진 제목이네요, 그렇게 생각하지 않아요?"

나는 그녀가 갑자기 유쾌해지는 모습을 보는 것이 좋았고, 그녀가 미소를 지을 때 눈가에 나타나는 희미한 선들이 좋았다. 우리 앞에 아직 폭발하지 않은 폭탄 같은 거대한 금속 원통, 즉 우유통들을 실은 트럭 한 대가 나타났는데, 그 통들 위에는 웃통을 벗은 소년 셋이 타고 있었다. 그들은 우리를 보더니 괜히 웃어댔다. 그들이 마야에게 인사하며 손으로 키스를 보냈고, 마야는 트럭을 추월하려고 기어를 2단으로 변속하고 차선을 바꾸었다. 마야는 그렇게 하면서 그들에게 손 키스를 되돌려주었다. 조롱기와 장난기가 섞인 행위였으나 신파연극을 하는 듯 다무는 그녀의 입술에는 (그리고 유명 영화배우 같은 표정 전체에는) 그 순간을 예기치 않은 관능으로 채우는 뭔가가 있었거나 적어도 내게는 그렇게 보였다. 내가 앉은 쪽 도로에 있는, 관목들 사이로 퍼진 일종의 습지에서는 버펄로 두 마리가 목욕을 하고 있었는데, 물에 젖은 뿔이 햇빛에 반짝거렸고 갈기는 얼굴에 붙어 있었다. "근데, 오늘이 아비앙카 비행기의 날인가요?" 그때 내가 물었다.

"아하, 그 유명한 비행기." 마야가 말했다. "그래요, 모든 게 엉망진창이 되어버렸죠."

대통령 후보 갈란이 죽자, 그의 정책들, 그리고 그 정책들 가운데 마약 운송에 대한 투쟁은 지방의 젊은 정치가가 물려받았다. 세사르 가비리아였다. 그렇게 되자 파블로 에스코바르는 가비리아를 제거하려고 보고타와 칼리 간 노선을 운항하게 될―운항했을―여객기에 폭탄을 설치하라고 지시했다. 하지만 가비리아는 그 비행기에 타지도 않았다. 폭탄은 비행기가 이륙한 뒤 조금 있다가 폭발했고, 부서진 비행기의 잔해―폭탄 때문이 아니라 충격 때문에 죽은 것처럼 보이는 탑승객 세 명을 포함해―가 대통령 후보 갈란이 나무 연단에서 총알을 맞고 쓰러진 도시 소아차에 떨어졌다. 하지만 나는 이 우연에 특별히 의미가 있을 거라고는 생각지 않는다.

"우리는 그 전쟁 역시 우리를 상대로 한 것이었다는 사실을 알았죠." 마야가 말했다. "아니면, 적어도 우리는 그걸 인정하죠. 의심의 여지가 없으니까요. 폭탄이 여러 공공장소에서 터졌지만 우리에게는 사고처럼 보였는데, 당신에게도 그렇게 보였는지는 모르겠네요. 좋아요, '사고'라는 말이 딱 들어맞는 단어인지도 모르겠어요. 사고라는 건 운 나쁜 사람에게 일어나는 일이잖아요. 그런데 그 비행기 사고의 경우는 달랐죠. 본질적으로는 같다고 해도 어떤 이유에서인지 내게는 달리 보였고, 다른 많은 사람에게도 달리 보였죠. 마치 게임의 법칙이 바뀌어버린 것처럼 말이에요. 나는 그해 대학에 입학했어요. 농학, 농학을 공부하려 했는데, 지금 생각해보니 라도라다의 집으로 돌아가는 문제를 명확하게 인식하고 있었던 것 같아요. 확실한 건 내가 이미 대학 생활을 시작했다는 거죠. 내가 그걸 인식하는 데는 꼬박 일 년이 걸렸어요."

"무엇 말인가요?"

"두려움이요. 그러니까 뱃속에서 느껴지던 증세, 가끔씩 일어나는 현기증, 짜증은 신입생의 전형적인 증세가 아니라 온전한 두려움이었어요. 물론 엄마도 두려움을 느꼈을 텐데 아마 나보다도 많이 느꼈을 거예요. 후에 나머지 것들, 다른 공격들이 이루어지고, 다른 폭탄들이 터졌죠. 행정보안국에서 폭탄이 터져 백 명이 사망했고, X 쇼핑센터에서 폭탄이 터져 열다섯 명이 사망했어요. Z 쇼핑센터에도 폭탄이 터져 수많은 사람이 사망했고요. 특별한 시대였어요, 그렇잖아요? 폭탄이 누구에게 언제 터질지 모르는 시대. 와야 할 사람이 오지 않으면 다들 걱정을 하고, 자신이 잘 있다는 사실을 알리기 위해 어디에 가장 가까운 공중전화가 있는지 알아야 하고. 공중전화가 없으면 전화를 빌려 쓸 수 있는 집을 알아내서 그 집 문을 두드려야만 하고. 우리는, 우리와 가까운 사람들이 죽을 가능성에 매달리고, 우리와 가까운 사람들이 우리가 죽은 자들 사이에 있다고 생각하지 않도록 그들을 안심시키는 일에 매달리면서 살아야 했죠. 우리는 각자 집안에서 지냈죠. 기억해요? 공공장소는 피했어요. 친구의 집, 친구의 친구의 집, 친분이 깊지 않은 사람의 집, 어떤 집이든 공공장소보다는 선호했죠. 좋아요, 내가 지금 하고 있는 말을 당신이 이해하는지 모르겠네요. 아마도 우리집은 다른 식으로 살았을 거예요. 여자 둘이서만 살았으니 말하면 뭐하겠어요. 아마도 당신은 그렇게 살지 않았을 거예요."

"나도 그랬어요." 내가 말했다.

그녀가 고개를 돌려 나를 쳐다보았다. "정말인가요?"

"정말이에요."

"그렇다면 당신은 날 이해하겠네요." 마야가 말했다.

내가 "나는 당신을 완벽하게 이해해요"라고 말하긴 했지만, 어느 정도까지 이해한다는 것인지 구체적으로 알 수는 없었다.

우리 주변의 풍경이 반복되었다. 푸른 사바나가 있고, 사바나 끝에는 곤살로 아리사의 그림에 있는 것과 같은 잿빛 산들이 있었다. 바람이 바뀌고 닛산 지프가 흔들거리는 가운데 가끔씩 마야의 머리카락이 내 손을, 내 손의 살갗을 스쳤는데, 나는 그런 스침이 좋았고, 나중에는 그 스침을 갈구했다. 우리는 목장들 사이로 난 직선 도로를 달렸다. 목장에는 지붕 아래 긴 물통들이 있었고, 한 무리의 암소들이 아카시아나무 밑동에 누워 있었다. 강물이 새까만 네그리토 강을 건넜다. 더러운 강변에는 구름처럼 뭉친 물거품이 햇빛을 받아 반짝거리고, 여러 마을에서 버린 오염된 쓰레기가 쌓여 있었는데, 마을 사람들은 자신들이 빨래를 하는 바로 그 물에 쓰레기를 버렸다. 톨게이트에서 닛산 지프가 멈춰 갑자기 공기가 순환되지 않자 차 안의 온도가 올라갔고, 나는 땀이 흐르기 시작하는 것을—겨드랑이에서도 땀이 흘렀지만, 코와 눈 밑에서도 땀이 흘렀다—느꼈다. 우리가 다시 출발해서 마그달레나 강에 놓인 다리로 접근하고 있을 때 마야가 어머니에 관해, 1989년 말 어머니에게 일어난 일에 관해 얘기하기 시작했다. 내가 다리의 노란색 난간 너머로 강을 바라보고, 우기가 되면 금방 갈색 물로 뒤덮이게 될 작은 모래섬들을 바라보고 있는 동안, 마야는 수업을 마치고 집에 도착해보니 엘레나 프리츠가 욕실에 있었는데, 술에 취해 거의 잠든 상태로 변기통이 금방이라도 떠나버리기라도 할 듯 그것을 붙들고 있던 어느 오후에 관해 얘기했다. "내 딸, 내 딸이 왔구나. 내 딸 이제 다 컸네. 내 딸 이제 아가씨가 되었어." 엘레나 프리츠가 마야에게 말했다. 마야는 온 힘을 다해 어머니를 일으켜 세워 침대로 데려가 함께 있으면서 어머니가 잠드는 모습을 지켜보고, 가끔 어머니의 이마를 쓰다듬어주었다. 새벽 두시에는 어머니에게 허브차를 끓여주었다. 어머니의 침대 사이드 테이블에 물 한 병을 놓아두고, 어머니의 두통이 가시도록 진통제 두 알을 갖다놓았다. 그날 밤이 끝나갈 무렵 마야는 어머니가, 더이상 할 수 없어, 시도를 해보았지만 더이상 할 수가 없어, 라고 말하는 소리를 들었다. 마야는 이제 성인이었기 때문에 어머니가 과거에 스스로 결정을 내렸듯이 자기 일을 결정할 수 있었다. 그리고 엿새 뒤 엘레나 프리츠는 비행기를 타고 미국 플로리다 잭슨빌에 있는 친정집, 이십 년 전에 머리에 단 한 가지 생각, 콜롬비아에서 평화봉사단의 자원봉사자가 되겠다는 생각만 간직한 채 떠난 바로 그 집으로 돌아갔다. 풍부한 경험을 쌓고, 자신의 족적을 남기고, 일정 부분 공헌을 하고. 모두 그녀가 이룬 일이었다.

"콜롬비아라는 나라가 엄마를 바꾸어버렸죠." 마야가 말했다. "엄마는 당시 어떤 곳에 도착했는데 이십 년이 흐른 시점에서 그곳이 어디였는지 기억하지 못했어요. 항상 내 마음에 쏙 드는 편지 한 통이 있는데, 어머니가 1969년 말에 쓴 것으로 콜롬비아 생활 초기에 조부모에게 보낸 편지들 가운데 하나죠. 어머니는 보고타가 심심한 도시라고 썼어요. 아무 일도 일어나지 않는 곳에서 오랫동안 살 수 있을지 모르겠다고 썼죠."

"아무 일도 일어나지 않는 곳이라."

"그래요." 마야가 말했다. "아무 일도 일어나지 않는 곳."

"잭슨빌. 그건 어디에 있죠?"

"마이애미 위에, 마이애미에서 아주 멀리 떨어져 있어요. 가보지는 않았지만 지도에서 본 적이 있기 때문에 어디 있는지 알아요. 미국 땅을 밟아본 적도 없지만요."

"왜 어머니와 함께 가지 않았나요?"

"모르겠어요, 당시 난 열여덟 살이었어요." 마야가 말했다. "그 나이 때는 사는 게 새롭고, 새로운 삶을 막 발견하게 되잖아요. 친구들과 헤어지기 싫었고, 누군가를 만나기 시작했고…… 이상한 건, 엄마가 떠나자마자 보고타는 내가 있을 곳이 아니라는 사실을 깨달았다는 거예요. 영화의 대사 같은 건데, 한 가지 일이 다른 일을 만들고, 그래서 내가 지금 여기 있는 거예요, 안토니오. 난 여기 있어요. 스물여덟 살에, 거치적거리는 것 없는 미혼녀로, 아직은 사지가 멀쩡하고, 혼자서 벌을 키우고 살면서. 난 여기 있다고요. 더위 때문에 죽을 지경이 되어서, 낮선 남자를 이미 죽어버린 어느 마피아의 동물원에 데려가고 있잖아요."

"낯선 남자라." 나는 그녀의 말을 따라했다.

마야가 어깨를 으쓱하며 아리송한 말을 했다.

"좋아요, 아뇨, 하지만 결국."

우리가 나폴레스 아시엔다 입구에 도착했을 때는 하늘에 구름이 끼기 시작하고, 공기 중에 성가신 열풍이 일어났다. 곧 비가 올 것 같았다. 아시엔다의 이름은 페인트로 쓰여 있었는데, 과하게 큰—트레일러도 통과할 수 있을 정도로—하얀색 문 위에 쓰인 글씨는 칠이 벗겨져 있었다. 그리고 간신히 균형을 유지하고 있는 가로대 위에는 문처럼 하얀색에 파란색이 뒤섞인 작은 경비행기 한 대가 놓여 있었다. 파블로 에스코바르가 초기에 사용하던 파이퍼기였는데, 그는 늘 그 비행기 때문에 부를 쌓았다고 말했다. 경비행기 아래를 지나는 것, 그리고 날개 아랫부분에 새겨진 등록번호를 읽는 것은 마치 시간 개념이 없는 어느 세계로 들어가는 것 같았다. 하지만 때는 현재였다. 더 정확히 말하면, 그 세계는 폐허가 되어 있었다. 파블로 에스코바르가 메데인의 어느 지붕에서 총에 맞아 죽은 1993년 이후 아시엔다는 급속히 쇠퇴의 길로 접어들었는데, 특히 우리는 닛산 지프가 레몬나무밭 사이의 포장된 샛길을 지나가는 동안 쇠퇴의 실상을 여실히 볼 수 있었다. 목초지에는 풀을 뜯는 가축이 없었고, 그래서 풀이 많이 자라 있었다. 잡초가 나무 벤치를 뒤덮어버릴 정도였다. 내가 나무 벤치에 관심을 기울이고 있던 바로 그때 첫번째 공룡들이 보였다.

공룡은 먼 과거에 처음으로 그곳에 갔을 때 내가 가장 좋아했던 것이었다. 파블로 에스코바르는 어린아이들을 위해 실물 크기의 티라노 사우루스 한 마리와 브론토사우루스 한 마리, 착해 보이는 매머드 한 마리(피곤한 할아버지처럼 회색에 수염이 더부룩한)를 만들라고 지시했다. 심지어 현재는 존재하지 않을 것 같은 뱀을 발톱으로 움켜쥔 익수룡 한 마리까지 만들어서 연못에 띄워놓으라고 했다. 지금은 그 공룡들의 몸이 허물어지고 있었는데, 밖으로 드러나 있는 시멘트와 철 구조물이 왠지 서글프고 꼴사나워 보였다. 연못도 생명 없는 웅덩이로 변해 있거나, 적어도 샛길에서는 그렇게 보였다. 방치된 땅의 어느 구역, 과거에는 전류가 흘렀을 철조망 앞에서 마야와 나는 닛산 지프에서 내렸다. 그리고 여러 해 전에, 그러니까 이 모든 것을 소유한 사람이 무슨 일을 하는지도 모르고, 부모가 천진난만한 즐거움을 금지시키는 이유도 제대로 이해하지 못하는 어린아이, 혹은 사춘기에 접어들기 직전의 아이였던 우리가 차를 타고 돌아다닌 바로 그 장소를 걷기 시작했다.

"그때는 걸어다닐 수가 없었는데, 기억나요? 차에서 내릴 수가 없었잖아요."

"금지되어 있었죠." 내가 말했다.

"그래요. 정말 놀랍군요."

"뭐가요?"

"모든 것이 더 작게 보여요."

마야의 말이 맞았다. 우리는 동물이 보고 싶은데 어디에 있는지 한 군인에게 물었고, 마야는 그 군인에게 더 좋은 서비스를 받으려고 만 페소짜리 지폐 한 장을 공공연하게 건넸다. 그래서 우리는 위장 군모와 군복 차림에 왼손을 총에 대고 무기력하게 움직이는, 수염도 나지 않은 어린 군인의 안내 또는 동반 또는 호위를 받으며 동물들이 자고 있는 우리에 도착했다. 축축한 공기에는 더러운 냄새, 분뇨와 썩은 먹이가 뒤섞인 냄새가 가득했다. 치타 한 마리가 우리 깊숙한 곳에 누워 있었다. 한 침팬지는 머리를 긁어대고, 다른 침팬지는 괜히 원을 그리며 맴돌았다. 텅 비어 있는 우리의 문은 열려 있었고, 철창에는 알루미늄 물통이 기대어 있었다.

하지만 축구공을 차던 캥거루도, 콜롬비아 국가 대표팀의 라인업을 줄줄 외우던 유명한 앵무새도, 에뮤도, 사자도, 파블로 에스코바르가 유랑 서커스단에서 사들인 코끼리도, 조랑말도, 코뿔소도, 마야가 그곳에 처음 가본 뒤에 일주일 연속으로 꿈에서 본 믿을 수 없는 분홍색 돌고래도 보이지 않았다. 우리가 어렸을 때 본 그 동물들은 어디에 있는 걸까? 당시 우리가 느낀 실망감이 우리를 놀라게 만든 이유가 무엇인지는 잘 모르겠다. 왜냐하면 나폴레스 아시엔다의 쇠락은 이미 널리 알려져 있는 사실이었고, 또 파블로 에스코바르가 죽은 뒤부터 콜롬비아의 매체들이 줄곧 다양한 증언, 그 마피아 제국의 흥망성쇠를 아주 느린 동작으로 촬영한 영화 같은 증언을 유포했기 때문이다. 하지만 아마도 우리를 놀라게 만든 것은 실망감이 아니라 우리가 실망감을 느끼는 방식, 갑자기 우리를 결합시킨 유대감, 예상도 할 수 없고 특히 정당화될 수조차 없었던 유대감이었을 것이다. 우리 두 사람은 동일한 시기에 이곳에 왔고, 이곳은 두 사람에게 동일한 것들에 대한 상징이었다. 그래서 나중에, 그러니까 마야가 파블로 에스코바르의 집까지 가볼 수 있겠느냐고 물었을 때, 내가, 마치 그녀가 내 입에서 그 질문을 빼앗아 가버린 것처럼 느낀 것은 그 때문이었을 것이다. 그 순간 어린 군인에게 뇌물로 주려고 구깃구깃하고 지저분한 지폐를 꺼낸 사람은 바로 나였다.

"아아, 안 됩니다. 들어갈 수 없습니다." 군인이 말했다.

"왜 안 된다는 거죠?" 마야가 물었다.

"안 되니까 안 된다는 겁니다." 군인이 말했다. "하지만 집 주변을 한 바퀴 돌면서 창문을 통해 안을 들여다볼 수는 있습니다."

우리는 그렇게 했다. 함께 집 둘레를 따라 돌면서 쇠락한 벽, 더럽고 깨진 유리창, 부석부석해진 나무 들보와 기둥, 외부 욕실의 깨지고 끝이 떨어져나간 타일을 보았다. 당구대들도 보았는데, 지난 육 년 동안 그것들을 가져간 사람이 아무도 없다는 사실은 납득하기 어려웠다. 세월이 흘러 어둑하고 지저분하게 변해버린 살롱에서는 당구대 바닥에 깔린 펠트의 초록색이 보석처럼 빛을 내뿜는 것 같았다. 물 빠진 수영장에는 바람이 그러모은 낙엽, 나무껍질과 가지 부스러기가 가득했다. 우리는 파블로 에스코바르가 수집한 골동품 자동차들이 썩어가고 있는 차고를 보았고, 자동차의 벗겨진 페인트와 깨진 전조등과 움푹 팬 차체, 시트가 사라지고 마구 뒤엉킨 용수철만 남아 있는 의자를 보았다. 우리는, 전설에 따르면 자동차들 가운데 하나, 즉 포니악 한 대는 알 카포네가 소유하던 것이었고, 다른 자동차는, 이 또한 전설에 따르면 보니와 클라이드가 소유하던 것이라는 사실을 상기했다. 그러고 나서 우리는 화려하지 않고 소박하고 값이 싸지만, 가치는 의심의 여지가 없는 자동차를 보았다. 그 유명한 르노 4였는데, 코카인이 파블로 에스코바르가 쌓은 부의 원천이 되기 오래전, 젊은 그가 지방에서 열린 자동차경주에 신참 레이서로 출전할 때 몰던 것이었다. '르노 4 컵'은 아마추어 레이서들의 자동차경주 우승컵의 이름이었다. 비행기, 폭탄, 범죄인 인도에 관한 논쟁이 있기 훨씬 전 콜롬비아 언론에 처음 몇 번 등장한 파블로 에스코바르는 그 대회에 참여한 레이서, 아직은 세계의 작은 지역에 불과한 한 나라의 지방 출신 젊은이, 아직은 초기의 마약 운송과 상관없는 행위로 뉴스거리가 된 젊은 마약 밀매업자였다. 그 자동차는 잠든 채, 파손된 채, 무관심과 세월에 휩쓸린 채, 하얀색 페인트가 부풀어오른 상태로, 차체에 균열이 생긴 상태로 그곳에 있었는데, 살갗에 구더기가 득시글거리는 동물의 사체 같은 몰골이었다.

그날 오후에 가장 이상했던 점은 우리가 그 모든 것을 아무 말 없이 보았다는 것이다. 우리는 자주 서로를 쳐다보았으나 감탄사나 군더더기 같은 짧은 말 이외에는 전혀 하지 않았다. 아마도 우리가 보고 있던 모든 것이 각자에게 다른 기억과 다른 두려움을 유발했기 때문이었을 것이고, 다른 사람의 과거에 개입하는 것이 경솔한 짓, 어쩌면 분별없는 짓이라고 생각했기 때문이었을 것이다. 그것은 우리의 공통적인 과거, 보이지는 않지만 우리 앞에서 차문과 립과 펜더와 대시보드와 핸들을 좀먹어가던 산소처럼, 그곳에 없으면서 있는 것이었기 때문이다. 우리는 아시엔다의 과거에 관해서는 그리 큰 관심을 갖지 않았다. 그곳에서 일어난 사건들과 이루어진 거래들, 소멸된 삶들, 개최된 파티들, 계획된 폭력들, 그 모든 것은 일종의 이차적 배경, 일종의 무대장치였다.

우리는 볼 만큼 보았다고 무언의 합의를 하고서 닛산 지프가 있는 곳을 향해 걷기 시작했다. 그리고 나는 이것을 기억하고 있다. 마야가 내 팔을 잡았거나 과거의 여자들이 그랬듯이 팔짱을 끼었는데, 그녀의 그런 시대착오적인 태도에는 내가 예측할 수 없었던, 전조가 전혀 없었던 어떤 친밀감이 배어 있었다.

그때 비가 오기 시작했다.

굵은 빗방울이 섞여 있긴 했으나 처음에는 이슬비 같았는데, 몇 초 만에 하늘에 당나귀 배 같은 구름이 끼면서 깜깜해지고 폭우가 쏟아지는 바람에 어디로 가서 비를 피할 겨를도 없이 셔츠가 흠뻑 젖고 말았다. "빌어먹을, 이제 걸어다닐 수는 없겠네." 마야가 말했다. 우리가 닛산 지프가 있는 곳에 도착했을 무렵에는 살갗까지 젖어 있었다. 그곳까지는 달려왔기 때문에(어깨를 추켜세우고, 한 팔로 눈을 가린 채) 바지 앞부분은 흠뻑 젖은 반면에 뒷부분은 거의 마른 상태여서 서로 다른 천으로 만든 것 같았다. 지프의 차창은 우리의 숨이 지닌 열기 때문에 즉시 뿌옇게 흐려졌고, 마야는 차가 출발할 때 기둥에 부딪히지 않도록 보관함에서 티슈 박스를 꺼내 앞유리 안쪽을 닦았다. 마야가 환풍구, 대시보드 가운데에 있는 검은 그릴을 열었고, 우리는 조심스럽게 움직이기 시작했다. 그런데 겨우 100미터쯤 갔을 때 마야가 갑자기 브레이크를 밟더니 창문을 올리고 내리는 손잡이를 최대한 빠른 속도로 돌려 창문을 내렸다. 조수석에 앉아 있던 나는 그녀가 뭔가를 보고 있는 모습을 볼 수 있었다. 우리에게서 서른 걸음 정도 떨어진 곳, 닛산 지프와 연못의 중간쯤 되는 곳에서 하마 한 마리가 심각한 표정으로 우리를 유심히 쳐다보고 있었던 것이다.

"참 근사하네." 마야가 말했다.

"근사하다니요." 내가 말했다. "세상에서 가장 못생긴 동물인데요."

하지만 마야는 내 말에 신경을 쓰지 않았다. "어른은 아닌 것 같은데." 마야가 계속했다. "아주 작아요, 아기예요. 저 암컷이 길을 잃었을까요?"

"암컷인지는 어떻게 알아요?"

폭우가 쏟아지고 있었지만, 우리와 하마가 있는 곳 사이에 나무 울타리가 가로놓여 있었지만, 마야는 이미 지프에서 내려가 있었다. 짙은 회색인 하마의 살가죽에는 아롱다롱한 빛이 어려 있었는데 오후의 희미한 빛 때문에 내게만 그렇게 보였을 수 있다. 빗방울이 유리에 떨어질 때처럼 하마의 살가죽에 부딪혔다 튕겼다. 하마는, 수컷이든 암컷이든, 아기든 어른이든, 눈 한 번 깜박하지 않았다. 하마는 우리를, 혹은 나무 울타리에 몸을 기대고 서 있는 마야를 쳐다보고, 마야는 하마를 쳐다보고 있었다. 시간이 얼마나 흘렀는지는 모르겠다. 그런 상황에서 일 분, 이 분은 긴 시간이다. 빗물이 마야의 머리카락을 타고 흘러내렸고, 그녀의 옷 전체가 다른 색깔이 되어 있었다. 그때 하마가 묵직하게, 바다에서 방향을 돌리는 배처럼 움직이기 시작했고, 나는 하마의 옆모습을 보고서 하마가 아주 기다란 동물이라는 사실에 놀랐다. 그러고 나서 나는 더이상 하마를 보지 않았다. 아니, 힘찬 궁둥이를 보았는데, 매끄럽고 반들거리는 가죽 위로 줄줄 흘러내리는 빗물을 본 것 같다는 말이 더 적절할 것이다. 하마는 무성하게 자란 풀숲 사이로 멀어져갔는데, 다리가 잡초에 가려 보이지 않았기 때문에 하마가 실제로 앞으로 나아가는 것이 아니라 몸집이 더 작아지고 있는 것처럼 보였다. 우리는 하마가 연못에 도달해 물속으로 들어가는 모습을 보았고, 그러고 나서 마야는 다시 지프로 돌아왔다.

"저 동물들이 앞으로 얼마나 오래 남아 있을 수 있을까 생각하는 중이에요." 마야가 말했다. "동물들에게 먹이를 주고 보살펴줄 사람이 없어요. 저 동물들 아주 비쌀 텐데." 마야가 내게 말하고 있는 게 아니라는 것은 명백했다. 그녀는 큰 소리로 생각을 하고 있었던 것이다. 나는 내용뿐만 아니라 심지어 형식마저 같은 어느 코멘트를 상기하지 않을 수 없었는데, 과거에, 세상이, 적어도 내 세상이 아주 다른 세상이었을 때, 여전히 내 삶은 내가 지배하고 있다고 느끼고 있었을 때, 그 코멘트를 들은 적이 있었다.

"리카르도도 똑같은 말을 했어요." 내가 마야에게 말했다. "리카르도를 처음 만났을 때, 그가 이 동물원의 동물들을 잔뜩 동정하는 말을 했었죠."

"상상이 되는군요." 마야가 말했다. "아빠는 동물들을 걱정했어요."

"리카르도는 동물들에게는 전혀 잘못이 없다고 말했죠."

"맞아요." 마야가 말했다. "그건 나에게 있는 얼마 안 되는, 아주 적은 진짜 기억들 가운데 하나예요. 말을 보살피던 아빠. 엄마의 개를 쓰다듬어주던 아빠. 내가 아르마딜로에게 먹이를 주지 않는다고 꾸짖던 아빠. 유일한 진짜 기억들이죠. 그 밖의 것들은 만들어낸 거예요, 안토니오. 거짓 기억들이라고요. 사람에게 일어날 수 있는 가장 슬픈 일은 거짓 기억을 갖는 거예요."

마야가 코맹맹이 소리를 냈으나 그것은 기온 변화 때문일 수 있었다. 그녀가 눈물을 흘렸거나 아니면 빗물이 뺨을 타고 입술 주위로 흘러내렸을 것이다. "마야, 왜 리카르도가 살해당했을까요?" 그때 내가 물었다. "수수께끼에서 그 부분이 풀리지 않고 있다는 사실을 난 알아요. 당신은 어떻게 생각해요?" 닛산 지프는 이미 출발해서 이제는 아시엔다의 출입문에서 몇 킬로미터 떨어진 지점을 달리고 있었고, 마야의 손은 변속레버의 검은색 손잡이를 감싸고 있었고, 빗물이 그녀의 얼굴과 목을 타고 흘러내리고 있었다. 내가 고집스럽게 물었다. "대체 이유가 뭘까요, 마야?" 마야는 내게 눈길을 주지 않은 채, 뿌옇게 김이 서린 앞유리에서 눈을 떼지 않은 채, 내가 다른 수많은 입에서 들은 적이 있는 세 단어를 말했다. "뭔가 했을 거예요." 이번에는 마야가 알고 있는 것이 그리 대단치 않을 것 같다는 생각이 들었다. "그렇군요, 근데 그게 뭔데요?" 내가 마야에게 물었다. "혹시 당신 그게 뭔지 구태여 알고 싶지 않은 거 아녜요?" 마야가 연민 어린 표정으로 나를 쳐다보았다. 내가 무슨 말인가 더 하려고 했는데 마야가 끼어들었다. "이봐요, 더이상 말하고 싶지 않네요." 검은색 와이퍼가 앞 유리 위에서 움직이며 물기와 낙엽을 쓸어내고 있었다. "우리 잠시 아무 말도 하지 않는 게 좋겠어요. 말하는 게 피곤하네요. 내 말 알아듣겠어요, 안토니오? 우린 지금까지 말을 너무 많이 했어요. 말하는 게 질린다고요. 잠시 조용히 있고 싶어요."

그래서 우리는 아무 말도 하지 않은 채 출입문에 도착했고, 하얀색과 파란색이 칠해진 파이퍼기 아래를 지났고, 아무 말도 하지 않은 채 라도라다를 향해 좌회전을 했다. 우리는 길 양쪽에 있는 나무들이 도로 위에서 서로 만나 햇빛이 들어오는 것을 막아주고, 비가 오는 날에는 비를 막아줘 운전자들의 어려움을 덜어주는 길로 말없이 나아갔다. 아무 말도 하지 않은 채 다시 비가 내리는 악천후로 돌아왔고, 아무 말도 하지 않은 채 마그달레나 강 위에 놓인 다리의 노란색 난간을 다시 보았고, 아무 말도 하지 않은 채 다리를 건넜다. 굵은 빗방울을 맞아 곤두서는 강 표면은 하마의 가죽처럼 매끈한 것이 아니라 잠들어 있는 거대한 악어의 가죽처럼 울퉁불퉁했고, 강에 있는 작은 섬에는 모터가 꺼진 하얀 보트 한 척이 빗물에 젖고 있었다. 마야는 슬픔에 젖어 있었다. 그녀의 슬픈 마음이 비에 젖은 옷이 풍기는 냄새처럼 닛산 지프 안을 채우고 있었고, 나는 뭐라 말을 할 수 있었지만 그러지 않았다. 나는 침묵을 지켰다. 마야는 침묵 속에 있고 싶어했다. 그래서 우리는 상대를 배려하는 친절한 침묵을 유지하면서, 지프의 철제 지붕을 두드리는 시끄러운 빗소리만 들리는 가운데 톨게이트를 통과하고, 목장들 사이를 통과해 남쪽으로 나아갔다. 그 기나긴 두 시간 동안, 이제는 짙은 비구름 때문이 아니라 우리가 라도라다로 가는 도중에 해가 지고 있었기 때문에, 하늘은 점점 어두워졌다. 닛산 지프의 전조등이 집의 하얀색 정면을 비추었을 때는 이미 밤이 이슥해져 있었다. 우리가 마지막으로 본 것은 전조등 불빛에 번쩍거리던 독일산 셰퍼드의 두 눈이었다.

"아무도 없나봐요." 내가 말했다.

"당연하죠." 마야가 말했다. "일요일이잖아요."

"산책시켜줘서 고마워요."

하지만 마야는 아무 말도 하지 않았다. 마야는 걸어서 집안으로 들어가 불을 켜지 않은 채, 자발적인 장님이 되어 가구들을 피해가면서 비에 젖은 옷을 하나씩 벗었다. 나는 그녀를 뒤따라갔고, 아니 그녀의 그림자를 뒤따라갔는데, 나는 내가 그녀를 뒤따라가는 것을 그녀가 원하고 있다는 사실을 알아차렸다. 검고 파란 세상은 형상이 아니라 윤곽으로 이루어져 있었다. 윤곽들 가운데 하나는 마야의 실루엣이었다. 그때 내 손이 마야의 손을 찾은 것이 아니라 오히려 그녀의 손이 내 손을 찾았고, 잠시 후 그녀가 말했다. '혼자 자는 데 지쳤어요.' 생각해보니 마야가 단순하지만 아주 이해하기 쉬운 말을 했던 것 같다. '오늘밤은 혼자 있기 싫어요.' 내가 마야의 침대까지 간 것은 기억나지 않지만, 그녀의 침대에, 서랍 세 개가 있는 사이드 테이블 옆에 앉은 내 모습은 완벽하게 기억난다. 마야가 침대로 가자 환영 같은 그녀의 실루엣이 벽에, 옷장의 거울 앞에 비쳤는데, 그 모습은 그녀가 거울을 보고 있는 것처럼 보였고, 그녀가 그렇게 하자 거울에 비친 그녀가 나를 쳐다보고 있는 것처럼 보였다. 나는 이 평행하는 현실을, 내 부재 속에서 질주하듯 스쳐지나가는 그 장면을 보면서 그녀의 침대로 들어갔고, 마야가 내 곁으로 와서 손으로 옷의 단추를 끄르는 것을 거부하지 않았다. 햇빛에 그을린 그녀의 손이 내 손처럼 자연스럽게, 능숙하게 움직였다. 마야가 내게 키스했고, 나는 상큼한 기분과 피로를 동시에 느꼈고, 그날을 마감하는 홀가분한 기분을 느꼈고, 이 여자는 오랫동안 그 누구에게도 키스를 한 적이 없다는 생각을 했다(웃길 뿐만 아니라 증명할 수도 없는 생각이다). 마야가 키스를 멈추었다. 마야는 쓸데없이 나를 만졌고, 쓸데없이 내 성기를 입속에 넣었고, 쓸데없이 혀로 내 몸 여기저기를 소리 없이 핥았고, 그러고 나서 그녀의 혀가 내 입으로 돌아왔는데, 바로 그 순간 나는 그녀가 나체 상태라는 사실을 깨달았다. 어스름 속에서 본 그녀의 긴장된 젖꼭지는 보라색, 잠수부들이 바닷속에서 보는 빨간색 같은 짙은 보라색이었다. '당신 바닷속에 들어가본 적 있어요, 마야?' 내가 그녀에게 물었다. 혹은 물었다고 생각한다. '바닷속 아주 깊은 곳, 색깔이 변할 정도로 깊은 곳 말이에요.' 마야가 내 곁에 드러누웠는데, 그 순간 마야가 추워한다는 터무니없는 생각이 나를 사로잡았다. '추워요?' 내가 마야에게 말했다. 하지만 마야는 대답이 없었다. '내가 떠났으면 하나요?' 마야는 이 질문에도 대답하지 않았는데 무의미한 질문이었다. 마야가 혼자 있는 게 싫다고 이미 내게 알렸기 때문이다. 나 역시 그 순간 혼자 있고 싶지 않았다. 마야가 나와 함께 있어야 한다는 것은 그녀의 슬픔을 달래는 것이 시급해졌던 것만큼이나 내게 반드시 필요한 것이 되어 있었다. 나는 우리 두 사람이 그 방에, 그 집에 단둘이 있다고 생각했다. 우리는 고독을 공유하면서, 각자 혼자서 자신의 살 속 깊이 고통을 느끼지만 벌거벗은 몸이 행하는 특이한 기교를 통해 동시에 그 고통을 완화시키면서 단둘이 있었다. 그리고 그때 마야가 여태까지 세상에서 단 한 사람만이 한 적이 있던 뭔가를 했다. 그녀가 내 배 위에 손을 올리더니 배에 있는 흉터를 만졌고, 손가락 하나로 그림을 그리듯이, 손가락에 템페라 물감을 묻혔다는 듯이, 손가락으로 내 살갗에 기이하고 대칭적인 그림을 그리려고 애쓴다는 듯 흉터를 쓰다듬었다. 나는 마야에게 키스를 하기 위해서라기보다는 눈을 감기 위해 키스했고, 그러고 나서 손으로 그녀의 젖가슴을 애무하자 그녀가 내 손을 잡아 자기 가랑이 사이에 놓았다. 그녀의 손에 잡힌 내 손은 매끄럽고 가지런한 그녀의 음모를 만졌고, 그리고 부드러운 사타구니를, 그리고 성기를 만졌다. 그녀의 손가락 아래에 있는 내 손가락이 그녀의 몸속으로 들어가자 그녀의 몸이 긴장되고 그녀의 다리가 날개처럼 벌어졌다. '혼자 자는 데 지쳤어요.' 지금 자기 방의 어둠 속에서 눈을 크게 뜬 채 나를 바라보고 있는 그녀가 무언가를 막 이해하려는 사람처럼 눈썹을 찡그리면서 내게 말했다.

마야 프리츠는 그날 밤 혼자 자지 않았고, 나는 마야 프리츠가 혼자 자는 것을 허용하지 않았을 것이다. 언제부터 마야의 안녕과 행복이 내게 중요해지기 시작했는지 모르겠고, 우리 사이에는 함께할 삶이 있을 수 없다는 사실을, 우리의 공통적인 과거가 반드시 하나의 공통적인 미래를 함축하지 못할 거라는 사실을 내가 언제부터 애석해하기 시작했는지 모르겠다. 마야와 나는 같은 삶을 살았고, 그럼에도 불구하고 각자 다른 삶을 살았는데, 적어도 나는 내 삶을, 산맥 너머에서, 라스아카시아스에서 차로 네 시간 가면 있는 해발 2600미터 지점에서 나를 기다리고 있는 사람들과 함께하는 삶을 살았…… 어둠 속에서는 사물이 더 크거나 예사롭지 않게 보이고, 병이 더 파괴적으로, 불행의 출현이 더 가깝게, 미움이 더 강하게, 고독이 더 깊게 느껴지기 때문에 어두운 곳에서 생각을 하는 것이 적절하지 않다 할지라도, 나는 방의 어둠 속에서 그런 생각을 했다. 어둠 속에서는 그런 일이 일어나기 때문에 우리는 함께 잠을 잘 수 있는 누군가를 원하고, 그래서 나는 그날 밤에는 세상없어도 그녀를 혼자 놔두려 하지 않았을 것이다. 옷을 입은 뒤 조용히, 신발을 신지 않고 걸어서 도둑처럼 문을 반쯤 열어놓고 나갈 수도 있었을 테지만 나는 그렇게 하지 않았다. 나는 마야가 의심의 여지 없이 운전으로 인한 피로와 복잡한 심사로 인한 피로 때문에 깊은 잠에 빠지는 것을 보았다. 기억한다는 것은 누가 우리에게 가르쳐준 것이 아닌데, 피곤한 일이고, 진을 빼는 행위이고, 에너지를 빼앗고 우리의 근육을 소진시키는 행위다. 나는 마야가 자기 얼굴을 내 얼굴 쪽으로 돌린 채 모로 누워 잠들어 있는 모습을 보았고, 잠들어 있는 그녀가 베개를 껴안거나 붙잡으려는 듯이 베개 밑으로 손을 넣더니 잠시 후 또 그렇게 하는 모습을 보았다. 나는 소녀 같은 그녀를 보았는데, 그런 손짓에는 그녀의 소녀 적 모습이 들어 있다는 것을 나는 전혀 의심하지 않았고, 불명확하고 터무니없는 방식으로 그녀를 좋아했다. 그러고는 나 또한 잠이 들었다.

잠에서 깨어났을 때에도 여전히 캄캄했다. 시간이 얼마나 지났는지 알 수 없었다. 나를 깨운 것은 햇빛도, 열대지방의 새벽 소리도 아니었다. 멀리서 들리는 사람들의 목소리였다. 나는 소리를 따라 거실로 나왔는데 거기서 그녀를 발견하고도 썩 놀라지 않았다. 그녀는 양손으로 머리를 감싼 채 소파에 앉아 있었고, 작은 스테레오 전축에서는 녹음 소리가 나오고 있었다. 나는 녹음 소리를 몇 초 듣지 않고도, 낯선 사람들이 영어로 하는 문장들 가운데 두 문장 이상이 내게 도달하지 않았음에도 어떤 녹음인지 알 수 있었다. 실제로 나는 기상 조건을 얘기하고 나서 작업에 관해 얘기하고, 그러고는 조종사들이 의무 휴식시간을 갖기 전에 몇 시간 동안 비행할 수 있는지에 관해 얘기하는 그 대화를 청취하는 것을 중도에 그만둔 적이 단 한 번도 없었고, 실제로 그 대화를 어제 들은 것처럼 기억하고 있었다. "좋아요, 봅시다." 기장이 과거에 콘수의 집에서 했던 것과 같은 말을 하고 있었다. "VOR까지 우리에게 남아 있는 거리는 136마일이고, 우리가 하강해야 할 높이는 3만 2천 피트니까 무엇보다 속도를 줄여가야 하는데, 그래, 시작합시다." 그리고 부기장이 말했다. "보고타, 아메리칸 965편, 착륙 허가를 요청합니다." 그리고 관제탑에서 말했다. "계속하세요, 아메리칸 965편, 여기는 칼리." 부기장이 말했다. "좋아요, 칼리. 우리는 약 이십오 분 후에 그곳에 착륙할 겁니다." 그리고 나는 과거에 한 것과 똑같은 생각을 했다. '그렇게 되지 않을 거야. 그들은 이십오 분 후에 그곳에 있게 되지 않을 거야. 그들은 죽을 것이고, 그것이 내 삶을 바꾸어놓을 거야.'

마야는 내가 자기 곁에 와 있다는 사실을 감지하고도 나를 쳐다보지 않았으나 이윽고 나를 기다리고 있었다는 듯 얼굴을 들었다. 나는 그녀의 얼굴에서 울음의 흔적을 보았고, 어리석게도 그 녹음테이프가 다 돌아갔을 때 일어나게 될 일에서 그녀를 보호하고 싶어졌다. 그들은 2번 게이트에 도착해야 했고, 지정된 활주로는 01번이었으며, 관측상 그 지역에 항공 교통량이 많았기 때문에 비행기에 라이트가 켜지고 있었다. 나는 마야 곁에 앉아 그녀의 등에 손을 얹었고, 그녀를 껴안아 끌어당겼고, 우리 두 사람은 불면증에 걸린 노부부처럼 체중을 실어 소파에 파묻혔다. 우리는, 이제 잠을 잃어버린 채 불면증을 공유하기 위해 새벽녘에 유령처럼 함께 있는, 오랜 세월 함께 산 부부처럼 그렇게 있었다. "이제 사람들에게 말해야겠소." 이렇게 말한 그 목소리가 곧 다음과 같이 말했다. "신사 숙녀 여러분, 기장이 여러분에게 알려드립니다. 우리는 하강을 시작했습니다." 그때 나는 마야가 흐느끼는 것을 느꼈다. "거기에 엄마가 있어요." 마야가 말했다. 나는 마야가 더이상 아무 말도 하지 않을 거라고 생각했다. "엄마는 죽을 거고, 나 혼자 남겨놓을 거예요." 그때 마야가 말했다. "그런데 난 아무것도 할 수 없어요, 안토니오. 왜 엄마가 그 비행기를 타야 했을까요? 왜 직항이 아니었고, 왜 그토록 운이 나빴을까요?" 나는 마야를 더 힘껏 껴안았다. 그녀를 껴안는 것 외에 뭘 할 수 있었겠는가. 나는 그때 일어난 일을 바꿀 수도 없었고, 녹음테이프에서 흐르는 시간, 이미 지난 순간을 향해, 결정적인 순간을 향해 가고 있던 시간을 정지시킬 수도 없었다. "여러분 모두 즐거운 휴가 보내시고, 1996년은 건강과 행복이 충만하기를 바랍니다." 기장이 녹음테이프에서 말하고 있었다. "저희 항공편을 이용해주셔서 감사합니다."

그리고 그 거짓된 말과 더불어—일레인 프리츠에게 1996년은 존재하지 않을 것이다—마야는 다시 기억을 되살렸고, 다시 기억이라는 피곤한 작업에 몰두했다. 그게 내게 이로운 것이었을까, 마야 프리츠. 혹은 당신이 나를 이용할 수 있었다는 사실을, 그 어떤 사람도 당신이 그렇게 과거로 돌아가는 것을 허용하지 않았다는 사실을, 나 같은 사람 그 누구도 그런 기억들을 끌어내려 하지 않았을 것이라는 사실을, 나

같은 사람 그 누구도 내가 그 기억을 들었을 때처럼 엄숙하게, 헌신적으로 그 기억을 들으려 하지 않았을 것이라는 사실을 당신이 알아챘을까? 마야는 양봉장에서 오랜 시간 작업한 뒤에 샤워를 하려고 집으로 들어간 그 12월 오후에 관해 내게 얘기해주었다. 당시 그녀는 벌집 때문에 생긴 진드기 피부병을 치료하려 애쓰고, 아네모네와 머위로 물약을 만드느라 한 주를 보냈다. 약 냄새가 너무 강해서 서둘러 손을 씻어야 했을 때였다. "그때 전화벨이 울렸죠." 그녀가 말했다. "나는 평소 전화를 거의 받지 않아요. 하지만 그때 이런 생각이 들었어요. '뭔가 중요한 전화라면?' 나는 엄마의 목소리를 듣고서 '다행이야. 적어도 그런 건 아니었군. 전혀 중요하지 않은 전화는 아니지만' 하고 혼잣말을 했어요. 엄마는 매년 크리스마스 때 전화를 했는데, 헤어져 산 세월이 길었지만 전화 통화는 거르지 않았어요. 우리는 일 년에 다섯 차례 통화했어요. 엄마 생일, 내 생일, 크리스마스, 새해 첫날, 그리고 아빠 생일이었죠. 당신, 내 말이 무슨 뜻인지 알 거예요. 그러니까 죽은 사람은 여기서 자기 생일을 축하할 수 없으니까 산 사람들이 죽은 사람의 생일을 축하해준다는 거죠. 엄마가 전화를 했을 때 우리는 상당히 길게 통화하면서 별로 중요하지 않은 얘기들을 했는데, 어떤 얘기를 하던 중 엄마가 입을 다물더니, 얘, 우리 대화 좀 해야겠다, 라고 하더군요." 그렇게 플로리다 잭슨빌에서 오는 전화용 주파수를 통한 장거리전화를 통해 마야는 아버지에 대한 진실을 알게 되었다. "내가 다섯 살이었을 때 아빠는 죽지 않았어요. 살아 있었죠. 그후 쭉 교도소에 있었던 거예요. 많은 세월이 흐른 뒤에 교도소에서 나왔죠. 살아 있었다고요, 안토니오. 더욱이 보고타에 있었어요. 더욱이 아빠는 엄마를 찾아냈는데, 어떻게 찾아냈는지는 아무도 몰라요. 아빠는 우리가 재결합하길 원했어요." "참 아름다운 밤이군요, 안 그래요?" 블랙박스의 녹음에서 기장이 말했다. 그러자 부기장이 말했다. "그렇습니다. 이쪽은 아주 쾌청합니다." "아빠는 우리가 재결합하길 원했다니까요. 안토니오, 잘 들어요." 마야가 말했다. "마치 두어 시간 전에 시장에 물건을 사러 간 사람 같았다니까요." 그러고 나서 기장이 말했다. "펠리스 나비다드, 세뇨리타."

그런 계시 앞에서 사람들이 보이는 반응, 즉 어떤 사람이 자신의 환경이 갑작스럽게 변화할 때, 자신이 알고 있는 세계가 사라져버릴 때 어떻게 행동하는가에 대한 연구가 있는지는 모르겠다. 많은 경우에 점진적인 재조정, 우리 삶의 정교한 시스템 속에서 이루어지는 새로운 장소의 모색, 우리의 관계들에 대한 그리고 우리가 과거라고 부르는 것에 대한 재평가가 따른다는 사실을 생각해야 한다. 아마도 그것은, 우리가 예전에는 고정되어 있다고 믿었던 과거를 바꾸는 것은, 가장 하기 어렵고 가장 수용하기 어려운 일일 수 있다. 마야 프리즈의 경우 가장 먼저 찾아온 것은 회의감이었으나 그것은 오래 지속되지 않았다. 그녀는 몇 초 만에 현실을 받아들였다. 그러고 나면 일종의 억눌린 분노가 찾아오는데, 분노의 일부는 전화 한 통이 짧은 시간에 모든 것을 허물어뜨릴 수 있는 삶의 취약성에서 비롯된다. 우리가 요구하지도 찾지도 않은 새로운 사실이 전화기를 통해 집안에 들어와서는 눈사태처럼 강력하게 우리를 휩쓸어버리게 하는 데는, 수화기를 드는 행동만으로도 충분하다. 우리는 억눌렀던 분노를 표출하고, 전화기에 대고 고함을 지르고,

욕설을 퍼붓게 된다. 분노를 표출하고 나서 증오심을 표출하고, 증오에 찬 말을 하게 되는 것이다. "난 아무도 보고 싶지 않아요." 마야가 어머니에게 말했다. "아빠가 내 말을 믿을지 말지는 알아서 하시겠지만, 엄마에게 분명히 얘기하는데 아무도 보고 싶지 않다고요. 아빠가 여기 나타나면 총을 들고 맞이할 거예요." 마야가 갈라진 목소리로 말했는데, 당시 그녀의 울음은 내가 소파에서 지켜본 차분하기까지 한 소리 없는 울음과는 많이 달랐을 것이다. "우리 지금 어디 있는 거죠?" 블랙박스 속에서 부기장이 물었는데, 그의 목소리에는 어떤 경고가, 향후에 일어날 일에 대한 예감 같은 것이 들어 있었다. "여기서 시작되죠." 마야가 내게 말했다. 마야의 말이 맞았다. 거기서 시작되고 있었다. "우리 지금 어느 방향으로 가고 있는 거죠?" 부기장이 말했다. "잘 모르겠소. 근데 이거 뭐죠? 이 계기판 대체 어찌된 거야?" 기장이 말했다. 그렇게, 보잉 757기가 안데스의 밤에 고도 1만 3천 피트에서, 방향을 잃고 비틀거리면서 길 잃은 새처럼 움직이면서 일레인 프리츠의 죽음이 시작되고 있었다. 거기서 다시, 이제는 뭔가를 감지한 목소리들이 들렸는데, 그 목소리들은 모든 통제력이 상실되고 차분함이 큰 기만이 되는 상황에서 차분함과 통제력을 가장하고 있었다. "그럼 기수를 왼쪽으로 돌릴까요? 왼쪽으로 돌려요?" "아니오…… 아니오, 그건 아니오. 계속 앞으로 가요……" "어느 방향으로요?" "툴루아 쪽으로." "거긴 오른쪽인데요." "지금 어디로 가고 있는 거죠? 기수를 오른쪽으로 돌려요. 칼리로 갑시다. 우리 여기서 실수한 거 아니오?" "예." "어쩌다가 이렇게 지랄같이 되어버린 거요? 당장 오른쪽으로, 당장 오른쪽으로."

"그들이 여기서 실수를 해버렸어요." 마야가 말했다. 아니 소곤거렸다. "엄마가 그 비행기에 있었다고요."

"당신 어머니는 당시 일어나고 있던 일을 전혀 모르고 있었어요." 내가 마야에게 말했다. "조종사들이 방향을 잃었다는 사실을 모르고 있었다고요. 적어도 두려움은 없었을 거예요."

마야가 내 말을 곱씹었다. "맞아요." 마야가 말했다. "적어도 두려움은 없었을 거예요."

"무슨 생각을 하고 있었을까요?" 내가 물었다. "언젠가 당신도 그런 생각을 한 적이 있죠, 마야? 그 순간에 일레인은 무슨 생각을 하고 있었을까요?"

녹음이 고통스러운 목소리들을 뱉어내기 시작했다. 전기 음성이 조종사들에게 절망적인 경고를 던진다. "장애물, 장애물." "수도 없이 생각해보았죠." 마야가 말했다. "아빠를 보고 싶지 않다고, 아빠는 내가 다섯 살 때 죽었고, 그랬고, 그 점은 전혀 바뀌지 않는다고 엄마에게 아주 분명하게 말했어요. 내 삶에서는 그랬으니까요. 이왕 이렇게 된 마당에 내 삶을 바꾸려 애쓰지들 말라고. 하지만 그후 난 여러 날을 의욕이 꺾인 상태로 보냈어요. 몸이 아팠죠. 열이, 고열이 났고, 내가 집에 있을 때 아빠가 올까봐 두려워서 고열에도 불구하고 양봉 일을 하러 나갔어요. 엄마는 무슨 생각을 했을까요? 아마도 애써볼 필요가 있다고 생각했을 거예요. 아빠가 나를 많이 사랑했고, 우리를 많이 사랑했고, 그래서 애써볼 필요가 있다고 생각했을 거예요. 나중에 엄마가 다시 전화로 아빠가 한 일을 정당화하려 애쓰면서 그 당시는 모든 것이 달랐다고, 마약 운송이 이루어지던 세상이었기 때문에 모든 게 달랐다고 내게 말했어요. 모두 꽤 순진했다고, 엄마는 그렇게 말했어요. '모두가 순진'한 게 아니라, 그게 아니라, '많은 사람이 순진'했다고 했는데, 그 두 말 사이에 있는 차이를 당신이 이해했는지 모르겠어요. 하기야 둘 다 똑같은 말이죠. 마치 이 우리 나라에 순진함이 존재한다는 듯이 말이죠…… 어쨌든 그때 엄마는 비행기를 타고 콜롬비아로 가서 직접 일을 처리하겠다고 작정했죠. 엄마는 좌석이 남은 비행기 중에 제일 빨리 출발하는 비행기를 타겠다고 내게 알려왔어요. 만약 자기 딸이 자기에게 총을 쏜다고 해도 감내할 거라고 말했어요. 자기 딸이라고 했어요. 그걸 감내하겠다고, 하지만 주저하지 않을 거라고, 어떤 일이 일어나도 상관하지 않겠다고 말했어요. 아, 이제 우리가 이 대목에 이르렀군요. 그토록 많은 세월이 흘렀는데도 여전히 너무 고통스럽다는 게 믿기지가 않아요." "빌어먹을." 녹음 속의 기장이 말했다. "너무 고통스러워요." 마야가 말했다. "위로, 이봐." 기장이 말하고 있었다. "위로."

"비행기가 추락하고 있어요." 마야가 말했다.

"위로." 블랙박스 속에서 기장이 말했다.

"모든 게 잘되고 있습니다." 부기장이 말했다.

"다들 죽을 텐데. 어떻게 해볼 방도가 없어요." 마야가 말했다.

"위로." 기장이 말했다. "부드럽게, 부드럽게."

"나는 작별 인사조차 할 수 없었죠." 마야가 말했다.

"더 위로, 더 위로." 기장이 말했다.

"오케이." 부기장이 말했다.

"내가 그걸 어떻게 알 수 있었겠어요?" 마야가 말했다. "내가 어떻게 알 수 있었겠느냐고요, 안토니오?"

그리고 기장이 말했다. "위로, 위로, 위로."

선선한 새벽은 마야의 부드럽고 가녀린 울음소리로, 처음 들려오는 새들의 노랫소리로 채워졌고, 모든 소음의 어머니인 소음으로, 즉 삶이 공空으로 뛰어들면서 사라질 때 나는 소음, 965편이 안데스산맥에 추락할 때 나는 소음, 그리고 터무니없게도, 엘레나 프리츠의 삶과 어쩔 수 없이 묶여버린 라베르데의 삶에서 생긴 소음으로 채워졌다. 그런데 내 삶은? 바로 그 순간에 나 자신의 삶이 땅으로 곤두박질치기 시작하지 않았을까? 그 소음은 내가 알아차리지 못한 채 그곳에서 시작된 내 추락 소음이 아니었을까? "뭐라고요? 아저씨도 하늘에서 떨어졌어요?"라고 어린 왕자가 자신의 이야기를 하던 조종사에게 묻고 있고, 그리고 나는 그렇다고, 나 역시 하늘에서 떨어졌다고, 하지만 내가 하늘에서 떨어졌다는 사실을 증명할 수 있는 것은 없다고, 참고할 만한 블랙박스도 전혀 없고, 리카르도 라베르데의 추락에 대한 블랙박스도 전혀 없다고, 인간의 삶에는 그런 기술적인 사치품이 없다고 생각했다. "마야, 우리가 왜 지금 여기서 이걸 듣고 있는 거죠?" 내가 물었다. 마야가 말없이 나를 쳐다보았다(눈물이 고이고 충혈된 그녀의 눈, 일그러진 입술). 나는 그녀가 내 말을 이해하지 못했다고 생각했다. "내 말은…… 내가 알고자 하는 것은 왜 이 녹음테이프가 여기에……" 마야가 깊은 한숨을 내쉬었다. "아빠는 늘 지도를 좋아했어요." 마야가 말했다.

"뭐라고요?"

"지도 말이에요." 마야가 말했다. "아빠는 늘 지도를 좋아했다고요."

리카르도 라베르데는 늘 지도를 좋아했다. 리카르도 라베르데는 학교에서 늘 공부를 잘했는데(반에서 늘 삼 등 안에 들었다), 그가 제일 잘하는 것은 지도 그리기였다. 학생들은 심이 부드러운 연필이나 펜, 또는 드로잉 펜으로 복사지에, 가끔씩은 왁스 종이에 콜롬비아 지도 그리기 연습을 했다. 리카르도 라베르데는 부등변 사각형처럼 생긴 아마존의 가파른 직선을 좋아했고, 화살을 장전하지 않은 상태의 활처럼 선이 완만한 태평양의 해안선을 좋아했고, 라과히라반도는 기억만으로도 척척 그릴 줄 알았고, 언제라도 눈을 가린 채, 친구들이 당나귀에 꼬리를 붙이듯이, 두 번 생각할 것도 없이 스케치 속의 누도데알마게르*에 정확히 핀을 꽂을 수 있었다. 리카르도의 학교 생활 역사에서 그가 훈육 담당 교사에게 불려간 것은 오직 지도를 그리는 수업 때뿐이었는데, 그 이유는 주어진 시간이 반 정도 지나면 자기 것은 다 해놓은 리카르도가 나머지 시간에는 콜롬비아의 정치·행정 구역에 관한 지도는 50센타보 동전 하나를 받고, 수로학 지도나 기후 등고선 지도의 경우는 1페소를 받고 친구들의 지도를 대신 그려주었기 때문이다.

"왜 내게 그런 얘기를 하는 거죠?" 내가 물었다. "그 얘기가 이 일과 무슨 상관이 있나요?"

리카르도는 십구 년 동안 수감 생활을 한 뒤에 콜롬비아로 돌아갔을

---

* 안데스산맥의 일부로 여러 강의 발원지다.

때 직업을 구해야 했는데, 가장 논리적인 것은 비행기가 있는 곳을 찾는 것이었다. 그는 비행 클럽, 비행 아카데미 등 여러 소규모 직장의 문을 두드렸으나 그에게 모든 문은 닫혀 있었다. 그때 그는 일종의 운명적인 계시에 따라, 아구스틴 코다시 지리 연구소에 지원했다. 연구소측에서는 리카르도에게 몇 가지 시험을 치르게 했고, 이 주 후 리카르도는 커맨더 690A 쌍발기를 조종하게 되었는데, 승무원은 기장과 부기장, 지리학자 둘, 전문 기술자 둘, 그리고 고도로 숙련된 항공사진 촬영팀으로 이루어져 있었다. 리카르도는 생애 마지막 몇 개월 동안 그 일에 종사했다. 새벽에 엘도라도 공항에서 이륙해 콜롬비아 상공을 돌아다니면서 비행기 후미에 장착된 카메라로 23×23 사이즈 사진을 찍은 후 연구소에서 오랫동안 작업하고 분류했다. 그 자료들은 마침내 수천명의 아이들이 카우카 강의 지류는 어떤 것들이고, 옥시덴탈 산맥이 어디에서부터 시작되는지 배우게 될 지도책이 되었다. "언젠가 우리에게 자식이 생긴다면, 우리 자식들이 말이에요." 마야가 말했다.

"그 아이들이 리카르도가 찍은 사진으로 공부를 하게 되겠죠."

"그런 생각을 하는 건 멋진 일이죠." 마야가 말했다. 그러고는 말을 이었다. "아빠는 함께 작업했던 사진사와 아주 친하게 지냈어요."

그의 이름은 이라고리, 프란시스코 이라고리였는데 모두들 파초라 불렀다. "마른 체형에, 나이는 대략 우리 정도 되고, 불그스레한 뺨에, 뾰족한 코에, 얼굴에는 수염이 나지 않은, 아기 하느님처럼 생긴 사람이죠." 마야는 이라고리를 찾아 전화를 걸었고, 1998년 초에 그를 라스 아카시아스로 초대했다. 리카르도 라베르데의 마지막 날 밤이 어떻게 흘렀는지 마야에게 얘기해준 사람은 바로 그였다. "그들은 늘 함께 비행했고요, 비행이 끝나면 맥주를 마시고 헤어졌어요. 보름째 되는 날 그들은 연구소, 그러니까, 연구소의 실험실에서 만나 함께 사진 작업을 했죠. 더 정확히 얘기하자면, 이라고리가 작업을 하면서 자신이 작업하는 모습을 아빠가 보고 배우도록 한 거예요. 그가 아빠에게 사진을 최종적으로 보정하는 방법을 가르쳐주었어요. 사진을 삼차원으로 분석하는 방법도, 입체경을 사용하는 방법도 가르쳐주었죠. 아빠가 아이처럼 재미있어했다고, 이라고리가 말해주더군요." 리카르도 라베르데는 자신이 살해되기 전날 이라고리를 찾아 실험실에 왔다. 늦은 시각이었다. 이라고리는 리카르도가 일 때문에 찾아온 것이 아니라고 생각했는데, 그 조종사가 돈을 빌리러 왔다는 것을 알아차리는 데는 두어 마디 말과 눈빛이면 충분했다. 재정적인 도움을 요청하는 제스처보다 예측하기 쉬운 것은 없기 때문이다. 하지만 이라고리는 리카르도가 돈을 빌려달라고 하는 이유를 천년이 걸려도 이해하지 못했을 것이다. 리카르도가 녹음테이프 하나를, 블랙박스를 녹음해놓은 테이프를 사겠다고 했기 때문이다. 리카르도는 어느 비행기의 블랙박스인지 이라고리에게 설명했다. 리카르도는 그 비행기에서 누가 죽었는지 이라고리에게 설명했다.

"돈은 녹음테이프를 구해줄 공무원들에게 주려는 것이었죠." 마야가 말했다. "줄만 제대로 잡으면 썩 어렵지 않게 일이 이루어지잖아요."

문제는 빌려달라는 돈의 액수였다. 리카르도 라베르데는 많은 돈, 한 사람이 가지고 있을 수 있는 돈보다 많은 돈, 아니 한 사람이 현금인출기에서 인출할 수 있는 최대 액수보다 많은 돈이 필요했다. 그래서 두 친구는, 조종사와 사진사는 어떤 결정을 내렸다. 두 사람은 그곳에 머물면서, 아구스틴 코다시 지리 연구소의 시설들을 이용하면서, 암실이나 사진 복원실에 처박혀, 옛 밀착인화 사진들을 보면서, 또는 작업이 늦어진 지도의 형태를 잡아가면서, 또는 잘못 설정된 좌표들을 수정하면서 시간을 보낸 뒤 밤 열한시 반쯤에 가장 가까운 곳에 있는 현금인출기로 가서 최대 인출 한도액의 돈을 두 번에 걸쳐 뽑아냈다. 한 번은 자정이 되기 전에, 한 번은 자정 이후에. 두 사람은 그렇게 했다. 그렇게 아라비아 숫자만을 인식하는 불쌍한 기계의 컴퓨터를 속였다. 그렇게 해서 리카르도 라베르데는 자신이 필요한 액수의 돈을 마련할 수 있었다. "이라고리가 내게 이 모든 것을 얘기해주었어요. 아빠가 총에 맞았을 때 혼자 있지 않았다는 사실을 알 때까지 내가 얻을 수 있었던 정보의 마지막 쪼가리였어요." 마야가 내게 말했다.

"내가 있었다는 사실을 알 때까지."

"그래요. 그걸 알 때까지."

"그런데, 리카르도는 자신이 하던 일에 관해서는 내게 단 한 번도 밝히지 않았어요." 내가 마야에게 말했다. "지도에 관해서도, 항공사진에 관해서도, 커맨더 쌍발기에 관해서도."

"단 한 번도요?"

"단 한 번도. 내가 묻지 않았기 때문은 아니었어요."

"알겠군요." 마야가 말했다.

명백했다. 그녀는 내게서 벗어나고 있던 어떤 것을 보고 있었다. 거실 창에 나무들이 나타나기 시작하고, 나뭇가지의 실루엣이 긴 밤의 깜깜했던 배경에서 분리되기 시작했다. 거실 안에 있던 우리 주변에서도 사물들이 낮 동안 향유하는 삶을 회복하고 있었다. "뭘 보고 있나요?" 내가 마야에게 물었다. 마야는 피곤해 보였다. 나는 우리 둘 모두 피곤한 상태라고 생각했다. 마야의 눈 밑에 생긴 다크서클이 내 눈 밑에도 있을 거라고 생각했다. "이라고리는 이 집에 온 그날 저 자리에 앉았어요." 마야가 말했다. 마야는 우리가 앉지 않은 안락의자, 이제는 아무 소리도 나오지 않는 전축에서 가장 가까운 곳에 있는 안락의자를 가리켰다. "그는 점심때만 머물렀어요. 자신이 내게 해준 말에 대한 답례로 나더러 뭔가를 말해달라는 요구는 전혀 하지 않았어요. 우리 가족과 관련된 서류를 보여달라고도 하지 않았어요. 나와 자지도 않았는데, 그런 건 더더욱 요구하지 않았어요." 나는 시선을 내리깔았고, 그녀 또한 나처럼 시선을 내리깔았다고 직감했다. 그러고 나서 마야가 덧붙였다. "친애하는 친구, 사실 당신은 염치없는 사람이에요."

"미안해요." 내가 말했다.

"난 당신이 부끄러워 죽을 줄 알았어요." 마야가 씩 웃었다. 나는 동틀녘의 파르스름한 빛 속에서 그녀의 미소를 보았다. "완벽하게 기억하는데요, 이라고리는 저 자리에 앉았고, 이라고리가 술을 마실 줄 몰랐기 때문에 우리 앞에는 롤로 주스가 막 놓여 있었고, 그는 주스에 설탕한 스푼을 넣어 천천히 젓고 있었어요. 그때 우리는 그 현금인출기 문제에 도달했지요. 그때 이라고리는, 물론 자신이 돈을 빌려주었지만 돈이 남아돌아서 빌려주는 게 아니라고 아빠에게 말했어요. 그래서 이라고리는 아빠에게, 보세요, 리카르도, 언짢게 생각하지는 마세요. 그런데, 어떻게 해서 내게 돈을 갚으실 건지 물어야겠군요, 라고 말했대요. 언제 갚을 것인지, 어떻게 갚을 것인지를. 그러자 아빠가, 이라고리의 말을 곧이곧대로 옮기자면, 이라고리에게 이렇게 말했대요. 아, 그 문제라면 걱정 말아요. 내가 막 어떤 일을 끝냈는데 많은 돈이 들어올 거요. 원금에다 이자까지 쳐서 모두 갚을 거요."

마야는 자리에서 일어나 작은 전축이 놓여 있는 소박한 탁자 쪽으로 몇 걸음 옮기더니 녹음테이프를 되감았다. 거실 안의 정적에 기계음, 흐르는 물소리처럼 단조로운 소음이 추가되었다. "그 문장이 하나의 구멍 같아서 모든 것이 그 안으로 빨려들어가버려요." 마야가 말했다. "'내가 어떤 일을 끝냈는데 많은 돈이 들어올 거요'라고 아빠가 이라고리에게 말했어요. 몇 마디 되지 않지만 황당한 얘기죠."

"우리는 잘 모르니까요."

"맞아요." 마야가 말했다. "우리가 모르기 때문이에요. 이라고리는 처음에 내게 그 일이 무엇인지 묻지 않았는데, 그는 배려심이 있거나 소심한 사람이었지만 결국은 참지 못했어요. 세뇨리타 프리츠, 그게 무슨 일이었을까요? 지금 저기에 다른 곳을 쳐다보면서 그 말을 하던 이라고리가 보이는 것 같아요. 저 가구 보이나요, 안토니오?" 마야는 네 칸짜리 고리버들 선반을 가리켰다. "선반 위에 있는 저, 옛 원주민의 물건들 보이나요?" 거기에는 남근이 엄청나게 큰 작은 남자가 다리를 꼬고 앉아 있는 상 하나가 있고, 그 옆에는 머리가 달리고 배가 불룩한 단지 두 개가 있었다. "이라고리는 내 눈을 멀리 피해 저기로 시선을 고정시

컸는데, 나를 똑바로 쳐다보면서는 감히 말을 꺼낼 수가 없었던 거지요. 그가 했던 말은 이거였어요. 당신 아빠가 수상한 일에 연루되어 있었던 건 아닐까요? 그래서 내가 말했죠. 어떤 수상한 일 말인가요? 그러자 그는 계속해서 그쪽을 쳐다보면서, 옛 원주민의 물건들을 쳐다보면서 아이처럼 얼굴이 붉어졌고, 좋아요, 잘 모르겠어요. 그건 중요하지 않아요. 이제 와서 그게 뭐 그리 중요하겠어요, 라고 말했어요. 그런데 그거 알아요, 안토니오? 나도 똑같은 생각을 하고 있었던 거예요. 이제 와서 그게 뭐 그리 중요하겠어요." 그때 전축에서 들리던 졸졸거리는 소리가 멈췄다. "우리 다시 들어볼까요?" 마야가 말했다. 마야가 손가락으로 녹음기 버튼을 누르자 죽어버린 조종사들이 먼 과거의 그 밤에, 3만 피트 상공의 밤하늘에서 다시 대화를 시작했다. 마야 프리츠가 내 곁으로 돌아와서 내 다리에 손을 올리고 내 어깨에 머리를 기대자 어제 맞은 비가 여전히 감지되는 그녀의 머리 냄새가 내게 도달했다. 깔끔한 냄새는 아니고, 땀내와 잠 냄새가 뒤섞여 있었지만 나는 그게 좋았고, 그 냄새에서 편안함을 느꼈다. "가봐야겠어요." 그때 내가 마야에게 말했다.

"정말요?"

"정말이에요."

나는 자리에서 일어나 커다란 창을 통해 밖을 내다보았다. 밖에서는 깎아지른 듯 솟아 있는 바위 언덕 너머로 태양의 하얀 얼룩이 나타나고 있었다.

라도라다와 보고타 사이에는 직선 도로가 딱 하나 있는데, 그 도로는 두 장소를 왕래할 수 있는 유일한 길로 다른 곳으로 돌아가거나 불필요하게 지체할 필요가 없다. 여객을 수송하는 것이건 화물을 수송하는 것이건, 모든 차량이 선택할 수밖에 없는 도로인데, 운수회사의 차량들에게는 가능하면 최단 시간에 그 거리를 이동하는 것이 필수적이다. 바로 그런 이유 때문에 하나밖에 없는 그 도로에서 사고가 발생하면 늘 손해가 막심하다. 남쪽으로 갈 때 강을 따라 놓인 직선 도로를 달리면 온다에 도착하게 되는데, 온다는 안데스산맥을 넘어가는 비행기가 없던 시절에 여행자들이 도착하던 항구다. 여행자들은 런던, 뉴욕, 아바나, 콜론이나 바랑키야에서 바다를 통해 마그달레나 강어귀까지 와서는 배를 바꿔 타거나 가끔은 같은 배로 여행을 계속했다. 그들은 피로에 지친 증기선을 타고 여러 날 동안 강을 거슬러올라갔는데, 갈수기에 강물의 수위가 많이 낮아져서 하상이 부표처럼 드러나게 되면 증기선이 악어들과 어선들 사이에서 강변에 걸려버렸다. 여행자들은 온다에서부터 노새의 등을 타거나 기차를 타거나 자가용을 타거나, 당시의 상황에 맞게 각자 수단을 마련해 보고타로 갔고, 그 과정 역시 몇 시간부터 며칠까지 걸렸는데, 그 이유는 이 도시가 거리상으로는 그곳에서 100킬로미터가 조금 넘는 곳에 위치해 있지만, 잿빛 하늘 아래 해발고도 2600미터에 자리잡고 있어서 올라가는 것이 쉽지 않았기 때문이다. 지금까지 내가 살아온 세월 동안, 한 나라가 그렇게 멀리 숨겨져 있는 곳에 수도를 정한 이유가 무엇인지 설득력 있게, 진부한 역사적 근거를 넘어서는 타당한 근거를 대면서 내게 설명해줄 수 있는 사람은 아무도 없었다. 우리 도시가 그런 곳에 있기 때문에 우리 보고타 사람들은 폐쇄적이고 쌀쌀맞고 서먹서먹한데, 그것은 우리 탓이 아니다. 우리가 외지 사람들에게 익숙하지 않기 때문에 그들을 불신하면서 받아들이지 않는 것에 대해 우리 탓을 할 수도 없다. 물론 나는 마야 프리츠가 기회 있을 때 보고타를 떠나버린 것을 탓할 수 없다. 우리 세대의 얼마나 많은 사람이 그와 같은 일을 했을지, 그러니까, 마야처럼 더운 땅에 있는 어느 마을이 아니라 리마나 부에노스아이레스, 뉴욕이나 멕시코시티, 마이애미나 마드리드로 도망쳐야 했을지 자문한 적이 한두 번이 아니다. 콜롬비아가 도망자들을 만들어낸 것은 사실이다. 나는 언젠가는 알고 싶다. 나와 마야처럼 칠십년대 초반에 태어난 사람 중 몇이나, 마야나 나 같은 사람 중 몇이나 평화롭거나 보호받거나 적어도 불안정하지 않은 유년 시절을 보냈는지. 그들 가운데 몇이나 자기 주변을 둘러싸고 있는 도시가—전쟁을 선포한 사람은 아무도 없고, 공식적인 전쟁이라는 것이 있다면 적어도 그런 전쟁이라도 선포한 사람은 아무도 없는데—공포와 총소리와 폭탄 소리에 파묻히는 사이에 그 도시에서 사춘기를 보내고, 두려움에 젖어 어른이 되었는지. 내 도시에서 몇 사람이, 어찌되었든 자신들은 구원을 받았다고 느끼면서 도시를 떠났는지, 그리고 몇 사람이 자신들이 구원받을 때 화염에 휩싸인 도시에서 도피했다는 이유로 자신들이 뭔가를 배반하고 있다고 느끼고, 난파선의 쥐떼처럼 변하고 있다고 느꼈는지 알고 싶다. '나는 사람이 많이 사는 어느 교만한 도시가/ 어느 날 밤 내내 불타는 모습을 보았다는 사실을 여러분에게 얘기하겠노라/ 나는, 눈 한 번 깜박하지 않고서 그 도시가 허물어지는 모습을 보았노라/ 어느 말발굽 아래로 장미 꽃잎 하나가 떨어지는 것을.' 아우렐리오 아르투로의 시다. 아르투로는 1929년에 이 시를 발표했다. 그는 나중에 자신의 꿈의 도시에 무슨 일이 일어날지 알 방법이 없었고, 마치 쇳물이 자신에게 할당된 금형 속에 들어가서 쇠가 금형에 맞춰지듯, 보고타가 어떻게 그 시구 안에 들어가서 시구에 맞춰지게 되는지 알지 못했다.

> 도시는 불타는 밀림 속에서 넓적다리처럼 불타고 있었다,
> 그리고 둥근 지붕이 무너지고 벽이 무너지고 있었다.
> 넓은 거울 위로 무너지는 것처럼 사랑하는 목소리들 위로······
> 순수한 광휘가 질러대는 만 개의 날카로운 비명소리!

사랑하는 목소리들. 나는 그 이상한 월요일에, 마야 프리츠의 집에서 주말을 보내고 난 뒤 서쪽에서 보고타로 접근해 엘도라도 공항에서 이륙하는 비행기들 아래를 지나고 강을 건넌 뒤 카예 26으로 올라가는 도중에 그 목소리들을 떠올리고 있었다. 오전 열시가 조금 넘은 시각이었고, 가끔씩은 차들이 통과하기 위해 순서를 기다려야 하는 그 비좁은 도로에서 나를 억류하는 재난도, 붕괴도, 교통 체증도, 사고도 없이 여정은 그럭저럭 순조로웠다. 나는 주말에 들은 모든 것을, 그것을 내게 말해준 그 여자를, 그리고 둥근 지붕과 벽 또한 무너져내린 나폴레스 아시엔다에서 본 것을 떠올리면서, 그리고 물론 아르투로의 시를, 내 가족을, 내 가족과 아르투로의 시를, 내 도시와 그 시와 내 가족을, 시

에 등장하는 사랑하는 목소리들, 아우라의 목소리, 레티시아의 목소리를 떠올리면서 가고 있었는데, 그것들은 내 생애 마지막 몇 해를 채워주고, 한 가지 의미 이상으로 나를 구조해주었다.

그리고 그 화염은 나 자신의 머리카락,
그 젊은 도시에 풀려 있는 빨간 표범들 같았다.
그리고 내 꿈의 벽들이 허물어지면서 불타고 있었다,
도시 하나가 절규하며 허물어지듯이!

나는 마치 오래 떠나 있었던 것처럼 내가 살던 건물 주차장으로 들어갔다. 수위실 창문 안에서 한 번도 본 적이 없는 수위가 내게 인사를 했다. 내 공간으로 들어가기 위해서는 평소보다 많은 조치를 취해야 했다. 차에서 내리자 추위가 느껴졌는데, 차 안에 마그달레나 분지의 더운 공기가 보존되어 있다고, 그리고 그 같은 기온 차이 때문에 내 땀구멍이 닫혀버렸음이 틀림없다고 생각했다. 시멘트 냄새가 나고(시멘트는 차가운 냄새를 지니고 있다), 신선한 칠 냄새도 났다. 내가 기억하지 못하고 있던 작업들이 이루어지고 있었는데 그 작업들은 주말에 시작되었을 것이다. 하지만 인부들은 없었다. 그곳, 내가 사는 건물의 주차장에는 차가 나가고 없는 주차 공간에 가운데 부분이 잘려나간 드럼통이 있었는데, 드럼통 안에는 섞어서 쓰다 남은 시멘트가 있었다. 어렸을 때 손에 묻은 신선한 시멘트의 느낌을 좋아했던 나는 주위를 둘러보고서—다른 사람에게 들키지 않도록, 그리고 사람들이 나를 미친놈으로 여기지 않도록 취하는 조치다— 그 통으로 다가갔고, 거의 굳어가고 있던 시멘트에 손가락 두 개를 담갔다. 그러고는 엘리베이터를 탔고, 더러워진 손가락들을 바라보고 냄새를 맡으며 그 차가운 냄새를 즐겼고, 그렇게 우리집까지 십층을 올라갔고, 더러운 손가락으로 초인종을 누르려 했다. 하지만 그렇게 하지는 않았는데, 초인종 버튼이나 벽을 더럽히지 않기 위해서였을 뿐만 아니라 뭔가(높은 층에 흐르던 정적의 성질, 현관문에 달린 불투명 유리의 어스름)가 내게 집에는 문을 열어줄 사람이 아무도 없다고 말했기 때문이다.

그럼에도 불구하고, 내가 바다 높이에서 보고타의 높이로 돌아오자 평생 내게 일어나던 현상이 되살아났다. 물론 그것은 내게만 일어나는 것이 아니라 많은 사람에게, 심지어 대다수의 사람에게 일어나는 일이지만, 어렸을 때부터 내 증세는 다른 사람들의 증세보다 더 심했다. 내 말은 내가 저지대에서 보고타로 돌아오면 이틀 동안 상당한 호흡곤란, 즉 계단을 오르거나 짐을 내리는 등 아주 단순한 움직임만으로도 가벼운 심박급속증이 생겨서 폐가 희박한 공기에 다시 적응하는 동안 지속된다는 것이다. 열쇠로 아파트 문을 열었을 때 그런 증세가 생겼다. 내두 눈은 자동적으로 주방의 깨끗이 치워진 식탁(밀봉된 봉투도, 편지도, 계산서도 없었다), 빨간 불빛이 깜박거리고 액정 화면이 메시지 네개가 있다는 사실을 알려주는 자동 응답기가 놓인 전화 탁자, 주방의 스윙도어(반쯤 열린 상태로 고정되어 있었는데, 경첩에 기름칠을 해야할 것 같았다)를 둘러보았다. 나는 내게 공기가 부족하다는 사실을, 심장이 내게 공기를 요구하고 있다는 사실을 느끼면서 그 모든 것을 보았다. 그런데 그 어떤 형태의 장난감도 보이지 않았다. 양탄자가 깔린 바닥의 구석에서도 보이지 않았고, 의자 위에 방치되어 있던 것들도, 복도에 굴러다니던 것들도 없었다. 아무것도 없었다. 플라스틱으로 만든 과일들도, 그 과일들이 담긴 바구니도, 이가 빠진 작은 찻잔들도, 칠판에 쓰는 분필도, 색종이들도 없었다. 모든 것이 완벽하게 정리되어 있었다. 나는 전화기가 있는 쪽으로 두 걸음 옮겨서 자동 응답기의 메시지를 듣기 시작했다. 첫번째 메시지는 대학 학장실에서 온 것이었는데, 오전 일곱시 강의를 결강한 이유가 무엇인지 물으면서 가능한 한 빨리 연락해달라는 것이었다. 두번째 메시지는 아우라에게서 온 것이었다.

"당신이 걱정하지 말라고 전화하는 거예요. 우리는 잘 있어요, 안토니오." 그 목소리, 사랑하는 목소리가 말하고 있었다. "레티시아와 나는 잘 있어요. 오늘은 일요일이고, 저녁 여덟시인데 당신이 오지 않았어요. 이제 우리가 어디로 갈 수 있을지 모르겠어요. 당신과 내가, 그러니까, 당신과 내가 어디로 갈 수 있을지, 우리에게 일어난 이 일 이후로 무엇이 계속될지 모르겠어요. 나는 애를 썼는데, 애를 많이 썼는데, 당신도 그건 인정할 거예요. 이제 나는 애쓰는 데 지쳤어요. 완전히 지쳐버렸어요. 더이상 어떻게 할 수가 없어요. 나를 용서해줘요, 안토니오. 하지만 난 더이상 어떻게 할 수가 없고 이건 아이한테도 온당하지 않아요." 그녀가 그 말을 하고 있었다. '아이한테도 온당하지 않아요.' 그러고 나서 아우라는 다른 얘기를 더 하고 있었으나 자동 응답기에 허용된 시간이 다 되어 메시지가 끊겼다. 다음 메시지 역시 아우라가 보낸 것이었다. "메시지가 끊겼어요." 그녀가 이전 메시지를 남긴 뒤 울었다는 듯이 쉰 목소리로 말하고 있었다. "당신이 잘 지내기를, 잘 돌아왔기를, 나를 용서해주기를 바라고 싶어요. 사실 나는 더이상 어떻게 할 수가 없어요. 나를 용서해줘요." 그러고는 마지막 메시지를 들었다. 대학에서 다시 온 것이었으나 학장실이 아니라 비서실에서 보낸 메시지였다. 논문 하나를, 즉 『일리아스』에 드러난 합법적인 본보기로서의 복수에 관한 터무니없는 프로젝트를 지도해달라고 요청하는 것이었다.

나는 눈을 뜨고 있지만 아무것도 보지 않은 채, 선 상태로 그 메시지들을 들었다. 이제는 아파트 내부를 한 번 둘러보는 사이에 아우라의 사랑스러운 목소리가 나오도록 다시 자동 응답기를 틀었다. 나는 공기가 부족했기 때문에 천천히 걸었다. 숨을 아무리 깊게 들이마셔도 편안하게 호흡한다는 느낌이 들지 않았고, 닫힌 폐, 반항적인 기관지, 태업하는 폐포가 공기를 받아들이는 것을 거부한다는 생각이 저절로 들었다. 아우라의 목소리가 자신이 지쳤다고 말하고 있었고, 나는 복도를 통해 레티시아의 방으로 걸어갔다. 아우라의 목소리가 아이한테도 온당하지 않아요, 라고 말하고 있었고, 나는 레티시아의 침대에 앉았다. 온당한 것은 레티시아가 나와 함께 있는 것이라고, 지금까지 그랬던 것처럼 내가 레티시아를 보살피는 것이라고 생각했다.

'나는 너를 보살피고 싶어, 두 사람을 보살피고 싶어, 우리는 함께 보호받을 것이고, 우리가 함께라면 나쁜 일은 일어나지 않을 거야.' 나는 생각했다.

반침을 열었다. 아우라가 아이의 옷을 죄다 가져가버렸는데, 레티시아 또래의 아이는 하루에도 옷을 여러 개 버리기 때문에 하루종일 빨래를 해야 한다. 갑자기 머리가 아팠다. 산소가 부족하기 때문이라고 생각했다. 진통제를 찾기 전에 몇 분 동안 침대에 누워 있어야겠다고 생각했는데, 그 이유는, 내가 처음 몸이 좋지 않다는 걸 느끼면 몸이 자연 치유를 하도록 내버려두지 않고서 약부터 먹으려 든다고 아우라가 늘 타박했기 때문이다. "용서해줘요." 아우라의 목소리가 저기, 벽 너머 거실에서 말하고 있었다. 아우라는 물론 거실에 있지 않았고, 그녀가 어디에 있는지 알 수 있는 방법이 없었다. 하지만 아우라는 잘 있고, 레티시아도 잘 있다는 사실이 중요했다. 아마도 운이 좀 좋으면 아우라가 다시 전화할 것이다. 나는 레티시아의 침대에 누웠는데 침대가 너무 작아서 어른의 몸을 다 수용하지 못했다. 내 두 눈은 천장에 매달린 모빌, 레티시아가 아침에 잠자리에서 일어나자마자 보는 첫번째 이미지이자 아마도 잠잘 때도 보게 되는 마지막 이미지에 고정되었다. 천장에는 청록색 계란 하나가 매달려 있었는데, 그 계란에서 날개 네 개가 나와 있고, 각 날개마다 형상 하나가 걸려 있었다. 그 형상은 바로 나선형의 커다란 눈을 지닌 부엉이, 무당벌레, 모슬린 천으로 만든 날개가 달린 잠자리, 더듬이가 긴 웃는 얼굴의 벌이었다. 거기서, 나는 감지할 수 없을 정도로 미세하게 움직이고 있던 형상들의 형태와 색깔에 정신을 집중한 채 아우라가 내게 전화를 걸어오면 그녀에게 해줄 말을 생각했다. 아우라가 어디에 있는지, 내가 아우라를 데리러 가도 되는지, 혹은 나에게 아우라를 기다릴 권리가 있는지 아우라에게 물어볼까? 우리의 삶을 방치한 것은 실수였다는 사실을 아우라가 깨닫도록 침묵을 지켜볼까? 아니면 애써 아우라를 설득해보고, 우리가 함께라면 세상의 악을 더 잘 방어할 수 있을 것이라고, 또는 세상은 집에서 우리를 기다리고, 우리가 집에 오지 않으면 걱정해주고, 우리를 찾으러 나올 누군가가 없이 홀로 살기에는 너무 위험한 곳이라고 애써 주장해볼까?

감사의 말

나는 2008년에 이탈리아 돈니니에 있는 산타마달레나 재단에 육 주 동안 머물며 『추락하는 모든 것들의 소음』을 쓰기 시작했다. 당시 베아 트리체 몬티 델라 코르테가 내게 베풀어준 호의에 고마움을 표한다. 탈 고는 2010년 11월 벨기에의 소히스에 있는 쉬잔 로랑티의 집에서 했 다. 그녀에게도 고마움을 표한다. 소설을 쓰기 시작해 탈고할 때까지 많은 사람이 소설을 풍요롭게, 더 좋게 만들어주었다. 그 사람들이 누 구인지는 자신들이 잘 알고 있을 것이다.

마약 거래와 폭력,
그리고 공포에 대한 문학적 증언

콜롬비아의 마약 거래와 폭력

콜롬비아의 1980~90년대는 그야말로 '폭력의 시대'였다. 마약 거래와 그로 인한 폭력은 콜롬비아의 한 세대 전체의 삶에 결정적인 영향을 미쳤다. 마약 카르텔의 국가에 대한 폭력, 마약 카르텔끼리의 폭력, 군대의 마약 카르텔과 게릴라 집단에 대한 '합법적인' 폭력, 준군사조직의 폭력 등이 난무했다. 특히 마약 카르텔이 국민에게 저지른 폭력은 콜롬비아 사회를 황폐화했다. 마약 카르텔이 희생시킨 사람의 숫자뿐만 아니라 통제할 수 없는 온갖 '악의 힘'이 지닌 광기와 야만성으로 콜롬비아 사회 전체가 공포에 휩싸였다. 마약 카르텔은 각종 차량에 폭탄을 설치하고, 공공장소에서 폭탄을 터뜨리고, 자신들의 활동에 장애가 되는 요인을 살해하고, 비행기를 폭파하고, 심지어 책을 받은 사람이 책을 열면 죽도록 책 속에 강력한 폭탄을 장치하는 '책-폭탄'을 보내기까지 했다. 이 같은 집단적인 공포는, 공식적으로 은폐하려는 시도가 있었다 할지라도, 하나의 상수였다.

당시 콜롬비아에서는 인구 대비 제2위, 제3위 도시인 메데인의 마약 카르텔과 칼리의 마약 카르텔이 서로 경쟁하는 구도가 형성되어 있었다. 파블로 에스코바르는 콜롬비아 최대 마약 카르텔인 메데인 카르텔의 수장으로서 세계 최대의 마약 소비국인 미국 마피아들과 협력 관계를 맺어 콜롬비아에서 생산한 코카인을 미국으로 대량 수출함으로써 한때 전 세계 코카인 시장의 80퍼센트를 장악했다. 그는 세계적인 거부가 되었고, '마약왕'으로 불렸다. 전 세계에 10억 달러 이상의 재산 소유자가 226명이던 1989년에 그의 재산은 250억 달러로 알려졌다. 세계 7위의 부자였다. 전성기 때는 개인 경호원만 천 명에 달했다고 한다.

에스코바르는 마약 밀매와 축재를 위해 납치, 살인, 테러 등의 끔찍한 폭력을 자행했다. 1980년대 이후에는 정부기관, 언론사 등에 테러를 가해 수많은 사람을 죽였다. 살인의 대상에는 법무부 장관, 검찰총장, 판사, 검사, 정치인, 경찰뿐만 아니라 불특정 다수의 민간인도 포함되었다. 심지어 자신의 카르텔을 소탕하려 했다는 이유로 대통령 후보 세 명을 암살하기도 했다. 구체적인 사례 몇 가지를 들어보자면 다음과 같다. 1989년 5월 30일에는 보고타 소재 콜롬비아 행정보안국의 관리요원을 살해하려 했으나 실패했는데, 현장에서 네 명이 사망하고 서른일곱 명이 부상을 입었다. 11월 27일에는 자신에게 반대하는 유력 대통령 후보 세사르 가비리아 트루히요를 죽이려고 아비앙카 항공 203

편을 폭파했다. 가비리아가 비행기에 타지 않아 죽음을 면했지만 탑승객 백칠 명과 폭파 현장에 있었던 민간인 세 명이 죽었다. 12월 6일에는 행정보안국 건물 앞에서 트럭을 폭파시켜 쉰두 명이 사망하고 수백 명이 부상당했다. 또한 게릴라 단체 'M19'에 자금을 대주어 고등법원을 공격하게 했다는 의심도 받았다. 이렇듯 에스코바르의 명령에 따라 사백 명 이상이 살해된 것으로 알려져 있다. 비공식적인 통계는 5천여 명에 달한다.

파블로 에스코바르의 재력이나 정치적 영향력을 고려할 때 사실상 그가 콜롬비아를 지배했다고 해도 과언이 아니다. 일종의 제너두를 건설하려고 무장한 자객들을 배치한 대농장 저택(면적이 3천 헥타르가 넘는 나폴레스 아시엔다)에는 비행장이 있었다. 체포되기 전에는 거대한 동물원을 만들어 하마를 애완동물로 키우는 등 호사스러운 삶을 영위했다. 그가 죽은 뒤 동물원은 마약과 관련된 폭력이 만연했던 콜롬비아 현대사의 아이러니한 유물로 횅뎅그렁하게 남아 있다.

추락하는 것은 소음을 낸다

그동안 범상치 않은 내공을 표출해 세계 비평계의 주목을 받아오던 콜롬비아 출신 천재 작가 후안 가브리엘 바스케스가 2011년에 '스릴러' 장편소설 『추락하는 모든 것들의 소음』을 출간한다. "위대한 소설가가 지닌 모든 역량을 유감없이 드러내는 새로운 작품"이라 평가된

(〈르 피가로〉) 이 소설은 그해 스페인의 알파과라상을 받은 뒤 2012년에는 프랑스의 로제 카유아 상, 2013년에는 이탈리아의 그레고르 폰레초리 상, 2014년에는 아일랜드의 국제 IMPAC 더블린 문학상을 수상한다. 출간 이후 독자들과 문학계의 폭발적인 호응을 받으며 프랑스, 영국, 이탈리아를 비롯한 유럽 각국과 미국에서 번역되었다. 〈뉴욕타임스〉는 2013년에 미국에서 영어로 출간된 가장 뛰어난 작품들 가운데 하나로 평가했다.

소설의 제목은 소설에서 자주 반복되는 이미지와 연관되어 있다. 추락하는 비행기다. '소음'은 등장인물 리카르도 라베르데의 미국인 부인 일레인(엘레나) 프리츠가 탑승한 아메리칸 항공의 여객기가 추락할 때 블랙박스에 녹음된 소음에서 차용한 것이다. 등장인물들의 삶은 여러 항공기 사고에 의해 특징지어진다.

첫번째 항공기 사고는, 1938년에 산타아나에서 화려한 비행 쇼를 하던 공군 비행기의 추락 사고다. 이 사건은 본문에 자세하고 흥미진진하게 묘사되어 있다.

두번째는 앞서 언급했듯이, 1989년 11월 27일 파블로 에스코바르가 대통령 후보 세사르 가비리아 트루히요를 죽이려고 아비앙카 항공 203편을 폭파한 사건이다. 본문에는 직접적으로 언급되지 않지만, 이 사고는 마약 거래와 관련하여 콜롬비아 사회에 공포를 배가했고, 소설의 사회적, 심리적 배경이 된다.

세번째는 소설에서 일레인의 죽음을 유발한 것으로 설정되어 있는 아메리칸 항공 965편의 추락 사고다. 1995년 12월 20일, 마이애미 국제공항을 출발해 콜롬비아 칼리에 있는 알폰소 보니야 아라곤 국제공항으로 향하던 보잉 757기가 착륙 직전에 산악 지대에 추락해 승객 백오십일 명과 승무원 여덟 명이 사망한 사고다. 965편은 사업가들, 콜롬비아에서 크리스마스 휴가를 보내려고 귀국하는 사람들을 태우고 있었다. 미국이 보유하고 있던 보잉 757기의 첫번째 사고이자 콜롬비아에서 일어난 항공 사고 중 가장 많은 사망자를 낸 사고다. 당시 바람은 고요했다. 국제공항의 관제사들은 조종사들에게 19번 활주로까지 일직선으로 접근하는 것보다 주위를 돌아 01번 활주로를 선택하는 것이 좋겠다고 권유했다. 그런데 그때 항법 시스템상의 오류가 발생했다. 조종사들은 항공기의 하강을 지연시키려 했다. 965편이 산에 충돌하기 12초 전, 대지 접근 경고 장치가 작동했으며, 충돌 임박을 알리는 경고음이 울리기 시작했다. 기장과 부기장은 그곳이 산악 지대임을 확인하고 기수 상승을 시도했으나 속도 제어 장치가 작동함으로써 비행기가 더이상 상승하지 못했다. 오후 9시 41분 28초, 사고기는 엘딜루비오 산 서쪽 면 해발 약 8900피트 지점에서 숲과 접촉하기 시작해, 알폰소 보니야 아라곤 국제공항 19번 활주로에서 북쪽으로 28마일 떨어진 지점에 추락했다. 오랜 조사 끝에 추락 사고의 '과학적인' 원인이 밝혀졌다. 하지만 사람들의 심리 기저에는 콜롬비아에 만연한 폭력의 잔영이 드리워졌다.

마약, 폭력, 부정부패로 점철된 콜롬비아의 현대사와 한 젊은 지식인의 고뇌가 절묘하게 버무려진 『추락하는 모든 것들의 소음』은 어느 동물원에 관한 얘기로 시작된다. 젊은 변호사이자 법학 교수인 안토니오 얌마라는 2009년 어느 날 콜롬비아 마그달레나 분지의 거대한 동물원을 탈출한 하마들 가운데 하나가 사살되는 소동이 일어났다는 텔레비전 뉴스를 본다. '마약왕' 파블로 에스코바르가 생전에 키우던 애완 하마의 우리 탈출이라는 특이한 사건은 안토니오를 과거의 어느 기억으로 인도한다. 그것은 바로 1995년 말에 안토니오가 보고타 시내 당구장에서 우연히 알게 되어 친구가 된, 그의 부모 나이 대의 남자 리카르도 라베르데와 나눈 짧은 우정과 그로 인해 겪게 된 독특한 사건이다. 안토니오가 리카르도와 맺은 우정 이야기, 안토니오를 통해 이루어지는 과거의 반추는 독자를 콜롬비아의 얼룩진 현대사를 통과하는 격정적인 여정으로 인도한다.

리카르도는 에스코바르가 무소불위의 권력을 향유하며 암약하던 시절에 실력을 인정받은 파일럿이었는데, 경비행기로 마약을 운송하다가 미국에서 체포되어 이십 년간 감옥살이를 한 뒤에 갓 석방된 인물이다. 안토니오는 리카르도를 만난 지 얼마 되지 않아 범상치 않은 리카르도의 언행을 통해 리카르도의 과거에 많은 비밀이 있었을 것이라고 직감한다.

그 무렵 마이애미를 출발해 콜롬비아 칼리로 향하던 아메리칸 항공 여객기가 착륙 직전에 추락하는 사건이 발생한다. 그후 어느 날 리카르도는 카세트테이프 하나를 안토니오에게 보여주면서 급하게 들어봐야 한다고 말한다. 안토니오는 리카르도를 문화센터에 데려갔고, 리카르도는 카세트테이프를 들으면서 아이처럼 운다. 카세트테이프는 착륙 준비를 하던 중 산악 지대에 추락한 아메리칸 항공 965편의 블랙박스에 남아 있던 기장과 부기장의 대화와 소음을 녹음한 것이었다. 사망자 명단에는 리카르도의 부인 엘레나 프리츠가 포함되어 있었다.

카세트테이프를 들은 뒤 두 사람이 대화를 하면서 보고타 시내를 걷다가 오토바이를 탄 두 자객에게 총알 세례를 받는 사건이 발생한다. 불현듯 오토바이 소리가 들리는가 싶더니 곧이어 총소리가 들리고 주변의 '모든 것'이 쓰러진다. 비행기 한 대가 추락할 때처럼 금속 소리와 사람들 소리가 뒤섞인다. 이는 폭력이 시도 때도 없이 발생하는 당시의 보고타에서 흔히 일어날 수 있는 사건이었는데, 이유를 알 수 없는 공격으로 리카르도는 현장에서 사망하고, 안토니오는 육체적으로 심각한 부상을 입어 회복하는 데 수개월이 걸렸을 뿐만 아니라 심리적으로는 큰 충격과 실의에 빠져 부인과의 관계도 뒤틀려버린다. 이로 인해 리카르도의 신비로운 과거는 안토니오에게 하나의 강박관념으로 자리 잡는다.

얼마 후(1999년) 안토니오는 젊은 여인에게 걸려온 전화를 받는다. 여인은 리카르도와 엘레나의 외동딸 마야 프리츠다. 안토니오는 그녀가 부모에게 물려받아 양봉을 하면서 살고 있는 라도라다(보고타와 마약 카르텔로 유명한 메데인 사이에 위치한)의 농장으로 간다. 그는 마야 프리츠의 증언, 그녀가 수집해놓은 편지, 서류 등을 통해 리카르도의 삶(1970년대 이후부터 감옥에 갇히기 전까지)과 평화봉사단원으로 콜롬비아에 파견되어 리카르도와 결혼한 엘레나의 삶을 총체적으로 재구성하고, 이전 세대가 경험한 콜롬비아를 새롭게 되짚어보기 시작한다. 마약 거래가 그 시대를 살아간 사람들의 개인사에 어떤 영향을 미쳤는지 탐색하면서 한 사회를 강타한 무자비한 폭력과 집단적 공포를 가슴속 깊이 느낀다.

공포에 대한 기억의 재현

혹자는 말한다.『추락하는 모든 것들의 소음』에서 콜롬비아 출신 노벨문학상 수상 작가 가브리엘 가르시아 마르케스의 영향을 발견할 수 있다고. 과거의 기억을 복원해 문학적으로 기발하게 형상화함으로써 독자를 사로잡는 후안 가브리엘 바스케스의 능력은 탁월하다. 마르케스가 말하지 않았던가? "삶은 한 사람이 살았던 것 그 자체가 아니라, 현재 그 사람이 기억하고 있는 것이며, 그 삶을 이야기하기 위해 어떻게 기억하느냐 하는 것이다." 바스케스는, "소설가의 임무는 자신의 자잘한 감각을 개성 있게 꾸밈으로써 자신의 기억을 완성하는 것이다. 그렇지 않다면 이야기는 '무미건조하고 비인간적인 묘사'가 되어버리고 만다"고 말한다. 이렇듯 이 소설은 당대 콜롬비아의 복잡한 정치적, 사회적, 역사적 현실을 탐험하려는 독특한 호기심이라기보다는 소설가로서 자신의 기억을 완성해 뭔가를 증언해야 한다는 필요성을 충족하려는 노력의 일환이라 할 수 있다.

『추락하는 모든 것들의 소음』의 주요 재료는 등장인물들의 행위가 아니라 등장인물들의 기억 속에 들어 있는 다양한 감정이다. 리카르도,

안토니오, 마야에게는 기억이 작동한다. 비록 이들의 기억이 다르다 할지라도 과거는 공통적이다. 그것은 바로 1970년대부터 콜롬비아에서 시작된 마약 거래와 공포가 지배하던 세계다. 특히 안토니오와 마야는 마약 거래로 인해 무차별적인 폭력과 공포가 팽배했던 시기에 성장한 사람들이다. 유년 시절과 청소년 시절에 두 사람이 속해 있던 세계는 두 사람에게서 멀리 떨어져 있고, 뉴스에서만 볼 수 있는 것이었다. 하지만 성인이 되어가면서 어느 순간 마약 거래의 현실이 그들의 삶의 중심을 형성하고, 그들의 삶을 무너뜨리고 있었던 것이다.

이 소설은 특정 사회와 인간, 그들의 삶을 지배하던 공포에 대한 기억을 절묘하게 형상화한 작품이다. 폭탄이 언제 누구에게 터질지 모르는 시대에 와야 할 사람이 오지 않으면 다들 걱정을 하고, 자신이 잘 있다는 사실을 알리기 위해 어디에 가장 가까운 공중전화가 있는지 알아야 하고, 공중전화가 없으면 전화를 빌려 쓸 수 있는 집을 알아내서 그 집 문을 두드려야 하고, 자신과 가까운 사람들이 죽을 가능성에 매달리고, 자신과 가까운 사람들이 자신이 죽은 자들 사이에 있다고 생각하지 않도록 그들을 안심시키는 일에 매달린 채 살아야 한다. 이렇듯 거리로 나가는 것이, 밤에 외출하는 것이, 쇼핑센터에 가는 것이, 시내에서 친구를 만나는 것이, 버스나 비행기를 타는 것이, 과거를 기억하는 것이 사람들에게 공포를 심어준다. 소음 하나가 들릴 때, 그림자 하나가 보일 때 느끼게 되는 공포, 미래에 대한 공포다. 공포가 영속적인 메아리처럼 사람들을 지배한다. 나중에, 악몽 같은 모든 것이 끝난 것처럼 보였을 때조차도 공포와 그 흔적은 지워지지 않는다. 공포는 안토니오와 동일한 시대를 살아가는 콜롬비아 사람들에게 심각한 질병이자 지워지지 않는 상흔이다.

사람들의 적은 마약 조직의 보스도, 카르텔도, 마약업자들끼리의 싸움도 아니었으며, 국가와 군대도 아니었다. 삶과 가족 전체를 파괴하는 심리적, 실체적 공포 그 자체였다. 따라서 이 소설은, 작가 자신도 밝혔다시피, '마약 소설'이 아니다. 마약 거래 자체는 이 소설의 희미한 배경에 불과하다. 사람들의 삶의 조건을 결정지었던 마약 거래의 가장 내밀한 메커니즘을 탐사하는 회고적인 시선을 문학적으로 형상화한 작품이다.

공포를 극복하기 위한 감동적인 사랑 이야기

콜롬비아에서 일어난 마약 거래의 탄생 드라마, 위험, 모험, 기억, 폭력, 미스터리 등으로 이루어진 소설 『추락하는 모든 것들의 소음』은 복잡한 다면체적 구조를 가지고 있다. 치밀하게 짠 플롯과 능숙하게 버무린 배경, 그리고 복잡한 캐릭터들을 통해 저자는 독자들에게 콜롬비아 암흑기의 잔상을 완벽하게 재현해 보여준다. 콜롬비아 역사에서 아주 성가신 주제라 할 수 있는 마약 거래와 폭력, 그리고 그로 인한 공포의 문제를 과감하게, 절묘하게 다룸으로써 독자들에게 커다란 감동을 준다. "콜롬비아에서 발생한 폭력을 예기치 않은 앵글로 비범하게 포착함으로써 놀랄 만한 새로운 비전을 제시해준다. 독자의 마음을 송두리째

뒤흔드는 이 매력적인 소설에서 바스케스는 픽션과 사실을 절묘하게 직조한다"는 페루의 저명 소설가 알프레도 브리세 에체니케의 평가가 이를 뒷받침한다.

알파과라상 심사위원들은 『추락하는 모든 것들의 소음』을 "공포를 극복하기 위한 감동적인 사랑 이야기"라고 평가한 바 있다. 그렇다. 이 소설은 마약과 폭력으로 점철된 콜롬비아에서 살아간 두 남자의 실패한 우정 이야기, 남녀의 사랑 이야기다. 그리고 공포에 휩싸여 살던 한 시대를 진단하는 '흥미진진한' 보고서이자 증언이다. 이 소설은 어둡고 부패한 시대를 살아간 인간 군상의 모습을 문학적으로 탐구하고, 궁극적으로 "인간은 결국 주어진 환경과 시대의 '노예'로 살아갈 수밖에 없는 존재인가?"라는 질문을 우리에게 던진다.

역자는 이 '폭력의 시대'에 콜롬비아에서 유학 생활을 했다. 처음에는 엄청난 충격을 주던 폭력과 공포가 나중에는 일상사로 여겨져 무감각하게 받아들이게 된 기억이 아직도 생생하다.

조구호

지은이 **후안 가브리엘 바스케스**

1973년 콜롬비아 보고타에서 태어났다. 주요 작품으로는 단편소설집 『모든 성인이 사랑하는 사람들』을 비롯해 장편소설 『사람』 『애원하는 여자 알리나』 『보고자들』 『코스타과나의 비밀 이야기』 『평판들』 『폐허의 형식』 등이 있다. 『추락하는 모든 것들의 소음』으로 알파과라상(2011)을 비롯해 로제 카유아 상(2012), 그레고르 폰 레초리 상(2013), 국제 IMPAC 더블린 문학상(2014) 등을 수상했다.

옮긴이 **조구호**

한국외국어대학교 스페인어과를 졸업하고, 콜롬비아의 카로 이 쿠에르보 연구소에서 문학석사, 하베리아나 대학교에서 문학박사 학위를 받았다. 현재 한국외국어대학교에서 강의하면서 스페인과 중남미에서 생산된 작품을 한국에 소개하고 있다. 옮긴 책으로 마르케스의 『백년의 고독』 『칠레의 모든 기록』 『예고된 죽음의 연대기』 『이야기하기 위해 살다』를 비롯해 『해부학자』 『사랑의 모험』(공역) 『과학의 나무』 『항해지도』 『책 파괴의 세계사』 『갈레아노, 거울 너머의 역사』 『소금 기둥』 『바틀비와 바틀비들』 『파군도』 『조선소』 등이 있다.

문학동네 세계문학

추락하는 모든 것들의 소음

1판 1쇄 2016년 3월 4일 | 1판 3쇄 2016년 11월 29일

지은이 후안 가브리엘 바스케스 | 옮긴이 조구호 | 펴낸이 염현숙

책임편집 문서연 | 편집 김영수 오동규 | 모니터링 이희연
디자인 김이정 이주영 | 저작권 한문숙 김지영
마케팅 정민호 이미진 정진아 김혜연 | 홍보 김희숙 김상만 이천희
제작 강신은 김동욱 임현식 | 제작처 영신사

펴낸곳 (주)문학동네
출판등록 1993년 10월 22일 제406-2003-000045호
주소 10881 경기도 파주시 회동길 210
전자우편 editor@munhak.com | 대표전화 031) 955-8888 | 팩스 031) 955-8855
문의전화 031) 955-1927(마케팅), 031) 955-2677(편집)
문학동네카페 http://cafe.naver.com/mhdn | 트위터 @munhakdongne

ISBN 978-89-546-3979-8 03870

www.munhak.com